CHUT, MA PUCE

OUVRAGES ÉCRITS PAR LISA REGAN

EN FRANÇAIS

Jeunes disparues

La Fille sans nom

La Tombe de sa mère

Ses Ultimes Aveux

Les Ossements qu'elle a enterrés

Son Cri silencieux

Reste calme

Retrouvez-la vivante

Sauvez son âme

Ton Dernier Soupir

Chut, ma puce

Son Contact mortel

Les Jeunes Noyées

EN ANGLAIS

DETECTIVE JOSIE QUINN

Vanishing Girls

The Girl With No Name

Her Mother's Grave

Her Final Confession

The Bones She Buried

Her Silent Cry

Cold Heart Creek

Find Her Alive

Save Her Soul

Breathe Your Last

Hush Little Girl

Her Deadly Touch

The Drowning Girls

Watch Her Disappear

Local Girl Missing

The Innocent Wife

Close Her Eyes

My Child is Missing

Face Her Fear

Her Dying Secret

Remember Her Name

Husband Missing

LISA REGAN

CHUT, MA PUCE

Traduit par Raphaëlle Pache

bookouture

PROLOGUE

Ni Josie ni Noah n'eurent le temps de se préparer à l'impact. La biche jaillit des arbres sur leur gauche tel un tourbillon marron flou et percuta l'avant de la Chevrolet flambant neuve de Noah avant même que celui-ci ait le temps de freiner. Le capot de la voiture s'écrasa comme une canette de soda. Leurs deux corps furent projetés vers l'avant. La ceinture de sécurité se tendit sur le torse de Josie et sa tête oscilla d'avant en arrière, la laissant désorientée. Chassant le brouillard de son esprit, elle regarda devant elle et vit un filet de fumée s'élever du capot compacté de la voiture. La voix de Noah lui parvint du siège conducteur.

— Josie ? Ça va ? Josie ?

Elle tourna la tête vers lui, tressaillant sous la douleur qui, partant de la base de son crâne, descendait le long de son cou. Du sang s'écoulait d'une petite coupure au front de Noah. Tendant la main vers lui, elle constata :

— Tu saignes.

Il s'essuya le crâne avec la manche de sa veste.

— Ça va, assura-t-il. Et toi ?

Le cerveau de Josie se remit en marche, passant ses membres en revue. À part son cou, tout allait bien.

— Je sors, déclara-t-elle.

Elle détacha sa ceinture de sécurité et tenta d'ouvrir la portière, mais celle-ci demeura bloquée.

— La carrosserie est pliée, lâcha Noah. Il va falloir que tu descendes par mon côté.

Il se libéra à son tour de sa ceinture de sécurité et sortit, tendant ensuite la main pour aider Josie à s'extraire de la voiture. C'était la fin du mois de janvier et la météo était exécrable depuis des jours. Des nuages gris s'étaient amoncelés au-dessus de Denton, la saupoudrant de temps à autre d'un peu de neige. Sur l'accotement, Josie resserra son manteau autour d'elle et suivit du regard la route qui serpentait à flanc de montagne. On ne voyait que des arbres et un ruban d'asphalte sur des kilomètres dans chaque direction.

— Nous sommes à cinq kilomètres au moins de *Harper's Peak*, lâcha Noah.

— Plutôt huit, le contredit Josie. Et à trois du centre, je dirais.

La ville de Denton était nichée au creux d'une vallée du centre de la Pennsylvanie, au bord du fleuve Susquehanna. La plupart de ses trente mille habitants vivaient près du centre-ville, où les quartiers n'étaient guère éloignés les uns des autres. Cependant, dans son ensemble, son territoire s'étendait sur six mille hectares et englobait les zones rurales alentour. Des routes isolées et sinueuses comme celle qu'ils avaient empruntée zigzaguaient dans toutes les directions, depuis la ville jusqu'aux montagnes.

Josie et Noah se dirigèrent vers l'avant de la voiture où la biche gisait sur le flanc, immobile. Si elle ne présentait aucune blessure visible, Josie savait que l'impact avait probablement été suffisant pour la tuer. Elle avança de quelques pas et remarqua que son abdomen était gonflé.

— Bon Dieu, dit-elle. J'espère qu'elle n'est pas sur le point d'avoir un petit.

Noah la rejoignit et lui posa une main sur l'épaule.

— Ne t'approche pas trop, lui conseilla-t-il. Si elle est encore en vie et qu'elle se réveille, elle pourrait te blesser.

Josie resta où elle était et fixa la biche, en proie à un tourbillon de tristesse réveillant de vieux sentiments dont elle aurait préféré qu'ils restent en sommeil.

— Josie, dit Noah. C'était un accident.

— Je sais.

Ce n'était certainement pas la première fois que l'un d'eux heurtait une biche ou un cerf sur la route. Dans le centre de la Pennsylvanie, les accidents de ce genre étaient monnaie courante. Ce qu'elle ne comprenait pas, c'était pourquoi celui-ci la perturbait autant.

— Tu crois que c'est un mauvais présage ? lâcha-t-elle, alors qu'une pluie glacée commençait à se déverser du ciel.

— Comment ça ? s'étonna Noah.

Elle se tourna vers lui. Le sang s'accumulait le long de la coupure sur son front et coulait vers son œil droit. Il l'essuya de nouveau avec sa manche.

Josie récupéra un mouchoir en papier au fond de la poche de son jean. Elle passa sa main libre derrière la nuque de Noah, glissant ses doigts parmi ses épais cheveux bruns et, de l'autre, maintint le mouchoir pressé contre son front. Il relâcha son souffle, que l'air froid transforma en un nuage de vapeur bien visible.

— On rentre chez nous après avoir finalisé les préparatifs de notre mariage et on percute une biche. Peut-être une biche sur le point d'avoir un faon.

Noah lui posa les mains sur les épaules et sourit.

— À nous deux, on a déjà eu toute la poisse qu'il est humainement possible d'avoir, tu ne crois pas ?

Josie souleva le mouchoir et vit que l'écoulement s'était

arrêté. Baissant les bras, elle plongea le regard dans les yeux noisette de son fiancé. Ils se connaissaient depuis plus de sept ans, sortaient ensemble depuis trois, et, pendant ce laps de temps, l'enfer s'était abattu à de nombreuses reprises sur leurs deux têtes. Peut-être Noah avait-il raison.

Il lui prit le mouchoir et l'embrassa sur le front.

— Cet accident n'a pas de signification particulière. Avec tous nos allers-retours à *Harper's Peak* au cours des trois derniers mois, il aurait même été étonnant qu'on ne percute pas quelque chose.

Il jeta un nouveau coup d'œil des deux côtés de la route déserte.

— Je n'ai pas vu d'habitations, de commerces ou d'autre endroit où on pourrait demander de l'aide sur le chemin, par contre.

Josie sortit son téléphone portable de sa poche et tenta d'appeler l'un des membres de son équipe. Tous deux travaillaient pour la police de Denton, Noah en tant que lieutenant et Josie en tant qu'inspectrice. Elle savait que les autres inspecteurs du commissariat, Gretchen Palmer et Finn Mettner, viendraient les dépanner au pied levé.

— Je n'ai pas de réseau, constata-t-elle. Fais-moi voir ton téléphone.

Il le lui donna.

— Essaie de trouver un signal.

Josie eut beau s'échiner avec leurs deux portables, rien n'y fit. Pas d'internet, pas de réseau du tout. Elle déambula le long de la route, tenant leurs téléphones en l'air, cherchant à capter un signal. Rien. Ils se trouvaient dans une zone blanche.

Noah tendit la main et Josie lui rendit son téléphone.

— Tu restes avec la voiture, dit-il. Je vais marcher en direction de la ville pour voir j'arrive à avoir du réseau. Si oui, j'appellerai Gretchen ou Mettner. Sinon, je m'arrêterai à la première maison que je verrai et je demanderai à utiliser leur ligne fixe.

— Je viens avec toi, dit Josie.

— Il fait froid, ce n'est même pas de la pluie qui tombe, c'est de la neige fondue, répliqua-t-il. Reste dans la voiture où tu seras au sec et au chaud. Je peux parcourir trois kilomètres en un rien de temps.

Elle se sentit frissonner sous son manteau. Les lourdes gouttes glacées qui s'abattaient sur ses cheveux noirs plaquaient ses mèches sur sa tête. Elle regarda la voiture, brûlant de retourner à l'intérieur.

— Tu as des vertiges ? demanda-t-elle à Noah. La tête qui tourne ?

Il partit d'un petit rire.

— Je ne suis pas commotionné, si c'est ce qui t'inquiète. Monte dans la voiture. Je ferai aussi vite que je peux.

Josie l'embrassa avant de s'installer sur le siège conducteur. Il ne faisait pas beaucoup plus chaud dans l'habitacle, maintenant que le moteur était éteint – détruit, même –, mais c'était merveilleusement sec. Elle regarda Noah trottiner sur la route jusqu'à ce que la neige fondue contre la vitre dissolve sa silhouette en une tache sombre. Puis il disparut.

Elle chercha une nouvelle fois à capter du réseau sur son téléphone, sans davantage de succès. Quelques minutes après que Noah avait disparu de son champ de vision, elle entendit un bruit qui la fit frémir au plus profond de ses entrailles. Josie sortit de la voiture et retourna auprès de la biche. La bête leva la tête du sol et poussa un couinement aigu qui résonna jusque dans les os de la policière.

Un cri de souffrance.

— Merde, dit-elle en regardant autour d'elle.

Tout en elle brûlait d'agir devant le spectacle de cette douleur animale. S'il s'était agi d'une personne, elle aurait pu lui apporter de l'aide ou au moins du réconfort, mais ce n'était pas possible. Elle n'avait pas d'autre choix que de rester à écouter les ultimes râles de la pauvre bête. Elles étaient toutes deux sans défense, l'animal et la femme. Josie détestait ce sentiment plus que tout autre.

Lorsqu'elle entendit le moteur d'un véhicule dans son dos, elle put à peine ravaler la boule qu'elle avait dans la gorge. En se retournant, elle vit un vieux pick-up blanc mettre ses feux de détresse et s'arrêter derrière la voiture de Noah. Son moteur tournait bruyamment au ralenti. Derrière la banquette avant, fixé à un porte-fusils, se trouvait un fusil de chasse. Une femme d'une cinquantaine d'années sortit du véhicule et se dirigea vers Josie. Elle portait un jean délavé, de lourdes bottes et une épaisse veste de pluie. Ses longs cheveux bruns bouclés étaient parsemés de gris.

— Ça va, mademoiselle ? s'enquit-elle, sourcils froncés.

Josie désigna la biche et expliqua ce qui s'était passé.

La femme tendit une main que Josie serra.

— Lorelei Mitchell, se présenta-t-elle.

— Josie Quinn.

Elle s'attendit à ce que la conductrice du pick-up la reconnaisse, car elle jouissait d'une certaine notoriété à Denton pour avoir résolu des affaires si choquantes qu'elles avaient fait l'objet d'une couverture médiatique nationale, et sa sœur jumelle, Trinity Payne, était une journaliste célèbre. Mais Lorelei Mitchell se contenta de répliquer :

— Depuis combien de temps votre fiancé est-il parti ?

Josie sortit son téléphone pour regarder l'heure, mais elle se rendit compte qu'elle ne savait de toute façon pas quand Noah l'avait laissée. Elle avait été trop bouleversée par la biche pour le noter. Elle avait l'impression d'être restée seule sur la route avec l'animal gémissant pendant des heures, mais cela faisait probablement moins de cinq minutes.

— Je ne suis pas sûre, avoua-t-elle à Lorelei. Peut-être dix ou quinze minutes ?

Lorelei désigna son pick-up.

— Vous ne voulez pas monter avec moi ? Ma maison est à moins d'un kilomètre. J'ai du réseau, là-bas, aussi surprenant que ça puisse paraître, et une ligne fixe que vous pourrez utiliser pour appeler des secours.

— Nous n'avons pas vu la moindre maison, objecta Josie.

Lorelei sourit.

— Je sais. L'allée est cachée. J'aime avoir mon intimité.

— Merci, répondit Josie. Mais si cela ne vous dérange pas, je préférerais attendre mon compagnon.

— En règle générale, je déconseille aux femmes de monter avec des inconnus. Cela dit, je vous promets que vous serez en sécurité avec moi, insista Lorelei.

Josie s'obligea à sourire.

— C'est gentil, mais je peux attendre.

Lorelei resta silencieuse assez longtemps pour que les cris de la biche emplissent de nouveau les oreilles de Josie, puis elle retourna à son pick-up. L'attention de Josie fut là encore attirée par le fusil, sans qu'elle sache cependant pourquoi. Mais Lorelei ne jeta même pas un coup d'œil à l'arme, elle prit quelque chose dans la cabine et revint avec une photo dans la main – une vraie photo sur papier glacé – qu'elle tendit à Josie.

— Ce sont mes filles. Elles ont huit et douze ans et m'attendent à la maison. Il n'y a que nous. D'où le soin que je mets à préserver mon intimité. Je dois veiller à leur sécurité. Venez avec moi. Vous pourrez les rencontrer, passer quelques coups de fil et attendre au chaud et au sec que les secours arrivent. J'ai même à manger, si vous voulez.

Les cris de souffrance de la biche s'étaient un peu espacés, mais ils n'en demeuraient pas moins forts et perçants. Josie détourna le regard des yeux torturés de l'animal, ne supportant pas la vue de son agonie. Elle fixa la photo de deux fillettes aux cheveux bruns leur arrivant aux épaules. Ceux de la plus jeune étaient raides, mais l'aînée avait les cheveux bouclés comme Lorelei.

— Ma benjamine s'appelle Emily, précisa la femme. Et mon aînée, Holly.

Sur la photo, Holly passait un bras protecteur autour des épaules d'Emily. La petite souriait en montrant toutes ses dents, et le sourire de Holly, quoique lèvres closes, n'était pas moins contagieux. Elles portaient des t-shirts assortis avec le dessin d'un paresseux et la légende : « Mon animal totem. » Josie partit d'un petit rire.

— Elles sont mignonnes, non ? fit Lorelei, attendrie.

Josie s'apprêtait à lui rendre la photo lorsqu'elle remarqua les cils de Holly. Ils étaient complètement blancs.

Lorelei s'approcha d'un pas et désigna le visage de sa fillette.

— Vous regardez ses cils, c'est ça ? dit-elle. Ce n'est pas grave. Tout le monde les remarque. Elle a une poliose.

Josie l'entendait à peine, à cause des cris de la biche. Elle leva les yeux vers Lorelei.

— Quoi ?

— Une poliose. C'est un truc génétique. Tout à fait inoffensif. C'est juste une absence de mélanine dans les cheveux ou les cils. Elle déteste ça mais, moi, je trouve que ça lui donne un air saisissant.

Josie lui rendit la photo.

— Je suis désolée. Je ne peux pas... me concentrer. Oui, allons chez vous.

— Montez, dit Lorelei.

Dès que Josie eut attaché sa ceinture, la conductrice fit un demi-tour en plein milieu de la route. Elles entendaient encore les râles de la biche. Avant de repartir, Lorelei gara de nouveau son véhicule sur le bas-côté.

— Attendez, lâcha-t-elle.

Pivotant sur son siège, elle se pencha pour farfouiller sur la banquette arrière. Avant que Josie ne puisse poser la moindre question, elle était sortie du véhicule, fusil de chasse à la main. Se retournant à son tour, Josie remarqua deux boîtes de munitions sur le sol à l'arrière. L'une d'elles était ouverte et il manquait une cartouche. Elle déboucla sa ceinture de sécurité pour pouvoir sortir à la suite de Lorelei.

Un coup de feu retentit, se réverbérant dans la forêt. Les gémissements avaient cessé. Josie resta figée sur son siège. Quelques secondes plus tard, Lorelei remontait dans le pick-up. Elle fixa le fusil sur le support derrière leurs têtes et sourit à Josie.

— J'appellerai l'association communale de chasse quand on sera chez moi.

— Vous lui avez tiré dessus, balbutia Josie.

— Elle souffrait et personne n'allait la sauver. Personne n'aurait pu.

Josie la regarda, bouche bée.

Lorelei manœuvra son pick-up pour s'engager sur la route.

— On ne peut pas l'empêcher, vous savez.

— La souffrance ? dit Josie.

Lorelei s'esclaffa.

— Eh bien, ça aussi, oui, mais je parlais de la mort. On ne peut pas empêcher la mort.

1

TROIS MOIS PLUS TARD

Josie s'observait dans le grand miroir en pied, reconnaissant à peine la femme qui lui rendait son regard. Elle avait choisi une robe de mariée simple, sans bretelles, avec une longue traîne en dentelle qu'elle pouvait remonter pour en faire un genre de faux-cul. Selon Shannon, sa mère, c'était une robe de déesse grecque. Josie aimait sa simplicité et son élégance, ainsi que la mobilité qu'elle permettait. En tant qu'inspectrice, elle avait plutôt l'habitude de porter des pantalons de treillis et des polos. Le travail ne semblait jamais ralentir et elle avait rarement l'occasion de s'habiller autrement, si ce n'est aux enterrements. Chassant cette pensée de son esprit, elle passa les mains sur ses hanches. C'était un jour heureux.

Elle regarda autour d'elle. Sa sœur avait fait venir de New York une maquilleuse et une coiffeuse pour s'occuper de Josie ainsi que de ses demoiselles d'honneur, à savoir Trinity elle-même, Misty Derossi, une amie très chère, et l'inspectrice Gretchen Palmer, à la fois amie et collègue. Les deux professionnelles avaient accompli un travail remarquable. Les mèches noires de Josie avaient été relevées et torsadées en chignon. Sa peau resplendissait, et la fine cicatrice qui courait sur le côté droit de son visage, de l'oreille au menton, était presque invisible. Le photographe que Trinity avait également choisi tournait autour d'elle, prenant des photos sous tous les angles.

Une main serra son épaule et le visage de Trinity apparut derrière elle dans le miroir.

— Tu es superbe. Noah va perdre la tête quand il te verra dans l'église.

— Je n'ai pas meilleure allure que toi un jour normal, observa Josie.

Trinity éclata de rire et la rabroua d'un geste de la main.

— Oh, arrête, protesta-t-elle.

Le photographe prit plusieurs clichés d'elles deux. Les cheveux noirs de Trinity flottaient sur ses épaules. Le bleu cobalt de la robe que Josie avait choisie pour ses demoiselles d'honneur contrastait joliment avec la peau de porcelaine de Trinity. Comme toujours, son maquillage était impeccable.

Depuis un coin de la suite, où elle était assise à une petite table ronde, Lisette Matson, la grand-mère de Josie, se mit à rire elle aussi.

— Imagine, Josie. Avec un peu de maquillage, tu pourrais ressembler tous les jours à une star de cinéma.

Et sur un nouvel éclat de rire, Trinity tendit la main pour rajuster une mèche de Josie.

— Je ne suis pas une star de cinéma ! Je suis journaliste.

— Sur le point d'avoir sa propre émission sur une chaîne de télévision nationale, souligna Lisette. Je suis ravie pour toi, ma chérie.

Josie se tourna vers Lisette et haussa un sourcil.

— Je me maquille. Juste pas... autant.

De l'autre côté de la pièce, on avait placé côte à côte deux lourdes chaises en bois avec des coussins en velours écrasé pour que Misty et Gretchen puissent s'y installer pendant que la coiffeuse et la maquilleuse poursuivaient leur merveilleux travail. Misty renversa la tête en arrière pendant que la maquilleuse lui appliquait du fond de teint dans le cou.

— Je lui demande tout le temps si je peux la maquiller, et elle refuse, dit-elle.

— Je n'ai certainement pas besoin d'autant de maquillage pour le travail, objecta Josie.

À côté de Misty, Gretchen grimaça tandis que la coiffeuse faisait pénétrer de la mousse dans ses courts cheveux bruns mêlés de gris, tout hérissés d'épis.

— C'est vrai, approuva-t-elle.

— J'ai besoin de m'asseoir, déclara Josie.

Elle se dirigea vers la table et s'assit avec précaution en face de Lisette. Elle tendit la main pour prendre un fruit frais dans la coupe fournie par l'hôtel, mais Trinity se précipita vers elle et lui donna une tape sur la main.

— Non. On ne mange pas dans cette robe. Pas avant la fin de la cérémonie.

— Tu plaisantes ? s'insurgea Josie.

Le regard sévère de Trinity se posa sur elle.

— Absolument pas.

La lourde porte de leur suite s'ouvrit et Shannon, leur mère, fit irruption dans la pièce. Elle adressa un sourire rayonnant à Josie. Le photographe prit d'autres photos pendant qu'elle se rapprochait de sa fille et l'étudiait avec une fierté et une admiration évidentes.

— Regarde-moi ça ! Tu es absolument magnifique.

L'un de ses poings s'ouvrit pour révéler un mouchoir en papier froissé qu'elle pressa sur ses yeux.

— Maman, se plaignit Trinity, tu vas ruiner ton maquillage.

— Je n'y peux rien, répliqua Shannon. En plus, si tu as déjà quelque chose à redire sur ma gestion de mes émotions, attends de voir ton père. C'est un vrai désastre.

Elle posa son autre main sur l'épaule de Josie.

— Depuis trente ans, nous avons cru que ce jour n'arriverait jamais. Que c'était définitivement fichu pour nous.

Josie lui tapota la main.

— Je sais.

— Bon sang, s'emporta Trinity. Qu'est-ce que j'ai dit ? On ne pleure pas à ce mariage !

Josie s'esclaffa et jeta un coup d'œil à Lisette, dont les yeux bleus pétillaient. Josie était la fille de Shannon et Christian Payne. Alors que sa sœur et elles n'avaient que trois semaines, Lila Jensen, une ancienne femme de ménage, avait mis le feu à la maison des Payne alors que les jumelles se trouvaient à l'intérieur. Leur nounou avait réussi à sauver Trinity, mais Lila s'était enfuie avec Josie et l'avait fait passer pour sa propre fille pendant des années. Les autorités locales et les Payne avaient cru que Josie avait péri dans l'incendie. Mais celle-ci avait en fait été emmenée à deux heures de route de chez eux, à Denton, où son ignoble ravisseuse avait raconté à Eli Matson, le fils de Lisette, que Josie était sa fille. N'ayant aucune raison de douter de la parole de Lila, il avait élevé Josie comme sa propre fille jusqu'à sa mort, survenue alors qu'elle n'avait que six ans. Josie avait alors vécu dans la terreur, subissant un traumatisme après l'autre aux mains de Lila, jusqu'à ce que Lisette obtienne sa garde quand elle avait atteint l'âge de quatorze ans. Depuis, et jusqu'à trois ans plus tôt, lorsque la vérité avait enfin éclaté et que Josie avait retrouvé les Payne, elle n'avait eu que Lisette au monde, et réciproquement.

Juste après l'université, Josie avait épousé son petit ami du lycée, Ray Quinn, mais la cérémonie avait été de taille modeste, avec un nombre limité d'invités, et les seuls membres de leurs familles présents avaient été Lisette et la mère de Ray. Personne n'avait conduit Josie à l'autel, et cela ne l'avait pas dérangée à l'époque. Jusqu'alors, sa vie n'avait guère été normale, et elle en avait surmonté la plupart des épreuves par ses propres moyens. Pour elle, il était logique qu'elle remonte seule l'allée de l'église jusqu'à son futur époux. Aujourd'hui, son père biologique faisait partie de sa vie. Ils avaient tissé des liens au fil des ans, et elle était ravie qu'il soit là pour l'accompagner vers Noah Fraley.

— Comment ça se passe du côté du marié ? demanda Misty avant que l'une d'entre elles ne se mette à pleurer de joie.

Shannon agita un mouchoir en l'air.

— Oh, tu sais, c'est une maison de fous là-bas. Seul Noah est vraiment prêt, et Harris est en train de courir après le chien dans leur suite.

— Bon sang, lâcha Misty en repoussant la maquilleuse. Je vais aller lui dire de se calmer.

— Je vous accompagne, annonça le photographe en suivant Misty hors de la suite nuptiale.

Harris, quatre ans, était le fils de Misty. Après le divorce de Josie et Ray, ce dernier était tombé amoureux de Misty, mais il était mort avant la naissance de leur fils. Curieusement, Josie et Misty étaient devenues très proches après la mort de Ray. Harris était censé porter les alliances, accompagné de Trout[1], le Boston Terrier de Josie et Noah.

— Je ne sais pas pourquoi vous avez insisté pour que ce chien participe à la cérémonie, grommela Trinity pour la énième fois.

— Trinity, voyons, la réprimanda Shannon. C'est le mariage de Josie. Elle peut faire ce qu'elle veut... C'est même une obligation.

Trinity croisa les bras.

— En tant qu'organisatrice officieuse de son mariage, je me suis opposée énergiquement à la participation du chien.

Josie éclata de rire.

— Officieuse ? Vraiment ? Je peux compter sur les doigts d'une main le nombre de décisions que j'ai pu prendre pour ce

---

1. *Trout* signifie « truite » en anglais.

mariage. Elle a même réservé le groupe ! précisa-t-elle en se tournant vers Shannon et Lisette.

— C'est le Walton-Marquette Project, du comté de Chester, expliqua Trinity. Tu te souviens d'eux, n'est-ce pas, maman ?

Shannon acquiesça.

— On les a vus au Winter MusicFest. Ils sont fabuleux. Tout le monde va les adorer, Josie.

Celle-ci agita la main.

— Je n'en doute pas. Honnêtement, je te suis reconnaissante pour ton aide, Trin. Mais la présence de Trout à notre mariage n'est pas négociable. Ce sera adorable, et Celeste et Adam, les propriétaires du lieu, étaient d'accord pour que Trout soit là tout le week-end.

— Je ne peux pas imaginer un meilleur lieu pour se marier, Josie, intervint Lisette. Cet endroit est incroyable.

Josie se leva et se dirigea vers les grandes fenêtres qui donnaient sur la partie nord-est du domaine de *Harper's Peak*. Deux hommes traversaient à grandes enjambées la vaste pelouse en contrebas. L'un d'eux portait un polo marron et un pantalon de treillis bien repassé, soit l'uniforme du personnel de l'hôtel. L'autre portait un costume clair, et Josie reconnut Tom Booth, le directeur général de l'établissement. Quand elle l'avait rencontré pour la première fois, elle n'avait vu en lui que l'assistant de Celeste Harper, car on le trouvait généralement à ses côtés, un iPad à la main, tapotant l'écran pendant qu'elle aboyait des instructions. Même maintenant qu'il se hâtait sur la pelouse, elle remarqua l'iPad glissé sous l'un de ses bras.

Harper's Peak était à l'origine une propriété où s'était installée la famille Harper au début du xixe siècle. Elle couvrait des centaines d'hectares et deux sommets. Au départ, il n'y avait qu'une maison en pierre qui servait désormais de résidence aux propriétaires actuels de l'hôtel, Celeste Harper et son mari, Adam Long. Une minuscule église blanche située sur l'un des sommets de la montagne avait fait office d'école aussi bien que de lieu de culte pour les premiers Harper. Aujourd'hui, elle accueillait les cérémonies de mariage.

Les générations suivantes avaient ajouté des bâtiments supplémentaires à leur domaine. Pour commencer, la famille Harper avait construit la grande maison d'hôtes qui constituait ces temps-ci un lieu très couru pour les cérémonies de mariage. Elle avait été baptisée Griffin Hall en l'honneur de Griffin Harper, le père de Celeste. Quelques années plus tard, un hôtel plus grand et un centre de villégiature avaient été ajoutés à côté. Le domaine de *Harper's Peak* était d'une beauté à couper le souffle, avec ses jardins soigneusement entretenus et sa vue sur les montagnes. Josie aurait choisi cet endroit pour leur mariage rien qu'en voyant les photos du lieu. Son cœur s'emballa à la pensée que, dans quelques heures à peine, elle se tiendrait dans la petite église bâtie sur l'un des surplombs, ses yeux dans les yeux noisette de son nouvel époux.

Une porte claqua dans le couloir. Quelques secondes plus tard, Misty et le photographe entrèrent dans la suite nuptiale.

— Les choses se sont arrangées là-bas, déclara Misty avec un sourire crispé. Ce n'était pas trop grave.

Elle se rassit sur sa chaise et laissa la maquilleuse terminer. À côté d'elle, Gretchen fit signe à la coiffeuse, car elle voulait consulter une notification sur son téléphone.

— On prend des photos de vous avec votre mère et votre grand-mère ? demanda le photographe.

— Volontiers, répondit Josie.

Lisette se leva, attrapa son déambulateur et se dirigea vers Josie en traînant les pieds.

— On se place devant la fenêtre ? demanda-t-elle.

— Bonne idée, essayons cela, convint le photographe avec un sourire.

Gretchen se leva.

— Je reviens tout de suite.

Josie entendit la porte de la suite du futur marié claquer de nouveau de l'autre côté du couloir, lorsque Gretchen quitta la pièce.

— Qu'est-ce qui se passe ? s'enquit-elle.

— Quoi ? s'étonna Trinity.

— Il se passe un truc.

— Tu vas te marier, ma chérie, répondit Lisette. Voilà ce qui se passe.

Tout le monde éclata de rire. Sauf Misty. Josie la dévisagea.

— Misty ?

Celle-ci garda le silence. Du coin de l'œil, Josie vit du mouvement à l'extérieur. Se retournant vers la fenêtre, elle aperçut Gretchen et l'inspecteur Finn Mettner – qui était par ailleurs l'un des témoins de Noah – qui traversaient le domaine, dans la même direction que les membres du personnel. Visualisant le plan de *Harper's Peak*, Josie tenta de comprendre où ils pouvaient bien aller. La direction qu'ils avaient prise était celle qui menait vers l'église du mariage. Celeste et Adam avaient organisé une petite réception au rez-de-chaussée, où les invités pourraient discuter, prendre des amuse-bouche et des boissons avant la cérémonie. Ils seraient transportés à l'église dans une voiture de l'hôtel environ une demi-heure avant le début du mariage. Il était logique que le personnel se rende sur place pour ouvrir l'église et se préparer à accueillir les invités, mais pourquoi Mettner et Gretchen y allaient-ils aussi ? Il y avait une urgence dans leur démarche qui la fit grincer les dents.

— Il ne se passe rien, Josie, déclara Shannon.

Celle-ci désigna la fenêtre.

— Où vont-ils tous ? Je viens de voir Tom et un autre employé, Gretchen et Mett...

Elle s'arrêta de parler lorsque le chef de la police surgit du rez-de-chaussée du bâtiment et se lança à la poursuite des deux inspecteurs.

— Et le chef Chitwood est parti par là, lui aussi. Vers l'église.

Trinity toucha le coude de Josie, dans l'espoir de ramener doucement son attention sur le photographe.

— Ils sont probablement en train de s'installer. Celeste m'a dit que l'église était fermée sauf pour les mariages.

Josie plongea son regard dans les yeux bleus de sa sœur.

— On n'a pas besoin de deux inspecteurs et du chef de la police pour organiser un mariage. Qu'est-ce qui se passe ? insista-t-elle en se retournant vers Misty.

Tous les regards se braquèrent sur celle-ci, qui grimaça.

— Ça n'a rien à voir avec le mariage, Josie.

Elle saisit sa jupe à deux mains et s'approcha de Misty en la regardant dans les yeux.

— Dis-moi.

— Il me l'a interdit, répliqua doucement Misty.

— Qui ?

— Mett. Il m'a défendu de gâcher ta journée.

— Misty.

Des larmes brillaient au coin des yeux de son amie. Elle finit par lâcher d'une voix étranglée :

— Ils ont trouvé un cadavre.

Derrière Josie, les autres femmes laissèrent échapper un petit cri.

— Quoi ? Où ? s'exclama Shannon.

— Je ne sais pas, avoua Misty.

Josie se dirigea vers la porte, mais Trinity s'empressa de traverser la pièce pour lui barrer le passage.

— Josie, c'est le jour de ton mariage. Tu n'es pas inspectrice aujourd'hui, tu es une femme sur le point de se marier. Je sais que tu es extrêmement dévouée à ton travail, mais tu as le droit de prendre des congés pour profiter de ta vie personnelle. Tu épouses Noah. Fais-en ta priorité. Tu as des collègues très compétents qui vont se charger de ce qui se passe.

Sur le point de céder, Josie dévisagea longuement sa sœur.

Shannon s'approcha et lui toucha de nouveau l'épaule.

— Misty a dit qu'ils avaient trouvé un corps. Cela ne signifie pas qu'il s'agit d'un meurtre. Ce pourrait être un problème médical, une crise cardiaque ou autre, ayant entraîné la mort de la personne.

— C'est vrai, convint Josie avec un sourire. Tu as raison. Prenons ces photos.

Mais alors qu'elle revenait vers la fenêtre, elle vit l'agent Hummel, en costume puisqu'il était invité au mariage, prendre la direction empruntée par tous les autres. Or Hummel était le chef de l'équipe d'identification criminelle de la police de Denton.

— Misty, reprit Josie, ils ont dit autre chose à propos du corps ? Quoi que ce soit ?

Misty poussa un long soupir.

— Ne dis rien, fit Trinity avant même qu'elle puisse commencer sa phrase.

— Elle finira par le découvrir, que ce soit maintenant ou après le mariage, objecta Misty.

— Eh bien, qu'elle le découvre après.

— Je ne mens pas à Josie, répliqua Misty. Mett me l'a dit dans le couloir avant de partir. C'était une enfant, Josie.

Josie eut l'impression que quelqu'un lui donnait un coup de poing dans le ventre.

— Quoi d'autre ? Qu'est-ce que Mett t'a dit de plus ?

— Rien. C'est tout.

— Josie, je sais que c'est terrible, intervint Lisette. C'est une chose horrible, affreuse. Personne ne le sait mieux que moi, mais c'est le jour de ton mariage.

— S'il te plaît, implora Shannon. Plus de cinquante invités t'attendent en bas. Et Noah. Le doux et merveilleux Noah. C'est le grand jour pour lui aussi.

— Tu n'es pas obligée de mener tous les combats, Josie, ajouta Lisette. Chaque affaire n'est pas un fardeau dont tu dois te charger en personne.

Josie savait que c'était vrai.

Mais une enfant, protesta une voix dans sa tête.

Misty se leva et s'approcha.

— Elles ont raison, Josie. Je sais qu'il est difficile de passer outre et de profiter d'une journée heureuse après avoir entendu parler de quelque chose d'aussi horrible, mais tu dois essayer. Tu mérites d'avoir un beau mariage. Il y a d'autres personnes dans ton équipe qui peuvent s'occuper de ça aussi bien que toi.

Josie savait que c'était vrai aussi. Ses collègues étaient les meilleurs policiers qu'elle connaissait. Bien sûr, puisque Noah et elle allaient se marier, c'étaient Gretchen et Mettner qui étaient appelés sur la scène de crime. Elle se dirigea vers la commode où se trouvait une pochette contenant ses effets personnels. Elle en sortit son téléphone et déclara :

— Je vais appeler Gretchen.

— Josie ! s'insurgea Trinity.

Mais le téléphone sonnait déjà.

Gretchen répondit à la quatrième sonnerie.

— Patronne, je ne vais peut-être pas pouvoir accomplir mes missions de demoiselle d'honneur.

— Je comprends, répondit Josie. Qu'est-ce qu'on a ?

Et la conversation, naturellement, passa sur un mode professionnel, Gretchen énumérant les détails dont elle avait connaissance sur le ton qu'elle utilisait pour chaque affaire.

— C'est une jeune fille, douze ou treize ans, peut-être. Allongée au pied des marches de l'église, comme si elle dormait. Pas de signes visibles de traumatisme.

— Donc vous ne savez pas s'il s'agit d'un homicide, conclut Josie.

Il y eut une seconde d'hésitation.

— Disons que c'est suspect.

— Tu penses qu'elle logeait à l'hôtel ? demanda Josie.

— Je ne sais pas, mais ce sera facile à déterminer. Si des

clients de l'hôtel cherchent une jeune fille de douze ou treize ans avec des cils blancs, on saura qu'il s'agit d'elle.

Josie sentit un choc glacé la traverser.

— Qu'est-ce que tu as dit ?

— Ses cils. Ils sont blancs. C'est très étrange. Et c'est une caractéristique assez remarquable, donc...

Josie avait cessé d'écouter. Sa main qui tenait le téléphone était tombée contre son flanc. Et son téléphone, sur la moquette.

Trinity s'approcha et la tira par le coude.

— Allez, viens. Laisse Gretchen s'en occuper. Tu sais qu'elle est plus que qualifiée pour cette tâche.

Josie entendit la voix de Lorelei Mitchell dans sa tête. « Une poliose. C'est un truc génétique. Tout à fait inoffensif. C'est juste une absence de mélanine dans les cheveux ou les cils. Elle déteste ça mais, moi, je trouve que ça lui donne un air saisissant. »

— Je dois y aller, annonça Josie.

Cette fois, lorsque Trinity tenta de lui barrer la route, elle la repoussa et gagna la porte à pas décidés. Elle n'était que vaguement consciente du concert de protestations dans son dos. La porte de la suite du marié s'ouvrit seulement une seconde après la sortie de Josie dans le couloir. Noah la rejoignit, si beau dans son smoking qu'elle en eut le souffle momentanément coupé.

— Josie, dit-il.

Ils se fixèrent l'un l'autre. Dans un petit coin de son esprit, Josie se rappela que le fait que le marié voie sa future femme avant la cérémonie portait malheur. Mais le malheur avait de toute façon déjà frappé, puisque la jeune fille devant l'église était morte.

Les yeux de Noah descendirent le long de son corps, puis remontèrent jusqu'à son visage. Il resta bouche bée une seconde, puis referma la bouche et déglutit.

— Waouh, dit-il d'une voix rauque. Tu es... magnifique.

— Toi aussi, souffla-t-elle.

Pendant un instant, elle envisagea de regagner la suite nuptiale, de prendre toutes les photos requises, puis de descendre dans la salle des mariages comme si de rien n'était. Elle pourrait remonter la nef au bras de son père biologique qui la conduirait à cet homme. Cet être humain incroyable, gentil et honnête qu'elle aimait de tout son cœur. Ils pourraient prononcer leurs vœux et danser ensemble, leur complicité renforcée par la promesse qu'ils se seraient faite l'un à l'autre. Personne ne lui en voudrait. En fait, Josie savait que tous ceux qui étaient venus pour cet événement seraient très mécontents si elle agissait autrement.

— Misty t'a parlé du cadavre, devina Noah.

Josie acquiesça.

— Qu'est-ce qu'elle a dit ? Tout ce que je sais, c'est qu'ils ont trouvé un corps.

— C'est une gamine, Noah. Ils l'ont trouvée devant l'église.

Une expression de tristesse se peignit sur le visage de son futur mari.

— J'ai vu Hummel se diriger par là-bas, ajouta Josie. Ils n'auraient pas besoin d'un agent de l'équipe d'identification criminelle à moins que...

— ... ce soit un meurtre, conclut-il.

— Que ce soit suspect, corrigea Josie. J'ai parlé à Gretchen.

Elle lui rapporta ce que leur collègue lui avait dit à propos des cils de la jeune fille.

— Tu l'as rencontrée, dit Noah.

Josie acquiesça.

— Le jour où on a heurté la biche. C'est sa mère qui m'a ramenée chez elle pendant que tu allais chercher de l'aide. Elle s'appelait Holly.

Ils restèrent silencieux pendant un moment. Josie baissa les yeux sur sa robe, d'un blanc immaculé. Comment pourrait-elle lui dire « oui » alors qu'une enfant avait été assassinée dans l'enceinte de l'hôtel où ils prévoyaient de se marier, le jour de leur mariage ? Josie n'était pas sûre de réussir à aller au bout de la cérémonie. Il ne s'agissait pas de n'importe quelle enfant, mais d'une jeune fille qu'elle avait rencontrée trois mois plus tôt. Une enfant douce et calme, au sourire timide, mais qui dégageait une certaine férocité, notamment dans sa façon de protéger sa petite sœur. Une profonde douleur déferla dans la poitrine de Josie et envahit son corps.

Elle sentit plus qu'elle ne vit Noah faire deux grandes enjambées vers elle. Puis sa main apparut, paume ouverte, en guise d'invitation. Elle y plaça la sienne et leva les yeux vers lui.

— Allons-y, dit-il.

2

Dans le hall d'entrée se trouvait Celeste Harper, sa silhouette élancée drapée dans une majestueuse robe bordeaux qui lui descendait jusqu'aux chevilles. Des boucles brunes tombaient en cascade sur ses épaules nues. À ses côtés se tenait son mari, Adam Long, vêtu de son habituelle tenue de chef cuisinier. Il tenait sa toque blanche à deux mains. Ses yeux ne semblaient pas savoir où se fixer. Bien qu'il ne soit pas beaucoup plus âgé que sa femme, ses cheveux étaient déjà d'un blanc éclatant et il ne se fatiguait pas à les teindre régulièrement. « Cela me donne l'air plus distingué », avait-il plaisanté lors d'une des nombreuses réunions que Josie et Noah avaient eues avec lui, Celeste et Tom pour planifier leurs noces. Celeste était l'héritière et la propriétaire du domaine, dont Adam était le chef cuisinier. Ils étaient habituellement agréables et avaient le sourire facile mais, alors que Josie et Noah descendaient le grand escalier central, main dans la main, Josie vit qu'Adam était blême. Celeste tenait son portable collé à l'oreille et pressait son autre main sur son front. Elle faisait les cent pas près de la réception, tout en chuchotant avec colère dans son téléphone.

Ce fut Adam qui les vit en premier. Il leur offrit un faible sourire. Avant qu'il ne puisse ouvrir la bouche, Celeste avait mis fin à son appel, rangé son téléphone dans une poche cachée parmi les plis de sa robe et levé les deux mains, pour leur demander de s'arrêter.

— S'il vous plaît, dit-elle. Je ne sais pas ce que vous avez entendu, mais tout va bien se passer. Nous maîtrisons la situation.

Adam, qui triturait fiévreusement les coutures de son couvre-chef, n'en avait pas l'air convaincu.

— Nous avons appris que le corps d'une enfant a été retrouvé près de l'église, déclara Josie.

Celeste fronça les sourcils.

— Malheureusement, oui. Mais la police s'en charge. Je vous assure que vous n'avez pas à vous préoccuper d'un incident aussi terrible le jour de votre mariage.

— Nous sommes la police, répliqua Josie.

Celeste sourit.

— Je sais. Je voulais seulement dire que d'autres membres de votre service étaient déjà sur place. Vous n'avez pas à vous inquiéter. Vos collègues s'en occupent en ce moment même.

— Nous devons aller là-bas pour leur parler, intervint Noah.

— Oh, je ne pense pas que ce soit une bonne idée, protesta Adam. Parce que, bon, c'est le jour de votre mariage. Ce serait terrible de voir ça.

Celeste acquiesça.

— C'est une horrible tragédie. Nous ne sommes pas en train d'insinuer le contraire, mais vous ne devriez pas laisser ce malheureux événement faire dérailler votre mariage.

— Si la fillette a été trouvée devant l'église et qu'il s'agit d'un acte criminel, répliqua Josie, notre équipe d'identification aura besoin d'au moins deux heures pour analyser la scène. Cela signifie que la cérémonie ne pourra pas avoir lieu là-bas de toute façon. Nous allons simplement nous rendre à pied à l'église pour échanger avec nos collègues.

Celeste fronça les sourcils.

— Maintenant ? Comme ça ? Vous êtes déjà habillés pour la cérémonie, tous les deux. Nous pouvons la déplacer ailleurs. Il n'est pas nécessaire qu'elle ait lieu à l'église. Il y a plein d'autres endroits charmants que nous pouvons mettre à votre disposition sur le domaine.

— Oui, renchérit Adam. Et nous pouvons faire quelques ajustements si nécessaire. Vos invités sont déjà là. Ils ont l'air de bien s'amuser. Je ne vous recommanderais pas...

Josie tira sur la main de Noah, pour contourner le couple.

— On revient au plus vite, éluda-t-elle.

Dehors, l'air printanier était doux, avoisinant les vingt et un degrés. Une légère brise soufflait lorsqu'ils s'engagèrent sur le sentier menant de l'entrée de Griffin Hall à l'église. Les talons de Josie claquaient et sa robe balayait l'asphalte. Ils n'échangèrent aucune parole sur le trajet jusqu'à l'église surplombant le bâtiment qu'ils venaient de quitter. En s'approchant, ils virent deux employés de l'hôtel et Tom Booth assis sur un banc de pierre à leur droite. Un membre du personnel avait le visage enfoui entre ses mains. L'homme au milieu pleurait en silence, s'essuyant les yeux du revers de la main. Tom regardait droit devant lui, les yeux vides, une cigarette entre les lèvres. Son iPad était abandonné à côté de lui. Devant lui, entre deux haies, se tenait Sawyer Hayes, l'un des employés des services d'urgence de la ville de Denton. Aujourd'hui, il était vêtu d'un costume bleu marine. Ses cheveux noirs gominés lui donnaient une allure plus soignée que celle à laquelle Josie était accoutumée. Il était invité à leur mariage, même si Noah s'était mis à nourrir une certaine antipathie à son égard. Ils ne l'avaient convié que parce qu'il était le petit-fils de Lisette et le seul être de sa famille biologique encore en vie.

Lila Jensen, la femme qui avait enlevé Josie alors qu'elle était bébé, avait eu une relation avec le fils de Lisette, Eli Matson. Ils avaient rompu pendant un peu plus d'un an et, durant cette période, Eli avait entamé une relation avec une autre femme, qui était tombée enceinte et avait donné naissance à Sawyer. Avant qu'elle ne puisse annoncer sa grossesse à Eli, Lila était revenue dans la vie de ce dernier, faisant passer Josie pour le bébé d'Eli et menaçant quiconque viendrait s'interposer entre eux. La mère de Sawyer n'avait plus jamais adressé la parole à Eli et n'avait révélé à Sawyer sa véritable filiation que sur son lit de mort, deux ans plus tôt. Il avait alors recherché Lisette et des tests ADN avaient confirmé leur lien de parenté. Les relations entre Josie et lui avaient toujours été difficiles, mais elle faisait de son mieux pour le traiter comme un membre de la famille, ne serait-ce que pour ne pas faire de peine à Lisette.

Maintenant, ses yeux bleus étaient fixés sur Josie, qu'il reluquait de la tête aux pieds. Ignorant Noah, il demanda :

— Tu préfères ça à ton propre mariage ?

— Hé, attention à ce que tu dis, grogna Noah.

Josie leva la main pour leur indiquer qu'ils feraient mieux de se taire, tous les deux.

— J'ai des informations dont l'équipe a besoin, Sawyer.

— Le contraire m'aurait étonné, marmonna-t-il.

— Qu'est-ce que tu fais ici, d'abord ? lança Noah.

Sawyer le regarda.

— Quand la nouvelle est parvenue à Griffin Hall, Tom a dit que la fille ne réagissait pas. Je suis monté voir si je pouvais aider mais, une fois sur place, je me suis clairement rendu compte qu'elle n'était déjà plus de ce monde.

— Donc on n'a plus besoin de toi, conclut Noah.

Il se rapprocha de Josie, posa une main dans le creux de ses reins et la fit passer devant Sawyer.

— Excuse-nous.

Sans rien répliquer, l'ambulancier se retourna et se dirigea vers Griffin Hall. Juste derrière l'endroit où il se tenait, ils virent un officier portant l'uniforme de la police de Denton et muni d'un bloc-notes. L'homme écarquilla les yeux de stupeur à leur approche.

— Inspectrice Quinn, lieutenant Fraley, qu'est-ce que vous... Ce n'est pas... C'est une scène de crime.

Josie jeta un coup d'œil à son badge.

— Brennan, nous savons que c'est une scène de crime. Nous aimerions y jeter un coup d'œil.

Il les considéra de pied en cap.

— Habillés comme ça ?

Josie et Noah échangèrent un regard, puis revinrent à Brennan.

— Je crois comprendre que les inspecteurs Mettner et Palmer, le chef Chitwood et l'agent Hummel sont déjà sur les lieux.

— Oui.

— Ils étaient invités à notre mariage, ajouta Josie. Ils ne sont donc pas vraiment habillés différemment de nous.

— Inscrivez-nous, dit Noah en montrant le bloc-notes.

Secouant la tête, Brennan obtempéra et les laissa passer. Josie et Noah poursuivirent leur chemin jusqu'à une longue Rubalise qui avait été attachée aux buissons d'azalées et aux autres fleurs qui entouraient la petite place devant l'église. Gretchen, Mettner et le chef Chitwood se tenaient au ras du ruban. Mettner parlait laconiquement au téléphone. Au-delà de la bande se trouvait l'agent Hummel, qui portait désormais une combinaison par-dessus son costume. Il était accompagné de l'agente Jenny Chan. Comme cette dernière n'était pas invitée au mariage, Josie en déduisit que Hummel avait dû l'appeler pour qu'elle apporte l'équipement nécessaire. Chan prenait des photos pendant que Hummel dessinait la scène dans un carnet.

Des marches en pierre menaient aux portes de l'église. Le corps de Holly Mitchell était sur l'herbe au pied de la dernière marche. Elle était vêtue d'un pyjama en coton violet parsemé d'étoiles jaunes. Seuls ses pieds étaient nus. Elle était effectivement « allongée », comme l'avait dit Gretchen : elle était positionnée ainsi qu'une personne l'est en général dans un cercueil. Jambes droites, bras repliés sur la poitrine, elle avait un objet sous les mains. Ses yeux étaient clos et ses longs cheveux bruns s'étalaient en éventail autour de sa tête, parsemés de petites fleurs. Josie remarqua des sanguinaires blanches, des boutons d'or jaunes, des violettes bleues et des orties violettes – des fleurs sauvages que l'on trouvait partout en Pennsylvanie à cette époque de l'année.

— Quelqu'un a apprêté son corps, marmonna-t-elle.

Chitwood, Gretchen et Mettner, qui n'étaient plus au téléphone, se retournèrent et la regardèrent.

— Patronne, protesta Mettner, tu ne devrais pas être ici. Et toi non plus, ajouta-t-il à l'intention de Noah.

— Je sais qui est cette jeune fille, expliqua Josie.

Chitwood croisa les bras sur son maigre torse.

— Comment diable la connaissez-vous, Quinn ?

Josie raconta qu'elle avait rencontré Lorelei sur le bord de la route, trois mois plus tôt, que celle-ci l'avait invitée à attendre chez elle jusqu'à ce que Noah vienne la récupérer et que, à cette occasion, elle avait fait la connaissance des filles de Lorelei.

— Nous allons devoir parler à sa mère tout de suite, déclara Gretchen.

— Qui l'a trouvée ? s'enquit Noah.

— Un membre du personnel, répondit Mettner. Il est venu ici pour déverrouiller les portes de l'église et s'assurer que tout était en ordre pour la cérémonie. Il était très secoué. On prendra sa déposition plus tard.

— L'église était fermée à clé ? demanda Noah.

Mettner acquiesça.

— Oui. Il n'y avait personne à l'intérieur. Aucun signe d'effraction. La personne qui l'a laissée ici n'a absolument pas cherché à entrer.

— Mais elle s'est arrangée pour qu'on la trouve, souligna Josie. C'est l'employé qui l'a découverte qui a appelé les secours ?

— Non, répondit Gretchen. C'est Celeste. Le type qui a trouvé le corps a appelé la réception. Deux de ses collègues sont venus et ont fait leur rapport à Celeste. Elle a immédiatement appelé le 911. Le central a téléphoné à Mett. Presque toutes les personnes compétentes pour sécuriser et traiter cette scène de crime sont à votre mariage. Donc nous voilà.

Derrière eux, on entendit des talons marteler le chemin : la docteure Anya Feist, médecin légiste, portait une robe trapèze rose pâle qui lui arrivait aux genoux, complétée par des talons aiguilles de la même nuance. Ses cheveux blond argenté tombaient en cascade sur ses épaules et scintillaient au soleil. Josie et son équipe ne voyaient habituellement la légiste qu'en blouse ou en combinaison. Elle avait l'air d'une femme différente. Pourtant, elle arborait le même sourire sinistre que celui avec lequel elle les accueillait habituellement sur les scènes de crime. Elle s'arrêta net et fixa Josie et Noah. Avec un soupir et un hochement de tête, elle déclara :

— Mettner vient de m'appeler. Vous auriez dû vous marier loin de chez vous. Qu'est-ce qu'on a ? ajouta-t-elle en se tournant vers Mettner.

Il lui raconta le peu qu'ils savaient.

Elle désigna une valise à roulettes que l'agente Chan apportait souvent sur les scènes de crime et qui avait été laissée à quelques mètres de là, au-delà de la Rubalise.

— Je vais me changer.

Ôtant ses escarpins, elle se dirigea vers la valise, d'où elle sortit une combinaison de protection, des surchaussures, une charlotte et des gants. Elle eut un peu de mal à enfiler la combinaison par-dessus sa robe, mais finit par s'en sortir. Quand Hummel et Chan eurent terminé leurs photos et croquis, Anya Feist se glissa sous la Rubalise. Le regard de Josie ne cessait d'aller et venir entre la valise et le corps. Avec sa robe de mariée, elle n'aurait jamais pu entrer dans l'une des combinaisons, et elle n'allait pas contaminer la scène. Elle devrait attendre les premiers constats de la docteure Feist.

L'ambiance était sombre et la journée étrangement silencieuse, comme si les oiseaux eux-mêmes étaient trop tristes pour chanter. La docteure Feist s'agenouilla à côté de la tête de Holly Mitchell et souleva d'un doigt ganté les paupières de la jeune fille, l'une après l'autre.

— Pétéchies dans la sclérotique des yeux.

Josie savait que cela signifiait qu'il y avait des taches rouges dans le blanc des yeux de la jeune fille. Autrement dit, elle avait été privée d'oxygène à un moment donné avant sa mort. Ces taches apparaissaient lorsque les petits capillaires des yeux rompaient. Cela indiquait en général une mort par asphyxie ou par strangulation.

La docteure Feist se pencha pour examiner de plus près le cou de la jeune fille.

— Il y a des ecchymoses, nota-t-elle. Elles ne proviennent pas d'une quelconque ligature, cela dit, elles sont irrégulières, et indiquent donc plutôt une strangulation. Vu les marques, on dirait que la personne a commencé à l'étrangler, s'est arrêtée et a fini le travail plus tard. Hummel, veillez à bien ensacher ses mains, au cas où il y aurait de la peau sous ses ongles.

Doucement, la docteure Feist palpa les doigts de la jeune fille, essayant de les séparer de l'objet coincé contre son corps, en vain.

— Elle est encore rigide, constata la docteure Feist.

— Cela signifie qu'elle est morte depuis quelques heures seulement ? s'enquit Mettner.

La docteure Feist leva les yeux vers lui.

— La rigidité cadavérique peut prendre effet entre une et six heures après la mort, inspecteur Mettner. En moyenne, deux à quatre heures. Et elle peut durer jusqu'à soixante-douze heures. Si vous voulez connaître l'heure du décès, j'en aurai une meilleure idée quand je l'aurai allongée sur ma table. Je devrai prendre sa température interne et effectuer quelques calculs, mais il est très probable qu'elle soit morte depuis plusieurs heures.

— Vous pensez qu'elle est morte ici ? demanda Mettner.

La docteure Feist fronça les sourcils.

— Difficile à dire. Je ne vois aucun signe de lutte. Pas de marques dans l'herbe, pas de branches d'arbre cassées. Mais elle n'est pas non plus couverte de terre ou de quoi que ce soit qui puisse indiquer qu'elle a été traînée sur le sol. S'il n'y avait pas l'hémorragie dans ses yeux et les ecchymoses sur sa gorge, on pourrait croire qu'elle s'est simplement couchée et endormie là. Pauvre petite.

Mettner prit quelques notes sur son téléphone.

— Nous allons devoir parler à toutes les personnes qui se sont trouvées ici aujourd'hui, déclara Gretchen. Je vais demander des renforts.

— Qu'est-ce qu'elle a dans les mains ? s'enquit Josie.

La docteure Feist adressa un signe de tête à Hummel, puis s'écarta pour qu'il puisse s'agenouiller à côté de la jeune fille.

— C'est une sorte de... poupée grossière, je crois. Chan, tu en penses quoi ?

L'agente Chan s'approcha et baissa les yeux.

— C'est bizarre, dit-elle. Je pense que tu as raison. C'est censé être une poupée.

— Je ne peux pas m'approcher avec cette robe, intervint Josie. L'un d'entre vous peut-il prendre une photo et l'envoyer par SMS à Mett, que je puisse voir ça ?

Chan et Hummel se figèrent, regardant momentanément Josie avant de tourner leurs regards vers le chef Chitwood. Josie le regarda également. Quand il secoua la tête, des mèches de cheveux blancs s'agitèrent sur son crâne dégarni. Il soupira :

— Quinn, Fraley, vous êtes censés vous marier aujourd'-

hui... Dans une heure environ, d'après mes calculs, ajouta-t-il après un coup d'œil à sa montre. Pourquoi ne pas nous laisser nous occuper de ça ?

Josie désigna Holly Mitchell.

— J'ai rencontré cette fillette. J'ai fait la connaissance de sa mère et de sa sœur. Je ne peux pas faire comme si de rien n'était.

— Patronne, répliqua Gretchen, personne ne te demande de faire comme si de rien n'était. On te demande juste d'attendre jusqu'après la célébration de votre mariage pour t'impliquer.

— Abandonner son mariage, c'est un peu merdique, patronne, renchérit Mettner.

— Hé, intervint Noah. Surveille tes propos, Mett. C'est aussi mon mariage.

Mettner haussa les épaules, imperturbable.

— N'empêche que c'est merdique.

— Le lieu de notre mariage est une scène de crime, objecta Josie.

Noah s'avança vers l'inspecteur.

— Si tu ne comprends pas pourquoi nous devons être ici et nous impliquer dans cette affaire, c'est que tu ne nous connais pas du tout.

Josie aima Noah encore plus qu'elle ne l'aimait déjà pour s'être inclus dans cette déclaration. Son soutien indéfectible et inébranlable ainsi que son étonnante capacité à la comprendre étaient exactement les raisons pour lesquelles elle l'épousait. Elle s'approcha et glissa sa main dans la sienne.

— Laissez-moi juste aller voir la mère de Holly. Elle habite tout près.

— Nous enverrons quelqu'un, déclara le chef. Vous deux, retournez à votre mariage.

— Vous n'arriverez pas à trouver la maison si l'un de nous ne vous y emmène pas, répliqua Josie.

— Vous n'êtes pas obligés de tout faire, tous les deux, vous savez. Mettner et Gretchen sont parfaitement capables de s'en occuper pendant que vous vous mariez. C'est un grand hôtel. Ils pourront vous trouver un autre endroit pour la cérémonie. Vos invités sont déjà là. Le groupe aussi. Les cuisiniers sont en train de préparer un festin. Vous allez perdre beaucoup d'argent si vous ne retournez pas à l'hôtel pour vous marier.

Josie jeta un nouveau coup d'œil vers le corps et refoula ses larmes. Elle sentit Noah exercer une pression sur sa main. Pouvaient-ils se marier une heure après la découverte du corps d'une enfant sur le lieu de leur mariage ? Sur le seuil de l'église où ils allaient échanger leurs vœux ? Elle connaissait la réponse, mais elle savait que leurs collègues et leur famille s'opposeraient à leur décision.

— Que l'un d'entre vous nous accompagne chez Lorelei Mitchell pour qu'elle puisse être prévenue.

— Et ensuite vous reviendrez vous marier ? insista Gretchen.

— Oui, répondirent Josie et Noah à l'unisson.

La douce pression de la main de Noah indiqua à Josie que, tout comme elle, il mentait.

3

Josie et Noah montèrent dans la voiture de Gretchen qui, plantée devant la portière du côté conducteur, appelait d'autres unités depuis son portable. Noah s'était assis sur le siège avant et Josie occupait toute la banquette arrière. Sa robe lui permettait certes une grande liberté de mouvement, mais la traîne prenait beaucoup de place, même repliée. Elle aurait aimé la troquer contre des vêtements confortables, mais un retour à l'hôtel pour affronter tout le monde aurait pris beaucoup trop de temps. Ils auraient eu tellement de gens à convaincre du bienfondé de ce qu'ils entreprenaient. Josie ne voyait pas une seule personne, à l'exception peut-être de sa grand-mère Lisette, qui trouverait acceptable le fait de quitter son propre mariage pour aider à l'élucidation d'un meurtre. Une fois l'heure de la cérémonie passée sans que Josie et Noah soient mariés, leurs invités seraient beaucoup moins susceptibles de s'opposer à ce qu'ils changent de vêtements.

— Ça va ? demanda Noah.

Josie leva les yeux et vit qu'il la fixait.

— Oui, et toi ?

Il sourit.

— Bien sûr. Je suis avec toi.

— Le mariage... commença Josie.

— ... peut attendre. On va s'arranger. Allons voir Lorelei et on décidera ensuite.

Josie se pencha et l'embrassa. Il tendit la main et lui prit la joue dans sa paume chaude. Ses yeux noisette s'assombrirent.

— Tu avais un mauvais pressentiment, le jour où on a percuté la biche. Je ne t'ai pas écoutée.

Josie s'appuya sur sa main.

— Je voulais croire que c'était fini, que nous avions eu notre dose de malchance. Noah, Lorelei était farouchement protectrice envers ses enfants. Je n'ai passé qu'un peu plus d'une heure avec elles, mais c'était évident. Je ne la vois pas laisser l'une ou l'autre échapper à sa surveillance.

Ce qu'elle taisait, c'était qu'elle redoutait ce qu'ils trouveraient chez Lorelei.

Avant que Noah puisse répondre, Gretchen frappa à la vitre du côté conducteur. Ils levèrent les yeux vers elle. D'une main, elle tenait son téléphone portable collé à son oreille, de l'autre, elle désignait Griffin Hall. Trinity arrivait à grands pas vers le véhicule, une expression de fureur tordant ses traits. Drake Nally, son petit ami, lui courait après pour la rattraper. C'était un agent du FBI rattaché au bureau de New York. Josie avait travaillé avec lui sur une affaire précédente. Il n'était pas en mesure de l'aider pour les meurtres locaux, mais Josie espérait plutôt qu'il serait capable de calmer Trinity. Ce qui n'était pas une mince affaire, Josie le savait, vu le caractère bien trempé de sa sœur.

Noah dut deviner son inquiétude.

— Ça ne sent pas bon, dit-il en ouvrant la portière du côté passager. Va avec Gretchen. Je m'en occupe.

Gretchen raccrocha et monta dans la voiture pendant que Noah trottinait vers Trinity et Drake. Josie le regarda lever les mains et barrer la route à sa sœur qui essayait de le contourner.

Drake la dépassa et se tint épaule contre épaule avec Noah, afin de la bloquer.

Alors qu'elles s'éloignaient de Griffin Hall et descendaient le long chemin sinueux qui menait de *Harper's Peak* à la route au pied de la montagne, Gretchen lâcha :

— Vous ne vous marierez pas aujourd'hui, hein ?

— Non, répondit Josie.

Gretchen soupira.

— Ça ne va plaire à personne, tu sais.

— On sait, dit Josie. Tourne à gauche.

Gretchen obéit.

— Quand je dis que ça ne va plaire à personne, je veux plutôt dire que vos familles vont être furax. Tu le sais, n'est-ce pas ?

— Tu aurais envie que le souvenir de ton mariage coïncide avec celui d'une enfant assassinée sur les lieux de la cérémonie ?

— Tu marques un point, concéda Gretchen en brandissant son portable. Tiens. Hummel m'a envoyé une photo de cette... chose que Holly tenait.

Josie se saisit du téléphone et chercha le message de Hummel. L'objet ressemblait à une poupée qu'un très jeune enfant aurait pu fabriquer. Elle était constituée d'une pomme de pin sur laquelle on avait fixé deux glands qui ressemblaient à des yeux globuleux. De minuscules brindilles avaient été glissées dans les écailles de la pomme de pin pour former un nez, une bouche, puis des bras et des jambes. Dans d'autres circonstances, la poupée aurait pu être comique. Mais elle avait bel et bien été trouvée sur le cadavre d'une jeune fille, et sa vue fit tourbillonner des relents acides dans l'estomac de Josie. Cet objet ne ressemblait pas à quelque chose qu'une fille de douze ans aurait pu fabriquer ou garder précieusement. De toute évidence, la personne qui avait mis le cadavre en scène sur le belvédère avait fait exprès de laisser cette poupée avec son corps, mais qui l'avait fabriquée ? Pourquoi l'avait-on laissée là ?

— Effrayant, non ? lâcha Gretchen.

Josie se pencha et laissa tomber le téléphone sur le siège avant.

— Oui, admit-elle. C'est là-haut, sur la gauche.

Gretchen ralentit.

— Comment ça, là-haut, sur la gauche ? Il n'y a rien du tout.

— Si, insista Josie. Gare-toi sur l'accotement. Là-bas.

Gretchen arrêta la voiture au milieu de la route déserte.

— Tu as perdu la tête ?

— Gare-toi, je te dis ! s'exclama Josie.

Secouant la tête, Gretchen engagea la voiture sur le bas-côté herbeux. Josie se pencha de nouveau entre les sièges et pointa son doigt vers leur gauche.

— Là, dit-elle. Il y a deux platanes, à environ une longueur de voiture l'un de l'autre. Passe entre eux et tu verras une allée.

Gretchen suivit les indications de Josie et manœuvra entre les deux arbres. Devant elles se profilaient deux poteaux métalliques reliés par une chaîne, à laquelle était accroché un panneau proclamant : « Défense d'entrer. »

— Ces gens vivent ici ? s'étonna Gretchen. C'est comme ça qu'on arrive chez eux ?

— Lorelei m'a dit qu'elle aimait son intimité.

À l'époque, Josie avait trouvé cette déclaration un peu étrange, mais elle n'avait certainement pas pensé qu'il y avait quelque chose de sinistre derrière l'insistance de Lorelei sur cette intimité. C'était simplement une femme qui vivait seule avec ses deux filles.

Gretchen regarda la chaîne.

— Elle aimait son intimité, ou elle se cachait de quelque chose ? Ou de quelqu'un ?

Josie vit un frisson à peine perceptible parcourir le corps de son amie et collègue. Gretchen en connaissait un rayon sur la manière de se cacher des gens dangereux.

— Je ne sais plus trop quoi penser, admit Josie. Rien ne m'a paru anormal quand je suis venue ici. Lorelei a juste dit qu'elle aimait vivre « en autarcie » autant que possible.

— Comme une survivaliste ? demanda Gretchen.

— Non. Elle n'a pas construit de bunker ou quoi que ce soit du genre. C'est plutôt qu'elle fait pousser elle-même une importante partie de sa nourriture, ce genre de choses. Il y a un grand jardin et une serre derrière la maison. Tu verras. Elle m'a aussi dit qu'elle avait choisi l'instruction à domicile pour ses filles. Et qu'elle n'autorisait pas les appareils électroniques chez elle.

— Même pas la télévision ?

— Pas avant qu'elles ne soient plus âgées. Elle a un ordinateur portable, mais les filles n'y ont pas accès. J'ai pu capter du réseau lorsqu'elle m'a emmenée ici. Je pense que c'est lié à la proximité de *Harper's Peak*.

— Je te dirais bien que tout ça me semble bizarre, mais c'est comme ça que j'ai grandi. Je n'ai pas fait l'école à la maison, mais on n'avait pas d'appareils électroniques, à part la télévision et un téléphone fixe.

Plus elles parlaient, plus le malaise s'installait dans le ventre de Josie. Holly s'était-elle éclipsée de la maison ? Et si oui, pourquoi ? Était-elle allée retrouver quelqu'un ? Combien de personnes avait-elle pu connaître, vu qu'elle était scolarisée à la maison ? Lorelei savait-elle au moins que sa fille était partie ?

— Tu veux que j'aille ôter la chaîne ? demanda-t-elle.

— Dans cette robe ? fit Gretchen en haussant un sourcil. Non. Attends.

Elle sortit et décrocha la chaîne, qu'elle mit de côté pour que leur véhicule puisse passer.

— La maison est à quatre cents mètres, en haut de cette allée, dit Josie une fois Gretchen remontée dans la voiture.

L'« allée » n'était en fait que deux ornières parallèles dans la boue, creusées par les roues du pick-up de Lorelei Mitchell. La maison apparut bientôt. C'était une charmante bâtisse en pierre sur deux niveaux avec un toit pointu en tôle rouge et un porche spacieux. Un petit rondin de bois, normalement utilisé comme bordure de jardin, avait été enfoncé dans le sol pour marquer la séparation entre l'allée de terre et la cour. Des pavés menaient aux marches du porche. Gretchen se gara à côté du pick-up et coupa le moteur.

— Vu ta tenue, je vais aller frapper pendant que tu attends ici.

— D'accord, convint Josie.

Gretchen lui jeta un regard dubitatif mais sortit pour se diriger vers la porte d'entrée. Josie s'extirpa du siège arrière et se planta à côté de la voiture. Ses talons blancs s'enfoncèrent dans la terre. Elle prit une grande inspiration et ajusta sa robe. La fin de l'après-midi approchait et le soleil brillait à travers les arbres. Un parfum floral enivrant flottait dans l'air. Josie était certaine que l'odeur provenait du parterre luxuriant au pied du porche. Elle entendit Gretchen tambouriner à la porte et appeler Lorelei.

Pas de réponse.

L'inquiétude de Josie s'intensifia. Elle jeta un coup d'œil au pick-up. Elle ne voyait plus le fusil accroché dans la cabine. Mais cela s'expliquait, si Lorelei était chez elle, se dit Josie. En janvier, lorsqu'elles étaient arrivées ici, Lorelei avait grimpé à l'arrière du pick-up et soulevé les petits sièges arrière, révélant un coffre pour armes à feu, si habilement dissimulé qu'il semblait simplement faire partie de la base métallique noire des sièges. Lorelei avait utilisé une clé de son trousseau pour le déverrouiller, y glisser son fusil de chasse et des boîtes de munitions, et le sécuriser de nouveau avant de rabattre les sièges. Josie n'aurait jamais deviné qu'il se trouvait là.

Gretchen frappa plus fort cette fois-ci et Josie entendit un craquement sonore.

— La porte est ouverte, lui lança sa collègue.

Elle se planta sur le seuil et appela Lorelei encore une fois.

Josie s'approcha du pick-up en vacillant sur ses talons et jeta un coup d'œil à l'intérieur. Une empreinte de main ensanglantée souillait l'appuie-tête du siège conducteur.

— Merde.

Remettant sa robe en place, elle se précipita vers l'autre côté du pick-up. Il y avait une seconde empreinte de main ensanglantée sur la poignée de la portière. Si le reste de l'avant de la cabine semblait intact, il n'en allait pas de même pour la banquette arrière. Les sièges étaient relevés et le couvercle du coffre endommagé. De là où Josie se trouvait, il semblait que quelqu'un avait utilisé un objet lourd pour briser le mécanisme de verrouillage et ouvrir le coffre en faisant levier. Le fusil de Lorelei avait disparu.

Josie se retourna, cherchant déjà à courir vers Gretchen, mais ses talons l'entravèrent de nouveau. Elle tomba en avant et fut obligée de se réceptionner sur les paumes. Glissant alors ses pieds hors de ses chaussures, elle grimpa les marches du porche.

— Gretchen, lança-t-elle. Ça sent mauvais. Très, très mauvais.

4

Gretchen regagna son véhicule pour récupérer son téléphone sur le siège avant. Josie s'approcha et regarda par-dessus son épaule : elle envoyait un texto à Mettner et au chef pour demander des renforts et l'équipe d'identification crimi-nelle. Après avoir glissé l'appareil dans son soutien-gorge, elle se pencha vers l'arrière de la voiture et sortit un pistolet de son sac à main, qu'elle tendit à Josie.

— C'est mon arme de service, dit-elle. Tu te serviras de ça.

— Tu l'as apportée à mon mariage ? répliqua Josie en prenant le Glock, canon pointé vers le bas.

Gretchen grimaça.

— Je l'emporte partout. Ça n'a rien de personnel. Allez, viens.

Elle précéda Josie jusqu'au coffre de sa voiture et l'ouvrit. Écartant du matériel d'urgence – des ponchos, une trousse de premiers secours, un démarreur et une lampe torche –, elle révéla une petite boîte métallique de forme rectangulaire avec une serrure argentée. Josie comprit tout de suite que c'était là que Gretchen gardait son arme personnelle. Un cliquetis de métal l'avertit que son amie en cherchait la clé. Dès qu'elle eut mis la main dessus, elle ouvrit la boîte et en sortit un Ruger Security-9 ainsi qu'un chargeur plein, qu'elle introduisit dans la chambre avec une précision d'expert, puis veilla à garder le canon de son arme vers le sol.

— On a affaire à quoi, ici ? De quel type d'arme disposait cette femme ?

— Une Winchester 1200, répondit Josie.

Gretchen pinça les lèvres.

— OK, dit-elle. Vu que tu es déjà venue dans cette maison, tu vas passer devant.

Josie acquiesça.

Elles auraient pu rester dehors à attendre des renforts mais, pour l'heure, ce qu'elles savaient, c'était que l'une des habitantes de la maison avait été assassinée ; il y avait deux empreintes de mains ensanglantées dans leur véhicule et un fusil de chasse manquant. La porte d'entrée avait été laissée ouverte. Si Lorelei ou Emily étaient encore à l'intérieur et que l'une d'elles ou les deux étaient blessées, attendre des renforts pouvait faire la différence entre la vie et la mort. Josie et Gretchen devaient entrer et s'assurer que personne dans la maison n'avait besoin d'aide. Ni l'une ni l'autre n'évoquèrent l'autre problème évident : il n'était pas impossible que le tueur se trouve encore à l'intérieur.

— Enlève tes talons, suggéra Josie.

Sans hésiter, Gretchen se débarrassa de ses escarpins taupe et gravit les marches du porche à la suite de Josie. Elles se postèrent de part et d'autre de la porte, les coudes ramenés près du corps, armes collées au buste mais prêtes à l'emploi.

— Je prends la gauche, annonça Josie.

Gretchen acquiesça. Elle irait à droite. Elle poussa la porte et Josie la franchit rapidement, aussi silencieusement que possible, pour tourner aussitôt à gauche tandis que Gretchen effectuait une rotation sur la droite. Ses pieds, en collant transparent, se déplaçaient dans un silence plein de légèreté sur le côté gauche de la pièce. Ses yeux suivaient le canon de son arme, son esprit analysant la scène à toute allure. Un vieux canapé jaune et une causeuse. Des poufs.

Gretchen scrutait l'autre côté de la pièce au même rythme que sa collègue, jusqu'à ce qu'elles se rencontrent sur le seuil de ce que Josie savait être une salle à manger. Ses oreilles se mirent à bourdonner. Son cœur s'emballa. Gretchen resta légèrement en arrière, attendant que Josie la guide. Dans les forces de l'ordre, on disait des portes qu'elles étaient des « entonnoirs fatals » : lorsqu'on inspectait un bâtiment, elles devenaient un goulet d'étranglement où les agents étaient le plus vulnérables et le plus susceptibles de mourir. Josie prit une seconde pour tenter de ralentir le flot d'adrénaline qui déferlait dans ses veines.

— OK, chuchota-t-elle à Gretchen.

Sa coéquipière lui serra l'épaule, indiquant qu'elle avait compris le plan. Josie entra la première dans la salle à manger, en se plaçant à droite, tandis que Gretchen se déplaçait vers la gauche. Leurs yeux et les canons de leurs armes scrutaient chaque coin de la pièce à la recherche d'une menace. Une fois de plus, l'esprit de Josie analysa rapidement ce qu'elle voyait. Une table en bois foncé occupait la majeure partie de la pièce. Quatre chaises. Deux repoussées sous la table, une légèrement sortie et la dernière renversée. Des feutres, des carnets de croquis et un livre de coloriage éparpillés sur la table et le sol. Un bol de céréales renversé sur le parquet. Des gouttes de sang séché menaient au goulet d'étranglement suivant, une porte plus étroite.

Encore une fois, Gretchen se déplaça en miroir de Josie, tout en restant un peu en retrait.

— À gauche, dit Josie avant de se diriger vers la cuisine.

Gretchen prit le côté opposé, ses yeux et le canon de son arme braqués sur les coins que Josie ne couvrait pas.

La cuisine était telle que dans son souvenir. Des plans de travail et des placards bordaient les murs. Un grand îlot en occupait le centre. Des décorations grises avec des accents rouges. De grandes fenêtres donnant sur l'arrière de la maison, le porche de derrière et le jardin. Des herbes séchées suspendues au-dessus de l'évier. Il y avait aussi des choses qui n'étaient pas là la fois précédente. Du verre brisé scintillait sur le carrelage. La porte du réfrigérateur était enfoncée. Une tache de sang dans laquelle s'étaient pris deux cheveux bruns et bouclés avait coagulé au niveau du coin du plan de travail de l'îlot central. En dessous, une cascade de sang avait coulé et éclaboussé le sol. Les yeux de Josie continuaient à chercher, à suivre son arme.

— Porte de derrière, lâcha-t-elle laconiquement, pour indiquer qu'elle avait été laissée entrouverte. Empreintes de pas.

Josie en compta trois : deux qui semblaient provenir de grandes chaussures de sport, probablement masculines, et une plus petite, laissée par des pieds nus, toutes de couleur cramoisie.

— Corps, dit Gretchen.

Arme prête, Josie décrivit un grand arc de cercle à travers la pièce jusqu'à l'autre côté de l'îlot, évitant le sang du mieux qu'elle put, et se plaça à côté de Gretchen.

— Merde, souffla-t-elle.

Pieds nus, vêtue d'un jean usé et d'un chemisier blanc, Lorelei gisait à terre, sur le dos. Ses bras écartés laissaient voir la série d'impacts de balles sur sa poitrine. Celui qui lui avait tiré dessus avait utilisé un fusil de chasse à bout portant. Josie regarda autour d'elle et remarqua la douille de chevrotine sur le sol, près des pieds de Lorelei. Une mare de sang figé s'étalait sous le corps de la victime, dont une partie s'était incrustée dans ses boucles brunes et grises. Elle avait une entaille à la tempe, juste à la racine des cheveux. Le sang, maintenant sec, commençait à s'écailler. Son visage était figé en une expression de choc et d'horreur qui faillit faire perdre à Josie le contrôle de ses émotions.

— Emily, lâcha Josie d'une voix étranglée. Allons-y.

Gretchen resta en position tandis que Josie jetait un coup d'œil rapide à la porte de derrière. Aucune menace en vue. Josie contourna le corps, pour ne pas perturber la scène de crime plus qu'elles ne l'avaient déjà fait, et retourna dans le salon. Son rythme cardiaque s'accéléra encore tandis qu'elles montaient à l'étage, pistolets pointés vers le haut. Elle devait se concentrer pour ne pas trébucher sur sa robe. Sur un terrain plat, ses jupons glissaient avec légèreté mais, dans l'escalier, c'était une autre affaire. Josie resta en tête, Gretchen derrière elle, son propre pistolet orienté à l'opposé de la ligne de tir de Josie. Leurs corps se touchaient presque, et l'inspectrice était rassurée de savoir que Gretchen, avec ses vingt ans de métier, était là pour assurer ses arrières.

Par-dessus sa propre respiration et son cœur battant, Josie entendit un bruit sourd. Toutes deux se figèrent en haut des marches. Josie avait envie de courir, de se précipiter pour voir si quelqu'un se trouvait encore dans la maison, si Emily était vivante, mais elle étouffa cette impulsion. Dans ce genre de situation, le plus sûr était d'avancer lentement, de façon réfléchie. D'une voix basse, destinée uniquement à Gretchen, Josie dit :

— À droite, le couloir.

Sa coéquipière comprit qu'en haut de l'escalier se trouvait un couloir – un autre point étroit et dangereux pour les agents qui fouillaient une maison – et que Josie en longerait le mur droit.

La main de Gretchen serra de nouveau l'épaule dénudée de Josie, pour lui donner le signal de continuer. La policière atteignit le palier et tourna à droite. Le couloir était sombre et tapissé de moquette. Gretchen resta un pas en arrière, longeant le mur de gauche.

— Porte ouverte, lança Josie, alors qu'elles atteignaient la première porte du couloir.

Elles vérifièrent d'abord celles qui étaient ouvertes. Celle-ci donnait sur la salle de bains. Vide. Pas de sang. Aucun signe de lutte. La porte suivante était également ouverte. C'était la chambre de Lorelei. Pendant qu'elles l'inspectaient, Josie en assimila les détails : un lit *king size* avec des couvertures en désordre, un mur couvert de placards, un autre percé de fenêtres. Une petite commode surmontée d'un miroir. Des carrés sans poussière sur les bords du miroir indiquaient à Josie que plusieurs images avaient été affichées là auparavant. Des photographies, très probablement. En sortant de la pièce, Josie vit le coin déchiré d'une photo en couleurs encore coincé sous un côté du miroir. Elle n'avait pas le temps de se demander qui les avait prises.

Elles retournèrent dans le couloir, inspectant chacune des pièces restantes. L'une d'elles s'avéra extrêmement grande, décorée dans différentes nuances de violet, avec deux lits jumeaux, un de chaque côté. À côté de l'un et l'autre lits, il y avait un petit bureau blanc et une commode. À une extrémité de la pièce étaient entassés quelques jouets, poupées et animaux en peluche, tandis que de l'autre se trouvaient surtout des livres et du matériel artistique. Emily et Holly, pensa Josie. Elles avaient partagé la même chambre. À côté de ce que Josie supposait être le bureau de Holly, un grand pan de mur avait été peint avec de la peinture pour tableau noir et encadré de boiseries. Un gobelet en plastique posé sur le sol contenait des craies de différentes couleurs. Une brosse était suspendue à une petite ficelle fixée sur un côté de la baguette en bois. Le mur lui-même était décoré de dessins colorés. Josie pouvait facilement distinguer les dessins de Holly de ceux de sa jeune sœur, moins habile. Des chiens, des grenouilles, des chevaux, des bonshommes bâtons, des visages heureux, des cœurs et des arcs-en-ciel racontaient l'histoire de deux petites filles heureuses, ce qui ne correspondait pas du tout aux deux scènes de crime que Josie avait vues.

La dernière pièce de la maison était peinte dans un beige fade. Elle comportait également un tableau noir, mais il n'y avait ni dessin, ni craie, ni brosse. Un matelas deux places nu était posé à même le sol. Le placard n'avait pas de porte. Il était vide. Le poster d'un homme faisant de l'escalade au-dessus du mot « Persévérance » était affiché sur un mur et faisait face à ce qui ressemblait à un dessin d'enfant griffonné avec colère. Un visage aux traits grimaçants avait été tracé au feutre noir, puis gribouillé en bleu et en rouge. Aucune des chambres ne présentait de traces de lutte ou de violence.

— Rien, conclut Gretchen alors qu'elles achevaient l'examen de la dernière pièce.

Elles baissèrent leurs armes. Josie regagna le couloir et appela Emily. Gretchen fit de même. Pas de réponse.

— Il y a peut-être un grenier ? spécula Gretchen.

Elles fouillèrent les pièces de l'étage jusqu'à trouver une petite porte coulissante dans le plafond du placard de la chambre de Lorelei. Gretchen grimpa sur les marches en bois branlantes jusqu'à ce que sa tête disparaisse dans l'obscurité.

— Les combles ne sont pas aménagés. Je ne vois rien.

— On a besoin d'une lampe torche ? s'enquit Josie.

Gretchen sauta au sol et se passa une main dans les cheveux.

— Non. Il y a une couche de poussière de cinq millimètres d'épaisseur, qui n'a pas été dérangée. Personne n'est monté là-haut depuis un bail.

— Tu as entendu le même bruit que moi quand on était dans l'escalier, non ? demanda Josie.

— Oui, répondit Gretchen.

Elles vérifièrent toutes les pièces, tous les placards, tous les endroits où un humain pourrait se cacher et ne trouvèrent personne. Pourtant, Josie ne parvenait pas à se défaire du sentiment qu'elles n'étaient pas seules.

Gretchen dit :

— Elles vivent au milieu des bois. Est-ce qu'il n'aurait pas pu y avoir un animal sur le toit ou quelque chose comme ça ?

Bien que loin d'être convaincue, Josie acquiesça.

— Voyons s'il y a un sous-sol. Ensuite, on ira inspecter la serre.

Revenant sur leurs pas, elles continuèrent à appeler Emily, toujours sans résultat. Elles trouvèrent la porte du sous-sol dans la salle à manger et s'assurèrent que l'espace aux relents de moisi n'abritait pas la moindre menace, de la même manière que pour le reste de la maison. Il n'y avait là qu'une machine à laver et un sèche-linge, ainsi qu'une armoire remplie de bocaux de nourriture.

De retour dans le salon, Gretchen s'épongea le front.

— Emily n'est pas là, patronne.

— L'arme non plus, nota Josie, toujours oppressée. Ce qui veut dire que celui qui a tiré sur Lorelei l'a toujours en sa possession et qu'il détient peut-être aussi Emily.

Elles retournèrent dehors et descendirent les marches. L'air produisit une sensation agréable sur la peau de Josie.

— Allons voir la serre.

Sans mot dire, Gretchen la suivit jusqu'à l'arrière de la maison. Un vaste porche surplombait de quelques mètres un potager clôturé dont le portail était ouvert. Josie leva son arme en le franchissant. Ses pieds s'enfoncèrent dans la terre meuble du jardin. Passant entre deux rangées de jeunes pousses, elle se dirigea vers la serre, Gretchen dans son sillage. Autour d'elles, le seul bruit audible était le chant des oiseaux.

— Tu sens cette odeur ? demanda Gretchen.

— Ça sent le brûlé, répondit Josie.

La porte de la serre était fermée mais non verrouillée. Les

effluves âcres d'un feu récent piquèrent les narines de Josie lorsqu'elle entra. Il faisait au moins dix degrés de plus à l'intérieur de la structure. Deux des tables de la serre avaient été renversées, de la terre et des graines étaient éparpillées partout. Josie et Gretchen se frayèrent un chemin à travers les détritus jusqu'à l'extrémité de la bâtisse. Au-dessus de leurs têtes, les lucarnes étaient ouvertes. Au niveau du sol, près des persiennes de ventilation, se trouvaient plusieurs grandes jardinières en terre cuite remplies de cendres, de petits morceaux de papier et de ce qui semblait être les restes d'un ordinateur portable et d'un téléphone. Des documents et les appareils électroniques de Lorelei, supposa Josie. Que s'était-il donc passé ici ?

— Il faut qu'on retourne sur la route pour avertir les autres, déclara Gretchen. Ils ne trouveront jamais l'allée.

— Vas-y, répondit Josie. Je reste ici et j'appelle le chef pour lui dire qu'on a besoin d'équipes de recherche. Il faut qu'on retourne à la voiture pour récupérer ton téléphone.

Gretchen secoua la tête.

— Patronne, je ne peux pas te laisser seule ici.

— Je me débrouille. Les autres devraient arriver d'une seconde à l'autre. Va leur indiquer le chemin.

Poussant un soupir, Gretchen sortit de la serre. Josie la suivit jusqu'à sa voiture, où sa collègue grimpa. Récupérant son téléphone sur la console, elle le tendit à Josie.

— Reste vigilante.

Josie acquiesça et regarda Gretchen faire demi-tour avant de reprendre la route. Une fois seule dans la grande clairière, Josie fit passer son arme dans une main pour composer le numéro du chef Chitwood de l'autre.

— Palmer, répondit-il brusquement. J'ai envoyé des agents supplémentaires et une équipe d'identification à votre rencontre. La docteure Feist a dit qu'elle les accompagnerait pour le cas où il y aurait un cadavre. Ils devraient tous être arrivés, maintenant, en fait. Où est Quinn ? Les choses deviennent un peu tendues ici. Nous avons un marié, plus de cinquante invités complètement paumés, et pas de mariée.

— C'est moi, chef, dit Josie.

— Bon sang, Quinn, répondit-il. Je ne pense pas que je vais apprécier ce que vous vous apprêtez à m'annoncer.

— Non, convint Josie. Certainement pas.

5

Gretchen revint, suivie par trois véhicules de patrouille. Josie plaça l'un des agents en uniforme devant la bâtisse et l'autre à l'arrière pour s'assurer que les scènes de crime à l'intérieur de la maison et dans la serre ne seraient pas souillées. Les autres agents furent chargés de fouiller les bois alentour, à la recherche d'Emily ou d'un signe quelconque du tueur. Josie avait envie de participer aux recherches, mais sa robe de mariée compliquait grandement la tâche. De plus, le chef Chitwood avait contacté le shérif du comté d'Alcott pour demander l'aide de leur brigade canine, et Josie voulait être là quand le chien de recherche et de sauvetage arriverait. Hummel étant toujours occupé à *Harper's Peak*, il avait envoyé l'agente Chan et deux autres membres de l'équipe d'identification criminelle pour traiter la maison des Mitchell. Ils arrivèrent peu après les véhicules de patrouille et se mirent au travail, suivis cinq minutes plus tard par la docteure Feist.

Pendant que tout le monde s'activait, Josie et Gretchen attendaient dehors, près de la voiture de cette dernière. La clairière autour de la maison de Lorelei était remarquablement calme. On n'entendait que les chants des oiseaux voletant dans les arbres et la brise légère qui se faufilait entre les feuilles. Cet endroit était si paisible, si beau. Isolé. Que s'était-il donc passé ? Comment pareille violence avait-elle frappé Lorelei et ses enfants ? Pourquoi ? Et les objets brûlés dans la serre ? Était-ce le fait de Lorelei ou de son meurtrier ? Que cherchait-on à dissimuler ?

— Il faut qu'on crée une alerte Amber pour Emily, lâcha Gretchen.

— Oui, approuva Josie. Quelqu'un devra remplir le formulaire du National Crime Information Center et ensuite on pourra les appeler. Je vais téléphoner au commissariat, voir qui est à l'accueil. Je pourrai le guider dans les démarches.

— On n'a pas de photos de la petite, remarqua Gretchen. Je n'en ai pas vu dans la maison, et toi ?

Josie secoua la tête.

— Non, mais Lorelei en gardait une dans son pick-up. Je verrai si l'équipe d'identification la trouve quand ils fouilleront le véhicule. Pour l'instant, j'appelle et je lance la procédure.

— Je vais envoyer l'un des agents fouiller tout de suite l'intérieur du pick-up, dit Gretchen.

Josie acquiesça et composa le numéro de l'accueil du commissariat de Denton. Comme le sergent Dan Lamay était invité au mariage, il était remplacé par un autre agent. Josie l'aida à entrer toutes les informations connues sur Emily dans la base de données du National Crime Information Center. Gretchen revint alors qu'elle était encore au téléphone pour lui apprendre que l'agent de l'équipe d'identification n'avait pas trouvé la moindre photo dans le pick-up. Ce fut donc à Josie de fournir une description de la fillette qu'elle avait rencontrée trois mois plus tôt. Elle dut estimer sa taille et son poids : environ un mètre vingt, entre vingt-cinq et trente kilos. Ce dont elle était sûre, c'était qu'Emily avait des cheveux bruns raides, mi-longs, et des yeux noisette. En fait, lors de cette unique rencontre, les yeux d'Emily lui avaient rappelé ceux de Noah.

Elle termina son appel et composa ensuite le numéro de la police d'État pour finaliser le processus d'émission de l'alerte Amber. Quelques minutes après qu'elle eut raccroché, les téléphones portables de toutes les personnes présentes sur les lieux se mirent à vibrer ou à sonner, signe que l'alerte avait été lancée à l'échelle de l'État.

Josie ne se sentit que légèrement mieux.

— Mett est toujours à *Harper's Peak* pour prendre les dépositions du personnel, lui apprit Gretchen. Donc c'est moi qui prends la direction des opérations ici. Qu'est-ce que tu peux me communiquer sur Lorelei Mitchell et ses enfants ?

Josie haussa les épaules.

— Pas grand-chose de plus que ce que je t'ai déjà dit. Je ne suis restée ici que deux heures. Mon portable fonctionnait, donc j'ai appelé Noah et Mett. Lorelei m'a proposé un café. Les filles sont venues à la cuisine depuis le jardin. On s'est toutes assises à la table de la salle à manger. Lorelei venait de faire un *banana bread*. Les filles semblaient ravies de me rencontrer.

Gretchen balaya la zone du regard.

— Elles font l'école à la maison ? J'imagine qu'elles ne reçoivent pas beaucoup de visiteurs.

Josie se rappelait que la jeune Emily l'avait assaillie de questions, allant même jusqu'à s'enquérir de sa cicatrice. Gênée, Lorelei avait grondé sa benjamine pour son indiscrétion. Holly s'était contentée d'en rire avant de passer un bras autour des épaules de la petite.

— Je n'ai pas eu l'occasion de poser beaucoup de questions à Lorelei parce que je discutais avec les filles, dit Josie.

— Et leur père ?

— Lorelei m'a déclaré qu'il n'y avait qu'elles. Ni elle ni les filles n'ont abordé le sujet, et je n'ai pas repéré la moindre trace de présence masculine dans la maison.

— Vu ce besoin aigu d'intimité, je me demande s'il ne s'agirait pas d'une affaire de violences conjugales, déclara Gretchen.

Josie n'y avait pas réfléchi en janvier, mais elle s'interrogeait à présent : Lorelei s'était-elle échappée d'une relation avec un partenaire abusif et se cachait-elle ici, au milieu des bois ? Si tel était le cas, le père des filles serait leur principal suspect dans les meurtres de Holly et de Lorelei et la disparition d'Emily.

— On va devoir se renseigner sur l'identité de leur père, une fois qu'on sera rentrées au poste, dit Gretchen. Tu as une idée de la façon dont elle gagnait sa vie ?

Josie secoua la tête.

— Non, je ne sais rien d'autre à son sujet.

Dans la plupart des enquêtes criminelles, on s'intéressait d'abord au cercle proche de la victime avant d'élargir aux autres personnes, mais il semblait que Lorelei Mitchell n'ait pas de cercle proche. Josie pensa une nouvelle fois aux victimes de violences conjugales. Souvent, leurs agresseurs les isolaient méthodiquement de la plupart ou de la totalité de leur famille et de leurs amis. Était-ce ce qui s'était passé ici ? À supposer que Lorelei se soit échappée avec ses filles d'une relation toxique, ne bénéficiaient-elles donc d'aucun réseau de soutien ? Depuis combien de temps vivaient-elles ici ? De qui dépendaient-elles ou vers qui se tournaient-elles en cas d'urgence ?

Josie revint mentalement à leurs déplacements dans la maison. Il y avait un manque flagrant d'effets personnels. Aucune photographie... ou s'il y en avait eu, elles avaient été emportées et peut-être détruites dans la serre. La maison de Josie et Noah était remplie de photos de leurs proches. Leur réfrigérateur était couvert de dessins de Harris et de la nièce de Noah, ainsi que des invitations reçues pour telle ou telle fête d'anniversaire, mariage, barbecue et autres événements divers. Josie n'avait rien vu de tel chez les Mitchell. Elle n'avait pas non plus aperçu de classeurs ou de bureau d'aucune sorte. La plupart des gens avaient un endroit dédié où ils conservaient leurs documents importants comme les actes de naissance, les informations bancaires, les carnets de santé et autres, même s'il ne s'agissait que d'une boîte. Lorelei avait probablement caché ce genre de pièces personnelles. Si le tueur ne les avait pas emportées, les policiers seraient probablement en mesure de les trouver.

— Quand l'équipe d'identification criminelle aura terminé, nous verrons quels types d'effets et de documents personnels nous pourrons trouver, ajouta Josie.

L'agente Chan sortit de la maison avec des sachets de preuves à la main. Elle les déposa dans son véhicule où elle prit un appareil photo ainsi qu'un carnet de croquis.

— Je vais commencer par la serre, annonça-t-elle. Ce sera bientôt terminé, dans la maison, vous pourrez y jeter un coup d'œil si vous le souhaitez.

Josie et Gretchen acquiescèrent et la regardèrent s'éloigner. La première n'avait aucune idée du temps qui s'était écoulé depuis qu'elles étaient arrivées, mais le soleil avait baissé dans le ciel. Elle aurait probablement dû se tenir devant l'autel à l'heure qu'il était, ou peut-être que Noah et elle seraient déjà mariés. Elle donna un petit coup de coude à Gretchen.

— Je peux utiliser ton téléphone pour appeler Noah ?

— Bien sûr.

Josie trouva son futur mari dans la liste des contacts de Gretchen et appuya sur l'icône d'appel. Il répondit au bout de quatre sonneries.

— Gretchen ? Qu'est-ce qui se passe ?

— C'est moi, répondit Josie.

— Josie... J'ai appris pour Lorelei. Je suis vraiment désolé. Ils viennent d'emmener Holly Mitchell à la morgue. Des nouvelles d'Emily ?

— Pas encore. Le shérif envoie une brigade canine. Comment ça se passe de ton côté ?

Noah s'esclaffa.

— Tous nos invités sont encore là, mais ils commencent à s'agiter. Celeste est furieuse, Tom, idem, mais Adam se montre très accommodant. Il avait déjà commencé à préparer la nourriture pour la réception. Il a suggéré de la maintenir, puisque tout le monde est déjà là, de laisser le groupe jouer et les gens manger, et on pourra reporter notre mariage.

— Ça m'a l'air bien, approuva Josie.

Elle regarda ses pieds. Son collant était couvert de saletés. Quelques brins d'herbe s'accrochaient à ses chevilles, tandis que le bas de sa robe était taché de marron.

— Noah, je suis désolée.

— Josie, une enfant a été assassinée sur le lieu de notre mariage. Il s'avère que sa mère a été tuée, elle aussi, et maintenant sa jeune sœur a disparu. Tu crois que j'ai envie de me marier dans ces circonstances ?

— Non, convint Josie. Je sais que non. J'avais juste besoin de l'entendre.

— Je t'aime, dit-il. Appelle-moi quand la brigade canine aura terminé ses recherches.

Josie sentit des larmes chaudes et inhabituelles lui picoter les yeux lorsqu'elle rendit le téléphone à Gretchen. Elle ne parvenait même pas à identifier les émotions qui menaçaient de l'engloutir ou à les isoler les unes des autres. Dévastation face au sort de Lorelei et de ses filles. Inquiétude pour Emily Mitchell. Tristesse liée à l'annulation temporaire de son mariage. Gratitude envers son futur époux, exactement sur la même longueur d'onde qu'elle à ce sujet. Elle se sentait submergée par l'amour qu'elle lui portait.

— Tu as de la chance, lui dit Gretchen. Noah est quelqu'un de bien.

Incapable de parler sans laisser échapper des larmes, Josie acquiesça.

— Vous vous marierez un autre jour. Ce n'est pas la fin du monde.

Avant que Josie puisse répondre, la docteure Feist apparut sur le porche. Elle descendit les marches du porche et se dirigea vers son véhicule, où elle entreprit d'ôter ses équipements de protection individuelle. Sa peau était plus pâle que d'habitude et ses cheveux en désordre à cause de la charlotte. Sous sa combinaison, sa robe rose s'était froissée. Josie et Gretchen se précipitèrent vers elle.

— Je pense que la cause de la mort est l'exsanguination.

— Autrement dit, elle s'est vidée de son sang à cause des blessures par balle, comprit Gretchen.

La docteure Feist acquiesça.

— Mais elle a subi un traumatisme crânien assez important.

Josie repensa au sang et aux cheveux sur le coin de l'îlot de cuisine.

— Une idée de l'heure de la mort ? s'enquit Gretchen.

— La victime est complètement rigide, comme Holly Mitchell. Je ne peux pas vraiment déterminer quand elle est morte sans l'avoir allongée sur ma table d'examen.

Josie songea aux céréales renversées dans la salle à manger.

— Il est possible qu'elles aient été tuées toutes les deux ce matin ?

— Absolument, déclara la docteure Feist. J'en saurai plus une fois que j'aurai pratiqué l'autopsie. Je commencerai par Holly, puis je m'occuperai de Lorelei... Je suppose que toi et Noah ne vous mariez pas aujourd'hui, acheva-t-elle en regardant Josie.

— Non, nous remettons cela à plus tard.

La docteure Feist secoua tristement la tête.

— Vous devriez vous marier à l'étranger. Sérieusement. Pensez-y. Je vais rentrer chez moi passer une blouse, puis je me rendrai à la morgue. Je vous préviendrai si je découvre quelque chose d'utile pour identifier le coupable.

— Merci, dit Josie.

Elles regardèrent la docteure Feist s'éloigner, puis attendirent encore. Les autres agents de l'équipe d'identification criminelle, qui avaient fini de traiter l'intérieur de la maison, se rendirent dans la serre pour aider Chan. Une ambulance emporta le corps de Lorelei. Gretchen recevait régulièrement des messages de Mettner, toujours en train d'interroger des membres du personnel à *Harper's Peak*. Enfin, ils entendirent le bruit d'un autre véhicule dans l'allée. Un SUV du bureau du shérif du comté d'Alcott apparut. Josie reconnut immédiatement l'adjointe Maureen Sandoval. Elles avaient déjà travaillé ensemble. Sandoval sortit en souriant du véhicule. Des pattes d'oie partaient en éventail des commissures de ses yeux. D'après Josie, elle devait avoir une cinquantaine d'années. Elle portait des bottes, un pantalon kaki et un polo bleu marine avec l'insigne du shérif. Ses cheveux gris mêlés de brun étaient tirés vers l'arrière en une queue-de-cheval serrée.

Après avoir reluqué Josie et Gretchen de haut en bas, Sandoval commenta :

— Je ne pense pas avoir jamais vu une mariée et sa demoiselle d'honneur sur une scène de crime. C'est une première.

Gretchen réussit à sourire.

— Oui, c'est une première pour nous aussi.

Elles entendirent un aboiement à l'arrière du SUV.

— Vous avez Rini avec vous ? s'enquit Josie.

— Bien sûr, et elle est prête à travailler.

Sandoval gagna lentement l'arrière du SUV et en ouvrit le hayon, révélant une grande cage pour chien. À l'intérieur, Rini, un berger allemand femelle de quatre ans, se tenait bien droite, la langue pendante. Ses yeux bruns, pleins d'une ferveur des plus expressives, regardèrent Sandoval, puis Josie et Gretchen, avant de se reposer sur sa maîtresse.

— Une minute, ma fille, lui dit celle-ci en se tournant vers les inspectrices. Vous pouvez me briefer rapidement ?

Josie s'exécuta.

— Je vais avoir besoin d'un objet porteur de l'odeur d'Emily, annonça Sandoval quand Josie eut terminé. Peut-être un vêtement ? Ça ne devrait pas être bien difficile, puisque vous avez accès à la maison.

— Je vais jeter un œil, déclara Gretchen.

Pendant qu'elle allait récupérer quelque chose à faire renifler à Rini, Sandoval sortit la chienne du pick-up et attacha une laisse à son collier.

— Couchée ! lui ordonna-t-elle.

Non sans pousser un léger gémissement, Rini s'allongea dans l'herbe pour y attendre d'autres instructions.

Gretchen revint avec un t-shirt rose tout froissé.

— Il était dans le panier à linge, du côté de la chambre d'Emily, annonça-t-elle en l'exhibant.

Josie put s'assurer qu'il était bien à la taille d'Emily. Trop petit pour Holly.

— Ça fera l'affaire, déclara Sandoval.

Elle donna un ordre à Rini, qui se leva. Puis elle guida la chienne pour qu'elle puisse flairer le t-shirt dans la main de Gretchen. Pendant que la truffe de Rini s'enfonçait dans le tissu, Sandoval lui passa un harnais, tout en lui murmurant qu'elle était une bonne fille. Puis, une fois certaine que Rini avait bien détecté l'odeur, elle lui lança :

— Maintenant, au travail, Rini.

La chienne s'élança vers le pick-up, la truffe tantôt au sol, tantôt en l'air. Elle fit deux fois le tour du véhicule, sauta deux fois devant la portière du côté passager et se dirigea vers l'arrière de la maison. Josie et Gretchen la suivirent. Rini longea le périmètre du jardin, puis se glissa par le portail. Elle alla jusqu'à l'entrée de la serre, puis retourna vers la maison. Elle monta les marches du porche de derrière. L'agent en faction regarda Josie et Gretchen pour leur demander la permission de laisser la chienne continuer ses recherches.

— C'est bon, confirma Josie.

Avec un signe de tête, il fit entrer Rini et Sandoval dans la maison, Josie et Gretchen sur leurs talons. Lorsqu'elles atteignirent la cuisine, elles entendirent Rini grimper l'escalier. Évitant le sang de Lorelei d'un côté de l'îlot et le verre brisé de l'autre – elles étaient toujours en collant –, elles montèrent à leur tour à l'étage. Elles venaient d'atteindre le haut des marches lorsqu'elles entendirent Rini aboyer.

Josie accéléra le pas. La chienne et Sandoval se trouvaient dans la chambre des fillettes. Assise au centre de la pièce, Rini jappait. Dès que Sandoval les vit, elle donna un autre ordre à la chienne, qui se calma avant de s'allonger.

Josie savait que les chiens des brigades canines donnaient des signaux lorsqu'ils trouvaient ce qu'ils cherchaient. Elle savait aussi que les aboiements étaient le signal que Rini donnait lorsqu'elle retrouvait la personne vivante.

Mais Emily n'était pas là.

6

Elles fouillèrent la pièce, déplacèrent tous les meubles, démontèrent les lits, sans succès. Sandoval ramena Rini dehors et répéta l'exercice deux fois supplémentaires. Par deux fois encore, la chienne retourna dans la chambre d'Emily et de Holly, lui indiquant activement qu'elle avait trouvé Emily.

— Avec tout le respect que je dois à Rini, elle se trompe, lâcha Gretchen, plantée dans la chambre avec le chien et sa maîtresse pour la troisième fois. Parce que, bon, c'est la chambre d'Emily. Donc c'est normal qu'elle détecte son odeur ici.

Sandoval semblait tout aussi perdue que Josie et Gretchen.

— Cela n'a pas d'importance. Les gens répandent des odeurs en permanence. Rini serait capable de remonter la piste. Elle ne s'est jamais trompée auparavant. Je suis perplexe... Il y a quelque chose qui cloche. Laissez-moi... Ça vous dérange si j'appelle un collègue ? Nous pourrions peut-être demander à un autre chien d'effectuer la même recherche et voir ce qui se produit.

Josie ne pouvait s'empêcher de penser que chaque seconde qui passait était une seconde où Emily leur échappait un peu plus. Mais elles n'avaient pas le choix. Une battue était déjà en cours dans les bois. L'alerte Amber avait été lancée. Elle n'avait jamais vu les chiens d'une brigade cynophile se tromper. Ils étaient extrêmement fiables : parfois, la piste s'arrêtait purement et simplement, et on ne pouvait pas la remonter, mais ils ne se *trompaient* pas. Elle observa Rini. La chienne était sûre d'elle. Qu'est-ce qui échappait à Josie ?

Elle scruta de nouveau la pièce, cette fois à la recherche d'endroits où la moquette pouvait se détacher, mais ne trouva rien. S'il y avait un compartiment caché dans le plancher, Josie ne voyait pas comment y accéder.

Regardant Gretchen et Sandoval, elle demanda :

— Ce serait possible qu'elle soit... dans le mur ?

Gretchen haussa un sourcil.

— Patronne, comment une enfant de huit ans pourrait se retrouver dans un mur ? Si quelqu'un l'y avait mise, on le saurait. Holly et Lorelei Mitchell ne sont pas mortes depuis assez longtemps pour que qui que ce soit ait eu le temps de rafistoler et peindre un mur. Et puis, pourquoi laisser le corps de Lorelei dans la cuisine, celui de Holly à *Harper's Peak* et se donner la peine d'emmurer Emily vivante ? On a retourné cet endroit. Elle n'est pas là. Viens, attendons l'autre chien et voyons ce qui se passe. Je vais appeler le central et demander du renfort pour les recherches.

Abattue, Josie les suivit hors de la pièce. En arrivant en bas des marches, elle crut entendre encore une fois le bruit sourd que Gretchen et elle avaient perçu plus tôt, mais ni sa collègue ni Sandoval ne remarquèrent quoi que ce soit. Dehors, les deux femmes téléphonèrent pendant que Josie observait la maison. Derrière la bâtisse, le soleil avait commencé à se coucher, baignant le ciel d'orange et de rouge. S'ils devaient rester là jusqu'à la nuit, il leur faudrait allumer des lumières.

Josie rentra, actionnant les interrupteurs au fil de ses déambulations, et remarqua d'autres détails étranges. Les poufs dans le salon et l'absence de table basse ou de table d'appoint. Les tableaux accrochés aux murs n'étaient pas mis sous verre, il ne s'agissait que de toiles tendues sur leurs cadres. Dans un coin, il y avait deux petits meubles à tiroirs en plastique. Josie en ouvrit deux pour constater qu'ils contenaient du matériel de loisirs créatifs. Papier, crayons de couleur, feutres, paillettes, colle, ruban adhésif, morceaux de feutrine, rubans, peinture, éponges couvertes de peinture séchée. Pas de pinceaux ni de ciseaux. Dans la salle à manger, les tables et les chaises étaient en chêne, mais la pièce ne contenait rien d'autre. Pas de centre de table. Pas de buffet ni de placard. Le bol de céréales et la cuillère renversés étaient en plastique. Dans la cuisine, Josie remarqua, en ouvrant et refermant les tiroirs, que tous les ustensiles étaient en plastique. Et il n'y avait pas de couteaux. Nulle part dans la cuisine. Pas même de couteaux à beurre.

Elle ouvrit les placards et trouva de la vaisselle en plastique et en céramique. Les tasses à café étaient en céramique. Dans l'un des placards du haut, elle avisa plusieurs flacons de pilules orange. Tous les médicaments avaient été prescrits à Lorelei. Josie les mémorisa : méthylphénidate, rispéridone, aripiprazole, olanzapine, alprazolam. La policière ne les connaissait pas tous, mais elle savait, pour les avoir rencontrés au cours de précédentes affaires, qu'au moins deux de ces médicaments étaient des antipsychotiques, préconisés notamment pour les patients atteints de schizophrénie ou de troubles bipolaires. Lorelei avait-elle souffert de l'un de ces troubles ou d'un autre problème de santé mentale ? Josie observa de nouveau les flacons et constata qu'ils avaient tous été prescrits par le docteur Vincent Buckley. Elle nota mentalement de retrouver le médecin pour l'interroger sur Lorelei et ses enfants. Ils pourraient probablement obtenir un mandat afin d'avoir également accès à son dossier médical.

Elle remonta l'escalier et se dirigea vers la chambre de Lorelei. Son armoire ne contenait ni effets personnels ni documents d'aucune sorte. Tous ses vêtements étaient pliés et placés dans des cubes de rangement en plastique. Pas de cintres. Josie fouilla l'unique tiroir de la table de nuit, mais n'y trouva rien d'intéressant. Debout à côté du grand lit, elle pivota sur elle-même, s'étonnant du dépouillement de la pièce. Quelque chose au dos de la porte attira son attention. En s'approchant, elle vit que le battant comportait une serrure. Pas n'importe quel type de serrure : une serrure à cylindre de haute sécurité. Qui aurait besoin de ce genre d'équipement à l'intérieur de sa chambre ?

Josie retourna dans le couloir pour aller dans les autres chambres. Il y avait également une serrure de sécurité à la porte de la chambre d'Emily et de Holly. La dernière porte, elle, n'en comportait pas.

— Qu'est-ce que c'est que ce micmac ? marmonna-t-elle en retournant dans la chambre de Lorelei.

Elle balaya de nouveau la pièce des yeux jusqu'au lit. Le matelas reposait sur ce qui semblait être un solide cadre métallique. Il fallut plusieurs tentatives à Josie pour en déloger le matelas et le décaler. Au centre du cadre se trouvait une petite porte métallique coulissante.

Josie descendit au rez-de-chaussée aussi vite que le lui permettait sa robe de mariée.

— Chan ! cria-t-elle en déboulant sur le porche de derrière, celui qui surplombait le jardin et la serre. Chan !

L'agente Chan sortit de la serre. Elle s'arrêta au milieu du jardin et fixa Josie.

— Vous avez trouvé quelque chose ?

— Je pense que oui.

Quelques minutes plus tard, Josie et Gretchen se tenaient devant la chambre de Lorelei, tandis que Chan extirpait, mains gantées, des objets de la cavité au centre du lit, tout en décrivant ce qu'elle repêchait.

— Trois boîtes de munitions pour un fusil de chasse

Winchester 1200. Un kit de couture. Un petit bac en plastique rempli... de couteaux de différentes tailles. Une petite boîte en plastique contenant trois paires de ciseaux.

À l'aide d'une lampe torche, elle fouilla une dernière fois le compartiment.

— C'est tout, conclut-elle.

— Rien d'autre ? insista Josie.

— Désolée. Il n'y a rien d'autre que ces trucs bizarres. Vous voulez que j'enregistre ça comme preuve ?

— Non, répondit Gretchen. Je ne pense pas que ce soit la peine. Merci.

Sur un salut militaire ironique, Chan les laissa seules dans la pièce.

— Elle savait qu'elle était en danger, remarqua Josie.

— Oui, convint Gretchen.

Josie ouvrit la bouche, mais un bruit la figea sur place. Un autre bruit sourd, plus fort, plus proche. Elles échangèrent un regard, les yeux écarquillés.

— Elle est là, murmura Josie.

— Ce n'est pas possible, objecta Gretchen. On a fouillé tous les coins et recoins de cet endroit.

— Rini l'a sentie ici, dans cette maison, dans sa propre chambre.

— Patronne, la chienne peut se tromper.

— Tu as entendu Sandoval. Rini ne s'est encore jamais trompée.

— Qu'est-ce qui nous échappe, alors ? soupira Gretchen.

Elles parcoururent de nouveau la maison en appelant Emily, en lui assurant qu'elle pouvait sortir de sa cachette, qu'elle ne risquait rien. Dans les pièces au sol tapissé de moquette, elles vérifièrent qu'il n'y avait pas de coutures visibles et, dans les pièces sans moquette, que les lattes du plancher n'étaient pas amovibles. Elles regardèrent derrière les meubles et à l'intérieur des placards pour avoir la certitude qu'elles n'avaient pas manqué de compartiments secrets.

Rien.

Dehors, Sandoval et Rini attendaient près du 4×4 l'arrivée d'un autre maître-chien et de son animal. Josie observait la maison en repensant au jour où Lorelei l'avait amenée ici. Si cette femme se pensait en danger, pourquoi avoir fait venir une inconnue chez elle ? Se savait-elle menacée lorsqu'elle avait invité Josie, ou s'était-il passé quelque chose au cours des trois mois qui avaient suivi leur rencontre ? Un élément nouveau qui l'avait poussée à cacher tous les objets tranchants de sa maison au fond d'un compartiment secret sous son matelas et à installer des serrures de sécurité dans toutes les chambres occupées ?

Josie repensa encore à ce jour de janvier. Tout était à l'identique en bas. Simplement, elle ne s'était pas rendu compte, à l'époque, que Lorelei avait débarrassé sa maison de tout objet dangereux comme les couteaux et les ciseaux ou même la vitre des cadres accrochés aux murs, susceptible d'être brisée et utilisée pour blesser quelqu'un. Josie n'avait eu alors aucune raison de penser que Lorelei et ses filles étaient en danger, ni même qu'elles avaient peur. D'ailleurs, la mère avait laissé ses deux filles seules à la maison ce jour-là. Aurait-elle agi de la sorte si elle avait craint que quelqu'un les attaque ?

— Patronne ? dit Gretchen.

Josie détourna son regard de la porte d'entrée et revint vers sa collègue, prenant soudain conscience qu'elle avait reculé de plusieurs pas vers la maison. Elle était précisément là où elle s'était tenue le jour où elle avait suivi Lorelei dans la maison. Josie revit cette journée froide et désagréable. Lorsqu'elles avaient atteint la maison, la neige fondue tombait à gros flocons. La policière avait suivi Lorelei jusqu'à la porte d'entrée. « Ça coince, parfois », avait dit Lorelei avec un petit rire en s'efforçant de tourner la clé dans la serrure.

Elle avait pesé de tout son poids contre la porte et, ce faisant, avait heurté la sonnette de l'épaule. Josie se souvint d'avoir entendu le carillon assourdi à l'intérieur. Lorelei avait dû s'y reprendre à deux fois avant que la porte ne s'ouvre.

Et si ça n'avait pas été un accident ? Et si cette manœuvre avait été intentionnelle ?

Josie tendit les doigts vers la sonnette.

Gretchen monta les marches à sa suite.

— Patronne ? répéta-t-elle.

Josie appuya sur la sonnette et entendit le carillon de l'intérieur, plus fort maintenant, car la porte d'entrée était légèrement entrouverte. Elle compta trois secondes et sonna de nouveau. Puis elle entra, visualisant Lorelei une nouvelle fois. Elle avait parlé à Josie pendant qu'elle traversait le salon, lui expliquant qu'elle cultivait une grande partie de sa nourriture, même en hiver, car elle avait la chance d'avoir une serre. Dans la salle à manger, l'une des chaises était contre le mur au lieu d'être rangée sous la table. Lorelei l'avait traînée dans la pièce pour la remettre à sa place en faisant racler les pieds sur le carrelage, dans un bruit épouvantable. Sur le moment, Josie s'était vaguement demandé pourquoi son hôtesse ne l'avait pas plutôt soulevée, mais Lorelei parlait de la scolarisation de ses filles et Josie n'avait pas voulu se montrer grossière. Elle s'était donc concentrée sur les paroles de Lorelei.

À présent, la policière empoignait l'une des chaises et la replaçait contre le mur, là où elle l'avait vue la première fois. Puis elle la traîna à travers la pièce, provoquant un son désagréable. Dans l'embrasure de la porte, Gretchen grimaça.

« Je vais appeler les filles », avait dit Lorelei en retournant dans le salon. En bas des marches, elle avait crié leurs noms. N'obtenant aucune réponse, elle avait frappé trois fois contre le mur.

Gretchen s'écarta de son chemin lorsque Josie arriva au

pied de l'escalier. Elle n'appela pas Emily, mais frappa trois fois contre le mur, à peu près au même endroit que Lorelei.

Puis elle tendit l'oreille.

— Tu peux me dire ce qui se passe, là, patronne ? fit Gretchen.

Josie ne quittait pas des yeux le haut des marches.

— Lorelei leur envoyait un signal, expliqua-t-elle à Gretchen. Le jour où j'étais ici avec elles. Elle les avait laissées seules à la maison. Quand nous sommes arrivées, elle a fait tous ces gestes dont je n'avais pas compris l'importance à l'époque. Elles devaient s'être cachées et elle leur donnait le feu vert pour descendre. On sonne deux fois à la porte, une chaise racle le sol, trois coups sur le mur.

— Et c'était tout ?

— Merde.

Imitant Lorelei, Josie grimpa la moitié des marches. La mère des filles s'était arrêtée à la cinquième ou sixième marche et l'avait piétinée à quatre reprises. Se retournant vers Josie, elle avait souri. « Cette vieille moquette, avait-elle lâché. Elle n'arrête pas de se décoller. » Mais Josie voyait maintenant qu'il n'y avait pas de moquette mal fixée à cet endroit. Cela faisait partie du signal. Sans bottes ni chaussures d'aucune sorte, il serait difficile de faire beaucoup de bruit. Josie releva sa robe et souleva un pied aussi haut que possible, le faisant retomber quatre fois sur la marche.

Elle attendit. Un bruissement se fit entendre quelque part à l'étage. Puis un craquement ténu, suivi d'autres bruissements, d'un autre craquement et du bruit de petits pieds remontant le couloir. Le cœur de Josie s'arrêta de battre une fraction de seconde.

Emily Mitchell apparut en haut des marches, cheveux bruns en bataille. Son pyjama bleu était tout froissé. Il lui manquait une chaussette. Elle tenait dans ses bras un chien en peluche aux longues oreilles flasques.

Le cœur de Josie revint à la vie. Elle avait passé les dernières heures à essayer de ne pas penser à ce qui pourrait arriver à cette petite fille aux mains d'un tueur sans pitié. La voir en vie, en sécurité et indemne fit déferler une vague de soulagement dans ses veines.

— Bonjour, Emily, dit-elle.

7

Immobile, Emily considéra Josie avec méfiance. Josie gravit une autre marche. Depuis combien de temps la petite se cachait-elle ? Combien d'heures ? Elle devait être affamée, épuisée et terrifiée. Josie lui sourit.

— Je suis ravie que tu sois sortie, dit-elle. Nous sommes là pour t'aider.

Emily resserra ses mains sur le chien en peluche tandis que la policière montait les dernières marches et s'agenouillait sur le palier pour se retrouver face à elle.

— Il n'y a plus de danger maintenant, Emily.

Ses yeux noisette s'écarquillèrent quand elle avisa la robe de Josie.

— Est-ce que je suis morte ? murmura-t-elle.

Pour la énième fois de la journée, Josie eut l'impression que son cœur allait se briser.

— Non, la rassura-t-elle. Tu es bien vivante.

— Tu es un ange ?

Josie éclata de rire.

— Non, je suis inspectrice de police.

Emily ne bougeait toujours pas mais, au moins, se dit Josie, elle ne reculait pas non plus.

— Tu as l'air d'un ange, murmura la petite.

La policière regarda sa robe et sourit de nouveau.

— Je te remercie. Je devais me marier aujourd'hui. C'est pour ça que je porte cette belle robe. Mais en vrai, je suis une inspectrice de police, et je suis venue ici pour te récupérer et m'assurer que tu ne coures plus aucun danger. Il y a beaucoup d'autres policiers en bas et dehors, qui nous attendent.

Emily ne répondit rien.

— Je suis déjà venue ici, tu te rappelles ? reprit Josie. Il y a quelques mois. J'ai bu un café et mangé du *banana bread* avec ta maman, ta sœur et toi.

Emily haussa légèrement un sourcil.

Josie frotta le côté droit de son visage, sentant la fine cicatrice sous ses doigts tandis qu'elle faisait disparaître le fond de teint. Elle tourna la tête pour qu'Emily puisse la voir nettement.

— Tu te souviens de ça ? Tu m'as posé des questions à ce sujet.

Le visage d'Emily changea instantanément : elle l'avait reconnue et une lueur d'enthousiasme se peignit brièvement sur ses traits, avant de s'éteindre rapidement.

— Où sont maman et Holly ?

Josie jeta un coup d'œil en bas des marches pour voir Gretchen qui se tenait là. Que pouvait-elle dire ? Que devait-elle dire ? Elle ignorait ce qu'Emily savait et avait vu. Lui annoncer la vérité serait dévastateur, mais Josie ne voyait pas l'intérêt de mentir. D'après son expérience, il arrivait aux adultes de mentir instinctivement aux enfants pour leur dissimuler les mauvaises nouvelles, en pensant les protéger, alors que les enfants supportaient souvent mieux la vérité que les adultes. La propre enfance de Josie avait été remplie de traumatismes, d'abus et d'incertitudes, et pourtant, la vérité, même si elle était difficile à entendre, avait toujours rendu sa vie plus simple.

— Je suis vraiment désolée, Emily, dit-elle alors, mais elles ne sont plus parmi nous.

— Elles sont mortes, conclut la petite.

Ce n'était pas une question, et il n'y avait dans son ton nul espoir d'entendre Josie s'opposer à cette affirmation. Elle savait.

— Je suis vraiment désolée, Emily.

— Maman a dit que les malheurs pouvaient arriver, répliqua la petite. Elle avait raison.

— Quels malheurs ? demanda Josie.

— Maman m'a dit que je n'étais pas obligée d'en parler si je ne voulais pas.

— D'accord, convint Josie, qui ne voulait pas insister.

La fillette était sûrement très fragile psychologiquement à ce stade, et la policière n'allait certainement pas dire ou faire quoi que ce soit qui puisse causer davantage de dégâts. Elle reprit donc :

— Tu as été très intelligente en te cachant, et tu as vraiment bien fait de rester dans ta cachette jusqu'à ce que je te donne le signal de sortir.

Emily acquiesça.

— C'est Holly qui m'a appris.

Josie échangea un bref regard avec Gretchen. Celle-ci était l'une des inspectrices les plus stoïques que Josie ait jamais rencontrées, pourtant elle remarqua la tension sur le visage de sa collègue. Que diable s'était-il passé dans cette maison pour que la sœur aînée d'Emily lui ait appris à se cacher lorsque des malheurs se produisaient ?

— Est-ce que Holly s'est cachée avec toi aujourd'hui ? demanda Josie.

Emily secoua la tête.

— Non. Elle ne pouvait pas, aujourd'hui. J'y suis allée toute seule.

— C'était très bien, lui assura Josie. Je suis contente que tu l'aies fait. Tu peux me montrer où se trouve ta cachette ?

Emily pinça momentanément les lèvres en regardant Josie. Puis elle se pencha et chuchota :

— Tu as une arme ?

— Oui. Je ne l'ai pas sur moi en ce moment, mais oui, je possède une arme. C'est quelque chose qui t'inquiète ?

Emily caressa le crâne de son chien en peluche.

— J'ai peur que tu ne sois pas prête pour les malheurs, comme maman et Holly.

Josie eut du mal à respirer, tout à coup. Elle prit un temps pour s'assurer de conserver son sang-froid.

— C'est mon travail d'être prête pour les malheurs, Emily. Je te promets de faire tout ce que je peux pour que tu sois en sécurité. Et tous les autres policiers ici aujourd'hui feront pareil. D'accord ?

Emily toucha le visage de Josie. Ses petits doigts, aussi légers que l'aile d'un papillon, suivirent le tracé de sa cicatrice.

— Tu ne m'as pas dit pourquoi tu avais cette cicatrice, lâcha-t-elle. Mais maintenant, je sais. C'est à cause des malheurs, non ?

Josie sentit la boule grossir dans sa gorge.

— Oui, croassa-t-elle. Tu as vu juste.

— Mais tu es toujours là.

— Oui.

Emily se retourna et remonta le couloir.

— Viens, je vais te montrer notre cachette.

8

Gretchen sur les talons, Josie monta l'escalier derrière
Emily jusqu'à la chambre des filles. Qu'avaient-elles manqué ?
La petite se dirigea vers le pan de mur qui formait un tableau
noir et enroula ses doigts autour de la ficelle qui retenait la
brosse. Elle tira dessus, fort et vite, et les moulures entourant le
tableau sortirent du mur, révélant qu'elles délimitaient une sorte
de porte. À l'autre extrémité de la pièce, Gretchen poussa un
petit cri.

Josie toucha l'intérieur de la trappe improvisée. Celui qui
l'avait fabriquée avait fait preuve d'une grande ingéniosité. Elle
était constituée de placo et de bois. De plus, elle n'avait pas la
forme d'une porte. Le bas de la trappe se trouvait au niveau des
genoux d'Emily, ce qui signifiait qu'elle devait grimper pour y
entrer et en sortir, presque comme s'il s'agissait d'une fenêtre.
Josie passa la tête à l'intérieur, mais il faisait noir.

— Une minute, dit Emily.

Coinçant son chien en peluche sous son aisselle, elle grimpa
habilement à l'intérieur du grand trou dans le mur. Quelques
secondes plus tard, une lumière s'alluma. Josie se pencha de

nouveau à l'intérieur. L'espace, qui avait la taille d'un grand placard, n'avait pas été peint. Josie essaya de se représenter ce qu'il y avait de l'autre côté : l'armoire de Lorelei. S'agissait-il à l'origine d'un dressing ? Est-ce qu'elle ou quelqu'un d'autre l'avait cloisonné pour en faire une cachette ?

— On n'a pas de prise ici, expliqua Emily.

Elle désigna une petite torche à piles posée sur le sol dans un coin, à côté de deux sacs de couchage, chacun avec un oreiller, entre lesquels étaient empilés plusieurs livres. Il y avait un tas de lampes de poche et des lampes de lecture. Dans un autre coin, des toilettes de camping, flanquées d'un rouleau de papier hygiénique. Une odeur d'urine monta aux narines de Josie. Suivie par celle de la pourriture. Elle fouilla le petit espace des yeux, jusqu'à en trouver la source : un Ficello à moitié mangé, un trognon de pomme bruni, une peau de banane et un pot de yaourt entamé d'où sortait une cuillère en plastique. Josie montra la nourriture du doigt.

— C'est ce que tu as apporté aujourd'hui ?

— Non, j'avais mis tout ça ici la dernière fois qu'on a dû se cacher.

— Quand est-ce que c'était ? demanda Josie, espérant qu'Emily ne serait pas victime d'une intoxication alimentaire.

— Je ne sais pas, répondit-elle. Mais quand j'ai voulu manger, ce n'était pas très bon.

— Ça va, ton ventre ? Tu as envie de vomir ?

Emily haussa les épaules.

— Je ne sais pas.

Elle se dirigea vers le sac de couchage bleu et se planta dessus.

— Celui-là, c'est le mien.

Josie opina du chef et tendit la main, faisant signe à Emily de retourner dans la chambre.

— D'accord, très bien, ma puce. Tu peux ressortir. Merci de m'avoir montré.

Emily obtempéra puis resta debout à regarder Josie.

— Je me cache aussi dans d'autres endroits mais, ici, c'est notre cachette spéciale.

— Pourquoi elle est spéciale ? demanda Josie.

— Parce qu'il n'y a que Holly, maman et moi à savoir où elle est. Personne ne nous a jamais trouvées là-dedans. Jamais. Je me cache aussi des fois dans les placards de la cuisine, derrière les poufs du salon et sous la table de la salle à manger.

— Pourquoi tu dois te cacher aussi souvent ? demanda Josie.

Sans rien laisser transparaître, la petite répondit :

— Je te l'ai déjà dit.

— À cause des malheurs.

Elle acquiesça.

— D'accord, convint Josie avant de désigner la commode d'Emily. Je voudrais que tu prépares quelques affaires. Deux ou trois vêtements, et tout ce que tu veux emporter d'autre. Peut-être des livres ou des peluches ? Tu auras aussi besoin de deux paires de chaussettes et d'une de chaussures. Tu peux trouver tout ça ?

Emily haussa de nouveau les épaules.

— Bien sûr.

Josie et Gretchen la regardèrent se diriger vers sa commode et commencer à en sortir des vêtements, alignant chaque habit plié sur le lit. Lorsqu'elle eut terminé, elle passa la main sous la couchette et en sortit un sac de voyage. Gretchen s'approcha de Josie et marmonna :

— On va devoir appeler les services sociaux.

— Je sais, dit Josie. Mais je pense qu'on devrait d'abord l'emmener à l'hôpital pour la faire examiner. Il faut aussi qu'on essaie de localiser les plus proches parents de Lorelei.

Gretchen agita son téléphone.

— Je vais passer quelques coups de fil dans le couloir.

Josie acquiesça. Une fois Gretchen sortie de la chambre, elle s'approcha d'Emily, qui avait dressé quatre piles de vêtements sur son lit. Chacune contenait un t-shirt, un pantalon, une culotte et des chaussettes. Emily compta les piles en retenant son souffle.

— Un, deux, trois, quatre. Un, deux, trois, quatre.

— Je peux t'aider ? demanda Josie.

Emily s'arrêta et, sans la regarder, secoua la tête. Fronçant les sourcils, elle recommença à compter.

— Un, deux, trois, quatre.

Elle répéta l'opération à six reprises, puis entreprit de ranger les piles dans le sac de voyage. Lorsqu'elle eut terminé, Josie se dirigea vers la commode et choisit une paire de chaussettes dans le tiroir du haut. Emily les enfila et récupéra des baskets sous son lit. Dès qu'elle fut chaussée, Josie l'aida à fermer son sac plein à craquer.

— Attends ! s'écria la petite quand Josie voulut s'en emparer. Je dois emporter mes autres affaires.

— Quelles autres affaires ?

Emily se dirigea vers son bureau et désigna une série d'objets disposés en cercle. Il y avait une petite pierre grise de la taille d'une pièce de 25 cents, un sequin rose, une plume d'oiseau, une bougie d'anniversaire intacte et un bouchon rouge vif qui provenait d'une bouteille de lait. Emily commença à les compter, pointant chaque objet du doigt.

— Un, deux, trois, quatre, cinq.

Elle répéta le décompte six fois. Puis elle regarda Josie.

— Maintenant, je peux les mettre dans mon sac.

Perplexe, Josie la regarda ranger soigneusement chaque objet dans l'une des poches latérales de son bagage.

— Je suis prête, annonça-t-elle enfin.

Josie avait d'innombrables questions, mais sa priorité pour l'heure était de faire sortir la fillette de la maison, qui était une scène de crime.

— Emily, voilà ce qui va se passer maintenant : je vais t'emmener à l'hôpital, OK ? Comme des malheurs se sont produits ici aujourd'hui, on aimerait que les médecins te parlent, tu es d'accord ?

Emily acquiesça.

— Ensuite, tu devras peut-être aller vivre chez quelqu'un, que tu ne connais pas, mais qui veillera à ta sécurité jusqu'à ce qu'on trouve un endroit où tu pourras vivre de façon permanente. Tu comprends ?

— Tu veux dire dans une famille d'accueil.

— Oui, exactement, répondit la policière, surprise. Comment tu connais les familles d'accueil ?

— Je ne dois pas le dire, normalement.

— Qui t'a demandé de ne pas le dire ? s'enquit Josie.

— Maman.

Là encore, Josie prit garde à ne pas pousser la petite dans ses retranchements, d'autant que leurs conversations sans la présence d'un tuteur ou d'un parent avaient des implications légales. Pour obtenir une déclaration en bonne et due forme de la part d'Emily, Josie devrait attendre qu'ils aient localisé un proche parent ou qu'Emily ait été prise en charge par les services de l'État. Cependant, elle ignorait combien de temps s'écoulerait avant qu'elle puisse obtenir une telle déclaration, et il était clair qu'il y avait un tueur en liberté, un assassin qui n'avait aucun scrupule à assassiner des enfants. Changeant de sujet, Josie demanda :

— Tu te caches souvent dans le mur ?

Emily haussa les épaules.

— Parfois.

— Tu peux me dire de qui tu te caches quand tu entres là-dedans ?

Lentement, Emily leva son index et le pressa sur ses lèvres, symbole universel du silence.

Josie réussit à lui sourire, dans l'espoir de la mettre à l'aise.

— Tu peux parler, Emily. Rien de mal ne t'arrivera maintenant, et tu n'as plus besoin de te cacher. Il est très important que je sache de qui Holly et toi vous cachiez quand vous étiez dans cette petite pièce.

— Je ne peux pas, murmura Emily.

— Pourquoi ?

— Parce que si je le dis, les malheurs continueront.

Josie sentit un frisson glisser le long de sa nuque. Elle s'efforça de garder le sourire.

— D'accord, dit-elle à Emily. Sortons d'ici.

Josie guida l'enfant jusqu'à la voiture de Gretchen et l'attacha sur le siège arrière. Sa collègue avait arrêté les recherches et annulé l'alerte Amber. Les agents étaient repartis, ainsi que l'adjointe Sandoval avec Rini. Tous les membres de l'équipe d'identification criminelle avaient plié bagage, à l'exception de l'agente Jenny Chan, qui préparait des sacs de preuves à l'arrière de son SUV. Josie laissa Gretchen, au téléphone avec l'hôpital, près du côté conducteur de sa voiture, et s'approcha de Chan.

— Quelque chose d'intéressant dans la serre ?

Chan retira sa combinaison de protection et ses surchaussures, les froissa et les jeta sur le siège arrière.

— J'ai bien peur que non. Un tas de cendres. Un ordinateur portable et un téléphone détruits. Je peux demander à un expert technique de les examiner, mais je pense qu'ils sont trop endommagés pour qu'on en tire quoi que ce soit. Vous feriez mieux d'obtenir un mandat pour ses relevés téléphoniques. J'ai également trouvé des fragments de ce qui semble être des photographies en couleurs, mais aucun ne contient d'éléments permettant d'identifier quoi que ce soit dessus. Des lambeaux de documents, difficile de déterminer lesquels. Il y a des bouts de mots mais, sans contexte, je ne suis pas sûre qu'on en tire quoi que ce soit. Désolée.

Josie secoua la tête.

— Ce n'est pas votre faute. Merci d'avoir fait le déplacement.

Chan retira sa charlotte et secoua ses longs cheveux noirs.

— Désolée pour votre mariage.

Josie esquissa un faible sourire.

— On pourra se marier un autre jour. Dites-moi plutôt, vous avez trouvé quelque chose dans le pick-up ?

— Non, désolée. Rien dans le pick-up à part la carte grise et la carte d'assurance de Lorelei.

Josie la remercia, la regarda finir de ranger les sacs de preuve et s'engager dans l'allée. Il faisait presque nuit à ce stade. Les bruits de la vie nocturne commençaient à s'élever alentour : les grenouilles qui coassaient, les cigales et les grillons qui stridulaient.

Josie fit demi-tour et se dirigea vers la voiture de Gretchen. Celle-ci était au téléphone avec le chef Chitwood. Josie l'avait deviné à son ton et à ses incessants « Oui, monsieur ». Elle avait rechaussé ses escarpins et marchait à côté du véhicule, s'arrêtant de temps en temps pour arracher l'un des talons du sol meuble. Par la vitre de la banquette arrière, Emily fixait Josie, visiblement figée, les yeux tellement écarquillés que la policière sentit un petit frisson la traverser. Elle s'immobilisa, avec la sensation qu'Emily cherchait à lui communiquer quelque chose. Puis, lentement, la tête d'Emily pivota vers les marches menant à la maison. Le regard de Josie suivit celui de la fillette.

Un cri s'échappa de sa gorge avant qu'elle puisse plaquer une main sur sa bouche. Gretchen s'arrêta net.

Là, sur la dernière marche, se trouvait une poupée en pomme de pin.

Josie pivota sur elle-même pour balayer les environs du regard. Il n'y avait rien. Personne. Elle se dirigea à grands pas vers la voiture. Le mouvement parut ranimer Gretchen, qui plongea par la vitre ouverte de la portière côté conducteur et saisit son arme.

— Enferme-la dans la voiture, ordonna Josie.

— On doit l'évacuer d'ici, patronne.

— Appelle des renforts.

Un ronronnement électrique les amena à tourner le regard vers la vitre arrière. Emily avait appuyé sur le bouton commandant son ouverture.

— Il est parti, dit-elle.

— Qui ? répliqua Josie. Qui est parti ? Qui était là, Emily ? Qui a laissé cette poupée ? Tu l'as vu, c'est ça ?

La fillette répondit par un signe de tête solennel.

— Qui était-ce ? demanda Gretchen. Qui était là ?

La petite porta de nouveau son doigt à ses lèvres. Chut.

— Emily, reprit Josie, en veillant à ne pas laisser transparaître la frustration et le désespoir dans sa voix. Il est très important que tu nous dises qui a laissé cette poupée.

Pas de réponse.

— C'était ton père ? insista Gretchen.

— Je n'ai pas de papa.

— Alors qui c'était, Emily ? fit Josie. Tu peux nous le dire. On est la police. On doit savoir qui il est pour pouvoir l'arrêter. On pense que c'est lui qui a fait du mal à ta maman et à Holly. S'il te plaît, Emily, dis-nous tout ce que tu sais.

Elle secoua la tête et baissa les yeux.

Parlant tout doucement pour que Josie soit seule à l'entendre, Gretchen lâcha :

— Peut-être qu'elle se refuse à parler tant que nous sommes devant sa maison. Il faut qu'on l'emmène loin d'ici.

Josie acquiesça.

— Appelle des renforts. Dès qu'ils seront là, on part avec Emily.

Pendant que Gretchen passait un autre coup de fil, Josie se glissa sur la banquette arrière à côté d'Emily. Elles regardèrent l'inspectrice terminer son appel, pressant d'une main le téléphone contre son oreille tandis que l'autre tenait son pistolet.

La poupée en pomme de pin les regardait fixement de ses yeux bizarres et globuleux, d'une méchanceté sinistre. Josie sentit la main chaude d'Emily sur son bras. Elle posa les yeux sur ses petits doigts.

— Ça veut dire qu'il est désolé, commenta la fillette.

9

Josie faisait les cent pas devant l'une des salles vitrées du service des urgences du Denton Memorial. Une infirmière et un médecin se trouvaient dans la salle d'examen avec Emily. Ils avaient tiré les rideaux lorsqu'ils étaient entrés, de sorte que Josie ne pouvait pas savoir où ils en étaient de leur examen. Gretchen était rentrée chez elle se changer avant de retourner chez Lorelei Mitchell pour aider à mettre la main sur la personne qui avait déposé l'effrayante poupée en pomme de pin. Chan devait la retrouver là-bas pour s'occuper de la poupée. Après quoi, Mettner allait rejoindre Gretchen chez Lorelei pour comparer leurs notes. Une assistante sociale envoyée par les services du comté devait arriver à l'hôpital d'une minute à l'autre. Josie portait toujours sa robe de mariée et tous ceux qui la croisaient ne manquaient pas de la dévisager. Elle regrettait de ne pas avoir pensé à prendre son propre téléphone. Elle aurait pu appeler Noah et lui demander de lui apporter des vêtements de rechange.

Une femme vêtue d'un tailleur-pantalon noir arrivait à grandes enjambées dans le couloir. De souples boucles brunes flottaient autour de son visage. Elle portait une sacoche à l'épaule et tenait un gobelet de café. Parvenue à la hauteur de Josie, elle lui adressa un sourire ironique.

— Je suis à la recherche d'une fillette de huit ans trouvée sur les lieux d'un meurtre. On m'a dit de m'arrêter quand je verrais la mariée.

Josie éclata de rire et tendit la main.

— Inspectrice Josie Quinn. Excusez la robe. Vous êtes des services de l'aide à l'enfance ?

La femme serra la main de Josie et lui tendit sa carte.

— Oui, Marcie Riebe.

Josie pointa du doigt l'enceinte vitrée.

— Le personnel médical est en train de l'examiner.

Marcie regarda des deux côtés dans le couloir, où elle repéra un bac à linge qu'elle fit rouler jusqu'à l'endroit où se tenait Josie. Sortant un petit ordinateur portable de sa sacoche, elle l'installa sur la poubelle. À côté, elle posa son café. Après quelques clics et quelques mots tapés à toute allure sur le clavier, elle leva les yeux vers Josie et lui dit :

— Vous voulez bien me raconter ce qui s'est passé ?

Josie répéta à Marcie tout ce qu'elle savait. Celle-ci tapait frénétiquement sur son clavier, s'arrêtant de temps en temps pour poser des questions. Lorsque Josie eut terminé, elle dit :

— La première chose à faire est d'essayer de localiser un proche. J'aimerais qu'elle reste dans sa famille si c'est possible, surtout compte tenu du traumatisme qu'elle a subi.

— Je suis d'accord, convint Josie. Mon équipe va s'y atteler au plus vite. Pour l'instant, ils sont encore sur le terrain.

Avant que Marcie ne puisse en dire plus, le médecin sortit de la chambre d'Emily. Josie le connaissait pour s'être rendue à plusieurs reprises au service des urgences dans le cadre d'affaires sur lesquelles elle avait travaillé. Le docteur Ahmed Nashat était intelligent, sensible et réfléchi. Josie fit les présentations entre Marcie et lui. Il leur adressa à toutes les deux un sourire affligé.

— Elle semble en excellente santé. Bien nourrie, aucun signe de blessure ou de traumatisme physique. Aucun signe de maltraitance prolongée. Elle est alerte et s'oriente facilement. L'examen n'a pas mis en évidence de troubles du développement. Elle est intelligente et s'exprime bien, même si elle refuse de répondre à certaines questions. Je m'inquiète un peu du traumatisme qu'elle a subi aujourd'hui. J'ai demandé une évaluation psychologique. L'autre problème, à ce stade, c'est qu'elle semble souffrir d'une intoxication alimentaire. Elle a vomi deux fois pendant que nous étions avec elle.

Josie soupira.

— J'étais inquiète à ce sujet.

Elle leur parla de la nourriture avariée qu'ils avaient retrouvée dans la cachette d'Emily.

Le docteur Nashat acquiesça.

— Ce doit être ça. Si vous êtes d'accord, madame Riebe, j'aimerais la garder au moins quelques heures, peut-être toute la nuit, pour m'assurer que son état est stable.

— Pas de problème, répondit Marcie.

— Docteur, intervint Josie, est-ce qu'Emily a déjà un dossier médical ici ?

Il secoua la tête.

— Non, elle n'est pas dans notre système. L'hôpital se rapprochera d'ailleurs probablement de vous pour les détails financiers, ajouta-t-il à l'intention de Marcie.

— Parfait, approuva celle-ci avec un sourire crispé. Si cela ne vous dérange pas, j'aimerais aller lui parler, maintenant.

— Bien entendu, approuva le docteur Nashat. Encore une chose, cependant. Nous lui avons demandé si elle connaissait quelqu'un que nous pourrions appeler – de la famille ou des amis – et elle a répondu : « Pax est un ami. »

— Pax ? répéta Josie.

— Oui. P-A-X. C'est ce qu'elle a dit. Quand nous lui avons demandé de qui il s'agissait, elle a déclaré que c'était un ami que sa mère aidait. Elle a ajouté que le père de Pax n'aimait pas qu'il vienne chez elles. Nous lui avons demandé si elle l'avait vu aujourd'hui. Elle a répondu par la négative.

Marcie sourit.

— Je vais voir si je peux lui soutirer plus d'informations au sujet de ce Pax.

— Merci, dit Josie. Dès que j'aurai parlé à mon équipe, on verra si on peut les localiser, son père et lui.

Marcie disparut dans la chambre et le médecin partit s'occuper d'autres patients, laissant Josie de nouveau seule dans le couloir. Quelques instants plus tard, un bruit de pas pesants se fit entendre. Levant les yeux, elle vit Noah qui arrivait à grandes enjambées. Son soulagement fut si profond qu'elle redouta un instant de s'effondrer. Il avait passé des vêtements normaux : jean, t-shirt noir sous une veste légère et bottes. Il tenait un tote bag de couleur bordeaux sur lequel on pouvait lire, dans une police élaborée, « Harper's Peak ».

Son sourire fit flageoler les jambes de Josie.

— Tu m'as apporté des vêtements de rechange, constata-t-elle.

Il s'arrêta devant elle et l'embrassa sur les lèvres.

— Plus ton téléphone, ton arme, et je suis passé à la maison récupérer ton ordinateur portable.

— Merci.

— Le groupe joue toujours à *Harper's Peak*, ajouta-t-il. Misty et Harris ont ramené Trout chez eux. Ta grand-mère, tes parents, ton frère, Trinity et Drake passent la nuit à l'hôtel. De même que ma sœur et mon frère. Celeste et Tom n'étaient pas ravis, mais Adam s'est montré très conciliant.

Josie s'esclaffa.

— Donc tout le monde célèbre notre mariage sans nous.

— Cette fois-ci, nuança-t-il.

— Tu as appris quelque chose ? demanda Josie en lui prenant le sac.

— Personne parmi le personnel de *Harper's Peak* ne se souvient d'avoir déjà vu Holly Mitchell, vivante ou morte. Ils n'ont pas de caméras dans les jardins ou sur les belvédères. Ils en ont dans tous les parkings, donc j'ai visionné les images, mais je n'ai vu personne sortir un corps de sa voiture. J'ai aussi regardé les images des caméras au-dessus des parkings du personnel et de celles à l'extérieur de tous les bâtiments, en me disant que Holly était peut-être arrivée vivante avec quelqu'un, qu'elle avait été tuée dans l'un des bâtiments et ensuite été transportée jusqu'au belvédère, mais rien ne le laisse supposer.

— Il y a manifestement eu un affrontement dans la maison, déclara Josie. Je pense que c'est probablement là-bas qu'elle a été tuée.

— Moi aussi, renchérit Noah. Mais on doit couvrir toutes les pistes pour ne rien manquer. Celeste a chargé Tom de faire en sorte que notre équipe puisse voir toutes les personnes présentes sur les lieux. Mett interrogeait les invités quand je suis parti. Il espère que l'un d'eux a croisé le tueur sans forcément lui prêter attention sur le moment. Mais ça n'a pas été très concluant pour l'instant. On dirait que personne n'a rien vu. Donc on pense que celui qui a amené son corps là-bas est passé par les bois.

— La maison de Lorelei est à plusieurs kilomètres de *Harper's Peak*. C'est un long trajet.

— À moins que Holly ne se soit échappée de la maison et que le tueur ne l'ait rattrapée dans la forêt, objecta Noah. Il l'aurait alors assassinée et portée jusqu'à l'église.

Josie repensa à la poupée en pomme de pin et aux propos d'Emily, comme quoi l'objet signifiait qu'« il » était désolé. Le tueur n'avait-il pas eu l'intention de tuer Holly ? Ou était-il simplement désolé de l'avoir fait ? Était-ce la signification de la poupée placée sur son corps ? L'église elle-même en avait-elle un ?

— Son corps a été mis en scène devant l'église, déclara-t-elle.

Cela a une signification, car le tueur n'a pas déplacé le corps de Lorelei.

— Quand Gretchen a appelé Mett, elle a dit que vous aviez discuté de la possibilité qu'il s'agisse de violences intrafamiliales. Dans ce cas, il n'a probablement pas été désolé d'avoir tué Lorelei. Il serait plus logique qu'il ait poursuivi Holly dans les bois. Peut-être qu'il n'a jamais eu l'intention de la tuer, mais qu'il est allé trop loin et qu'il s'en est ensuite voulu de sa mort.

— Il l'a laissée dans un endroit magnifique, ajouta Josie. Un endroit où il savait qu'on la retrouverait.

— Et il a laissé son corps dans une posture digne.

— C'est vrai, convint Josie.

— Mett a demandé à quelques personnes supplémentaires de participer à la fouille des bois près de *Harper's Peak*. Le chef a approuvé les heures en plus.

— C'est super, approuva Josie tout en brandissant le sac. Bon, il faut que je me change. Ensuite, je veux voir ce que je peux trouver sur le passé de Lorelei. Mais je vais avoir besoin d'aide pour ôter cette robe.

10

Vingt minutes plus tard, ils sortirent d'une pièce inutilisée du sous-sol de l'hôpital. Josie avait les joues rougies. Elle regarda Noah pour examiner les siennes. Elle sentait encore la bouche de son fiancé sur sa gorge et ses mains sur ses hanches alors que la robe de mariée tombait sur le sol et que Noah l'écartait d'un coup de pied. Elle ne se souvenait pas qu'ils aient jamais été aussi affamés l'un de l'autre, pas même au début de leur relation, mais elle avait eu envie de lui de la même manière qu'elle avait désiré plusieurs verres de Wild Turkey lorsque les moments les plus sombres de sa vie menaçaient de la submerger. À la seconde où les doigts de Noah avaient effleuré les boutons de sa robe, il avait été clair qu'il avait tout autant envie d'elle. Josie profita de ce qu'ils s'étaient engagés dans le couloir désert aux murs jaunâtres et au carrelage crasseux pour replacer des mèches de cheveux derrière ses oreilles et ajuster l'étui de son pistolet à sa taille. Elle passa le sac contenant son ordinateur portable en bandoulière et se retourna vers Noah, qui tenait sa robe de mariée sur un bras. Les mèches de ses cheveux bruns et épais pointaient dans tous les sens. Josie tendit la main pour les lisser, sentant encore les vestiges de l'électricité sauvage qui crépitait entre eux.

— Peut-être qu'on devrait presque se marier plus souvent, chuchota Noah.

Avant que Josie ne puisse répliquer, une autre voix se fit entendre au bout du couloir.

— Hé, les tourtereaux. Je vous cherchais, justement.

Ils se retournèrent : la docteure Feist était plantée devant les portes de la morgue de la ville, vêtue de sa sempiternelle blouse bleue et coiffée d'une charlotte. Elle leur fit signe d'approcher.

— J'ai appelé Mett et Gretchen, qui sont tous les deux occupés ailleurs. Ils ont dit que l'un d'entre vous devrait être disponible pour entendre les résultats de l'autopsie.

Elle les dévisagea, avant qu'un lent sourire ne se dessine sur ses lèvres.

— Mais vous étiez peut-être occupés, finalement ?

Noah lui montra la robe de mariée.

— Josie devait se changer.

La docteure Feist haussa un sourcil.

— Bien sûr. Peu importe. Venez. Vous pouvez la laisser dans mon bureau pour le moment, si vous voulez.

Ils la suivirent dans le couloir et entrèrent dans la salle d'examen. La pièce n'avait pas de fenêtre et ses murs étaient en parpaings gris pâle. En son centre se trouvaient deux tables d'autopsie en acier inoxydable, surmontées de luminaires. Comme toujours, la combinaison des odeurs de produits chimiques et de décomposition retourna l'estomac de Josie. Elle avait beau la sentir souvent, elle ne s'y habituait toujours pas. La docteure Feist s'empara de la robe sur le bras de Noah et disparut dans son bureau attenant à la salle d'autopsie. Devant eux, les deux tables d'examen étaient occupées. Même si les corps étaient recouverts de draps, Josie savait que le plus grand était celui de Lorelei et le plus petit, celui de Holly. La docteure Feist revint avec un ordinateur portable qu'elle ouvrit en se tenant debout devant le plan de travail en acier inoxydable qui longeait le mur du fond de la pièce. Elle fit apparaître une série de radiographies et se retourna vers Josie et Noah.

— De quelle autopsie voulez-vous entendre parler en premier ?

— De celle de Lorelei, répondit Josie, la gorge nouée.

La docteure Feist opina du chef solennellement.

— J'ai pu confirmer son identité grâce à son permis de conduire, que l'équipe d'identification criminelle a récupéré chez elle. Je n'ai trouvé aucune preuve d'agression sexuelle. La cause de sa mort est, comme je l'avais pensé, l'exsanguination. Elle s'est vidée de son sang à la suite de blessures par balle à la poitrine. J'ai retiré un certain nombre de plombs de chasse de son abdomen et de sa cage thoracique. Les lésions internes étaient nombreuses, mais je pense que le plus gros des dégâts provient d'un plomb qui a transpercé son poumon gauche, provoquant une plaie aspirante du thorax, et d'un autre qui a traversé son cœur de part en part. En gros, son poumon gauche et son cœur ont été déchiquetés. Les termes scientifiques appropriés figureront dans mon rapport final. En outre, elle a subi une blessure assez vilaine à la tête. Cependant, il semble qu'elle se soit produite quelques minutes après sa mort, autrement on aurait pu s'attendre à un gonflement du cerveau ou à un hématome sous-dural, qui n'ont justement pas eu le temps de se matérialiser.

— Heure de la mort ? demanda Josie.

— Compte tenu de sa température corporelle et de celle de la maison, je dirais qu'elle est morte entre 6 et 10 heures ce matin. Il y avait du café et des flocons d'avoine dans son estomac, comme si elle venait de prendre son petit déjeuner. J'ai par ailleurs fait quelques découvertes fortuites qui, à mon avis, devraient vous intéresser. Elles n'ont rien à voir avec sa mort, mais peuvent avoir un impact sur l'enquête.

Elle s'approcha de la table sur laquelle était allongée la plus grande silhouette et retira le drap jusqu'au-dessus des seins de Lorelei. En écartant les boucles de la défunte, la docteure Feist indiqua la peau le long du cou jusqu'au muscle trapèze. En se penchant, Josie repéra aussitôt une demi-douzaine de lignes d'un blanc argenté, chacune d'environ deux centimètres et demi de long.

— Des lacérations, commenta-t-elle.

— Oui, approuva la docteure Feist. Très anciennes. Cicatrisées depuis bien longtemps. Il y en a d'autres encore sur le haut du dos. J'en ai compté trente-quatre en tout. La plupart ont été relativement superficielles, c'est-à-dire qu'elles n'ont pas pénétré sous le fascia. Deux d'entre elles, cependant, ont entaillé la clavicule gauche et une autre a pénétré dans la nuque, assez profondément pour toucher l'os de la colonne vertébrale et lui en arracher un petit morceau, mais sans endommager de nerfs ou de vaisseaux alentour. Elle a eu une chance extraordinaire.

— Ce que tu es en train de dire, c'est que quelqu'un l'a poignardée trente-quatre fois dans le haut du dos et dans le cou ? fit Noah.

— Oui, répondit la docteure Feist. Je pense qu'elle a été attaquée par-derrière. Probablement une attaque éclair – rapide et implacable.

— Mon Dieu... souffla Josie. Y a-t-il un moyen de savoir à quand ces blessures remontent ?

La docteure Feist secoua la tête.

— Je ne peux pas l'affirmer avec certitude. Je dirais plusieurs années.

Un silence s'installa dans la pièce, tandis qu'ils réfléchissaient à l'agression à laquelle Lorelei avait survécu à un moment donné de sa vie. Comme mus par une volonté propre, les doigts de Josie effleurèrent la cicatrice sur son visage. Voyant que la docteure Feist l'observait, elle baissa la main.

— Et Holly ? demanda Noah.

La docteure Feist grimaça.

— Son cas est un peu plus compliqué. Vous avez déjà entendu parler de ces patients qui « parlent et meurent » ?

Josie et Noah secouèrent la tête à l'unisson.

— C'est l'expression qu'emploient les neurologues pour parler d'un traumatisme crânien fermé, généralement un hématome épidural, qui se produit lorsque le sang s'accumule entre la dure-mère – l'enveloppe du cerveau – et le crâne. Dans le cas d'une blessure où le patient « parle et meurt », la personne subit généralement un traumatisme crânien fermé, c'est-à-dire sans fracture du crâne. Pendant quelques minutes, voire quelques heures, elle semble aller bien. Elle rit, marche, parle...

— Jusqu'à ce qu'elle meure, acheva Noah.

— Exact. Le déclin est extrêmement rapide. L'accumulation de sang peut provoquer une hypertension intracrânienne et un gonflement du cerveau, qui peut même se déplacer à l'intérieur du crâne. C'est ce que j'ai vu lors de l'examen de Holly Mitchell. Elle avait un très gros hématome épidural qui a exercé une pression intense sur son cerveau, l'a fait gonfler et l'a déplacé. Voilà la cause de son décès.

— Est-ce qu'il est possible de savoir combien de temps s'est écoulé entre le moment où elle a subi le traumatisme crânien et celui où elle est décédée ? s'enquit Josie.

La docteure Feist fronça les sourcils.

— Malheureusement, non. Comme je l'ai dit, lorsque le patient « parle et meurt », il peut sembler aller bien pendant cinq minutes ou pendant plusieurs heures avant de mourir. Compte tenu de sa température corporelle et de la température extérieure, elle est probablement morte entre 8 heures et midi.

— Il y a un moyen de déterminer ce qui l'a blessée ? demanda Noah.

— Non. La blessure se situe au-dessus de l'oreille gauche, derrière la tempe. Soit quelqu'un l'a frappée, soit elle est tombée, mais il aurait fallu qu'elle atterrisse d'une façon bien particulière pour s'infliger ce type de blessure.

— Mais tu ne penses pas qu'elle soit tombée, devina Josie. Tout à l'heure, tu as dit qu'elle avait des ecchymoses autour du cou et des pétéchies dans les yeux.

— En effet, confirma Anya Feist. Si vous voulez bien jeter un coup d'œil... dit-elle en s'interrompant pour les regarder tous les deux, attendant qu'ils consentent à voir une fois de plus le corps de Holly.

Josie acquiesça et suivit la docteure Feist jusqu'à la table où reposait la jeune fille, Noah sur leurs talons. Avec d'infinies précautions, la légiste retira le drap et le rabattit sur les épaules de Holly. Elle avait les yeux fermés, ses cils blancs se détachant sous la lumière du plafonnier.

— Poliose, commenta la docteure en suivant le regard de Josie.

— Oui, c'est ce que Lorelei m'avait dit.

— Ça se manifeste généralement par une frange blanche ou une mèche de cheveux blancs quelque part sur la tête, mais parfois aussi par des cils blancs. Il s'agit simplement d'un manque de mélanine. En soi, sans problème médical concomitant, c'est tout à fait inoffensif.

— Est-ce que c'est génétique ? demanda Noah.

— En général, oui, acquiesça la docteure Feist.

— Avait-elle une maladie concomitante ? voulut savoir Josie.

— Je n'en ai pas trouvé la moindre trace lors de l'examen.

Ils reportèrent leur attention sur le visage de Holly. La docteure Feist avait arrangé ses cheveux de façon qu'ils ne puissent pas voir l'endroit où elle avait utilisé une scie pour découper son crâne. Ce n'était pas le premier enfant qu'ils voyaient sur cette table d'autopsie, et ce ne serait certainement pas le dernier, mais il n'était jamais facile de se tenir devant le corps d'un être si jeune, qui aurait dû avoir tant d'années à vivre encore. Josie fit le vœu silencieux de trouver celui qui avait infligé ça à Holly et de s'assurer qu'il ne fasse plus jamais de mal à quiconque.

La docteure Feist enfila une paire de gants en latex et désigna plusieurs ecchymoses sombres, de la taille d'un doigt, réparties sur la gorge et le cou de Holly.

— Elle a subi d'importantes blessures au niveau des tissus mous de la gorge et du cou, mais rien qui aurait pu suffire à la tuer.

— Quelqu'un a tenté de l'étrangler, puis a changé d'avis et l'a frappée à la tête ? demanda Noah.

— Ou bien quelqu'un a tenté de l'étrangler, elle s'est débattue et son agresseur a fini par la frapper à la tête.

— Mais tu as dit qu'elle était restée en vie pendant un certain temps après son traumatisme crânien, objecta Josie.

— Oui, confirma la docteure Feist. C'est une certitude.

— A-t-elle pu se trouver à terre pendant un temps assez long pour conduire le tueur à supposer qu'elle était morte ? demanda Noah.

— Peut-être. Ou bien le tueur était à ses côtés jusqu'à ce que son état se dégrade et qu'elle meure, puis il a mis en scène son corps. Il y a d'autres choses que vous devez savoir.

La docteure Feist souleva un côté du drap pour exposer l'une des mains délicates de Holly.

— On a prélevé une grande quantité de peau sous ses ongles. Hummel l'a envoyée au laboratoire de la police d'État pour analyse ADN. Elle a réussi à bien égratigner son agresseur.

Josie ressentit une pointe d'excitation. Ils pourraient maintenant rechercher des traces de griffures sur les suspects et, s'ils avaient des soupçons suffisamment fondés sur quelqu'un, ils auraient un ADN auquel comparer celui de cette personne, même si établir un profil ADN prendrait des semaines, voire des mois.

— Par ailleurs, la plante de ses pieds présente des égratignures toutes fraîches, poursuivit la docteure Feist, en allant découvrir les pieds nus de Holly.

Josie et Noah s'approchèrent. Plusieurs éraflures sillonnaient en effet la peau.

— Ses pieds étaient couverts de terre et de boue, et j'ai extrait des aiguilles de pin de l'une des coupures.

— Donc elle s'est trouvée dans la forêt avant de mourir, déduisit Josie.

— Je le crois, en effet, confirma la légiste.

— Ce qui signifie qu'elle a eu le temps de sortir de la maison, ajouta Noah.

— Et peut-être même qu'elle a été témoin du meurtre de Lorelei, renchérit Josie. Ou qu'elle savait ce qui allait se passer. Elle a dit à Emily de se cacher et, à un moment donné, elle a dû affronter le tueur, soit pendant qu'elle était encore dans la maison, soit après s'être enfuie dans les bois.

— Ou bien le tueur l'a attaquée et a tenté de l'étrangler, suggéra Noah, mais elle s'est échappée dans les bois. Il l'a ensuite retrouvée et lui a infligé un traumatisme crânien suffisamment grave pour la tuer.

— Quel que soit l'ordre des événements, déclara la docteure Feist, cette mort correspond à un homicide.

— Des signes d'agression sexuelle ? demanda Josie.

— Non, aucun, mais je crois que cette jeune fille a été victime d'abus physiques répétés.

Josie se tourna brusquement vers la docteure Feist.

— Vraiment ? Qu'est-ce qui te fait dire ça ?

La légiste revint à côté de la tête de Holly et les invita à se rapprocher. Une fois qu'ils furent à côté d'elle, elle écarta doucement les cheveux de l'oreille gauche de Holly.

— C'est pas vrai... souffla Noah.

Son oreille était complètement déformée. Sa partie externe était gonflée, bulbeuse et bosselée.

— Une oreille en chou-fleur, murmura Josie.

— C'est ça, confirma la docteure Feist. Pour faire simple, les caillots sanguins se forment sous la peau, celle-ci se décolle du cartilage et un tissu fibreux se forme. Ce genre de choses apparaît à la suite de traumatismes répétés de l'oreille externe. Soit cette enfant était une lutteuse professionnelle, soit quelqu'un la frappait régulièrement à la tête. Ce n'est pas une déformation qui apparaît après un seul coup. Ça se développe au fil du temps.

Josie repensa aux médicaments qui se trouvaient dans les placards de la cuisine de Lorelei. Même si la violence n'était pas la caractéristique principale ni de la schizophrénie, ni des troubles bipolaires, il n'était pas exclu qu'une personne souffrant de l'une ou l'autre maladie devienne violente. Cependant, Josie n'arrivait pas à croire que Lorelei soit une mère maltraitante. Elle aussi avait été tuée aujourd'hui. Elle avait construit une cachette secrète pour ses filles entre les murs des chambres. Elle gardait tous les objets tranchants de sa maison dans un placard secret sous son matelas. Quelqu'un d'autre vivait-il avec elles ?

— Nous sommes également en présence de plusieurs autres indicateurs de violence physique chronique, continua la docteure Feist.

Elle s'approcha de son ordinateur portable et leur fit signe de la rejoindre. Quelques clics plus tard, les radiographies d'une cage thoracique s'affichèrent à l'écran.

— Ici, ici et ici, vous pouvez voir des fractures au niveau des côtes désormais cicatrisées. Elles sont anciennes et, en l'absence de traumatisme évident – il faudrait qu'on ait accès à son dossier médical pour le vérifier –, les fractures des côtes chez les jeunes enfants indiquent presque toujours une agression.

— Comment survient la blessure ? s'enquit Noah.

— Habituellement, les fractures des côtes sont dues à la pression : une personne serre l'enfant et le secoue ou exerce une forte pression sur son corps de l'avant vers l'arrière. Il est très rare qu'un accident en soit la cause chez les enfants. Entre ça et son oreille en chou-fleur, il y a matière à penser qu'elle a été maltraitée.

Josie avait l'impression que ses épaules avaient été lestées de plomb. Elle repensait sans cesse au jour où elle avait rencontré Lorelei et ses filles. Rien chez elles n'avait déclenché de signaux d'alarme. Comment Josie avait-elle pu rater une chose pareille ? Qu'est-ce qui lui échappait maintenant ?

— Et son dossier médical, justement ? demanda Noah. Si elle vivait à Denton, elle a probablement été soignée ici.

— Et Lorelei a dû y indiquer une personne à contacter en cas d'urgence, ajouta Josie.

— Je n'y ai pas accès, répondit la légiste. Il faudrait que vous obteniez un mandat pour pouvoir les consulter.

— Viens, dit Josie à Noah. On va rédiger des demandes de mandats pour leurs deux dossiers médicaux. Mais en attendant, il faut qu'on déniche tout ce qu'on peut sur Lorelei Mitchell.

11

Josie et Noah passèrent voir Emily avant de partir. Elle s'était endormie, les bras enroulés autour de son chien en peluche, les joues écarlates et la bouche ouverte. Des mèches de cheveux bruns pendaient, emmêlées, sur les côtés de son visage. Josie ressentit une profonde tristesse en la regardant. La fillette n'avait que huit ans, sa vie entière avait été bouleversée et son avenir était incertain. Pourtant, elle était restée courageuse et stoïque. Josie sentit la paume tiède de Noah sur son épaule. Assise à côté du lit, Marcie prenait des notes sur son ordinateur portable. Lorsqu'elle les vit, elle se leva et s'approcha de la porte.

— Elle s'est enfin endormie. Mais elle est très malade. Le docteur Nashat va la garder pour la nuit. Cela devrait vous donner le temps de retrouver un de ses proches. Sinon, elle sera placée par nos soins.

— Elle vous a dit quelque chose ? demanda Josie.

Marcie secoua la tête.

— Rien de plus qu'à vous.

— Et son ami Pax ? Vous l'avez interrogée à son sujet ?

— Oui. J'ai seulement appris que le père de Pax n'aimait pas

Lorelei, mais que Pax était un ami. Je lui ai demandé ce qu'ils faisaient ensemble, et elle a répondu qu'il lui apportait des fruits et qu'ils jouaient à des jeux. Quand j'ai cherché à savoir s'il lui avait déjà fait du mal, à elle ou à un membre de sa famille, elle a répondu par la négative. Et elle n'a pas su m'indiquer quand elle l'avait vu pour la dernière fois. Elle était cependant certaine que ce n'était pas aujourd'hui.

— Elle connaît son nom de famille ? demanda Noah. Ou l'endroit où il habite ?

— Elle a expliqué qu'il venait chez elles en VTT. C'est tout. Mais elle n'a que huit ans. Il n'est pas surprenant qu'elle ignore des détails que les adultes jugent primordiaux, comme un nom de famille.

Josie soupira.

— On va voir ce qu'on peut trouver avec le peu qu'on a.

Il était tard lorsque toute l'équipe se retrouva au commissariat. Le poste de police de Denton était installé dans un vieux bâtiment en pierre à deux étages classé monument historique. Jadis hôtel de ville, il avait été converti en commissariat plus de soixante-cinq ans plus tôt. Avec ses fenêtres en ogive à double battant et son vieux clocher dans un angle, il ressemblait à un château. Au premier étage se trouvait ce que l'on appelait la grande salle, un espace ouvert rempli de bureaux et d'armoires de classement où les inspecteurs travaillaient et où les agents en uniforme effectuaient leurs tâches administratives. Le bureau du chef était au même étage. Josie, Noah, Gretchen et Mettner avaient chacun leur propre table de travail, poussées les unes contre les autres de manière à former un grand rectangle. Ils y étaient tous assis pour l'heure, attendant l'arrivée du chef. Gretchen tapait des rapports. Josie saisit le nom de Lorelei et d'autres informations cruciales dans une série de bases de données, afin de recueillir toutes les informations disponibles. À côté d'elle, Noah préparait une demande de mandat pour obtenir les dossiers médicaux de Lorelei et de Holly. Mett faisait défiler les notes qu'il avait prises sur son téléphone.

Le seul autre bureau permanent appartenait désormais à Amber Watts, leur attachée de presse. C'était la cavalière de Mettner pour le mariage et, maintenant, perchée sur le bord de son bureau, une tablette à la main, elle portait encore une robe décolletée vert pastel qui épousait sa silhouette élancée. Ses épaisses boucles auburn lui tombaient en cascade dans le dos. Josie se rendit compte que les yeux de Mettner s'éloignaient à tout bout de champ de l'écran de son téléphone pour se poser sur leur jeune collègue.

Noah se pencha et lui chuchota à l'oreille :

— Tu crois que Mett était fâché parce qu'on repousse notre mariage, ou plutôt parce qu'on a gâché sa soirée romantique avec Watts ?

Elle rit doucement. Mettner s'était entiché d'Amber dès qu'elle avait pris ses fonctions au commissariat, mais ça n'avait jamais été aussi évident que maintenant. Le mariage était-il leur premier rendez-vous ou étaient-ils déjà sortis ensemble ?

— Inspecteurs ! beugla le chef Chitwood en déboulant de la cage d'escalier.

Il tenait un carton rempli de nourriture que Josie reconnut immédiatement : les plats figuraient au menu de leur réception de mariage. Chitwood plaça le carton au centre de leurs bureaux.

— C'est Adam Long qui nous envoie ça. Restes de la réception.

Ils se jetèrent tous les quatre sur le carton et, pour la première fois de la journée, Josie se rendit compte qu'elle avait très faim. Elle n'avait pas mangé depuis des heures. Chitwood leur laissa quelques minutes pour se restaurer avant de se lancer dans le briefing.

— L'un d'entre vous a parlé à la docteure Feist ? On a des rapports d'autopsie ?

— On s'en est chargés, avec Noah. Les deux autopsies sont terminées.

Ils racontèrent à l'équipe tout ce que la légiste leur avait appris. Il y eut un long moment de silence inconfortable, le temps que tous assimilent la sauvagerie des attaques contre Lorelei et sa fille. Puis Chitwood se tourna vers Mettner.

— Qu'est-ce que vous avez trouvé, Mett ?

Mettner attrapa son téléphone et le consulta.

— Pas grand-chose, répondit-il. Aucun membre du personnel de *Harper's Peak* ni aucun des invités que nous avons interrogés n'a vu quoi que ce soit. On n'a rien trouvé sur les images de vidéosurveillance des bâtiments ou des parkings. Aucun membre du personnel ne se rappelle avoir déjà vu Holly, or nous pensons qu'avec ses cils blancs n'importe qui se serait souvenu d'elle. Notre hypothèse est donc qu'elle a dû être amenée sur le domaine par les bois. Les équipes de recherche n'ont rien trouvé. Il y avait bien quelques sentiers qui partaient de *Harper's Peak* à travers les arbres, mais aucun ne menait à la maison des Mitchell. Si elle a été amenée en voiture, la personne qui l'a transportée s'est arrangée pour ne pas être filmée ou vue par le personnel ou les invités. La dernière fois que quelqu'un s'est trouvé à l'église, c'était hier soir, vers 19 heures, lorsque Tom Booth s'y est rendu pour l'ouvrir et la préparer en vue de la cérémonie d'aujourd'hui. Nous savons d'après l'autopsie que la fillette est morte aujourd'hui, donc le tueur l'a laissée là ce matin ou en début d'après-midi.

— Nous avons obtenu un mandat pour les relevés téléphoniques du portable de Lorelei, déclara Gretchen. Si nous réussissons à y accéder, nous verrons peut-être qui elle a appelé ou à qui elle a envoyé un message en dernier.

Mettner soupira.

— Malheureusement, ça va prendre près d'une semaine pour les avoir. Trois jours au moins, selon l'opérateur.

— Il faudra attendre encore plus longtemps pour l'ADN sous les ongles de Holly, renchérit Noah. Des semaines, peut-être même des mois.

— Dans ce cas, on travaille avec ce qu'on sait jusqu'à ce qu'on obtienne ces infos, décréta Josie. Qu'est-ce que vous avez d'autre ?

— L'équipe d'identification criminelle n'a pas relevé d'empreintes sur le corps de Holly ou sur la pomme de pin flippante qui a été laissée avec elle, précisa Mettner.

— Chan n'en a pas trouvé non plus sur l'autre, celle de la maison des Mitchell, ajouta Gretchen.

Mettner désigna Josie d'un signe du menton.

— Une idée de ce que signifient ces trucs ?

Elle releva les yeux de son ordinateur pour croiser le regard de Mettner.

— Ce sont des espèces de poupées. D'après Emily, elles signifient qu'« il est désolé ». Donc j'en déduis que le tueur en a fabriqué une pour Holly comme symbole de ses remords, et que celle qu'il a laissée à la maison était destinée à Emily.

— Mais il n'a pas tué Emily, objecta Noah.

— Non, il a tué sa famille. De plus, Emily sait manifestement qui est cette personne, même si elle ne veut pas nous l'indiquer.

Mettner soupira et se passa une main sur le visage.

— Tu es en train de me dire qu'on pourrait attraper ce tueur maintenant si la gamine voulait bien cracher le morceau ?

— Ce n'est pas aussi simple, Mett, fit Noah.

— On dirait bien que si, pourtant, répliqua Mettner. Je sais qu'elle a été traumatisée et qu'elle a peur, mais si c'est tout ce qu'il nous faut pour résoudre cette affaire, quelqu'un devrait être à l'hôpital en ce moment même pour essayer de lui soutirer ces informations.

— L'assistante sociale est avec elle, répondit Josie. Le médecin a demandé une évaluation psychologique. Un psychologue aura peut-être plus de chances de la faire parler. Je sais que c'est frustrant, Mett, mais tarabuster une fillette de huit ans qui vient de perdre deux membres de sa famille dans un double meurtre brutal ne va pas arranger les choses. On doit travailler avec ce qu'on a.

— Autrement dit, rien, lâcha Mettner en jetant son téléphone sur le bureau.

Amber s'approcha et lui posa une main sur l'épaule.

— Je suis désolé, marmonna-t-il tandis qu'un frisson le parcourait. Voir cette pauvre gamine, ça m'a affecté.

Josie oubliait parfois que Mett n'avait pas autant d'années de service que les autres, ni autant d'affaires déchirantes à son actif.

— Ça nous affecte tous, Mett, le rassura Gretchen. Si ce n'était pas ton cas, je m'inquiéterais pour toi.

De derrière ses cils baissés, il regarda chacun d'entre eux.

— Vous ne le montrez absolument pas.

— Je suis connue pour perdre mon sang-froid de temps en temps, répliqua Josie.

— Arrête, ricana Mettner. Ça ne t'arrive jamais.

— Ce n'est pas vrai, nota Gretchen. La patronne a pleuré en haut d'un arbre pendant les inondations de l'année dernière.

Mettner haussa un sourcil sceptique.

— C'est vrai, confirma Josie. Je dirais cependant qu'un arbre est un bon endroit pour craquer. Personne ne peut vraiment te voir.

Tout le monde dans la salle éclata de rire. Même le froncement de sourcils de Chitwood s'atténua.

Gretchen revint sur le sujet qui les occupait.

— Bon, parlons de ce que nous avons, parce qu'il y a quand même quelques pistes. Nous avons relevé des empreintes dans la maison, pour commencer. Il y a celles de

Lorelei, de Holly et d'Emily, et quatre autres séries d'empreintes.

— Est-ce qu'au moins l'une d'entre elles a été trouvée dans l'AFIS ? demanda le chef.

L'AFIS, le système automatisé d'identification des empreintes digitales, ne contenait que celles des personnes ayant été arrêtées ou condamnées pour un délit.

Gretchen leva son stylo en l'air.

— Eh bien, oui. Certaines de ces empreintes correspondent à celles de Reed Bryan, cinquante-huit ans, arrêté et mis en examen pour coups et blessures il y a neuf ans. Sa femme a finalement abandonné les poursuites.

— Vraiment ? s'étonna Noah. Et où vit ce Reed ?

— Il possède une ferme au sud de Denton, mais également *Bryan's Farm Fresh Produce Market*, un magasin de produits fermiers où il commercialise ce qu'il produit situé à environ cinq kilomètres de la maison de Lorelei.

— Je connais cet endroit, dit Josie. Il faut passer par là pour aller aussi bien à la maison de Lorelei qu'à *Harper's Peak*.

— On a trouvé beaucoup d'empreintes de ce type dans la maison ? s'enquit Chitwood.

Gretchen tourna une page de son bloc-notes.

— Deux séries. Une sur la porte d'entrée et une sur la porte de la cuisine. Rien à l'étage.

— Et rien non plus dans le pick-up ?

— Non, monsieur. Les seules empreintes claires que nous avons relevées dans le pick-up sont celles de Lorelei et de ses enfants. Chan n'a rien pu obtenir de l'autre série – les empreintes de mains – à cause du sang étalé.

— Il est plus de minuit. On verra ça demain matin. Si Bryan était le tueur, on aurait trouvé ses empreintes partout. Demain à la première heure, quelqu'un ira l'interroger. Qu'est-ce que Chan a trouvé d'autre dans la maison, Palmer ?

Gretchen consulta de nouveau ses notes.

— Alors, si on commence par l'intérieur de la maison. Le groupe sanguin de Lorelei Mitchell est A+. Le sang trouvé sur le comptoir et le sol de l'îlot de cuisine était A+. Les gouttes de sang qui vont de la salle à manger à la cuisine étaient O+.

— Quelqu'un d'autre a saigné sur la scène de crime, conclut Josie.

— Mais pas Holly, souligna Noah. Elle ne présentait aucune plaie ouverte.

— C'est donc forcément le tueur, déclara Mettner.

— Je suis d'accord, approuva Gretchen. Le sang trouvé à l'extérieur et à l'intérieur du pick-up était également O+.

— Connaissons-nous le groupe sanguin de Reed Bryan ? s'enquit Chitwood.

— Non, monsieur, répondit Gretchen.

— On ne peut pas déterminer avec certitude si Reed a laissé des empreintes sur ou dans le pick-up, intervint Josie, mais celui qui y a laissé des traces de mains ensanglantées l'a fait avec son propre sang.

— Lorsque nous l'interrogerons, nous demanderons à Reed Bryan son groupe sanguin et s'il a été blessé récemment, promit Gretchen. En espérant qu'il se montrera coopératif et qu'il n'aura pas un alibi en béton armé. Par ailleurs, Chan a pu relever des empreintes de pas près de la porte, sur le porche de derrière. L'une d'elles provient d'une botte d'homme, pointure 42. Hummel a demandé à la police d'État de comparer l'empreinte avec la base de données des chaussures pour voir si l'on peut retrouver la marque, mais cela va prendre du temps. L'autre empreinte provient d'un pied nu, qui aurait chaussé du 37, selon l'estimation de Chan.

— Peut-être celui de Holly, suggéra Noah. Elle ne portait pas de chaussures et ses pieds étaient entaillés : la docteure Feist pense qu'elle a dû courir dans la forêt.

— Je vais demander à Chan d'envoyer l'empreinte à la docteure Feist pour comparaison, déclara Gretchen.

Josie récapitula :

— C'était tôt le matin. Elles prenaient leur petit déjeuner. Le tueur s'est pointé. Il y a eu un affrontement dans la cuisine.

— C'est probablement à ce moment-là que Lorelei a été frappée à la tête, dit Noah. Le tueur a été blessé d'une manière ou d'une autre. Il est allé jusqu'au pick-up de Lorelei pour récupérer l'arme.

— À un moment donné, Holly a dit à Emily de se cacher, ajouta Gretchen.

Noah acquiesça.

— Il a tiré sur Lorelei.

— Holly s'est enfuie par la porte de derrière, poursuivit Josie. Et il l'a prise en chasse.

— Il a emporté l'arme avec lui, puisqu'elle est introuvable, précisa Gretchen.

— Mais il n'a pas tiré sur Holly, intervint Mettner. Il a tenté de l'étrangler et a fini par la blesser à la tête – du moins, c'est ce que la docteure Feist vous a dit à l'hôpital, c'est bien ça ?

— Oui, répondit Josie. Il est possible qu'il ait agressé Holly alors qu'ils étaient encore à l'intérieur de la maison et qu'elle se soit enfuie. La docteure Feist a dit qu'elle est restée en vie pendant au moins un certain temps après sa blessure à la tête. Elle a pu s'enfuir quand il est allé chercher l'arme. Après avoir tué Lorelei, il l'a poursuivie mais, lorsqu'il l'a trouvée, elle était morte des suites de son traumatisme crânien.

— Félicitations, vous êtes tous des génies, vous avez compris ce qui s'est passé dans cette maison, grogna Chitwood. En quoi est-ce que ça nous aide à attraper l'assassin ? Allez ! Je ne peux pas laisser un tueur d'enfants en liberté dans cette ville. L'alerte Amber a déjà mis la puce à l'oreille de tout le monde. La presse est en train de fouiner. Je me trompe, Watts ?

Amber acquiesça.

— J'ai reçu des appels toute la soirée. Nous avons dû divulguer le nom d'Emily Mitchell avec l'alerte Amber mais, pour l'instant, j'essaie de faire en sorte que les journalistes n'apprennent pas ce qui est arrivé à Lorelei et à Holly, afin de protéger Emily.

Chitwood demanda :

— L'un d'entre vous a-t-il dressé une liste des proches de Lorelei Mitchell ?

Josie montra l'écran de son ordinateur.

— J'ai cherché dans les bases de données pendant une heure. Tous ses proches sont morts.

— Que voulez-vous dire ? s'étonna Chitwood.

— Depuis que je suis rentrée au bureau, j'ai cherché toutes les informations personnelles que j'ai pu trouver, expliqua Josie. Sa seule famille répertoriée est sa mère, qui est décédée. Quand Lorelei avait neuf ans. On ne trouve aucune indication sur ce qui lui est arrivé à ce moment-là.

— Elle a probablement été placée en famille d'accueil, suggéra Gretchen. C'est peut-être pour ça qu'Emily en avait entendu parler ? Lorelei lui aurait raconté son histoire ?

— C'est possible, convint Josie. À part sa mère, on ne trouve aucun parent connu dans cette base de données. Elle n'a jamais été mariée. Elle a vécu dans différents appartements à Philadelphie entre ses vingt et ses trente ans. Ensuite, c'est la maison de Denton qui est répertoriée comme son adresse, et il n'y a pas d'autres résidents connus. Pas de voisins, même, puisque sa maison est si isolée.

— Est-il seulement possible que quelqu'un soit aussi isolé de nos jours ? fit Mettner.

— J'ai vérifié toutes les plateformes de réseaux sociaux, répondit Josie. Elle n'y est pas. Mais le contraire m'aurait étonnée.

— Et le travail ? s'enquit Gretchen. Tu as trouvé des traces d'emplois qu'elle aurait occupés ?

— C'est là que les choses deviennent intéressantes, répondit Josie. Elle était psychologue agréée dans l'État de Pennsylvanie.

Elle a obtenu son doctorat à l'université de Pennsylvanie, à Philadelphie. Cependant, sa licence lui a été retirée il y a vingt ans. Et elle n'a plus jamais exercé.

— Pour quelle raison sa licence lui a-t-elle été retirée ? demanda Mettner. Tu as pu le découvrir ?

Josie secoua la tête.

— Pas par des sources officielles, mais je peux vérifier autrement. Il semble qu'elle ait exercé à Philadelphie à un moment. Le fait qu'elle ait perdu sa licence a peut-être fait la une des journaux, à l'époque.

— Creusez dans cette direction, Quinn, ordonna Chitwood. L'un de vous devrait mettre la main sur les actes de naissance de ses enfants, voir si elle y a fait figurer un père. Je sais que les femmes n'y sont pas obligées en Pennsylvanie, mais ça vaut le coup d'essayer.

— Une fois que j'aurai terminé cette demande de mandat, nous pourrons accéder à son dossier médical, déclara Noah. Comme ça, on saura qui elle a désigné comme personne à contacter en cas d'urgence.

— Il y a un médecin qui lui prescrit des médicaments, Vincent Buckley, ajouta Josie. Nous devrions le contacter aussi. Je vais le retrouver. Et je vais également vérifier l'acte de propriété de sa maison, pour savoir si elle est à son nom ou pas.

— Bonne idée, approuva Gretchen. On dirait que cette femme n'a eu aucun revenu au cours des vingt dernières années. Avec quel argent a-t-elle vécu ?

— On pourrait probablement obtenir un mandat pour avoir accès à ses relevés bancaires, déclara Mettner. Mais ça prendra également du temps.

Chitwood frappa ses mains l'une contre l'autre.

— Au boulot ! Je veux que cette affaire soit résolue le plus rapidement possible. Watts, faites ce que vous avez à faire avec la presse.

— Je leur dis que nous ne pouvons pas commenter une enquête en cours ? proposa Amber.

— Oui, faites ça, décréta Chitwood.

Le téléphone de Josie sonna. Elle décrocha alors que les autres se mettaient au travail.

— Inspectrice Quinn ? fit une voix qu'elle connaissait désormais. C'est le docteur Nashat du Denton Memorial. Nous avons un problème.

12

Dix minutes plus tard, Josie se tenait de nouveau devant la chambre d'hôpital d'Emily. Les cris que la fillette poussait à l'intérieur lui transperçaient les os comme un millier de petits couteaux. Le docteur Nashat et Marcie Riebe regardaient l'inspectrice d'un air impuissant.

— Elle refuse de se calmer, déclara Marcie.

— Je peux lui donner du Valium, annonça le docteur Nashat. Ou un autre calmant. Mais je ne connais pas ses antécédents médicaux. Elle pourrait avoir des allergies. Par ailleurs, il faudrait l'immobiliser, or elle se met en colère dès qu'on essaie de s'approcher d'elle. J'ai rappelé pour avoir une consultation psychologique, malheureusement le médecin de garde ne sera pas là avant une heure.

— Je ne vois pas ce que vous attendez de moi, objecta Josie.

— Elle vous a réclamée, répondit le docteur Nashat. Enfin, elle a réclamé « la policière-ange avec la cicatrice sur la figure ».

Josie passa nerveusement les doigts sur le côté droit de son visage.

— C'était avant ou après qu'elle a commencé à crier ?

— Nous lui avons expliqué que vous travailliez et que vous

ne pouviez pas revenir, répondit Marcie. Visiblement, elle n'a pas voulu l'entendre.

— Nous avons essayé de la raisonner, ajouta le docteur Nashat. Elle ne cherche pas à se faire du mal, mais elle ne veut pas s'arrêter... Comme vous pouvez l'entendre.

— J'ai vu beaucoup de crises de nerfs dans mon travail, reprit Marcie, mais il ne s'agit pas de ça, ici.

— Que s'est-il passé juste avant qu'elle se mette à hurler ? demanda Josie.

— Elle dormait, répondit Marcie, déroutée.

Josie se tourna vers le docteur Nashat.

— Est-ce que cela pourrait s'apparenter à des terreurs nocturnes ?

— Je ne pense pas. Elle est pleinement éveillée et consciente. Parce que, bon, elle vous a demandée deux fois.

Josie les laissa dans le couloir et poussa la porte. Emily n'était pas dans le lit. Non, elle était recroquevillée dans un coin de la pièce, son chien en peluche serré dans ses bras, les genoux remontés sous son menton. La bouche grande ouverte, elle criait, prenait une respiration saccadée et criait encore. Josie balaya la pièce du regard tout en s'approchant lentement de la fillette. Un drap et une couverture froissés sur le lit. Un plateau avec un gobelet d'eau et une petite bassine pour vomir. Les baskets d'Emily bien rangées sous le lit. Son sac de voyage posé sur l'une des chaises réservées aux visiteurs. Josie s'arrêta lorsqu'elle remarqua que la fermeture Éclair du compartiment latéral était ouverte. Un rapide coup d'œil à l'intérieur lui indiqua qu'il était vide de tous les étranges trésors qu'Emily avait insisté pour emporter.

— Merde, murmura-t-elle.

S'agenouillant en face d'Emily, Josie attendit que la petite prenne sa respiration suivante et lui dit :

— Emily, on peut parler ?

Un autre cri déchira l'air. Les yeux de la fillette se fixèrent sur ceux de Josie, n'exprimant que terreur et impuissance. Elle ne parvenait pas à empêcher le hurlement de sortir, comprit Josie. Les sentiments étaient trop forts. Impossible de les contrôler. Il fallait attendre qu'ils s'épuisent d'eux-mêmes. Josie s'assit en tailleur devant Emily et lui tendit la main, paume vers le haut. Les cris stridents continuèrent mais, au fond des yeux de l'enfant, Josie voyait la fillette enfermée dans ce corps hystérique. Les doigts de la petite se tendirent et touchèrent la paume de la policière. Josie se rapprocha, tête baissée, et saisit délicatement les doigts d'Emily, pour les guider vers la cicatrice à son visage. Elle commença par le haut, près de l'oreille, et descendit jusqu'au centre du menton, puis recommença.

— Emily, murmura Josie, tu peux survivre aux malheurs. Je te le promets.

Au bout d'un long moment, les doigts de la fillette se mirent à suivre tout seuls le tracé de la cicatrice. Josie avait mal au cou à force de rester aussi longtemps dans la même position inconfortable, mais les cris d'Emily n'étaient plus que des gémissements et un hoquet occasionnel, si bien que Josie se contraignait à l'immobilité. Finalement, un murmure rauque sortit de la gorge d'Emily.

— Un, deux, trois...

À six, elle s'arrêta et retira sa main du visage de Josie.

Celle-ci se redressa et sourit. Emily serrait son chien en peluche contre sa poitrine. Sa peau était constellée de marbrures roses, ses yeux vitreux. Une expression d'épuisement total passa sur son visage.

— Qu'est-ce qui s'est passé, Emily ? demanda Josie. Pourquoi tu étais aussi bouleversée ?

— Je n'arrivais pas à m'arrêter, avoua la fillette.

— Je sais.

— Parfois, je ne peux pas arrêter... la détresse. C'est comme ça que maman l'appelle. La détresse. Comme des sentiments mauvais, fous et tristes à la fois. Ils prennent le contrôle de mon corps. Je ne veux pas, mais je ne peux pas les arrêter.

— Qu'est-ce que ta maman t'a dit de faire quand tu sentais la détresse arriver ? demanda Josie.

Emily commença à se balancer lentement d'avant en arrière.

— Elle dit que je dois « tolérer » ça. Holly m'a expliqué que ça veut dire que je dois laisser les sentiments s'exprimer jusqu'à ce qu'ils soient épuisés.

— C'est tout à fait logique, convint Josie.

— Je ne me sens plus bouleversée maintenant.

— C'est bien. Tu veux t'allonger dans le lit ?

Emily acquiesça. Josie lui tendit la main et l'aida à se relever, puis la borda sous les couvertures.

— Tes affaires ne sont plus dans ton sac, constata-t-elle. C'est pour ça que tu as été bouleversée ? Quelqu'un les a prises ?

— Je les ai mises sur la table à côté de mon gobelet d'eau. Il y avait une dame dans ma chambre, mais elle s'est endormie sur sa chaise. Je voulais juste les voir. Puis une autre dame est arrivée avec un chariot plein de produits de nettoyage. Elle avait un sac-poubelle aussi, elle a passé sa main sur la table et elle a tout jeté dans le sac. J'ai essayé de lui dire d'arrêter, mais les sentiments sont venus, et je...

Sa poitrine se soulevait et s'abaissait plus rapidement, si bien que Josie l'interrompit.

— Je comprends. Je suis vraiment désolée, Emily.

— J'ai demandé à la dame avec l'ordinateur et au docteur d'aller te chercher. Tu es la police. Tu pourrais peut-être récupérer mes affaires.

Josie éprouva une petite douleur dans la poitrine. Elle ne voyait pas comment elle pourrait remettre la main sur les cinq petits objets dans la poubelle de l'hôpital, et il serait difficile de les remplacer. Pourquoi étaient-ils si importants aux yeux d'Emily ? Lorelei avait banni la télévision et les appareils électroniques de sa maison, mais ses deux filles avaient beaucoup de jouets, de livres et de matériel de loisirs créatifs. Il était évident qu'elles n'avaient pas manqué de grand-chose. Josie nota mentalement de communiquer cette information au psychologue lorsqu'il ou elle viendrait faire sa consultation.

— Je peux essayer de les trouver, Emily, dit-elle à la fillette, mais j'ai peu de chances d'y arriver. C'est un grand hôpital où il y a beaucoup de déchets. Pour l'instant, nous essayons de trouver la personne qui a blessé ta maman et ta sœur.

Josie sentait qu'Emily voulait protester, mais la fatigue prenait le dessus. Ses paupières s'abaissaient et se rouvraient, signe qu'elle luttait contre le sommeil.

— D'accord, concéda-t-elle, résignée. Mais tu peux rester ici pour que personne ne me prenne mes autres affaires ?

— Emily, j'aimerais beaucoup, mais j'ai énormément de travail...

— Tu ne peux pas le faire sur ton ordinateur ? Comme la dame ? Jusqu'à ce qu'ils m'emmènent dans une famille d'accueil ?

Josie regarda sa montre. Il était plus de 1 heure du matin. Le seul travail envisageable à cette heure se ferait effectivement sur son ordinateur, où elle suivrait les pistes dont elle avait parlé à l'équipe. Elle pourrait demander à Noah de le lui apporter. Josie lissa les cheveux sur le front d'Emily, dont la peau était moite.

— D'accord, je reste avec toi cette nuit.

13

Josie était assise à côté du lit d'Emily, son ordinateur ouvert devant elle. L'une des infirmières avait éteint le plafonnier, mais la pièce vitrée restait bien éclairée. Cela étant, ni la lumière ni le bruit des urgences, un vendredi soir, n'empêchaient Emily de dormir. Recroquevillée sur le côté, son petit chien en peluche serré dans ses bras, elle ronflait doucement. Elle n'avait pas bougé depuis que Josie l'avait bordée, près de deux heures plus tôt. La policière était censée parcourir les bases de données et fouiller sur internet à la recherche d'informations sur Lorelei et sa vie, mais elle ne parvenait pas à détacher les yeux de la fillette.

— C'est une vieille âme, hein ?

La voix du docteur Nashat fit sursauter Josie. Il se tenait dans l'embrasure de la porte, souriant.

— Oui, convint Josie. Vous êtes encore là ?

— Jusqu'à 7 heures du matin. La psychologue est arrivée.

Josie se retourna vers Emily.

— Vous ne voulez tout de même pas la réveiller maintenant ?

Il secoua la tête.

— Non. Mais vous pourriez peut-être lui parler pendant qu'elle est ici, d'autant qu'Emily semble s'être attachée à vous. Je lui demanderai de revenir plus tard dans la matinée, à une heure plus raisonnable, pour une consultation formelle. L'assistante sociale viendra aussi à ce moment-là.

Josie se leva, laissant son ordinateur portable sur sa chaise, et suivit le docteur Nashat dans le couloir. Elle s'arrêta net lorsqu'elle avisa la docteure Paige Rosetti. Ses longs cheveux blonds ondulés étaient tirés en queue-de-cheval, et sa fine silhouette était drapée dans une robe de lin brun clair rehaussée d'un boléro blanc. Une sacoche pendait à son épaule. Josie était allée au lycée avec la fille de Paige et elle avait dû solliciter l'aide de la spécialiste lors d'une affaire, l'année précédente. Dans un moment de faiblesse, Josie avait confié à Paige certaines de ses craintes les plus profondes. Malgré la gêne qu'elle avait ressentie à ce moment-là, la policière avait sincèrement apprécié cette femme. Noah et Gretchen lui demandaient depuis des mois de consulter un ou une psychologue pour évoquer certains problèmes d'enfance non résolus. Le nom de Paige avait été mentionné plus d'une fois.

— Inspectrice Quinn, dit-elle avec un sourire chaleureux. C'est un plaisir de vous voir. J'aurais aimé que ce soit dans d'autres circonstances.

— Moi aussi, admit Josie.

— Je suis désolée d'avoir autant tardé. J'étais à Geisinger et j'ai dû y rester beaucoup plus de temps que je ne l'avais prévu. Le docteur Nashat dit qu'il ne veut pas réveiller la patiente, mais si vous avez une minute, je pourrais prendre des notes préliminaires et revenir dans quelques heures, une fois que le soleil se sera levé.

— Bien sûr.

Paige regarda autour d'elle, cherchant visiblement un endroit où s'asseoir.

— On pourrait peut-être aller dans la salle de pause du personnel ?

— Je ne veux pas laisser Emily seule trop longtemps. Tenez. Vous pouvez y poser votre ordinateur portable.

Josie, qui avait repéré le bac à linge utilisé plus tôt par Marcie, l'approchait de Paige.

Celle-ci s'esclaffa. Pendant qu'elle sortait son ordinateur portable de son sac et l'allumait, elles échangèrent quelques civilités. Josie interrogea Paige sur sa fille et Paige posa des questions sur la grand-mère de Josie. Puis elles passèrent aux choses sérieuses. L'inspectrice relata l'affaire à la psychologue, la journée, les circonstances dans lesquelles ils avaient retrouvé Emily et son comportement inhabituel tout du long. Le visage de Paige demeura impassible pendant qu'elle écoutait, sans arrêter de prendre des notes sur son ordinateur. Lorsque Josie eut terminé, elle cessa de taper et leva les yeux, sourcils froncés.

— Commençons par sa mère. Vous avez dit qu'elle s'appelait Lorelei Mitchell ?

— Oui, confirma Josie. Vous la connaissiez ?

Paige croisa les bras.

— Nous sommes allées à l'université de Pennsylvanie ensemble. Nous étions en doctorat, à ce moment-là. Elle est un peu plus jeune que moi, mais j'ai fait une pause dans mes études entre mon master et mon doctorat. Ce qui explique pourquoi nous nous sommes retrouvées dans la même promotion.

Josie ressentit une pointe d'excitation.

— Vous étiez amies ?

— Je ne dirais pas ça, non, mais je savais qui elle était. Elle s'est ensuite spécialisée dans la psychologie de l'adolescent et de l'enfant, mais elle se concentrait principalement sur des domaines tels que le trouble oppositionnel avec provocation, le trouble obsessionnel compulsif, le trouble déficitaire de l'attention, ce genre de choses. Elle était très intéressée par la thérapie cognitivo-comportementale.

— Ce qui donne, pour les non-spécialistes... ? demanda Josie.

Paige laissa échapper un petit rire.

— La TCC est une forme de thérapie qui se concentre sur la modification des comportements liés à des distorsions cognitives.

— Il faudrait simplifier encore un peu, insista Josie.

Paige rit franchement cette fois.

— La plupart des thérapies sont basées sur une sorte de déballage de votre passé, n'est-ce pas ? L'exploration de votre enfance ou des choses qui vous sont arrivées dans le passé et qui vous façonnent sur les plans émotionnel et cognitif.

— Jusque-là, je comprends.

— La TCC procède différemment. Elle part du principe que vos comportements sont fondés sur des schémas de pensée déformés, et elle tente de vous aider à les modifier. Elle propose des stratégies et des mécanismes d'adaptation pour mieux répondre aux situations qui se présentent dans votre vie.

— Lorelei était-elle douée dans son domaine ?

— Je ne sais pas, répondit Paige. Nous nous sommes perdues de vue après le doctorat. Pendant que je suivais ce programme, je partageais mon temps entre Philadelphie et ici. Lana et mon mari vivaient à Denton, puisque c'était déjà là que nous habitions, et, une fois que j'ai obtenu mon doctorat, je suis revenue définitivement. Lorelei est restée à Philadelphie. Je suis surprise d'apprendre qu'elle a réemménagé ici. Je l'aurais imaginée travaillant maintenant dans un grand hôpital, enseignant peut-être, donnant des conférences. Elle était très ambitieuse.

— Sa licence lui a été retirée il y a vingt ans, précisa Josie.

— Oh là là. Vous savez pour quelle raison ?

— Je ne l'ai pas encore découvert. Que pouvez-vous me dire sur Emily, d'après ce que je vous ai raconté ?

Paige jeta un coup d'œil à ses notes.

— On dirait qu'elle souffre de troubles obsessionnels compulsifs. Je ne suis pas une experte, mais le comptage, sa collection d'objets, la crise... Ce sont des signes assez classiques.

— Que voulez-vous dire ?

Paige referma son ordinateur portable.

— Les gens pensent que les TOC sont des troubles où le malade est juste maniaque de la propreté ou bien obsédé par la symétrie, vous voyez ? On va dire des choses comme « Oh, je dois remettre ce tableau bien droit à cause de mes TOC » ou « Si ma maison est si propre, c'est parce que j'ai des TOC ».

— J'ai entendu ce genre de déclarations, oui, convint Josie.

— Les TOC n'ont rien à voir avec la propreté.

— Vraiment ?

— Vraiment. C'est une question de certitude. Une personne souffrant de TOC a généralement des pensées intrusives ou des obsessions. En général, ces pensées n'ont pas de sens. Par exemple, si je ne marche pas sur les carreaux de carrelage de ma salle de bains dans un certain ordre chaque fois que j'y vais, mon ami risque de mourir. Ou si je ne répète pas cinquante-deux fois la même phrase dans ma tête, ma maison va brûler. Les TOC sont donc illogiques, mais ce qu'il faut surtout comprendre, c'est que la pensée obsessionnelle est source d'anxiété pour le malade. Pour reprendre les exemples que je viens de citer, vous ne voudriez pas que votre ami meure ou que votre maison brûle, n'est-ce pas ?

— En effet.

— Il faut donc faire quelque chose pour soulager l'anxiété ressentie. C'est là qu'intervient la compulsion.

— Et la compulsion consiste à marcher sur les carreaux dans un certain ordre ou à répéter une phrase, déduisit Josie.

— Oui, tout à fait. Si vous êtes persuadée que marcher sur

les carreaux de carrelage de votre salle de bains dans un certain ordre va empêcher la mort de votre ami, cela soulagera l'anxiété que suscite en vous la perspective de la mort de cet ami. Le problème, c'est que même si vous marchez sur ces carreaux dans l'ordre parfait, il y a toujours la petite voix dans votre tête qui vous harcèle et vous demande : « Tu es sûre d'avoir marché sur ces carreaux dans le bon ordre ? »

— Ce qui oblige à y retourner et à recommencer, encore et encore, conclut Josie. Parce que plus votre esprit pose la question, plus le doute s'installe.

— Exactement. Vous continuez donc à vous plier à la compulsion. C'est très ritualisé et cela prend des formes très différentes. On dirait qu'Emily a des pensées intrusives et des compulsions liées au comptage et à l'accumulation. Malheureusement, peu importe le nombre de fois où une personne souffrant de TOC obéit à sa compulsion, cette anxiété ne disparaît jamais parce qu'elle naît de pensées déformées. C'est pourquoi essayer de la raisonner ou de la convaincre de se débarrasser de ses pensées ou de ses compulsions ne fonctionnera pas. Son cerveau marche mal. Interdire à une personne souffrant de TOC d'avoir des pensées obsessionnelles ou d'adopter des comportements compulsifs reviendrait à ordonner à un patient diabétique de produire plus d'insuline.

— Vous avez parlé d'accumulation, nota Josie. Mais Emily ne possédait que cinq petits objets, sans lien les uns avec les autres. Cela ne ressemble pas à de l'accumulation.

— Accumuler ne signifie pas toujours collectionner des centaines ou des milliers d'objets, expliqua Paige. Ce qu'Emily fait est une forme d'accumulation. Ces objets n'ont pas de valeur particulière, n'est-ce pas ? La plupart des gens y verraient des détritus. En fait, la femme de ménage a très certainement pensé qu'ils devaient être jetés à la poubelle. Pourtant, elle les accumulait – les conservait –, parce que s'en débarrasser aurait fait naître en elle trop d'anxiété et de stress. Il s'agit là d'une distorsion de la pensée. Le cerveau a des ratés. Ces objets ont pris une certaine importance pour Emily, et il lui est donc très difficile de s'en séparer. La voix dans sa tête lui dit probablement quelque chose comme : « Si tu les jettes, il va se passer quelque chose de grave. » C'est absurde. Voilà pourquoi la thérapie cognitivo-comportementale fonctionne si bien pour les TOC.

— Et sa crise, alors ? demanda Josie.

— Les TOC provoquent une réponse combat-fuite. Alors que vous ou moi n'avons une réponse combat-fuite que face à une agression, par exemple, une personne souffrant de TOC aura cette réaction face à un événement en apparence tout à fait anodin – comme la disparition de ces objets. Encore une fois, c'est un raté de son cerveau qui lui dit que la perte de ces objets est une situation de vie ou de mort, alors que ce n'est pas le cas. Croyez-moi, Emily est incapable de contrôler sa réaction. Le stress et les traumatismes, comme ceux qu'elle a subis au cours des dernières vingt-quatre heures, ne font qu'aggraver les pensées obsessionnelles et les compulsions. Les TOC peuvent être difficiles à maîtriser dans les meilleures circonstances, alors quand survient un événement traumatisant... Pour être honnête, elle a eu de la chance d'avoir Lorelei pour mère. Elle serait probablement dans un état bien pire sinon...

Paige s'interrompit et fixa le sol. Des rides creusaient son visage. Ni l'une ni l'autre n'avait besoin de l'énoncer : Emily n'aurait jamais dû être privée de sa mère. Se raclant la gorge, Paige reprit :

— La thérapie cognitivo-comportementale amène les patients à faire exactement ce qu'Emily vous a dit : s'ils arrivent à tolérer ces sentiments, ceux-ci finissent par diminuer et même par disparaître. Par exemple, imaginons qu'elle ait peur de toucher une balustrade : en lui faisant toucher cette balustrade encore et encore, vous l'amènerez à tolérer les sentiments que cela suscite jusqu'à ce que son cerveau se rende compte que toucher cette balustrade ne provoque rien de grave. La pire chose à faire est de céder aux compulsions.

— Donc je ne devrais pas fouiller les poubelles de l'hôpital pour retrouver une pierre, un sequin, une plume, une bougie d'anniversaire et un bouchon de bouteille de lait ?

Paige sourit.

— Non, je ne vous le recommanderais pas.

— Est-ce que vous vous souvenez d'autres choses à propos de Lorelei ?

— Non, pas vraiment. Comme je vous l'ai dit, nous avons suivi des voies différentes après le doctorat. Je me suis installée ici pour exercer en libéral. Je ne savais même pas qu'elle vivait à Denton. Rappelez-moi quand sa licence a été révoquée ?

— Il y a vingt ans.

— C'est étrange, murmura Paige. Cela a dû être dévastateur pour elle, car elle était passionnée par son travail.

— Savez-vous si elle avait une famille ou des amis dont elle ait été proche ?

— Non, pas du tout, je suis désolée.

— Avez-vous déjà entendu parler du docteur Vincent Buckley ?

Paige secoua la tête.

— Ce nom ne me dit rien.

Josie la remercia d'avoir répondu à ses questions. Paige accepta de revenir dans la matinée pour s'entretenir directement avec Emily. La policière retourna dans la chambre faiblement éclairée où la fillette continuait à ronfler. Elle était heureuse que la petite puisse se reposer. Bientôt – bien trop tôt –, elle se réveillerait de nouveau dans un monde complètement brisé.

14

Il lui fallut quelques heures de recherches et un abonnement au *Philadelphia Inquirer*, mais Josie finit par dénicher un article sur Lorelei remontant à une vingtaine d'années. Josie se redressa brusquement en poussant une exclamation de stupeur dans le fauteuil destiné aux visiteurs de la chambre d'Emily quand elle en lut le titre : « Une psychologue de Pennsylvanie perd sa licence après un meurtre-suicide qui aurait pu être évité. » Elle jeta un coup d'œil à la fillette pour s'assurer qu'elle dormait toujours et entama sa lecture.

Le Conseil de l'Ordre des psychologues de Pennsylvanie a révoqué la licence de la docteure Lorelei Mitchell après qu'un adolescent, qu'elle suivait de longue date, a tué sa mère à son domicile et a ensuite agressé la docteure Mitchell à son cabinet avant de se suicider. Le patient souffrait de trouble oppositionnel avec provocation et de trouble schizo-affectif accompagné de délire paranoïaque. Il était également en cours d'évaluation pour des troubles bipolaires au moment de la tragédie. Après les événements, le père du patient, qui ne vivait pas avec

lui, a fait un signalement auprès de l'Ordre des psycho-
logues. À l'issue de l'examen du dossier de la
docteure Mitchell, le Conseil a estimé que la tragédie
était « prévisible et évitable », compte tenu des qualifica-
tions de la docteure Mitchell et de son expérience avec
des patients adolescents souffrant de troubles de ce type
ou apparentés.
« Il est impensable qu'une telle chose ait pu se produire,
a déclaré le père du patient. La docteure Mitchell se
présente comme une experte en troubles oppositionnels
avec provocation, schizophréniques et bipolaires, et pour-
tant elle a échoué avec mon fils. Elle l'a suivi pendant
des années. Elle le connaissait bien, et cela aurait dû lui
permettre d'anticiper cette catastrophe et de le faire
interner pour qu'il ne puisse pas blesser qui que ce soit. »
La docteure Mitchell, qui se remet encore des graves
blessures qu'elle a subies, n'a fait aucun commentaire.

— Bon sang, marmonna Josie.

Cela pouvait expliquer les trente-quatre cicatrices de coups de couteau. Josie réfléchit à la vie de Lorelei : elle avait perdu sa mère à neuf ans ; réussi à devenir une psychologue reconnue avant qu'un patient ne s'en prenne à elle, manquant la tuer et l'empêchant d'exercer ensuite son métier ; et, pour finir, sa fille et elle avaient été sauvagement assassinées, laissant son autre fille seule, tout comme elle-même l'avait été. Au cours de sa vie, Lorelei avait rencontré quelqu'un et eu ses enfants. Cet homme avait-il maltraité Holly ? Josie songea aux antipsychotiques qui se trouvaient dans le placard de la cuisine. Ou s'en était-il pris à Lorelei ?

— Madame l'ange, murmura Emily depuis le lit.

Josie écarta son ordinateur portable et se pencha vers la fillette en lui tendant une main, dont elle se saisit.

— Tu peux m'appeler Josie.

— Josie. On est toujours en vie ?

Josie exerça une petite pression sur sa main.

— Oui, toujours. Je reste là jusqu'au matin. Rendors-toi.

Emily acquiesça et ferma les yeux. Au bout de quelques minutes, elle lâcha la main de Josie et se retourna sur le flanc. La policière reporta son attention sur son ordinateur portable, pour se concentrer sur la propriété de Lorelei. Il lui fallut une heure de recherche dans le registre foncier du comté d'Alcott avant de trouver ce qu'elle cherchait, ce qui l'amena ensuite à fouiller dans les archives du tribunal du comté.

— Nom de Dieu... marmonna-t-elle.

Elle regarda l'horloge en bas à droite de son écran. Il était presque 5 heures du matin. L'espace d'un instant, elle envisagea d'appeler et de réveiller Noah, mais ils ne pourraient rien faire de cette information avant trois heures au minimum. Refermant l'ordinateur, elle tenta de s'endormir. Elle aurait besoin de quelques heures de sommeil au moins si elle voulait être capable d'accomplir quoi que ce soit pendant la journée qui suivrait. Il lui semblait qu'une éternité s'était écoulée depuis qu'elle s'était tenue devant le miroir de sa suite à *Harper's Peak*, méconnaissable dans sa robe de mariée et avec son maquillage sophistiqué. Elle n'allait pas tarder à revenir sur les lieux, mais cette fois en tant qu'inspectrice.

15

Josie sirotait un café dans un gobelet en carton et regardait le paysage aux couleurs vives défiler derrière la vitre de la voiture tandis que Noah quittait le centre de Denton. Il était arrivé à l'hôpital avec un café et un *Cheese Danish*[1] – l'une des nombreuses raisons pour lesquelles elle avait prévu de l'épouser – et avait présenté là-bas le mandat les autorisant à accéder aux dossiers médicaux de Lorelei et de Holly conservés à l'hôpital. Ils s'étaient ensuite arrêtés au poste de police pour que Josie puisse imprimer quelques documents, puis avaient pris la route pour aller à *Bryan's Farm Fresh Produce* Market d'abord et à *Harper's Peak* ensuite.

— Mett a trouvé les actes de naissance de Holly et d'Emily Mitchell, expliqua Noah. Cela lui a pris du temps, car on n'avait que des âges approximatifs et pas de dates de naissance. Quoi qu'il en soit, aucun père ne figure sur l'un ou sur l'autre.

Josie soupira.

— Une impasse, donc. C'est quand même étrange. Les actes

---

1. *Cheese Danish* : viennoiserie danoise à base de pâte feuilletée et de fromage frais. (N.d.T.)

de naissance sont des documents officiels. Je suis sûre qu'il y en avait des copies dans la maison de Lorelei, mais le tueur a détruit tous les papiers et toutes les photos qui s'y trouvaient.

— On se demande bien ce qu'il essayait de cacher, dit Noah.

— Exactement. Oh, et j'ai trouvé des informations sur un certain docteur Vincent Buckley. Il est psychiatre. Je lui ai laissé un message vocal.

Alors qu'ils s'engageaient sur la route qui passait devant la maison de Lorelei et menait à *Harper's Peak*, le magasin de produits fermiers apparut sur la gauche. Il s'agissait d'une vieille grange transformée en point de vente. Les mots « Produits frais en direct de la ferme Bryan » avaient été peints au pochoir sur le côté de la bâtisse, en grosses lettres vertes. Des tables et des cageots en bois brut s'alignaient sur un côté du parking, ployant sous toutes sortes de fruits et légumes. Un grand adolescent robuste, qui portait un tablier vert par-dessus un t-shirt à manches longues en coton noir et un jean délavé, sortait des pastèques d'une brouette et les déposait sur une table. Ses cheveux bruns hirsutes lui tombaient devant les yeux. Deux pick-up étaient garés côte à côte, près des produits proposés à la vente. Chacun portait un panneau magnétique avec les mots « Produits frais en direct de la ferme Bryan » sur sa carrosserie.

Les deux policiers se garèrent et entrèrent. Le bâtiment était vaste, traversé d'un bout à l'autre par des rangées de tables de fruits et légumes. Un comptoir avec une caisse enregistreuse se trouvait près des portes d'entrée. Des contenants en plastique remplis de différentes sortes de noix et de bonbons y étaient disposés. À côté du comptoir, une rangée de vitrines réfrigérées proposait du lait, du fromage et des œufs.

Josie et Noah regardèrent autour d'eux. Plusieurs personnes parcouraient les allées, utilisant des paniers en plastique pour transporter leurs emplettes. Derrière eux, la porte d'entrée s'ouvrit, faisant tinter une clochette au plafond. Un homme aux larges épaules, vêtu d'un t-shirt vert en piteux état et d'une salopette, transportait une manne de maïs. Des cheveux blancs pendouillaient à l'arrière de son crâne presque chauve. De petits yeux marron les scrutaient au-dessus de deux joues bien rouges.

— Je peux vous aider ? leur lança-t-il d'un ton bourru avant de les dépasser pour se glisser derrière le comptoir.

Josie lui montra son badge.

— Cet endroit est à vous ?

— Oui. Reed Bryan. Qu'est-ce que je peux faire pour vous ?

— Nous sommes venus vous parler d'une certaine Lorelei Mitchell, dit-elle.

— Qu'est-ce qu'elle a ?

— Vous la connaissez ? s'enquit Noah.

Il voulait voir si Reed allait nier tout lien avec Lorelei, Josie le savait. Le fermier ignorait qu'ils avaient retrouvé ses empreintes dans la maison. S'il choisissait de nier, ils devraient s'intéresser de plus près à lui pour les meurtres de Holly et de Lorelei.

Mais le bonhomme acquiesça.

— Elle habite pas loin d'ici, sur la même route. Il s'est passé quelque chose ?

— Elle a été assassinée, répondit Noah. Et l'une de ses filles aussi.

L'homme resta immobile. Ses grosses mains calleuses étaient posées à plat sur le comptoir. Josie nota qu'il ne présentait pas de blessures visibles sur les bras ou sur les mains, même si ce détail ne saurait le disculper définitivement. Ils savaient que le tueur avait saigné sur les lieux du meurtre de Lorelei, mais ils n'avaient aucune idée de la partie du corps qui avait été blessée. Elle compta quatorze secondes avant que Reed ne reprenne la parole. Cette fois, sa voix était plus douce.

— Qu'est-ce qui s'est passé ?

— Nous enquêtons toujours, répondit Noah.

— Elles ne sont que deux à avoir été tuées ?

— Lorelei et Holly, répondit Josie.

— Quand ? Quand est-ce que ça s'est passé ?

— Nous pensons que ça s'est produit hier matin.

— Où étiez-vous hier matin ? enchaîna Noah.

La voix de Reed laissa de nouveau percevoir une pointe de dureté, qui contamina également son regard.

— J'étais ici, je travaillais.

— À quelle heure ? demanda Josie.

— Je suis arrivé à 7 heures.

— Et avant ? répliqua Noah.

L'homme hésita un instant, son regard passant de l'un à l'autre, assombri par la suspicion. À l'évidence, il les soupçonnait de chercher à le piéger.

— J'étais chez moi, répondit-il.

— Quelqu'un peut-il confirmer que vous étiez à votre domicile jusqu'à ce que vous arriviez ici, à 7 heures du matin ? reprit Noah.

— Mon fils.

— Connaissiez-vous bien Lorelei ? fit Josie.

— Non. Elle venait régulièrement, mais je ne la connaissais pas vraiment, on se saluait, c'est tout.

— Savez-vous où elle habite ? demanda Noah.

— Au bout de la route.

— Êtes-vous déjà allé chez elle ? s'enquit Josie.

Il se balança d'un pied sur l'autre, visiblement mal à l'aise. Son regard se porta loin d'eux tandis qu'il tendait le cou pour jeter un œil de l'autre côté des portes d'entrée. Puis il baissa la voix.

— Une ou deux fois. En quoi c'est important ?

— Quand y êtes-vous allé pour la dernière fois ? insista Josie.

— Pourquoi vous avez besoin de savoir ça ?

— Nous enquêtons sur le meurtre d'une mère et de son

enfant. Vous pouvez nous dire ce que vous savez ici et maintenant, ou bien nous accompagner au poste de police pour faire une déposition plus formelle.

Il lui décocha un regard noir.

— Je ne sais pas, d'accord ? C'était il y a longtemps.

— Quelle était votre relation avec Lorelei ?

Il se pinça l'arête du nez.

— Il n'y avait pas de « relation », d'accord ? Je suis allé chez elle pour récupérer mon fils. Parfois, il prend son VTT et va se balader par là-bas.

— Votre fils s'appelle-t-il Pax ? demanda Josie.

— C'est le diminutif de Paxton, mais oui, c'est lui. Qu'est-ce que vous voulez savoir d'autre ?

— Avez-vous déjà vu Lorelei avec quelqu'un ? intervint Noah.

— Juste ses enfants. Vous avez fini ?

Ignorant son impatience, Josie poursuivit :

— Nous pensons que Lorelei et ses filles ont été visées pour des raisons personnelles. Vous vivez ici depuis de nombreuses années, n'est-ce pas ?

— Vingt-deux ans. Je dirigeais mon entreprise avec ma femme jusqu'à ce qu'elle décède. Maintenant, il n'y a plus que mon fils et moi. J'ai une ferme en dehors de la ville. Je paie quelques personnes pour m'aider aux champs. Sinon, je m'approvisionne auprès d'agriculteurs locaux ou ailleurs.

— C'est une affaire qui dure, constata Noah. Vous ne vous souvenez pas d'avoir vu Lorelei ou ses filles avec quelqu'un d'autre ?

— Elle parlait à des clients de temps en temps, mais non, elle n'est jamais venue ici avec quelqu'un d'autre que ses filles et, le plus souvent, elle se pointait sans elles. Oui, en règle générale, elle venait seule.

— À quelle fréquence venait-elle dans votre magasin ? voulut savoir Josie.

— Deux ou trois fois par semaine.

— Votre fils est là ? demanda Noah. Nous aimerions qu'il nous confirme qu'il était bien avec vous hier matin.

Reed répondit par un grognement. Il contourna le comptoir et sortit. Josie et Noah lui emboîtèrent le pas. L'homme se dirigea vers l'adolescent en train de disposer des pommes, des oranges et des bananes sur les tables extérieures. De temps en temps, Pax semblait rester bloqué sur une rangée de fruits particulière. Il enlevait toute la rangée de la table, la remettait dans la manne de bois et recommençait. Reed se pencha et lui murmura quelque chose à l'oreille. Puis il attrapa le panier et le jeta par terre. Le garçon grimaça.

Josie et Noah s'approchèrent, exhibant leur badge avant de se présenter. Les yeux écarquillés, le gamin étudia leurs cartes de police. Désormais tout près de lui, Josie vit que son visage était couvert d'acné. Ses yeux étaient bruns et écarquillés par ce qui semblait être un mélange de peur et d'incertitude. Reed lui donna une petite tape sur la nuque.

— Parle-leur.

— Bonjour, Paxton, lança Josie.

Le gamin marmonna un bonjour, baissa les yeux et enfonça ses deux mains dans la poche de son tablier.

— Quel âge avez-vous, monsieur Bryan ? demanda Noah.

Si le fils de Reed était mineur, ils ne pourraient pas lui parler sans la présence de son père.

— Dix-huit ans, répondit le jeune homme. Vous pouvez m'appeler Pax.

Josie et Noah échangèrent un regard. Ce dernier fit signe à sa partenaire de continuer.

— Pax, reprit Josie, nous aurions des questions à te poser sur des amies à toi : Lorelei Mitchell et ses filles, Holly et Emily. Peux-tu me dire...

— Hé, l'interrompit Reed. Vous n'êtes pas censés l'interroger. Vous avez dit que vous vouliez qu'il confirme ma présence ici hier matin. C'est tout.

Pax répondit dans un murmure :

— Mon père était à la maison avec moi hier. On s'est réveillés à 5 heures. Puis, à 6 h 30, on est allés au magasin. Je suis resté tout le temps avec lui.

— Merci, Pax. Quand as-tu vu Lorelei, Holly ou Emily Mitchell pour la dernière fois ?

Reed s'avança devant son fils, les poings serrés.

— Qu'est-ce que vous faites, là ? Je ne vous ai pas donné l'autorisation d'interroger mon fils.

Josie ne broncha pas, les mains sur les hanches, le menton haut.

— Emily Mitchell nous a dit que Pax était un ami. Vous nous avez déclaré que vous étiez allé à plusieurs reprises chez les Mitchell pour y récupérer votre fils. J'essaie de déterminer qui a tué Lorelei et Holly. Votre fils pourrait détenir des informations dont nous avons besoin.

La voix de Pax était encore basse lorsqu'il reprit la parole après son père.

— Non, dit-il. Je n'ai pas d'informations. On n'était pas amis. Je n'étais pas ami avec elles.

— Alors pourquoi tu t'es retrouvé chez elles ? objecta Noah. Et plus d'une fois ?

Reed prit une profonde inspiration avant de lâcher :

— C'était à cause de moi, d'accord ? Pax vous dit la vérité. Ils ne sont pas amis. Je ne voulais pas qu'il fréquente la famille Mitchell.

— Pourquoi ? s'étonna Josie.

— Pax, ordonna Reed, va à l'intérieur et sors le reste des laitues.

Reed s'écarta pour permettre à son fils de passer devant lui. Paxton se précipita vers les portes du magasin, s'arrêtant brièvement pour se retourner vers eux. Une fois qu'il eut disparu, Reed s'adressa de nouveau à Josie et Noah.

— Mon fils ne va pas bien, d'accord ? Ça se voit pas ?

— Il a l'air tout à fait normal, répliqua Josie.

Même s'il est terrifié par son père, ajouta-t-elle in petto.

— Eh bien, il ne l'est pas, répliqua Reed. Il a toujours été un peu bizarre. Sa mère s'est occupée de lui jusqu'à sa mort. Elle lui a fait consulter tout un tas de médecins différents au fil des ans, mais personne n'a pu résoudre son problème.

— Un diagnostic formel a été posé ? demanda Josie.

Il agita une main.

— Je n'en sais rien. Mais ça n'a pas d'importance, si ?

— Peut-être que ça en a une, s'il existe un traitement pour ce dont il souffre.

Reed leva un index et le pointa sur Noah.

— Personne n'entrera dans la tête de mon garçon, pigé ? Ni les toubibs de la parlotte, ni les assistants sociaux, ni les profs. Personne. Je m'occupe de lui, maintenant. C'est tout ce dont il a besoin. Il ne manquerait plus que des personnes viennent l'embêter, surtout des sales fouineuses comme Lorelei Mitchell.

Les deux policiers demeurèrent calmes.

— Lorelei pensait pouvoir l'aider ? demanda Josie.

— Oui, mais elle n'a pas pu. Personne ne peut l'aider.

— Il est violent ? lâcha Noah.

Reed le considéra d'un air mauvais. Son doigt monta jusqu'à quelques centimètres du nez du policier.

— N'essayez pas de mettre ce qui est arrivé à cette nana sur le dos de mon fils. Il ne pourrait jamais tuer quelqu'un. Parfois, il s'énerve. Il a des petites crises, mais il n'a jamais essayé de faire du mal à quelqu'un d'autre que lui-même. Il se cogne parfois la tête contre un mur. C'est tout. Si je fais en sorte que les choses soient exactement comme il veut qu'elles soient, il va bien. C'est ce que Lorelei n'a pas compris.

Noah ne recula pas. Lentement, Reed abaissa son bras.

Repensant à Emily et à ses TOC, Josie demanda :

— Il veut que les choses soient comment ?

— C'est pas vos oignons, à ce que je sache, si ?

— Peut-être que Lorelei voulait simplement lui permettre de se lier d'amitié avec d'autres personnes, suggéra Josie. Emily a dit que Pax avait l'habitude de venir chez elle, d'apporter des fruits et de jouer avec elle.

— J'y ai mis un terme dès que je l'ai appris. Ce n'est pas bien qu'un jeune homme de son âge s'amuse avec des gamines.

— Vous avez dit qu'il n'était pas dangereux, il me semble, objecta Noah.

— En effet. Ce n'est pas lui qui m'inquiète. C'est les autres gens. Ceux dans votre genre. Vous ne le comprenez pas. Vous ne le connaissez pas. Je sais ce que vous pensez : vu qu'il a des problèmes là-haut, fit Reed en tapotant un doigt contre sa tempe, il risque de faire du mal aux gens. Vous supposez que c'est ce qui s'est passé. Je savais que s'il traînait chez Lorelei, non seulement elle irait lui triturer le ciboulot, mais quelqu'un irait s'imaginer je ne sais quoi à propos de sa présence auprès d'une petite fille.

Josie avait une sensation désagréable au creux du ventre. Elle ne connaissait pas du tout Pax, mais qu'est-ce qui amenait Reed à croire que son fils puisse être accusé de comportement inapproprié avec les filles de Lorelei ? Pax avait-il fait quoi que ce soit qui mette cette idée dans la tête de Reed, ou bien celui-ci projetait-il ses propres pensées malsaines sur son fils ?

— Il est toujours scolarisé ? demanda Noah.

— Il a arrêté d'aller en cours après la mort de sa mère. Il n'y arrivait plus sans elle.

Le cœur de Josie se brisa un peu pour Paxton : en plus d'avoir perdu sa mère, il était élevé par un homme qui le jugeait déséquilibré. Lorelei et ses filles avaient dû permettre au jeune homme de s'évader un peu. Y avait-il du vrai dans l'affirmation de Reed selon laquelle Pax souffrait d'une sorte de maladie mentale ? Ou bien avait-il simplement un trouble quelconque ? Peut-être même que Pax n'avait pas de maladie ou de trouble quels qu'ils soient et qu'il était simplement différent, nécessitait plus d'attention que Reed ne voulait ou ne pouvait lui en accorder. Qu'est-ce que Lorelei avait vu en lui ? Si quelque chose affectait Pax, elle était sûrement arrivée à une conclusion ou avait posé un diagnostic, même si elle ne l'avait pas forcément dit à quiconque. Josie était prête à parier que l'école du jeune homme avait procédé à une évaluation, et avait peut-être même communiqué un diagnostic à l'époque où sa mère était encore en vie. Mais ce n'était pas à Josie d'interférer dans la relation unissant Paxton Bryan à son père. Son travail consistait à trouver le meurtrier de Lorelei et de Holly.

— Est-ce que Pax aurait pu aller chez elles en cachette ? demanda Josie. Vous avez dit que vous lui interdisiez de s'y rendre.

— Oui, il disparaissait quand j'étais occupé ou quand il était seul. À vélo.

— Vous le laissez souvent seul ? s'enquit Noah.

— Je ne sais plus où donner de la tête, entre lui, ma ferme et mon magasin. Parfois, il doit se débrouiller seul. Je ne peux pas faire autrement.

— A-t-il été seul à un moment ou à un autre hier matin ? demanda Noah.

Josie compta les secondes d'hésitation avant que Reed réponde. Une, deux, trois. Une veine pulsait dans son cou.

— Non, comme je vous l'ai dit et comme il vous l'a dit, il était ici avec moi.

— Quand avez-vous vu Lorelei Mitchell au magasin pour la dernière fois ? demanda Josie.

La réponse fut immédiate.

— Il y a quelques jours.

— Monsieur Bryan, pourriez-vous nous indiquer votre groupe sanguin et celui de Paxton ? demanda Noah.

L'homme s'empourpra, serra le poing.

— Pourquoi vous avez besoin de savoir ça ?

— Pour notre enquête, répondit Josie.

— Ben voyons. Je n'ai pas à vous dire ce genre de choses. C'est médical. C'est privé.

— Et vos pointures à l'un et à l'autre ? insista Josie.

Le rouge des joues de Reed s'intensifia.

— Je ne vous dirai rien de privé. Maintenant, dégagez d'ici et laissez-moi tranquille avec mon fils.

Sans perdre une seconde, Noah répliqua :

— Merci d'avoir pris le temps de répondre à nos questions.

Calmement, il tendit une carte de visite à Reed en le priant de l'appeler si une information susceptible de faire avancer l'enquête lui venait en tête. Josie avait le sentiment que la carte atterrirait directement à la poubelle dès que Reed aurait regagné l'intérieur du bâtiment.

Ils retournèrent à la voiture. Reed se tenait devant les portes du magasin, ses bras musclés croisés sur sa poitrine, et il les fusilla du regard pendant qu'ils s'éloignaient.

— Pourquoi a-t-il refusé de nous communiquer leur groupe sanguin ou leur pointure s'il n'a rien à cacher ? fit Josie.

— Potentiellement parce qu'il cache quelque chose. Malheureusement, je ne pense pas qu'on puisse obtenir un mandat pour dénicher ces infos, puisque Pax et lui se fournissent mutuellement un alibi.

Josie soupira.

— Tu as raison. Aucun juge ne signera quoi que ce soit s'ils ont tous les deux un alibi. On peut demander à Hummel ou à Chan de venir ici et de relever des empreintes sur quelque chose que Pax a touché – dans les poubelles ou dans le magasin – afin de repérer ses empreintes sur la scène de crime.

— Il a déjà admis s'être rendu dans la maison, objecta Noah. Tu penses qu'il a tué Lorelei et Holly ?

Josie sortit son téléphone et envoya un message à Hummel.

Ils n'avaient pas besoin d'un mandat pour relever des empreintes sur un objet que Pax avait touché puis jeté. Un membre de l'équipe d'identification criminelle pouvait se balader dans le magasin jusqu'à ce que le jeune homme jette quelque chose que le policier récupérerait. Ils n'avaient même pas besoin d'en informer Pax.

— Je crois qu'on ne peut écarter aucune piste pour le moment, déclara-t-elle. Et si nous parvenons à déterminer quelles empreintes sont celles de Pax, sachant que nous savons déjà lesquelles sont celles de Reed, alors nous n'aurons plus que deux séries d'empreintes non identifiées chez Lorelei.

— C'est vrai, admit Noah. Je ne sais pas trop quoi penser du gamin, mais le père semble être un colérique. Tu penses qu'il aurait pu être assez furieux de voir Lorelei interagir avec son fils pour la tuer ?

— Je ne sais pas. En revanche, son fils est terrifié par lui, c'est une certitude.

16

Les documents qu'elle venait d'imprimer sous le bras et Noah sur ses talons, Josie se dirigea vers Griffin Hall pour y dénicher Celeste Harper. La propriétaire des lieux était vêtue d'un tailleur-jupe, les cheveux relevés en chignon banane. Un maquillage épais masquait sa pâleur, mais pas les cernes sous ses yeux. Elle sourit faiblement lorsque Josie s'approcha d'elle, mais les coins de sa bouche s'abaissèrent sitôt que la policière eut fait glisser sur le comptoir l'un des documents vers elle. Tom, qui se tenait derrière elle, occupé à tapoter sur son iPad, se pencha pour s'emparer du document. Celeste lui attrapa l'avant-bras, l'empêchant de toucher les pages.

— Pas ici, Tom, dit-elle.

Il haussa les sourcils, surpris, mais il retira sa main, gardant les yeux rivés sur elle. Plusieurs émotions défilèrent sur le visage du directeur : confusion, irritation, anxiété. Clairement, il avait l'habitude de prendre les choses en main et de donner des ordres, même si Celeste était sa patronne.

Il continua à la fixer, sans bouger d'un poil. Celeste, le regard toujours braqué sur Josie, se redressa, s'éclaircit la gorge et dit :

— Si vous le voulez bien, je préférerais que nous discutions de cette affaire dans notre résidence privée.

— Je vous suis, répondit Josie.

Ils marchèrent en file indienne, Celeste en tête, suivie de Tom, Josie et Noah en queue de peloton. Celeste était étonnamment agile sur ses talons de dix centimètres, même dans les zones herbeuses. La résidence privée qu'elle partageait avec son mari, logement d'origine des Harper, était une bâtisse en pierre qui se trouvait à quinze minutes de marche de Griffin Hall. Un large chemin permettait aux voiturettes de l'hôtel de circuler. Josie savait que Celeste aurait pu demander à Tom ou à n'importe quel membre du personnel de récupérer l'une d'elles pour les conduire à la résidence, au lieu de quoi elle avait choisi de les faire marcher. La demeure était entourée par la forêt sur trois côtés mais, de la porte d'entrée, on voyait tous les autres bâtiments qui composaient *Harper's Peak*. Josie imaginait Griffin Harper, le père de Celeste, planté ici pour surveiller son petit empire. Sa fille faisait sans doute de même chaque matin, lorsqu'elle sortait pour aller travailler. À l'intérieur, il semblait que peu de choses avaient changé depuis la construction de la maison, mélange de bois rustique et de meubles anciens. Des fleurs fraîches trônaient sur une table ronde en chêne blanc au centre du vestibule.

Celeste tendit un bras vers la droite, pour indiquer un salon. À l'intérieur, deux longs canapés Chesterfield gris se faisaient face, séparés par une grande table basse ovale en cerisier. Adam était installé sur l'un des canapés, une tasse de café dans une main et un journal dans l'autre. Lorsque Josie, Noah et Tom entrèrent, il se leva et posa le tout sur la table. Son sourire semblait forcé. Il regarda Celeste par-delà les visiteurs.

— Qu'est-ce qui se passe ? Vous avez trouvé quelque chose concernant la fille de l'église ?

Celeste s'avança vers lui.

— Ils ont bien trouvé quelque chose, oui, mais pas à propos

de cette fille. Allez-y, ajouta-t-elle avec un regard noir à leur intention, dites ce que vous avez à dire.

— Je ne comprends pas ce qui se passe, fit Adam.

Il jeta un coup d'œil à Tom, qui n'avait pas lâché Celeste d'une semelle.

— Est-ce qu'il faut vraiment qu'il reste ici ?

Celeste ne répondit pas.

La tension emplit la pièce comme un gaz épais et toxique. Le regard d'Adam passa de Celeste à Tom, puis revint sur sa femme. Le directeur de l'hôtel restait parfaitement immobile, tenant son iPad au niveau de sa taille.

— Celeste, ce qui se passe dans cette maison ne le concerne pas, protesta Adam.

Celeste considéra son mari d'un air attentif.

— Mais ce qui se passe sur le site, oui. Il est le directeur de notre établissement. Il doit être au courant de tout ce qui a trait à l'entreprise.

— C'est notre entreprise, pas la sienne, rétorqua Adam.

Celeste soupira.

— Tom est avec moi depuis presque aussi longtemps que toi, ne l'oublie pas.

Adam pointa un index vers sa propre poitrine.

— Mais je suis ton mari. Lui n'est qu'un employé.

Celeste lui jeta un regard froid.

— C'est mon entreprise. La mienne. C'est moi qui décide ce qui est le mieux pour elle. Tom doit entendre ce que j'ai à dire.

Adam ouvrit la bouche, comme pour argumenter encore, puis la referma, secoua la tête et fit un geste à l'adresse de Josie et Noah.

— Alors, que se passe-t-il ?

— Hier, Lorelei Mitchell a été tuée par balle à son domicile, déclara Noah.

Josie vit le tremblement de la lèvre inférieure de Celeste, même si elle s'efforçait de contrôler ses émotions.

— Qu'est-ce que vous avez dit ?

Adam regarda Celeste.

— Tu étais au courant ?

— Si j'étais courant ? Comment est-ce que j'aurais pu l'être, bon sang ?

— Nous avons consulté les registres de propriété, intervint Josie. Sa maison est très isolée et nous n'avons pas pu lui trouver un seul parent proche. Nous avons alors découvert que la maison qu'elle occupait, le terrain sur lequel elle vivait, lui avait été cédé il y a dix-neuf ans par Harper's Peak Industries.

Celeste plissa les yeux.

— Et donc ?

— Donc, répliqua Noah, elle a payé 1 dollar symbolique pour huit hectares de terre. C'est assez inhabituel.

— Très inhabituel, en effet, renchérit Josie. Nous nous sommes donc demandé pourquoi Harper's Peak Industries lâcherait huit hectares de terre à une femme moyennant un seul petit dollar.

— Venez-en au fait, rétorqua Celeste.

— Nous avons consulté les dossiers du tribunal. Il s'agit d'archives publiques, mais elles sont également très anciennes et certains actes ne sont plus accessibles pour des raisons de confidentialité. Cela étant, il y avait là suffisamment d'informations pour que nous puissions comprendre la relation qui existait entre vous deux, déclara Josie.

Celeste leva les yeux au ciel.

— Il n'y a pas de relation, déclara-t-elle.

— Vraiment ? s'étonna Noah alors que Josie tendait à son partenaire un document tiré de la pile qu'elle avait apportée avec elle.

Il feignit de l'étudier avant de le tendre à Celeste. Elle refusa de le prendre.

— Il est indiqué ici qu'elle était votre sœur.

— Ce n'était pas ma sœur, protesta la propriétaire des lieux.

Tom s'avança et tenta de jeter un coup d'œil au document, mais Adam l'arracha des mains de Noah et poussa un soupir d'exaspération.

— Celeste, ça suffit.

Elle lui décocha un regard noir, tout en gardant néanmoins le silence.

— Lorelei Mitchell est – était – la demi-sœur de Celeste, dit-il alors, mais elle a raison. Elles n'avaient pas la moindre relation.

— Adam, laisse-moi voir ça, insista Tom.

L'interpellé l'ignora.

— Et vous ? demanda Josie à Adam. Vous aviez une relation avec Lorelei ?

Adam secoua la tête et pointa la date sur le document, qui était un acte de propriété.

— Je ne l'ai jamais rencontrée. Tout cela a été arrangé l'année précédant notre mariage. Ma femme a raison, dans un sens : Lorelei et elle ne se sont jamais fréquentées, même si elles étaient en effet demi-sœurs.

— Pendant toutes les années où elle a vécu au bout de la route, vous n'avez jamais eu le moindre contact avec elle ? insista Josie.

— Personne dans cet hôtel n'en a eu, déclara Tom.

Ce qui lui valut enfin un regard de la part d'Adam.

— Qu'est-ce que tu viens de dire ?

Comme Tom restait muet, Adam regarda Celeste.

— Tu lui en avais parlé ?

Tom fit un pas vers Adam, le visage impassible.

— Bien sûr que oui. Je suis le directeur général de cet établissement. J'ai besoin de connaître tout ce qui pourrait avoir un impact négatif sur l'entreprise.

— Cela n'a rien à voir avec l'entreprise, grogna Adam en poussant Tom d'un coup du plat de la main sur la poitrine, le faisant reculer d'un pas. La vie privée de ma femme ne te concerne pas.

Tom ne broncha pas.

— Cela a tout à voir avec l'entreprise, au contraire, répliqua-t-il en brossant sa veste à l'endroit où Adam l'avait poussé. Que se passera-t-il lorsque la presse découvrira que Celeste Harper avait une demi-sœur cachée qui a été assassinée ? Si la police a découvert leur lien en consultant les archives publiques, les journalistes ne tarderont pas à faire de même. L'hôtel n'a pas besoin de ce genre de scandale, Adam.

— Il n'y a pas de scandale, cracha le mari de Celeste.

— C'est à moi d'en juger. Toi, tiens-t'en à la cuisine.

Adam se jeta sur Tom, le poing en avant. L'acte de propriété voleta dans les airs avant d'atterrir sur le sol. Noah s'interposa entre les deux hommes. Le poing d'Adam le toucha à l'épaule. Tom recula d'un pas si chancelant qu'il manqua tomber et dut s'agripper à l'un des canapés pour retrouver son équilibre. Le choc l'avait fait blêmir.

— Comment oses-tu ? bafouilla-t-il.

— Moi ? fit Adam.

Il continuait à se démener pour atteindre le directeur et, comme il se heurtait toujours au torse de Noah, il pointa, par-dessus son épaule, un doigt accusateur vers le visage de Tom.

— Tu as du culot. Tu as entendu ce qu'ils ont dit ? Une femme est morte. Tout ce qui t'intéresse, c'est la réputation de l'entreprise. Comment est-ce que, toi, tu oses ?

Toutes les têtes se tournèrent lorsque Celeste prit la parole, d'une voix aiguë et fluette.

— Lorelei Mitchell est – était – quelqu'un d'horrible.

— Celeste, la réprimanda Adam.

Il s'écarta de Noah et fit un pas vers elle, tendant la main pour lui toucher l'épaule, mais elle le repoussa d'une tape.

— Non, je ne vais pas mentir et prétendre qu'elle était une

personne merveilleuse simplement parce qu'elle est morte. J'ai dû mentir toute ma vie à cause d'elle. C'est terminé.

— Personne ne te demande de mentir, Celeste, dit Tom.

Josie s'attendait à ce qu'Adam s'en prenne encore une fois au directeur de l'hôtel, mais il resta focalisé sur Celeste.

— Je t'aime profondément, Celeste, tu le sais, mais comment est-ce que tu peux dire une chose pareille à propos d'une parfaite inconnue ? Je sais que vous avez eu des différends lorsque vous étiez jeunes, mais cet acte remonte à dix-neuf ans. Tu ne lui as pas parlé depuis qu'il a été signé. Tu ne la connaissais pas.

Celeste se laissa tomber sur le canapé et enfouit la tête dans ses mains. Tom voulut s'approcher d'elle, mais se ravisa et resta où il était, près du canapé. Adam se baissa pour ramasser l'acte, qu'il laissa sur la table basse, puis alla s'installer à côté d'elle. Il se mit à lui frotter le dos, mais elle le repoussa d'un haussement d'épaules et s'éloigna de lui. Josie et Noah lui accordèrent un moment. Adam avait l'air impuissant. Finalement, elle releva la tête. Ses yeux étaient secs. Elle regarda Josie et Noah, puis son mari.

— Je la connaissais assez pour savoir qu'elle a cherché à me prendre tout ce que j'avais. Mes parents. Cet endroit. Tout.

— Elle vous a intenté un procès pour récupérer une part de Harper's Peak Industries, déclara Josie.

— Elle pensait le mériter, confirma Celeste.

— Celeste, je crois que tu oublies le rôle de ton père dans tout ça, intervint Adam.

— Dans tout quoi ? voulut savoir Noah.

Celeste prit plusieurs inspirations, profondes, comme si elle essayait de garder son sang-froid. Josie la voyait ériger mentalement des murs autour de ses points les plus vulnérables afin d'être en mesure de parler de ce qui allait suivre en toute objectivité. Sans émotion. Détachée. Josie connaissait cette astuce, parce qu'elle avait passé sa vie à y recourir elle-même. Comme Celeste en ce moment, la policière savait ce que c'était que d'enfouir systématiquement un traumatisme à l'intérieur de soi pour finir par ne même plus pouvoir l'atteindre. C'était nécessaire si l'on voulait survivre, continuer à fonctionner, mais Josie savait aussi que, malgré toute la force mentale indispensable pour enfermer ce traumatisme dans un compartiment hermétique, quelque chose d'aussi simple qu'un mot ou une image, un souvenir ou une phrase inopportune pouvait rouvrir ce compartiment et libérer le traumatisme en une fraction de seconde, provoquant un véritable raz-de-marée de douleur.

— Prenez votre temps, Celeste, lâcha-t-elle.

Les yeux de la femme se dirigèrent vers le plafond. Adam se rapprocha, elle s'éloigna et finit par se retrouver coincée contre l'un des bras du canapé, du côté où Tom se tenait telle une sentinelle silencieuse. Il toucha légèrement son épaule. Elle ne le repoussa pas. D'un ton sec, elle dit :

— Nous étions heureux. Ma mère, mon père, moi. Nous vivions ici. Mon père avait ouvert l'hôtel, qu'il avait agrandi juste avant ma naissance. Dès que j'ai été en âge de marcher, je l'ai accompagné partout. Partout dans cette propriété. Il me montrait tout, chaque rouage de cet endroit. Quand j'ai eu l'âge d'aller à l'école, ma mère venait me chercher à l'arrêt de bus, me ramenait à la maison, et je partais à sa recherche. Chaque jour était une aventure. Ma mère travaillait souvent à ses côtés. Elle était heureuse. Très heureuse.

La voix de Celeste était devenue un murmure. Elle cligna rapidement des yeux et Josie comprit qu'elle s'efforçait de ne pas laisser ses sentiments remonter à la surface.

— Nous avons retrouvé la notice nécrologique de votre mère, lâcha Noah. Elle est décédée quand vous aviez dix ans. Je suis désolé. Cela a dû être horrible.

Celeste acquiesça. La gorge nouée, elle tenta de continuer.

— Ma mère s'est suicidée.

Cette fois, quand Adam posa une main sur la sienne, Celeste ne fit aucun geste pour le repousser.

— Je suis vraiment désolée, Celeste, dit Josie.

Le visage de l'intéressée se durcit.

— À cause de Lorelei. Mon père avait une deuxième famille en ville, voyez-vous. Il fréquentait la mère de Lorelei depuis au moins aussi longtemps qu'il était marié à ma mère. Il avait mis cette femme enceinte. Il lui versait de l'argent, depuis les comptes de l'entreprise. Puis elle est morte d'un cancer. Il aurait pu, et dû, confier sa progéniture à une famille d'accueil, mais non. Il l'a ramenée à la maison.

Au fil de son récit, les yeux de Celeste s'étaient mis à étinceler d'une rage à peine dissimulée.

— C'est comme ça que ma mère a découvert son infidélité, sa trahison : quand la petite Lorelei Mitchell est apparue sur le pas de sa porte. Mon père attendait de son épouse qu'elle s'occupe de Lorelei comme si c'était sa propre fille. Ma mère aurait dû partir, mais non. Au lieu de cela, elle s'est pendue.

Celeste désigna les grandes fenêtres qui donnaient sur l'avant de la maison.

— À un arbre, là-bas. Dans la cour. Je l'ai fait abattre après la mort de mon père. Même après le suicide de ma mère, mon père a insisté pour que Lorelei reste avec nous. Il voulait qu'elle fasse partie intégrante de cette famille. En grandissant, elle a fini par croire que c'était le cas.

Il semblait à Josie que rien de ce qui s'était passé dans la famille Harper n'était la faute de Lorelei, mais elle sentait que Celeste n'accepterait pas une affirmation pareille. Il était plus facile de rejeter la faute sur Lorelei, qu'elle percevait comme une étrangère, que de blâmer son père bien-aimé.

— Votre sœur a quitté Denton pour devenir psychologue, intervint Noah. Manifestement, elle ne s'attendait pas à avoir un avenir ici, dans cet hôtel.

— Elle n'a même pas pu faire ça correctement, cracha

Celeste. Elle est revenue ici déshonorée, sa licence révoquée, sa carrière terminée.

— Elle est revenue avec trente-quatre coups de couteau dans le cou et le dos, nuança Josie. Elle avait été attaquée par un patient.

Si Tom n'eut pas l'air surpris, Adam poussa une exclamation.

— Tu ne m'as jamais dit ça, Celeste.

Celle-ci se tourna vers son mari.

— Qu'est-ce que ça change, Adam ? Quand nous nous sommes rencontrés, je t'ai dit qu'elle n'avait jamais fait partie de ma vie et qu'elle n'en ferait jamais partie. Je me suis occupée de tout cela...

Elle agita le document qu'Adam avait posé sur la table basse après avoir essayé d'attaquer Tom.

— ... avant notre mariage. Je t'ai dit ce que tu avais besoin de savoir. Elle était le fruit d'une liaison de mon père. Elle n'avait rien à faire ici. Elle a échoué dans sa carrière de psychologue et elle est revenue quémander de l'argent.

— Vous ne lui avez rien donné, conclut Noah. Si bien qu'elle vous a poursuivie pour obtenir sa part de la succession.

Celeste se hérissa.

— Parce qu'elle savait n'avoir aucun droit sur le moindre centime gagné par mon père. Nous avons conclu un accord à l'amiable.

— Parce que vous ne vouliez pas de mauvaise presse ou parce que vous ne vouliez pas que la réputation de votre père soit entachée ? demanda Noah.

— Les deux, admit Celeste.

— Quels étaient les termes de l'accord ? s'enquit Josie. Recevait-elle encore des paiements de votre part au moment de sa mort ?

Celeste agita la main.

— Mon Dieu, non ! Elle a reçu un règlement en espèces en

plus du terrain. De quoi construire une maison et vivre confortablement pendant de nombreuses années. Je ne l'ai jamais revue. Nous ne nous sommes jamais reparlé. Je ne suis jamais allée chez elle. Elle n'est jamais venue ici.

Noah revint à la charge :

— Vous êtes en train de dire que pendant toutes ces années où votre sœur...

— Ma demi-sœur, rectifia Celeste.

— Pendant toutes ces années où votre demi-sœur a vécu à quelques kilomètres de là, sur une propriété qui faisait auparavant partie de votre domaine, vous ne l'avez jamais vue ?

— C'est exact. Aucune de nous n'avait envie de voir l'autre ou d'entrer en contact avec elle.

Josie regarda Tom.

— Et vous, monsieur Booth ? Vous avez rencontré Lorelei Mitchell ?

— Non, répondit-il. Je n'en ai jamais eu l'occasion. J'ai entendu parler d'elle parce que, lorsque j'ai pris mes fonctions de directeur général, Celeste et moi avons parlé d'agrandir de nouveau le complexe hôtelier, et la question des limites de la propriété s'est alors posée, expliqua-t-il en regardant Adam du coin de l'œil.

Adam retira sa main de celle de Celeste.

— Tu avais l'intention d'agrandir l'hôtel ? Encore ? Sans m'en parler ?

Celeste fit un geste dédaigneux de la main et ricana d'exaspération.

— Nous n'avons jamais réussi à faire avancer les choses. Il aurait été inutile d'en parler puisque ça ne pouvait pas se faire. Maintenant que vous connaissez l'histoire de ma vie, ajouta-t-elle après avoir regardé Josie puis Noah, pouvez-vous me dire en quoi tout cela a le moindre intérêt ? Vous ne pensez tout de même pas que j'aie quelque chose à voir avec l'assassinat de Lorelei.

— Nous n'avons écarté aucune hypothèse, répliqua Noah. Mais la vraie raison de notre présence ici, c'est qu'une des filles de Lorelei est encore en vie et, à moins qu'un proche ne la prenne en charge, elle sera placée en famille d'accueil.

À ce stade, le dernier souhait de Josie était de confier Emily Mitchell à cette femme, mais ce n'était pas à elle de décider de ce qu'il adviendrait d'Emily maintenant que Lorelei était morte. Marcie Riebe serait chargée de la placer, que ce soit chez Celeste et Adam ou dans une famille d'accueil.

— Lorelei a eu des enfants ? s'étonna Adam. Tu le savais, Celeste ?

Celle-ci secoua la tête.

— Bien sûr que non.

Il lança un regard noir à Tom, mais ce dernier se contenta de hausser les épaules.

— Je n'ai jamais rencontré cette femme. Je n'étais pas au courant, moi non plus.

— En quoi cela nous regarde-t-il ? demanda Celeste.

— Comme l'a dit le lieutenant Fraley, nous sommes ici parce que vous êtes sa plus proche parente, déclara Josie.

— Combien d'enfants avait-elle ? demanda Adam.

Celeste posa sur lui un regard mauvais.

— Qu'est-ce que ça peut bien faire, Adam ?

— Deux, répondit Noah. Holly est la jeune fille retrouvée sur votre propriété.

— Attendez, quoi ? s'exclama Celeste en se levant. C'était sa... sa fille ?

— Votre nièce, confirma Josie.

Celeste referma la bouche, ses lèvres ne formant plus qu'une ligne fine. Josie se rendit compte qu'elle perdait le contrôle de ses émotions.

— Elle n'était qu'une... qu'une enfant.

— Oh, mon Dieu... souffla Adam, dont les joues se mouillèrent de larmes. Et elle a été... assassinée ?

— Oui, confirma Josie. Je suis vraiment désolée.

Tom gardait le silence. Son visage ne trahissait aucune émotion. Sur le divan, Adam avait les épaules secouées de soubresauts. Toujours debout, Celeste fixait ses pieds tandis que ses yeux s'emplissaient de larmes, même si Josie voyait clairement qu'elle essayait de contenir son émotion.

— Quel âge ? demanda-t-elle.

— Douze ans, répondit Noah.

— Oh, mon Dieu ! geignit Celeste en se couvrant la bouche d'une main.

Adam leva les yeux.

— Vous avez dit qu'il y en avait une autre ? Une fillette ?

— Oui, dit Josie. Emily. Elle a huit ans.

— Attendez. C'est elle qui a fait l'objet de l'alerte Amber la nuit dernière, dit-il. Vous l'avez retrouvée ?

— Oui, confirma Noah. Elle se cachait. Elle est saine et sauve.

— Mais nous l'ignorions, expliqua Josie. D'où l'alerte Amber.

— Naturellement, lâcha Adam.

— Et leur père ? demanda Celeste.

— Manifestement, il ne fait pas partie de leurs vies, déclara Noah. Il n'est même pas mentionné sur leur certificat de naissance. Emily a déclaré qu'elle n'avait pas de père. Nous n'avons rien trouvé dans la maison qui indique qu'un homme y vivait ou même y passait du temps régulièrement.

— La pauvre petite, murmura Adam. Elle doit être traumatisée.

— En effet, dit Noah. Elle a perdu sa mère et sa sœur le même jour, et maintenant elle doit quitter sa maison. Elle s'est cachée dans un placard pendant le meurtre. Elle y est restée plusieurs heures et a mangé de la nourriture avariée, ce qui lui a valu d'être hospitalisée pour une intoxication alimentaire, mais elle aura bientôt besoin d'un endroit où aller. Les services d'aide à l'enfance sont déjà impliqués. Ils préféreraient qu'un membre de la famille la prenne en charge jusqu'à ce que des dispositions plus permanentes puissent être prises.

— Nous ne pouvons pas l'accueillir, décréta Celeste. Elle ne nous connaît même pas !

— Celeste, protesta Adam.

Elle toisa son époux.

— Non. Je ne suis pas en train de dire qu'on ne peut pas l'accueillir parce que c'est la fille de Lorelei. Mais elle aura besoin de soutien, de quelqu'un qui reste à ses côtés, alors que nous travaillons presque jour et nuit. Nous ne pouvons pas la laisser seule dans cette maison, Adam.

Il se leva et regarda sa femme dans les yeux.

— Tu les as entendus, ce n'est que temporaire. Nous pouvons nous débrouiller pour être plus disponibles pendant quelques jours. Il y a beaucoup de personnel pour nous remplacer. Nous pourrions même nous relayer, si tu veux.

Tom s'avança d'un pas et se rapprocha de Celeste.

— Je ne pense pas que ce soit une bonne idée.

Adam se retourna vers lui.

— Toi, tu restes en dehors de ça.

Celeste posa une main sur le bras d'Adam.

— Arrête.

— Non, rétorqua celui-ci. J'en ai assez de lui. Ce dont nous parlons en ce moment ne concerne que nous deux. Cela n'a rien à voir avec Adam. C'est à nous de prendre cette décision.

— Il faut penser aux conséquences en termes de réputation, insista Tom.

Adam tendit un doigt sous le nez du directeur de l'hôtel.

— La ferme. Pas un mot de plus. Je parle à ma femme.

Lorsqu'il se retourna vers elle, Celeste secouait la tête :

— On ne peut pas...

— Elle n'a nulle part où aller, implora Adam. Tu ne veux pas au moins la rencontrer ?

Ils échangèrent un long regard. Josie percevait un flot de communication silencieuse entre eux. Noah et elle avaient eux aussi des signes qui n'appartenaient qu'à eux. Finalement, Celeste prit la main de son époux et entrelaça ses doigts aux siens. Se retournant vers Josie et Noah, elle déclara :

— Très bien. Quelques jours. Pas plus. Nous ne sommes pas prêts à accueillir un enfant à plein temps. Et la presse devra être tenue à l'écart de tout ça.

Elle jeta un coup d'œil à Tom. Il n'avait pas l'air content, mais ne dit mot. Celeste poursuivit :

— Je ne veux pas paraître insensible, mais je ne tiens pas à ce que *Harper's Peak* se retrouve dans le collimateur des médias. Nous ne sommes pas les seuls sur qui cela aurait des répercussions, nous employons des centaines de personnes ici, et c'est mon travail de les protéger et de m'assurer qu'ils continuent à percevoir leurs salaires.

— Nous ferons de notre mieux, lui assura Noah. Pour l'instant, nous devons parler à l'assistante sociale. C'est elle qui, en fin de compte, approuvera la venue temporaire d'Emily chez vous. Elle voudra peut-être vous rencontrer.

— Vous pouvez lui communiquer nos numéros de portable, déclara Adam. Nous ne quittons jamais cet endroit.

Le téléphone de Noah émit justement un tintement qui indiqua à Josie qu'il avait reçu un texto. Il jeta un coup d'œil à l'écran.

— C'est l'hôpital, dit-il. Ils ont les dossiers que nous avons demandés.

— Allons-y, déclara Josie avant d'ajouter à l'intention d'Adam et de Celeste : Marcie Riebe, des services de l'enfance, vous contactera.

17

Ils quittèrent la résidence de Celeste et Adam et regagnèrent le parking adjacent au bâtiment principal du complexe hôtelier. Alors qu'ils s'apprêtaient à monter dans la voiture, un pick-up blanc passa en trombe et se dirigea vers l'arrière de l'hôtel.

— Noah, regarde, lui dit Josie.

— C'était l'un des pick-up du magasin de produits fermiers, constata-t-il. Tu as vu qui conduisait ?

— Non, répondit Josie. Il est passé trop vite. Et toi ?

Noah secoua la tête et prit la direction suivie par le pick-up en empruntant l'allée asphaltée.

— Il n'y a qu'une seule façon de le savoir.

Josie lui emboîta le pas. Ils contournèrent le bâtiment et virent une plateforme de chargement. Le pick-up était garé devant, portières ouvertes. Reed se tenait sur la plateforme avec un employé de l'hôtel. Pendant qu'ils étudiaient tous les deux des documents sur un porte-bloc, l'employé biffant les articles à l'aide d'un stylo, Paxton déchargeait des cagettes et les déposait aux pieds de son père. Il les alignait par quatre, prenant le temps de vérifier que chaque contenant jouxtait précisément le suivant, avec exactement la largeur d'un index entre elles. Josie le regarda glisser son doigt dans l'espace entre les caisses une fois, deux fois, trois fois. L'une des cagettes était trop proche de l'autre. Il rectifia sa position et recommença, comptant et mesurant toujours avec son doigt.

— Bon sang, Pax, cria Reed. Je t'ai dit d'arrêter tes conneries. Allez, on n'a pas toute la journée.

Pax se leva d'un bond et retourna rapidement vers le pick-up pour décharger d'autres caisses. Un membre du personnel de l'hôtel aida ensuite Reed à les transporter à l'intérieur. Josie vit Paxton ajuster subrepticement les cagettes pendant que son père était à l'intérieur du bâtiment. Alors que Noah et elle se rapprochaient, Paxton leva la tête et les aperçut. Ses yeux marron s'écarquillèrent de panique. Il regarda la plateforme, mais son père était toujours à l'intérieur. Il posa un doigt sur ses lèvres. Puis il secoua la tête.

Josie continua à marcher. Elle ne se laisserait pas intimider par Reed Bryan. Elle n'était plus qu'à quelques mètres de l'avant du pick-up lorsqu'elle sentit la main de Noah sur son avant-bras.

— Regarde, dit-il.

Pax s'était arrêté de décharger le pick-up. Les mains enfoncées dans les poches de son tablier, il cherchait quelque chose et en sortit bientôt un morceau de papier froissé. D'un geste brusque, il le jeta sur le côté. La boulette de papier atterrit à côté du pick-up, mais hors du champ de vision de Reed qui se tenait sur la plateforme de chargement. Pax croisa le regard de Josie et répéta le geste qui lui intimait le silence. Elle acquiesça. Lorsque Reed ressortit du bâtiment, Noah et elle s'accroupirent contre l'avant du pick-up de façon qu'il ne puisse pas les voir d'où il se tenait.

— C'est quoi, ce bordel, Pax ? Active-toi. On n'a pas toute la journée. On a encore d'autres livraisons, se plaignit Reed.

— Désolé, papa.

Noah jeta un coup d'œil sur le côté du pick-up.

— Il est juste là, chuchota-t-il. Je peux l'attraper.

— C'est ridicule, grommela Josie.

— Peut-être, mais est-ce que nous aurons l'occasion de parler à ce gosse sans son père dans les parages ? Il est évident qu'il essaie de nous dire quelque chose. Attends.

Rapide comme l'éclair, il contourna à quatre pattes le flanc du pick-up, ramassa le papier froissé et le rapporta. Derrière eux, ils entendaient Pax déposer sur la plateforme de chargement des caisses que Reed et l'employé de l'hôtel récupéraient avec force grognements. Noah lissa le papier contre le capot du pick-up. La majeure partie du document avait disparu, brûlée ou noircie par le feu. À de nombreux endroits, là où Pax l'avait froissé, des morceaux s'étaient détachés. Seuls quelques bouts de texte avaient survécu.

— Cela provient de la maison de Lorelei. De la serre, peut-être, murmura Josie.

Noah acquiesça.

— C'est écrit à la main. Difficile à déchiffrer. Peut-être une lettre ? « ... ne veux pas t'impliquer. Je ne l'ai jamais fait. Je pensais pouvoir faire ça toute seule, mais j'avais tort. Je ne pourrai pas... » Je ne peux pas lire le reste de la phrase. Puis : « ... on a conclu un accord, mais si tu lui donnais une chance, tu pourrais te sentir... » La suite est illisible. On dirait quelque chose comme : « ... sais la vérité sur toi, et je m'en fiche... » Impossible de décoder le reste du paragraphe, mais ensuite il y a : « ... ne peux pas faire simplement ce qu'il faut ? Pourquoi me forces-tu à faire ce choix ? C'est un choix impossible. Je ne veux pas le dire, mais... » Le reste a disparu, brûlé. La page est noire. Je n'arrive pas à deviner ce qui est écrit.

— Tu vois des noms ?

— Non, et toi ?

Josie se rapprocha.

— Rien.

La voix tonitruante de Reed les fit sursauter.

— Pax, démarre ce pick-up pendant que je m'occupe de la paperasse.

— Oui, papa, répondit Pax.

Rapidement, Noah rangea la feuille dans sa poche. Paxton s'approcha de l'avant du véhicule. Il écarquilla les yeux en les découvrant là.

— Partez. Mon père va péter les plombs s'il vous voit ici.

— Pax, tu sais que tu peux légalement nous parler sans la permission de ton père, répliqua Josie.

— Je suis obligé de vivre avec lui. Il va me démolir s'il me voit avec vous, objecta Pax. Écoutez, s'il vous plaît, allez-vous-en. Vous allez me mettre dans une sale situation.

Josie leva les mains.

— On y va, Pax. Merci pour ce document. Tu l'as trouvé où ?

— Dans les bois. Près de la maison de Mlle Lorelei. Je l'ai trouvé. Je savais qu'il s'était passé quelque chose de grave parce qu'elle n'était pas venue chercher ses fruits comme tous les vendredis.

— Tu es allé chez elle hier ? demanda Josie.

Pax se retourna vers la plateforme. Ses doigts se posèrent nerveusement sur la poignée du pick-up.

— Mon père était occupé par une grosse commande. Il était au téléphone. J'ai pris mon vélo pour traverser les bois, comme je le fais toujours. J'ai senti une odeur de brûlé. Mlle Lorelei n'aime pas qu'il y ait du feu près de sa maison. Quelqu'un brûlait quelque chose dans la serre.

— Tu es entré ?

Il secoua violemment la tête. Une larme coula sur son visage et il l'essuya rapidement.

— Il y avait du sang sur le porche de derrière. J'ai eu peur. J'ai fichu le camp, je suis remonté sur mon vélo et je suis retourné dans les bois.

— Tu as vu quelqu'un, Pax ? demanda Josie.

— S'il vous plaît, insista-t-il. Il faut vous en aller.

— Dis-nous juste ça, insista Noah. Tu as vu quelqu'un ?

— Personne. Juste ce papier dans les bois. J'étais dans tous mes états et je me suis perdu. J'ai dû faire demi-tour pour retourner au magasin. Mais j'ai trouvé ça. Je me suis dit que c'était important et que je le donnerais à Mlle Lorelei la prochaine fois que je la verrais, mais aujourd'hui, quand vous êtes venus au magasin, vous avez dit qu'elle était morte. Et Holly aussi.

Une autre larme coula sur sa joue.

— Je suis désolée, Pax, lâcha Josie.

— Emily va bien ?

— Oui, dit Josie. Elle va bien. Je te remercie pour ce que tu as fait. Tu as agi comme il fallait. Pax, il y avait quelqu'un d'autre dans la maison avec Lorelei, Emily et Holly quand tu t'y es trouvé ?

Il baissa le menton.

— Je ne suis pas censé le dire. Mon père n'est même pas au courant.

Ils entendirent Reed prendre congé sur la plateforme de chargement.

— Prenez ce papier et allez-vous-en, d'accord ?

— Tu sais qui a écrit ce qu'il y a là-dessus ? insista Noah.

La voix de Reed retentit depuis la plateforme de chargement.

— Hé ! Pourquoi tu n'as pas démarré le pick-up ? Pax ?

— Mlle Lorelei, probablement. On dirait son écriture. Elle avait des secrets. Tous les adultes ont des secrets. Ce sont des menteurs, tous, même mon père. Vous pouvez demander à Emily. Demandez-lui ce que font les adultes.

— Pax ! Où tu es, bon sang ?

— S'il vous plaît, partez maintenant !

Josie lui glissa une carte de visite dans la main.

— Appelle-nous si tu as besoin de nous ou si tu penses pouvoir nous dire quelque chose, d'accord ?

Pendant que Pax se dirigeait vers l'arrière du pick-up pour détourner l'attention de Reed, Josie et Noah détalèrent vers l'avant du bâtiment. Une fois dans leur voiture, Noah enclencha la vitesse et s'engagea sur la longue allée.

18

Emily avait été déplacée dans un autre secteur du service des urgences. Elle était maintenant allongée sur un brancard derrière un rideau. Son sac de voyage était posé au pied de son lit, son chien en peluche serré contre sa poitrine. Quelqu'un avait allumé la télévision murale et elle la regardait, fascinée. Dans le fauteuil à côté du lit, Marcie tapotait sur son téléphone. Dès qu'elle aperçut Josie et Noah, elle bondit de sa chaise.

— Oh, super ! s'exclama-t-elle. J'étais justement en train de vous envoyer un texto. L'hôpital ne peut pas garder Emily plus longtemps, je dois l'installer quelque part. J'ai trouvé une place pour elle dans un foyer non loin d'ici. Avez-vous réussi à dénicher un de ses parents proches ?

— Oui, répondit Josie. Pourrions-nous parler en privé ?

— Je cours chercher les dossiers au service administratif de l'hôpital, fit Noah. Je reviens tout de suite.

Josie et Marcie s'éloignèrent d'Emily pour que l'inspectrice puisse lui faire un résumé de leur entrevue avec Celeste et Adam.

— Ce n'est pas l'idéal, reconnut Marcie, mais ils devraient

être plus sensibles à son récent traumatisme qu'un inconnu. Bon, on peut les considérer aussi comme des inconnus, mais s'ils ont manifesté le désir de la prendre en charge pour le moment, je vais au moins les rencontrer. Le foyer auquel je pense est dirigé par une femme charmante, seulement elle a beaucoup d'enfants sur les bras.

— La docteure Rosetti est passée ce matin ? demanda Josie.

— Pour la consultation psychologique ? Oui. À part des TOC et un traumatisme émotionnel évident dû à la perte de sa mère et de sa sœur, Emily n'a pas de problèmes.

— La docteure Rosetti l'a-t-elle interrogée sur ce qu'elle a vu hier ?

— Oui. Je suis restée dans la pièce. Emily n'a pas voulu parler. D'après la psychologue, la petite est encore en train d'assimiler tout ce qui s'est passé, donc mieux vaut ne pas insister.

— D'accord, convint Josie. Cependant, quelqu'un a obligé Emily à garder des secrets, lesquels ont peut-être entraîné la mort de sa famille.

— Écoutez, je comprends que vous essayez de résoudre cette affaire, mais mon travail consiste à trouver un endroit où cette petite fille pourra séjourner jusqu'à ce que nous soyons en mesure de prendre des dispositions permanentes. Reparlez-lui si vous pensez que cela peut l'aider, mais je vous demande de lui éviter tout stress supplémentaire.

— Bien entendu, assura Josie. Voulez-vous rencontrer Celeste Harper et Adam Long aujourd'hui ? Ils ont dit qu'ils seraient disponibles.

— Vous avez leurs numéros ? demanda Marcie.

Josie les lui communiqua. L'assistante sociale disparut dans le couloir. La policière se glissa derrière le rideau qui dissimulait le lit d'Emily et s'assit au bord de celui-ci.

— J'ai rencontré ton ami Pax aujourd'hui, dit-elle.

Emily quitta la télévision des yeux pour les poser sur Josie.

— Il est triste ?

Josie acquiesça.

— J'en ai bien peur, oui.

— Moi aussi, dit Emily en serrant son chien plus fort.

— Emily, reprit Josie en se remémorant les déclarations de Pax, il m'a dit de te poser une question. De te demander ce que font tous les adultes.

— Ils mentent.

— Qu'est-ce qui te fait penser ça ?

L'attention de la petite se reporta sur la télévision. Quelqu'un avait mis Nickelodeon.

— Parce que c'est vrai, répondit-elle avec un haussement d'épaules.

— Ta mère t'a menti ?

— Seulement parce qu'elle était obligée.

— Pourquoi a-t-elle dû mentir ?

— C'est un secret.

— Qui t'a dit que c'était un secret ?

— Maman.

Josie s'efforça de capter de nouveau le regard de la fillette.

— Emily, il est très important de ne rien cacher à la police. Nous cherchons à arrêter la personne qui a fait du mal à ta maman. C'est pour ça que nous devons connaître tous les secrets qu'elle t'a racontés.

— Je ne peux pas répéter un secret.

Josie changea de tactique.

— Emily, est-ce que quelqu'un d'autre a déjà vécu avec ta mère, Holly et toi ?

Emily tourna les yeux vers la policière.

— Je ne peux pas répéter un secret. Sinon, d'autres malheurs arriveront.

— Je te promets que rien de mal ne se produira si tu me racontes ces secrets, dit Josie.

— Je ne peux pas répéter un secret, s'obstina Emily en se recroquevillant sur elle-même.

— D'accord, capitula Josie, qui décida d'abandonner le sujet. Tu as déjà rencontré le père de Pax ?

— Il est venu chercher Pax pour le faire partir. Il ne voulait pas qu'on soit amis.

— Il a déjà fait du mal à l'un d'entre vous ?

— Peut-être à Pax. Il était méchant.

Marcie apparut dans l'ouverture du rideau.

— Je vais me rendre tout de suite à *Harper's Peak*. L'infirmière est au courant qu'Emily reste ici un peu plus longtemps.

— Est-ce que Josie peut rester jusqu'à ce que tu reviennes ? fit Emily d'une toute petite voix.

— Je ne pense pas, Emily. Je suis désolée, mais elle a du travail de police à faire.

— Si, si, je peux rester, intervint Josie. Mon collègue est à l'étage pour obtenir des informations. Je dois l'attendre de toute façon.

Marcie sourit.

— Je reviens aussi vite que possible.

Josie s'assit sur la chaise à côté du lit. Emily se remit à regarder la télévision. Il ne fallut pas plus de quelques minutes pour qu'elle s'endorme. Noah passa la tête à travers les rideaux, une clé USB dans une main et une petite liasse de feuilles dans l'autre.

— Qu'est-ce qui t'a pris autant de temps ? demanda Josie.

Il désigna Emily d'un mouvement du menton.

— J'avais le sentiment qu'on ne partirait pas d'ici avant un moment, donc j'ai demandé à l'employé du service administratif de m'imprimer le formulaire d'admission remontant à la dernière fois où Lorelei a été vue aux urgences.

Tirant le rideau derrière lui, il s'approcha de Josie en lui tendant les feuilles.

— C'était il y a un an. Elle est venue ici pour une morsure d'araignée. Apparemment, elle avait fait une réaction sévère. Quoi qu'il en soit, la personne à contacter en cas d'urgence est mentionnée là.

Josie tourna les pages jusqu'à trouver l'information.

— Vincent Buckley.

— Le psychiatre qui vit à deux heures de route d'ici et lui prescrit des antipsychotiques et des anxiolytiques. Tu ne trouves pas ça bizarre ?

Josie lui rendit les feuilles imprimées et sortit son téléphone.

— Tu te doutes bien que si. Je rappelle ce type. Reste ici.

Téléphone à l'oreille, Josie arpenta le couloir, évitant les infirmières et les médecins qui allaient et venaient. Cette fois, Vincent Buckley répondit.

— Docteur Buckley à l'appareil. En quoi puis-je vous aider ?

Josie se présenta.

— Je dois parler avec vous de Lorelei Mitchell.

Il y eut un temps d'hésitation durant lequel Josie entendait le docteur respirer à l'autre bout du fil. Puis il reprit :

— De quoi s'agit-il ?

— Lorelei a été assassinée hier. De même que l'une de ses filles. Nous avons trouvé chez elle des médicaments que vous lui aviez prescrits. Elle vous a également désigné comme personne à contacter en cas d'urgence. Je souhaiterais vous rencontrer dès que possible pour discuter de tout ce que vous auriez à nous apprendre sur Lorelei et sa situation familiale.

Nouveau silence. La respiration du médecin s'était accélérée.

— M-m-mince, balbutia-t-il. Je ne sais pas quoi dire. Que... que s'est-il passé ? Pouvez-vous m'expliquer ce qui s'est passé ?

— Nous l'ignorons, répondit Josie. D'où mon appel. Avez-vous des informations à nous communiquer sur la vie que menait Lorelei ?

Au lieu de répondre, il répliqua :

— Pouvez-vous me décrire la scène ?

— Pardon ?

— La, euh, la scène de crime.

— Impossible, docteur Buckley. Il s'agit d'une enquête en cours.

— Je comprends. La vie qu'elle menait ? Elle vivait avec ses enfants.

Josie retint un soupir d'exaspération.

— Docteur Buckley, nous avons un meurtrier en liberté. Le temps presse. Dites-moi tout ce que vous savez sur Lorelei, et je déterminerai quelles informations sont utiles et lesquelles ne le sont pas.

— Qu'est-ce que vous voulez savoir en particulier ?

Il n'allait pas lui faciliter la tâche.

— Vous êtes le père de ses enfants ?

— Bonté divine, non ! s'exclama-t-il avec un petit rire. Lorelei et moi étions collègues quand elle exerçait son métier. C'est comme ça que je l'ai connue.

— Très bien, fit Josie. Avez-vous une idée de qui aurait pu vouloir la tuer ?

— J'habite à deux heures de chez elle. Je ne la voyais pas souvent. Je n'étais pas au courant des moindres détails de sa vie quotidienne.

— Elle était votre patiente et vous a mentionné comme étant la personne à contacter en cas d'urgence. Elle a dû se confier à vous sur de nombreux sujets.

Encore une longue hésitation. Au moment où Josie s'apprêtait à lui demander s'il était toujours là, le docteur poussa un profond soupir.

— Inspectrice, Lorelei Mitchell n'était pas ma patiente.

— Pardon ? Nous avons pourtant retrouvé des médicaments prescrits par vos soins.

— C'est vrai. C'est une longue conversation qu'il vaut

mieux que nous ayons en personne. Malheureusement, je ne peux pas conduire en ce moment. Ma voiture est au garage. Je la récupère d'ici à la fin de la semaine prochaine. Peut-être pourrions-nous...

— Je serai chez vous dans quelques heures, le coupa Josie, avant de raccrocher.

19

Vincent Buckley vivait dans une vaste ferme du comté de Bucks entourée d'un mur de pierre bas et croulant. L'allée menant à sa demeure faisait près d'un kilomètre. De chaque côté, des arbres se dressaient ici et là au milieu de champs où ondoyait une herbe d'un vert éclatant. Bien qu'elle n'offre pas le même genre de vue que *Harper's Peak*, la propriété était très belle. Noah et Josie se garèrent devant la ferme et montèrent les marches jusqu'à un vaste porche qui courait tout le long de la bâtisse. Un homme d'environ soixante-dix ans, aux cheveux blancs épais et ondulés et à la barbe tout aussi blanche, soigneusement taillée, était assis dans un fauteuil à bascule. À côté de lui se trouvait une petite table circulaire sur laquelle reposait un cendrier. Il tenait dans une main un cigare à moitié consumé et dans l'autre un livre. Les volutes de fumée âcre qui montaient de son cigare furent les premières à accueillir les visiteurs.

— Vous devez être les inspecteurs de Denton, lâcha-t-il sans se lever.

Josie et Noah lui montrèrent chacun leur carte, qu'il examina longuement. Puis, apparemment satisfait, il posa son cigare dans le cendrier et son livre sur ses genoux pour leur désigner un banc en osier, en face de son rocking-chair.

— Je vous en prie, dit-il.

— Docteur Buckley, commença Josie, vous avez déclaré au téléphone que Lorelei n'était pas votre patiente, pourtant vous lui avez clairement prescrit des médicaments. C'est un aveu assez grave. On pourrait vous interdire d'exercer.

— Vous allez me dénoncer, alors ? demanda-t-il d'un ton qui semblait presque indiquer qu'il le souhaitait.

— Nous devrons en discuter avec notre chef, répliqua Noah. Pour l'instant, nous devons juste savoir pourquoi vous prescriviez des médicaments à une femme qui n'était pas votre patiente.

— Mon patient, c'était son fils.

Josie sentit un chatouillement à l'arrière de son cou.

— Excusez-moi, docteur Buckley, vous avez bien dit « son fils » ?

Il posa son livre sur la table et se pencha, plantant les coudes sur ses genoux.

— Rory Mitchell. Je vois à vos visages que la nouvelle de son existence est un choc total pour vous. C'est exactement ce qu'elle voulait, même si, en fin de compte, je ne suis pas sûr que cela ait servi à grand-chose. Elle est morte, après tout.

— Quel âge a son fils ? demanda Noah.

— Oh, il doit avoir à peu près quinze ans aujourd'hui, j'imagine. Inspecteurs, si vous voulez savoir qui a tué Lorelei et les autres habitants de sa maison, vous n'avez pas besoin de chercher plus loin : c'est Rory.

— Il n'était pas là, objecta Josie. Et rien n'indique qu'il vivait dans cette maison. Personne ne l'a mentionné, à aucun moment.

Buckley esquissa un sourire douloureux.

— Parce qu'il était son secret.

— Comment et pourquoi garder un enfant secret ? s'étonna Noah.

— Vous avez découvert le passé de Lorelei ? Je suppose que oui, si vous êtes venus me parler.

— Elle était psychologue, répondit Josie. Spécialisée dans les troubles comportementaux chez les adolescents, et elle a été attaquée par un patient qui a tué sa propre mère, avant de se suicider.

Buckley acquiesça. Son sourire avait disparu.

— J'ai déjà admis avoir prescrit des médicaments à quelqu'un qui n'était pas mon patient, et je vais vous confier une autre information qui aurait été susceptible de mettre fin à ma carrière si je n'avais pas de toute façon décidé de prendre ma retraite, maintenant que Lorelei n'a plus besoin de moi. Cela fait cinq ans que je ne vois plus de patients, Rory a été mon dernier. Lorelei ne voulait pas qu'il entre dans un système, quel qu'il soit – ni le système médical, ni le système de santé mentale, et certainement pas celui de la justice pénale. Je lui ai donc prescrit les médicaments destinés à son fils, et elle les lui a administrés en fonction de ses besoins.

— Quelle est l'autre information que vous alliez nous confier ? demanda Josie, sentant qu'il perdait le fil de ses pensées.

Il leva un doigt.

— Ah oui, c'est vrai. Oui. Alors voilà, commença-t-il en reposant la main sur ses genoux. Lorelei et moi étions collègues. Elle était beaucoup plus jeune que moi, mais extrêmement brillante. Elle réussissait à traiter les patients les plus difficiles. Sa spécialité était la thérapie cognitivo-comportementale. Elle n'aimait pas médicamenter les patients. Ça, c'était mon travail. Nous étions souvent en désaccord sur le caractère opportun d'administrer des médicaments aux patients ou sur le moment auquel le faire. Nous avons eu de nombreuses disputes. Puis il y a eu un patient particulièrement difficile. Elle travaillait avec lui depuis un peu plus de trois ans et avait fait de gros progrès.

— Quel était le diagnostic de ce patient ? demanda Josie.

Buckley agita la main.

— Oh là là. Y a-t-il un diagnostic unique pour les enfants les plus atteints dans leur esprit et dans leur cœur ? Beaucoup d'enfants ont plusieurs pathologies. Il est donc difficile d'en traiter une sans aggraver la ou les autres. Les cas les plus délicats sont ceux pour lesquels il est impossible d'identifier une cause unique. Imaginez qu'un enfant se présente à la clinique avec un sentiment général de malaise. Il ne se sent pas bien. Il a peut-être des courbatures ou des maux d'estomac. Des migraines ou une grande fatigue. Dans l'ensemble, il ne se sent tout simplement pas bien. Qu'est-ce que vous faites ?

Il se tut, comme s'il attendait vraiment une réponse. Finalement, Noah se risqua à une supposition.

— On essaie d'écarter différentes causes jusqu'à en réduire le nombre à une ou deux ?

Buckley sourit.

— Tout à fait. C'est en partie ce que je cherchais à faire. Si vous avez un enfant qui a des épisodes de rage extrême, qui est violent, vous pouvez dire que cet enfant souffre peut-être d'un trouble explosif intermittent, d'un trouble des conduites, d'un trouble oppositionnel avec provocation, ou d'un certain nombre d'autres choses. Il peut être utile de préciser laquelle, si possible. Mais si vous avez des symptômes et des comportements susceptibles de correspondre à des TDAH, à des TOC, voire à des troubles bipolaires ? Que se passe-t-il si vous pensez qu'une combinaison de ces facteurs est à l'œuvre ? Et si cet enfant présente également des signes de schizophrénie ? S'il a des délires paranoïaques ? Nous essayons de réduire le nombre d'explications, sans succès parfois. Il arrive que le fonctionnement interne de ces différents syndromes et troubles soit si complexe dans l'esprit d'un enfant que nous ne parvenons à les traiter qu'en procédant par tâtonnements.

— Ce que vous êtes en train de dire, c'est que le patient que Lorelei et vous avez traité il y a vingt ans souffrait de pathologies multiples, dont certaines provoquaient chez lui des poussées de violence ? traduisit Josie.

— Très exactement.

— Lorelei ne voulait pas lui donner de médicaments ? demanda Noah.

— Bien au contraire. Elle souhaitait le médicamenter. Elle était allée aussi loin que possible avec lui en utilisant ses méthodes, et elle sentait qu'il était en train de se diriger vers une sorte de crise psychotique. Elle voulait que je le place sous médication.

— Mais vous ne l'avez pas fait, devina Josie.

— En effet.

— Si elle pensait que ce patient représentait un tel danger pour les autres ou pour lui-même, ne pouvait-elle pas le faire interner ? l'interrogea Noah.

— Si. Mais il existe peu de structures, voire aucune, pour s'occuper des enfants souffrant de ce genre de problèmes. Il est sorti au bout d'une semaine. Il avait paru aller bien à l'hôpital. Lorelei pensait que cette accalmie s'expliquait par le fait qu'il se trouvait dans un environnement contrôlé où il n'avait pas accès à ce qui lui permettrait de passer à l'acte. Elle voulait quand même lui faire prendre un traitement médicamenteux plus poussé que celui qu'on lui avait administré à l'hôpital.

— Vous avez refusé, dit Josie. Pourquoi ?

Il poussa un lourd soupir et son regard se porta au-delà des inspecteurs.

— Pourquoi ? Voilà la question qui me tourmente depuis près de vingt ans : pourquoi ? Parce que j'étais un ivrogne. J'étais paresseux, têtu, et j'étais un vieux libidineux en plus de ça. Je ne voulais pas aider Lorelei, parce que je l'avais draguée et qu'elle m'avait repoussé. La vérité, c'est que j'étais trop soûl pendant cette période de ma vie pour bien m'en souvenir. Tout était un peu flou. Elle a tenté de trouver un autre psychiatre pour traiter le patient mais, avant qu'elle y parvienne, il avait commis son crime.

— Pourquoi a-t-elle été reconnue coupable ? s'enquit Josie. On lui a retiré sa licence. Sa carrière a été détruite.

Buckley soupira de nouveau.

— Ce n'était pas sa faute. C'était juste si grave que les autorités ont estimé qu'il était de leur devoir de prendre des sanctions. Mais même ainsi, elle n'aurait dû recevoir qu'une tape sur les doigts. Puis le père du garçon s'en est mêlé. Un type qui n'avait pas vu son fils depuis dix ans, parce qu'il n'arrivait pas à supporter son comportement. Cet homme l'avait purement et simplement abandonné mais, lorsqu'il a compris qu'il y avait de l'argent à se faire en poursuivant notre clinique, on n'a plus vu que lui. Il a gagné un million de dollars. La licence de Lorelei n'a été qu'un dommage collatéral.

— Mais ce n'est pas vous qui l'avez subi, fit remarquer Noah.

— Non. Lorelei aurait pu m'entraîner dans sa chute, mais elle ne l'a pas fait. Bien sûr, j'ai passé ma vie à rembourser cette dette. Jusqu'à aujourd'hui. Maintenant, je suis libre. Tout comme Lorelei. Enfin...

Josie pensa qu'Emily ne voyait certainement pas les choses de cette façon, mais elle tint sa langue et orienta plutôt la conversation vers l'affaire afin d'apprendre tout ce qu'ils pourraient sur la vie de Lorelei et les personnes qui l'avaient côtoyée.

— Avez-vous été en contact avec Lorelei tout au long de la procédure ? Pendant le procès et les auditions concernant sa licence ?

— Non. Je n'ai plus eu de nouvelles d'elle jusqu'à ce que Rory ait environ six ans. Il était sujet aux crises de colère. De graves crises de colère. Il détruisait ses jouets et tout ce qui lui tombait sous la main. Il était réellement malintentionné. Si elle lui disait de se brosser les dents, il pouvait essayer de lui jeter son café brûlant au visage. Elle n'arrivait pas à faire face à tout ça car elle avait un autre enfant en bas âge à la maison.

— Le père des enfants n'était pas présent ? demanda Josie.

— Non. Elle disait que ce n'était pas un élément à prendre en considération. Il avait montré un certain intérêt pour Rory lorsqu'il était bébé mais, une fois que les difficultés avaient commencé, il n'avait plus voulu s'impliquer. Un peu comme le père de son dernier patient, malheureusement. Je ne pense pas que Lorelei voulait le voir s'impliquer, de toute façon. Elle avait de sérieux problèmes de confiance avec les hommes. Bon, pas seulement avec les hommes, je suppose, mais disons qu'elle était d'autant plus méfiante lorsqu'elle avait affaire aux hommes. Elle disait que c'était elle, l'experte, et qu'elle ne voulait pas que qui que ce soit à part elle prenne des décisions concernant ses enfants.

— Elle ne vous a jamais parlé du père ? insista Noah. Son nom ? Rien du tout ?

Buckley secoua la tête.

— Tout ce qu'elle disait, c'était qu'il était une erreur de parcours. Rien d'autre. J'avais l'habitude de blaguer en disant qu'il était clairement une erreur qu'elle avait aimé répéter. Elle n'appréciait pas trop ma plaisanterie.

— Que s'est-il passé quand elle vous a appelé à propos de Rory ? l'interrogea Josie. Que voulait-elle ?

Il écarta les mains.

— De l'aide. Elle l'avait déjà évalué et pensait qu'il souffrait probablement d'un trouble oppositionnel avec provocation. Je suis venu pour l'évaluer à mon tour. J'étais d'accord, même si je soupçonnais des pathologies associées comme un trouble des conduites, un autisme et un TDAH, ce qui compliquait encore les choses pour lui. Une chose était sûre, en revanche : il faisait montre d'une agressivité incontrôlable. La plupart du temps, les enfants atteints de troubles qui provoquent des idées violentes ne passent pas à l'acte. Parfois, ils détruisent des biens, mais la violence contre d'autres personnes est extrêmement rare, aussi surprenant que ça puisse paraître. Malheureusement, les efforts de Lorelei pour aider Rory étaient vains. Elle voulait le placer sous médicaments. Je n'ai pas l'habitude de faire ça avec des enfants aussi jeunes.

— Donc vous ne l'avez pas fait ? demanda Josie.

— Non. Je lui ai dit de continuer à travailler avec lui. Comme elle n'exerçait plus depuis un certain temps, je lui ai fait quelques préconisations selon des études récentes que j'avais lues.

— Mais ça n'a pas fonctionné, devina Noah.

Une fois de plus, le regard de Buckley passa au-dessus de leurs têtes, comme s'il contemplait son passé. Visiblement, il n'aimait pas ce qu'il y voyait.

— Non, en effet. J'y suis retourné moins d'un an plus tard.

— Vous lui avez prescrit des médicaments à ce moment-là, dit Josie. Pourquoi ?

— Rory avait blessé sa sœur, Holly. Gravement. Il la frappait régulièrement, la secouait, la poussait. Il était incontrôlable. Lorelei ne parvenait pas à le calmer.

— Qu'est-ce que vous avez fait ? fit Josie.

Buckley désigna la propriété alentour.

— Je l'ai amené ici. Je l'ai stabilisé. J'ai travaillé avec lui jusqu'à ce que je le sente capable d'être de nouveau confié à Lorelei en toute sécurité.

— Elle vous a laissé son enfant ? s'étonna Josie.

— Vous devez comprendre qu'elle était désespérée, épuisée et effrayée.

— Pourquoi ne l'a-t-elle pas fait admettre dans un établissement ? demanda Noah.

— Parce qu'elle savait ce qui arriverait. Son fils aurait passé sa vie à entrer et sortir d'institutions sans continuité de soins. Il aurait souvent été placé loin d'elle, parce que les établissements équipés pour traiter les problèmes de Rory sont rares. Puis, une fois devenu adolescent, il aurait fait ou dit quelque chose qui l'aurait précipité dans le système de la justice pénale. C'est là que l'histoire se termine pour les jeunes comme Rory. En prison, où ils ne reçoivent aucune aide. Ils ne sont pas pris en charge. Du moins, pas avant l'âge adulte. Il n'y a pas de structures en place dans ce pays pour soutenir ces enfants. Lorelei le savait parfaitement. Or elle ne voulait pas perdre son fils.

— C'est pour cela que vous avez prescrit ces médicaments à Lorelei et pas à Rory ? demanda Josie.

— La prise de ce genre de médicaments aussi jeune n'est pas anodine. C'était plus facile, on poserait moins de questions, si je les lui prescrivais à elle plutôt qu'à un jeune garçon. Il y a aussi des médicaments et certaines combinaisons de médicaments que je ne peux pas prescrire à un enfant, mais qui sont autorisées pour un adulte. Nous avons dû prendre des mesures extraordinaires pour faire en sorte d'éviter ces crises de violence. Lorelei redoutait en permanence que quelqu'un le voie dans ses pires moments et prévienne les autorités. On lui aurait enlevé Rory, surtout si l'on tenait compte du fait qu'elle avait perdu sa licence.

— C'est pour ça qu'elle était si secrète au sujet de son fils ? demanda Noah.

— Si vous vous trouvez en public quelque part et que votre fils se met à donner des coups de poing et des gifles à votre cadette, à la secouer, à la pousser, à lui tirer les cheveux en tenant des propos comme : « Je vais trouver les couteaux et vous poignarder toutes les deux à mort. Je vais vous couper en morceaux. Je vais vous tuer », pensez-vous que les gens autour de vous passeraient leur chemin comme si de rien n'était ?

— Probablement pas, convint Josie.

— Comme je l'ai dit, Rory était incapable de contrôler ses colères ou ses impulsions. Ce n'était pas parce qu'ils étaient en public qu'il se comportait bien. Si des idées violentes l'envahissaient, il essayait de passer à l'acte. Une fois, il a battu Holly jusqu'au sang dans la voiture alors qu'ils rentraient du terrain de jeux. Je crois que c'est la dernière fois où Lorelei est sortie avec lui en public.

— Le fait qu'il fasse du mal à sa fille ne la dérangeait pas ? demanda Noah.

— Bien sûr que si, répondit Buckley. Mais que pouvait-elle faire ? Ils étaient tous les deux ses enfants. Tous les deux sous sa responsabilité. Elle voulait les protéger tous les deux.

— Elle pensait pouvoir sauver Rory, comprit Noah, d'un ton plus tranchant qu'il ne l'aurait fallu.

— Noah, le mit en garde Josie.

— Je suis désolé, docteur Buckley. J'essaie de comprendre. Comment protéger ses deux enfants quand l'un tente de tuer l'autre ?

— Eh bien, c'est justement ça, le problème. C'était une situation intenable. Tous deux sont vos enfants. Devez-vous choisir ? Si vous choisissez celui qui n'a pas de problèmes psychologiques, que faites-vous de celui qui est atteint ?

— Lorelei ne pensait pas pouvoir choisir, murmura Josie.

— Elle aimait ses enfants, déclara Buckley. D'un amour féroce et passionné. Plus que n'importe quoi ou n'importe qui au monde. Holly pouvait être globalement mise à l'abri du danger grâce à un plan rigoureusement conçu. Mais il était plus difficile de protéger Rory. Lorelei sentait qu'elle devait l'éloigner d'un monde qui ne le comprendrait pas plus qu'il ne l'accepterait. Elle ne voulait surtout pas que se reproduise ce qui s'était passé avec son dernier patient.

Josie et Noah restèrent silencieux un long moment, le temps de digérer ces informations. Puis Josie reprit la parole :

— L'autopsie de Holly a révélé des signes évocateurs de maltraitance. Si je vous suis, c'est Rory qui lui infligeait ces blessures. Pas Lorelei ou le père des enfants.

— Exact.

— Lorelei et vous n'étiez pas en mesure de faire disparaître son comportement violent, ajouta Noah. Il était nécessaire que des procédures de sécurité soient mises en place dans la maison. Quel était le plan à long terme de Lorelei pour Rory ? Il ne pouvait pas rester éternellement dans les bois avec elle.

— Je lui ai souvent posé la question, mais elle était tellement épuisée et à bout, à force de vivre dans un état de crise permanent avec lui, qu'à mon avis, elle n'avait pas anticipé aussi loin. Je pense qu'elle croyait vraiment pouvoir l'amener à un stade où il aurait pu s'intégrer à la société. C'est certainement possible. Il ne faut jamais tirer un trait sur ces enfants. Mais le traitement est difficile. Très compliqué. Il faut essayer beaucoup de choses et voir ce qui fonctionne, sans se décourager quand la plupart ne fonctionnent pas.

— C'est rassurant, venant d'un psychiatre, constata Josie.

Buckley eut un petit rire.

— Je veux simplement dire que chaque cas est différent. Ce qui peut marcher pour l'un peut s'avérer sans effet sur l'autre, même s'ils ont reçu des diagnostics identiques. Comme je l'ai dit, je soupçonne Rory d'avoir plusieurs pathologies, dont certaines que nous n'avions pas encore complètement prises en compte. Avec une personne presque constamment en état de crise, vous essayez toujours d'éteindre un incendie, et il devient de plus en plus difficile de trouver le temps pour regarder en profondeur et traiter tout ce qui continue à causer ces incendies. Nous n'avons pas réussi à faire disparaître définitivement ses poussées de violence. Elles ne disparaîtront peut-être jamais. Mais nous avons réussi à faire en sorte que ses crises soient moins fréquentes et moins intenses, qu'il les contrôle mieux. Lorelei et ses filles avaient un plan pour les moments où Rory se mettait en colère. De plus, à ma connaissance, il s'en prenait rarement à la plus jeune. Comment s'appelle-t-elle, déjà ?

— Emily, dit Josie. Vous l'avez rencontrée ?

— Seulement deux fois, très brièvement. Il y a des années. Elle était probablement trop jeune pour se souvenir de moi.

— Ce plan de sécurité, est-ce qu'il impliquait de se cacher ? D'empêcher Rory d'accéder à tous les objets dangereux ou tranchants ?

— Absolument. J'ai ramené Rory ici une fois qu'il a été un peu plus âgé, après des épisodes particulièrement violents à l'encontre de Holly. Le dosage de ses médicaments devait être ajusté. Lorelei m'avait annoncé qu'elle allait profiter du séjour de son fils chez moi pour transformer le placard de sa chambre en une sorte de cachette pour les filles. Après avoir renvoyé le gamin chez lui, je n'ai plus entendu parler d'elle, si ce n'est pour renouveler l'ordonnance de Rory et la modifier si nécessaire.

— Est-ce que Rory a des TOC ? demanda Josie.

— Rory a beaucoup de pathologies, mais non, il ne souffre pas de TOC.

— Vous venez de dire que vous n'avez pas eu de contact avec Rory depuis plusieurs années, et ça ne vous empêche pas d'être certain qu'il a tué Lorelei ? constata Noah.

— Ce serait l'explication la plus évidente. La dernière fois que je l'ai vu, je crois qu'il commençait à avoir des hallucinations et des délires paranoïaques. J'en ai parlé à Lorelei, mais elle pensait encore pouvoir le maîtriser avec des médicaments et ses propres efforts. Cependant, je ne crois pas que les accès de violence ou d'agressivité incontrôlée aient jamais cessé chez Rory.

— Lorelei était en possession d'un fusil, déclara Josie. Vous étiez au courant ?

Buckley haussa un sourcil.

— Non. C'est surprenant. Je suppose qu'elle l'a gardé hors de portée de Rory, cependant.

Et pourtant... pensa Josie.

— Où étiez-vous hier matin, docteur ?

— J'étais là. Je ne bouge jamais de chez moi et, comme je l'ai dit, ma voiture est au garage.

— Quelqu'un vit avec vous ? demanda-t-elle. Quelqu'un qui soit susceptible de témoigner de votre présence ici ?

— Non, il n'y avait que moi.

— Avez-vous des photos de Rory ? demanda Noah.

Buckley secoua la tête.

— Non. Mais Lorelei en avait beaucoup. Des albums et des albums.

Josie croisa le regard de Noah : elle savait qu'ils pensaient à la même chose. Ces albums avaient disparu ou avaient été réduits en cendres.

— Est-ce que Rory pourrait les avoir détruits dans un accès de colère ?

— Certainement. Il a détruit beaucoup de choses au fil des ans.

— Pouvez-vous nous nous le décrire ? demanda Noah.

— La dernière fois que je l'ai vu, il était grand et dégingandé. Il ressemblait beaucoup à Lorelei. Des yeux marron. Des cheveux bruns. Oh, et il a une mèche de cheveux blancs juste ici.

Buckley pointait le centre de son front, à la naissance des cheveux.

— Une poliose, lâcha Josie.

Le médecin sourit.

— Oui ! Il avait une mèche blanche au-dessus du front et Holly des cils blancs.

Noah demanda :

— Est-ce que Lorelei avait une poliose, à votre connaissance ?

— Je ne crois pas, répondit Buckley.

— Les enfants la tiennent de leur père, alors, conclut Josie.

— Je ne peux pas l'affirmer avec certitude, répliqua le vieil homme. Je ne suis ni généticien ni expert en poliose, mais peut-être que oui.

Emily, elle, n'avait pas de mèche ni de cils blancs.

— Savez-vous si les trois enfants de Lorelei ont le même père ?

— Je n'en ai aucune idée. J'ai supposé que c'était le cas. Ce n'est pas comme si Lorelei sortait beaucoup. Toute sa vie tournait autour de ses enfants. A-t-elle pu rencontrer quelqu'un d'autre après la naissance de Holly ? J'imagine. Nous n'en avons jamais parlé.

Josie pensa à ce que Paxton et Emily avaient dit à propos des adultes qui mentaient. Buckley avait été assez franc avec eux, au risque de ternir sa réputation. Sachant que Lorelei était morte et qu'il avait l'intention de prendre sa retraite, il n'avait plus à se soucier de protéger sa carrière. Même si Josie et Noah le dénonçaient, Lorelei n'étant plus en vie, il n'y aurait personne pour le poursuivre. En un sens, maintenant qu'elle était partie, la seule chose qu'il avait à perdre était bel et bien sa réputation. Paxton et Emily avaient tous deux raison : il semblait en effet que chaque adulte dans la vie d'Emily avait menti à propos de beaucoup de choses.

— Connaissez-vous un homme nommé Reed Bryan ? demanda Josie.

Rien sur le visage de son interlocuteur ne manifesta que c'était le cas.

— Non, répondit-il.

— Est-ce que Lorelei vous a parlé de sa famille ? enchaîna Noah.

— De sa demi-sœur diabolique ? s'esclaffa-t-il. Oui, dans les grandes lignes. Lorsque je lui ai rendu visite, la première fois, je me suis demandé comment elle avait pu obtenir sa maison et toutes les terres alentour, alors qu'elle n'avait ni travail ni perspectives d'embauche. Si vous vous demandez quels autres secrets Lorelei a partagés avec moi, sachez qu'il n'y en a pas. Il n'y avait que Rory.

— Docteur Buckley, dit Josie, quelle est votre pointure ?

Il haussa un sourcil mais déclara :

— Je fais du 41.

— Et votre groupe sanguin ?

— B+, répondit-il de bonne grâce. Vous voulez mes empreintes digitales, aussi ?

Il plaisantait. Josie le devinait à son sourire. Pourtant, elle lâcha :

— À vrai dire, oui.

20

— Tu penses que ce type est le père des enfants de Lorelei ? demanda Noah en sortant de la longue allée de chez Vincent Buckley pour retourner vers Denton.

— Je ne sais pas, admit Josie.

Elle rangea dans la boîte à gants un sac de preuves en papier kraft contenant une de ses cartes de visite avec les empreintes de Buckley. Elle demanderait à Hummel d'analyser la carte à leur retour, pour voir si ces empreintes correspondaient à celles trouvées dans la maison de Lorelei.

— Il me semble qu'il l'aurait reconnu. Il nous a avoué le reste, y compris qu'il avait dragué Lorelei.

— Toutes les choses qu'il nous a dites n'ont plus aucune importance maintenant, objecta Noah. Puisqu'il a arrêté de pratiquer la médecine. En revanche, si Rory et Emily sont ses enfants, cela complique nettement les choses pour lui.

— C'est vrai, concéda Josie. Mais il a fichu l'existence de Lorelei en l'air. Il a activement bloqué ses tentatives pour aider un patient, et des gens sont morts à cause de ça. Puis il l'a laissée perdre sa licence et sa carrière. Je ne sais pas si c'est quelque chose qu'une femme serait capable de pardonner, sans même parler d'avoir trois enfants avec lui. Quoi qu'il en soit, pour l'instant, nous devons nous concentrer sur la recherche de Rory. Tu peux me déposer à l'hôpital ? Ma voiture est là-bas. Je vais aller chez Lorelei, voir si je peux trouver quelque chose qui ait appartenu à Rory.

— Pendant que tu fais ça, je vais essayer de trouver un certificat de naissance pour Rory Mitchell et rédiger une demande de mandat pour qu'on nous remette tout dossier médical existant sur lui. Je sais que Lorelei a gardé le secret, mais elle a bien dû le mettre au monde quelque part. Même si beaucoup de femmes accouchent chez elles, elle est allée au Denton Memorial pour les deux sœurs de Rory, donc peut-être qu'il y est né aussi. Si c'est le cas, son groupe sanguin figurera dans le dossier. Je demanderai au shérif de t'envoyer l'adjointe Sandoval et sa chienne Rini. Cet animal serait probablement le moyen le plus rapide de trouver le gamin s'il s'est réfugié dans les bois.

— Mets l'équipe au courant, lâcha Josie. On aura besoin d'hommes sur le terrain en plus de la brigade canine. C'est une vaste zone et, si Rory est aussi violent que Buckley le décrit, il vaudrait mieux avoir des renforts.

— Tu te souviens de notre conversation avec Pax, quand il a sorti quelque chose comme « mon père n'est même pas au courant » ? À ton avis, il voulait dire que son père ignorait l'existence de Rory ?

— Je pense, oui, répondit Josie. Si Reed dit vrai et qu'il n'est allé chez Lorelei que quelques fois pour récupérer Pax, il est possible qu'il n'ait jamais rencontré le gamin. Mais Pax a aussi affirmé que son père mentait. Je me demande juste sur quoi, et si cela a un rapport avec cette affaire.

— Tu insinues que Reed pourrait être impliqué ?

— Je ne sais pas. La situation paraît presque trop simple si l'on écoute la description qu'en fait Buckley : Lorelei a un fils adolescent qu'elle a caché pendant des années parce qu'il avait des crises de violence et, cette fois, les choses sont allées trop loin.

— Si c'est ce qui s'est passé, pourquoi Emily ne nous dit-elle pas qu'elle a un frère et qu'il a tué leur mère et leur sœur ?

— Je ne pense pas qu'Emily ait vu les meurtres. À mon avis, Holly lui a dit de se cacher avant qu'il ne se passe quoi que ce soit.

— Pourtant, elle savait pour Rory et a gardé le secret. Qu'est-ce qui l'empêchait de nous révéler l'existence d'un frère ? insista Noah.

Josie réfléchit à la raison qu'Emily pouvait avoir de taire ses secrets. Un aveu allait déclencher des « malheurs ». C'était son TOC. L'inquiétude irrationnelle et la voix qui lui murmurait à l'oreille : « Tu es sûre que des malheurs ne se produiront pas si tu racontes ces secrets ? » Josie lui avait expliqué à plusieurs reprises qu'elle devait dire à la police tout ce qu'elle savait, et pourtant, elle n'avait pu se résoudre à parler. Le faire aurait déclenché chez elle une réponse combat-fuite. Josie l'avait vue et entendue s'affoler la nuit précédente. Éprouver tous ses sentiments jusqu'à ce qu'ils disparaissent. Il n'était pas étonnant qu'elle ne veuille pas revivre un calvaire pareil. Et si Rory était aussi agressif et incontrôlable que Buckley le laissait entendre, Emily avait dû être témoin de nombreux « malheurs » dans sa maison. Les crises de Rory avaient forcément renforcé les schémas de pensée déformés et le besoin de secret.

— Je pense que c'est lié à ses troubles obsessionnels compulsifs, déclara Josie à Noah. Tu te souviens de ce que je t'ai expliqué après ma conversation avec Paige ?

— Oui. C'est logique. Mais Pax ? Pourquoi il ne nous a pas parlé de Rory ? Il n'a aucun intérêt à dissimuler ça, surtout si Lorelei n'est plus là.

— Je ne sais pas, répondit Josie. Mais si Pax fait du vélo dans les bois, il risque de tomber sur Rory, qui a maintenant une arme.

— Raison de plus pour que Pax nous parle de lui. À moins que le gamin ne cache quelque chose.

— On dirait que tous nos interlocuteurs nous cachent quelque chose, grogna Josie.

Une image de Pax passant son index entre les cagettes sur la plateforme de chargement lui traversa l'esprit.

— Cela vaut peut-être la peine d'essayer de reparler à Reed mais, pour l'instant, Rory est notre principal suspect et le seul membre de la famille de Lorelei qui n'ait pas été retrouvé.

Noah se gara sur le parking de l'hôpital, à côté du véhicule de Josie. Avant qu'elle ne sorte, il se pencha vers elle et l'embrassa avec passion. Puis il appuya son front contre le sien.

— Je vais mettre l'équipe sur l'affaire et, quand ce sera fini, je ferai de toi ma femme.

21

La Rubalise flottait autour de la maison de Lorelei Mitchell. Josie se gara au pied des marches du porche et sortit de sa voiture. L'effrayante poupée en pomme de pin avait disparu. Chan l'avait emportée pour analyse. Une brise légère soufflait à travers les arbres qui entouraient la maison. Les oiseaux chantaient. Le soleil brillait dans le ciel. Josie s'arrêta pour s'imprégner de tout cela. Cet endroit était si paisible, et si isolé. Il n'y avait pas de voisins. La propriété s'étendait sur plusieurs hectares dans toutes les directions, jusqu'aux terres appartenant à Harper's Peak Industries. La maison se trouvait à des kilomètres des principaux bâtiments du complexe hôtelier. Il n'y avait aucun risque que quelqu'un emprunte accidentellement son allée, car même ce chemin était bien caché. C'était un sanctuaire chéri qui avait été transformé en petite poche d'enfer.

Josie gravit les marches et entra. La maison était silencieuse. Elle traversa le salon jusqu'à la salle à manger et remarqua que la porte du sous-sol était ouverte. L'avaient-ils laissée ainsi ? Dans la cuisine, le sang de Lorelei avait séché sur le sol et sur le côté de l'îlot. Quelqu'un avait fermé la porte de derrière. Le verre brisé de l'autre côté de l'îlot avait été repoussé, comme pour faire de la place afin d'atteindre l'évier. Le rythme cardiaque de Josie s'accéléra lorsqu'elle s'en approcha. À l'intérieur se trouvaient un bocal vide renversé et son couvercle. Ce pot se trouvait-il à cet endroit la veille, ou quelqu'un était-il venu ici ?

Elle fit demi-tour et gagna l'escalier, désormais désireuse de quitter la maison le plus rapidement possible. Tout ce dont elle avait besoin, c'était d'un objet ayant, selon toute probabilité, appartenu à Rory. Quelque chose que le chien pourrait renifler. Cela ne ferait pas de mal non plus si elle trouvait d'autres preuves de son existence, comme une photographie. Elle commença par la dernière chambre, celle avec le matelas nu, le poster et le dessin du visage en colère. Était-ce une œuvre de Rory ? Une représentation de la rage qui l'habitait parfois ? Elle se plaça au milieu de la pièce et pivota sur elle-même. Comment un garçon de quinze ans pouvait-il vivre ici sans aucun objet personnel ? Josie comprenait que l'on veuille éloigner de lui tout objet susceptible d'être utilisé pour blesser autrui, mais il avait forcément des vêtements. Elle se fit la réflexion qu'elle devrait regarder dans les placards du rez-de-chaussée pour voir s'ils ne contenaient pas de manteaux d'hiver rangés quelque part. Elle commençait à avoir l'impression qu'il n'existait pas vraiment, cet enfant. Si Vincent Buckley ne l'avait pas vu, elle aurait été encline à croire que Lorelei l'avait complètement inventé et que les médicaments dans son armoire à pharmacie lui étaient en réalité destinés, à elle.

D'un autre côté, tous les documents et les photos de Lorelei avaient été détruits. De la main de Rory ? La détermination de Lorelei à cacher son existence à tout le monde, à part à ses filles et à Buckley, avait-elle eu des effets jusque dans l'esprit même de Rory ? Avait-il ressenti le besoin de détruire toute trace de lui après avoir tué sa mère et sa sœur ? Il savait certainement qu'Emily, le docteur Buckley ou même Pax finiraient par révéler son existence à la police. Cela signifiait-il que quelqu'un d'autre avait détruit les affaires de Lorelei ?

Un craquement sonore tira Josie de ses pensées. Elle porta la main à son holster, qu'elle ouvrit en se faufilant dans le couloir. Le bruit venait-il d'en haut ou d'en bas ? Elle ne connaissait pas suffisamment la maison pour en être sûre. Gardant une main sur la crosse de son pistolet, elle remonta le couloir à pas lents et silencieux, retournant vers le sommet de l'escalier, non sans jeter un coup d'œil dans les chambres au fur et à mesure de sa progression. Elle arrivait au bout du couloir quand quelque chose dans la salle de bains attira son attention. Un porte-brosses à dents était fixé au-dessus du lavabo : il en contenait quatre. Lorelei, Holly, Emily et Rory. Si quelqu'un avait essayé de faire disparaître toute preuve de l'existence de Rory, cette personne avait négligé ce détail. Josie allait devoir ensacher toutes les brosses et les enregistrer en tant que preuves afin de voir s'ils réussissaient à obtenir de l'ADN et des empreintes sur celle de Rory.

Un autre craquement attira de nouveau son attention sur le couloir. Le cœur battant, elle sortit son pistolet, pointé vers le bas. Elle pivotait pour appuyer son dos contre l'un des murs du couloir lorsque quelque chose de lourd se posa sur son épaule. Le pistolet lui échappa des mains. Elle voulut se retourner pour voir ce qui se trouvait derrière elle, mais des coups de poing se mirent à pleuvoir sur l'arrière de sa tête et dans son dos. Ce fut seulement là qu'elle comprit avoir affaire à une personne. Une personne très en colère. Josie leva immédiatement les bras, pour protéger sa tête contre les poings qui l'assaillaient. Elle se baissa, espérant apercevoir son arme pour la récupérer, mais, d'un violent coup de pied, son agresseur l'envoya valser sur le ventre et s'assit à califourchon sur elle pour la marteler de ses poings. La tête de Josie était ballottée par les chocs. Tout ce qui lui importait, en cet instant, alors que ses oreilles étaient emplies des grognements au-dessus d'elle, c'était de rester en vie.

Clouée au sol, face contre terre, elle n'avait pas beaucoup d'options pour tenter de contre-attaquer. Les poings s'enfonçaient profondément dans la chair de ses bras, qu'elle avait repliés afin de protéger sa tête. Pourtant, le bas de son corps luttait pour se dégager de l'homme et ramener ses genoux sous elle afin de le repousser. Le moindre geste susceptible de le ralentir ou d'interrompre son assaut serait bon à prendre. Mais rien ne fonctionnait. Même si ses bras absorbaient la plus grande partie de l'attaque, elle n'était pas sûre de pouvoir en supporter davantage. Le problème, si elle utilisait ses bras pour se défendre, c'était que sa tête serait exposée. Allait-il s'épuiser ? Pouvait-elle attendre que les forces de son agresseur se tarissent ? Essayant de maîtriser sa panique, elle se concentra sur les mains qui la frappaient. Elle n'allait pas rester ici toute la journée, se dit-elle. Il la réduirait en bouillie. Elle devait être rapide.

Gardant le visage tourné vers le sol, elle ramena ses bras sous elle, les coudes pliés. Puis elle poussa de toutes ses forces, comme pour faire une pompe, afin de le déséquilibrer. Il y eut une pause de deux secondes dans les coups de poing, qu'elle mit à profit pour rouler sur une hanche et l'envoyer percuter le mur. Désormais allongée sur le dos, elle le repoussa du pied, tandis que, d'une main, elle cherchait son arme à tâtons. Ses doigts se refermèrent sur la crosse et, lorsqu'elle le braqua sur son assaillant, celui-ci se jeta de nouveau sur elle, la privant encore une fois de son pistolet. Sur le dos, elle était cependant dans une meilleure position. Pendant qu'elle se protégeait le visage avec les bras, elle plia puis détendit brusquement ses jambes. Mais le couloir était trop étroit et elle ne réussit pas à le repousser. Leurs corps entremêlés se rapprochaient du haut des marches. La nouvelle tentative qu'elle fit pour l'éjecter l'éloigna d'elle et l'envoya dans l'escalier. L'agresseur agrippa le polo de l'inspectrice pour l'entraîner dans sa chute.

Ensemble, ils dévalèrent les marches. L'adrénaline qui

pulsait dans les veines de Josie l'empêcha de sentir quoi que ce soit pendant la dégringolade. Une fois en bas, elle se rendit compte qu'elle était soudain libre. De l'endroit où elle avait atterri sur le dos, elle eut tout juste le temps d'entrevoir une silhouette franchir la porte d'entrée en trombe. Dès qu'elle se fut remise debout, elle le suivit en boitillant. Sa cheville gauche la faisait souffrir. Ignorant la douleur, elle accéléra le pas et repoussa la porte d'entrée avec fracas. Ses yeux fouillèrent la cour où elle avait garé son véhicule à quelques mètres de celui de Lorelei. Entre les deux se trouvait un VTT qui n'était assurément pas là avant.

Elle descendit les marches, frottant son épaule douloureuse.

— Pax ? appela-t-elle.

Elle entendit le craquement d'une branche sur sa gauche et s'élança dans cette direction, suivant le bruit parmi les arbres. Elle dérapa sur des aiguilles de pin et s'engagea dans une zone d'épaisses broussailles. Elle s'arrêtait toutes les quelques secondes, à l'affût du moindre mouvement. Le sol était inégal. Elle n'avait aucune idée du sens dans lequel elle allait. Sa respiration laborieuse rugissait à ses oreilles et, tandis que la douleur de son épaule s'étendait à sa nuque, les élancements dans sa cheville s'intensifièrent. Une autre branche craqua à sa droite et elle tourna dans cette direction. Elle crut apercevoir brièvement un tissu brun à la périphérie de son champ de vision et rectifia sa trajectoire. Pendant qu'elle avançait, son esprit s'efforçait d'analyser tous les détails que son subconscient avait pu relever sur son agresseur pendant que son esprit conscient et son corps combattaient. Il portait des vêtements dans des tons brun-vert, elle s'en souvenait. Un pantalon de survêtement marron, pensa-t-elle. Peut-être un sweat à capuche vert olive.

Le bruit d'une respiration irrégulière qui n'était pas la sienne envahit ses oreilles. Elle se figea et tenta de ralentir les battements frénétiques de son cœur. En se tournant vers la gauche, elle le vit, adossé à un chêne. Essoufflé. Il avait la tête baissée. Une fine couche de sueur voilait un visage fin et boutonneux.

— Rory ! lança Josie.

Il releva la tête et elle vit la mèche de cheveux, parfaitement blanche, au centre de son front. *Frappant*, pensa-t-elle. Lorelei avait dû l'adorer. Josie fit un pas vers lui, très précautionneusement. Il la regardait avec méfiance, mais sans esquisser le moindre geste de fuite. Elle s'arrêta à deux mètres de lui, s'immobilisa pour qu'ils puissent reprendre leur souffle tous les deux.

— Rory, répéta-t-elle, je suis l'inspectrice Josie Quinn. Je suis ici pour t'aider, je...

De nouveau, elle entendit le bruit caractéristique d'une branche qui craquait et les mots suivants restèrent coincés dans sa gorge. On aurait dit une plus grosse branche. Plus près. Elle jeta un coup d'œil rapide autour d'elle, mais ne vit rien. Son regard revint se poser sur Rory. Celui-ci décolla son dos de l'arbre pour se redresser de toute sa hauteur. Il dépassait Josie d'une bonne trentaine de centimètres. La policière sentit ses cheveux se hérisser sur sa nuque. Elle avait la sensation qu'une créature, humaine ou animale, les observait. Et qu'elle se rapprochait d'eux. Les yeux de Rory étaient marron, comme ceux de Lorelei. Buckley avait raison. À part la mèche blanche, il était le portrait craché de sa mère.

Lentement, il porta un index à ses lèvres.

Chut.

Josie sentit un ruban de peur s'enrouler autour de sa colonne vertébrale. Des bruits de pas, légers et prudents, se firent entendre dans leur dos. Elle pivota et les bruits cessèrent. Personne. Lorsqu'elle se retourna vers le chêne, Rory avait disparu.

— Pax ? appela Josie. Rory ?

Par réflexe, elle porta la main à son holster, mais il était vide. En tapotant la poche arrière de son jean, elle sentit le rectangle rassurant de son téléphone. Malheureusement, elle ne capterait probablement rien ici. Elle devrait retourner chez Lorelei pour avoir du réseau. Mais peut-être que Pax l'ignorait. Elle sortit le téléphone de sa poche et l'exhiba.

— J'appelle mon équipe, cria-t-elle. Ils seront là dans quelques minutes. Il vaut mieux que tu sortes maintenant et que tu me parles avant qu'ils arrivent. On peut régler ça, toi et moi.

Un coup de feu déchira l'air. L'écorce du chêne contre lequel Rory s'était appuyé quelques minutes plus tôt explosa. Josie se courba et se mit à courir. Aucune pensée consciente ne poussait son corps vers l'avant, seul l'instinct primitif de s'éloigner de l'endroit où le coup de feu avait retenti. Elle courut jusqu'à ce que ses poumons la brûlent, que ses genoux lui fassent mal et que sa cheville la lance impitoyablement. Presque à bout de souffle, elle s'arrêta et se recroquevilla derrière un tronc d'arbre tombé dans un petit ravin. Elle essaya d'écouter les bruits de pas derrière celui de sa propre respiration. Sortant son téléphone, elle vérifia s'il y avait du réseau. Une barre.

Elle ne voulait pas passer un coup de fil. Pas si Paxton ou Rory étaient toujours dans les parages – avec une arme pour l'un d'eux. Elle opta donc pour un SMS à l'équipe. Elle regarda tourner le petit cercle à côté du message pendant que son téléphone essayait de l'envoyer. Quelques secondes plus tard, un point d'exclamation rouge apparut à côté de son SMS. Échec.

— Merde, marmonna-t-elle.

Deux autres tentatives aboutirent au même résultat. Josie se leva en titubant. Elle ne pouvait pas rester ici indéfiniment. Son téléphone n'envoyait ni ne recevait de messages pour le moment, mais son GPS fonctionnait toujours. Elle ouvrit l'application et étudia l'écran, pour tenter de s'orienter. Une fois qu'elle eut une idée assez précise de l'endroit où se trouvait la maison de Lorelei, elle commença à marcher dans cette direction, en s'efforçant de ne pas faire de bruit et d'écouter ceux qui l'entouraient.

Elle avait presque atteint la clairière qu'elle croyait être celle de la maison de Lorelei lorsqu'elle vit passer du rouge devant elle. Accélérant le pas, elle se faufila entre les arbres et finit par apercevoir une silhouette vêtue d'un T-shirt rouge et d'un jean, marchant devant elle, la tête baissée. Paxton Bryan. Il avait changé de vêtements depuis la dernière fois qu'elle l'avait vu. Josie se glissa jusqu'à lui en adoptant une trajectoire parallèle. Il avait les mains vides et ne semblait pas avoir remarqué sa présence, à moins qu'il ne fasse semblant. La policière se plaça directement derrière lui. Elle attendit qu'ils parviennent à un endroit où les arbres étaient plus espacés et le plaqua au sol.

Il tomba violemment avec un cri. Josie se mit à califourchon sur lui et lui ramena les bras dans le dos.

— Arrêtez ! cria-t-il. Arrêtez !

— Où est ton fusil, Pax ? demanda-t-elle.

Il tordit le cou pour la regarder.

— Quel fusil ? Je n'ai pas d'arme.

— Qu'est-ce que tu en as fait ?

— Je n'ai pas de fusil.

— Tu m'as tiré dessus.

— Non, non, je jure que non. Ce n'était pas moi. S'il vous plaît, laissez-moi me relever.

— Tu me suivais ?

— Quoi ? Non, répondit-il d'une voix suppliante.

— Alors qu'est-ce que tu fabriquais dans les bois, Pax ?

— J'étais... j'étais... Je ne peux pas le dire, d'accord ?

— Je suis au courant pour Rory, répliqua Josie. Tu peux arrêter de mentir.

Il ne dit rien.

— Tu le cherchais ?

Encore une fois, pas de réponse.

Josie soupira.

— Je vais te lâcher maintenant. Tu promets de ne pas chercher à me faire de mal ?

— Je ne vous ferai pas de mal. Je vous le promets. Je n'ai rien fait.

Josie se leva. Elle recula de quelques pas et le regarda s'agenouiller, puis se relever. Il épousseta la terre, les feuilles et les aiguilles de pin de ses vêtements. Josie fut surprise de voir des larmes briller dans ses yeux. Elle regarda sa pomme d'Adam monter et descendre plusieurs fois pendant qu'il déglutissait en faisant les cent pas, jusqu'à ce qu'il se calme.

— Pax, dit-elle, qu'est-ce que tu fichais ici ? Où est ton père ?

Il continua ses déambulations, les yeux baissés.

— Il est retourné au magasin. Il y avait du monde, alors je me suis taillé.

— Tu es allé chez Lorelei, lâcha Josie. J'ai vu ton vélo là-bas. Tu cherchais Rory ?

Il acquiesça.

— Qu'est-ce que tu avais l'intention de faire quand tu l'aurais trouvé ?

— Je ne sais pas, répondit-il. J'avais juste besoin de lui parler.

— Tu es au courant de son existence, mais pas ton père.

Il s'arrêta de marcher et croisa son regard.

— Oui.

— Comment c'est possible ? demanda Josie.

Et elle, comment avait-elle pu ignorer la présence du fils de Lorelei pendant sa visite ?

— Rory passe la plupart de son temps dans la serre. C'est son truc. Il y vit presque. Il n'aime pas être près des filles, donc il reste là-dedans. Bon, parfois, Mlle Lorelei l'oblige à rentrer, mais, la plupart du temps, c'est là qu'il est. Il plante des tas de trucs, fait des expériences. Il est vraiment doué pour ça. Vous auriez dû voir les poivrons qu'il a récoltés l'été dernier. Ils étaient énormes !

Avant qu'il ne se lance dans une digression, Josie demanda :

— Il était dans la serre quand ton père venait te chercher ?

— Oui. Il savait que Lorelei ne voulait pas que les gens le voient, alors il restait là-bas. Il a des problèmes de colère. Vous étiez au courant ?

— Oui, dit Josie.

— C'est mon ami. Je sais qu'il ne peut pas se contrôler quand la créature arrive.

— La créature ? dit Josie.

— C'est le nom qu'on a inventé pour sa rage – la « créature » –, parce que ce n'est pas lui, vous comprenez ? C'est quelque chose en lui qu'il n'arrive pas à maîtriser. Il ne veut pas dire ces choses horribles. Il ne veut faire de mal à personne mais, parfois, c'est comme s'il y avait un truc en lui qui le dépassait.

Il dut voir Josie froncer les sourcils, parce qu'il ajouta :

— Je ne parle pas d'un dédoublement de personnalité, si c'est ce que vous pensez. Rory n'a pas ça. C'est juste le nom qu'on utilisait pour qu'il ait moins de mal à parler de ce qu'il ressentait. C'est Mlle Lorelei qui nous a appris cette astuce. Il a la créature et, moi, j'ai le biaiseur.

— Le quoi ?

Il esquissa un petit sourire.

— Le biaiseur. C'est un chouette mot, non ? Je l'ai lu dans un vieux livre que j'ai emprunté à la bibliothèque. Il est considéré comme archaïque maintenant.

— Qu'est-ce que ça veut dire ?

— Un biaiseur, c'est quelqu'un qui parle ou agit sans sincérité.

— Un menteur, quoi.

Son sourire s'élargit.

— Exactement.

— Et qui est ton biaiseur ? demanda Josie. Est-ce qu'on parle d'une personne ?

— Non, répondit Pax. Comme je vous l'ai dit, Rory avait cette rage en lui qu'il ne pouvait pas contrôler et dont il ne voulait pas. Eh bien, moi, j'ai cette chose en moi qui me pose tout le temps des problèmes. Elle me dit toujours des trucs déments qui n'ont aucun sens, mais qui me flanquent la trouille même si je sais que c'est faux, alors je dois faire ce que la chose – le biaiseur – m'ordonne. Mlle Lorelei nous a demandé de leur donner un nom pour qu'on comprenne que ces choses ne représentaient pas la totalité de notre identité. Ce n'est pas ce qu'on est. Rory n'est pas seulement sa rage, et moi, pas seulement le biaiseur. Ces choses sont indépendantes de nous. Rory a même dessiné sa créature.

Josie repensa au dessin troublant dans la chambre vide de la maison de Lorelei.

— Oui, je crois l'avoir vue, dit-elle. Ce matin, c'était le biaiseur qui te disait de t'assurer que les cagettes sur la plateforme de chargement étaient séparées par la largeur d'un doigt exactement, n'est-ce pas ? Sinon, il se passerait quelque chose de grave ?

Il écarquilla les yeux.

— Comment vous avez su ?

Ignorant sa question, elle ajouta :

— Mais le biaiseur n'est pas une voix, une identité ou une personne réelle, n'est-ce pas ?

Il secoua la tête.

— Tu as des TOC.

Tout son visage changea. Il fit deux pas vers elle, les bras ouverts, comme s'il allait l'embrasser, avant de simplement les poser sur ses épaules. Josie resta immobile, car elle ne percevait aucune menace émanant du gamin.

— C'est ce qu'a dit Mlle Lorelei ! s'exclama-t-il.

Si Pax n'était pas une menace, peut-être disait-il la vérité en affirmant qu'il n'avait pas d'arme et ne lui avait pas tiré dessus.

— Emily aussi a des TOC, ajouta Josie.

Pax laissa retomber ses mains et recula. Son soulagement était désormais tempéré par quelque chose d'autre. Quelque chose de sombre et d'incertain.

Si ce n'était pas le jeune homme qui lui avait tiré dessus, alors qui était-ce ?

— Pax, reprit Josie, tu te souviens quand tu m'as dit que même ton père mentait ?

Il hocha la tête. Tout en l'observant et en élaborant le scénario dans son esprit, elle tendait l'oreille, à l'affût du moindre bruit dans la forêt qui les entourait. Un pas léger. Le craquement d'une branche. Un souffle.

— Emily est ta sœur, n'est-ce pas ? demanda-t-elle. C'est là-dessus qu'il ment. Il a eu une relation avec Lorelei, et Emily en est le fruit. C'est pour ça que tu as continué à aller la voir.

Le visage de Pax s'assombrit.

— Vous ne devez pas le dire, chuchota-t-il.

Josie crut entendre un bruissement dans les broussailles à leur droite. S'élançant, elle attrapa le bras de Pax, pour l'entraîner avec elle.

— Viens, il faut qu'on fiche le camp d'ici.

22

Josie retrouva son pistolet dans la maison de Lorelei, glissa les brosses à dents dans un sac en papier qu'elle trouva dans la cuisine, jeta le vélo de Pax à l'arrière de son véhicule et fonça droit vers le poste de police. La brigade canine était appelée pour des affaires dans tout le comté et était très sollicitée, il était possible qu'elle n'arrive pas avant des heures. Josie demanderait à l'un des membres de son équipe de fouiller la maison pour y dénicher un objet appartenant à Rory. Pour l'instant, elle voulait juste décamper. Sur le siège passager, Pax demeurait silencieux. Lorsqu'ils passèrent devant *Bryan's Farm Fresh Produce Market*, il y jeta un œil. Josie, qui l'imita, remarqua que l'un des pick-up avait disparu. Reed était-il à la recherche de son fils ?

Comme s'il lisait dans ses pensées, Pax lâcha :

— Mon père va être furax.

— Pax, est-ce que ton père te frappe ? demanda Josie.

— Parfois, répondit-il, les yeux toujours rivés dehors alors qu'ils s'éloignaient du magasin de produits fermiers.

— Tu sais, maintenant que tu as dix-huit ans, tu n'es plus obligé de rester avec lui.

— Et j'irais où ? Je n'ai même pas terminé le lycée. Ce problème que j'ai, il me complique vraiment la vie. Grâce à Mlle Lorelei qui m'aidait, j'ai commencé à me sentir normal pour la première fois depuis la mort de ma mère. Mais mon père a découvert qu'elle « mettait le bazar dans ma tête ». Il m'a interdit de la revoir... et Emily aussi.

Josie, qui lui jeta un coup d'œil, le vit hausser deux fois l'épaule gauche.

— Tu te sens nerveux ?

— Anxieux, répondit-il.

— Je peux parler à ton père pour toi, si tu veux, proposa-t-elle. Quand on aura fini ce qu'on a à faire au poste.

Son épaule gauche remua de nouveau, mais il ne répondit rien.

— Pax, je peux te poser quelques questions importantes pour notre enquête ?

— Oui, j'imagine.

— Tu connais ton groupe sanguin ?

— Non. Aucune idée.

— Et ta pointure ?

— Ça, oui, je fais du 42, comme mon père.

Josie ressentit un petit choc, mais se rappela que cela ne voulait rien dire. Beaucoup d'hommes chaussaient du 42 – Noah, par exemple.

— Tu connais celle de Rory ?

— Non. On est amis, mais je ne sais pas ce genre de choses sur lui.

— Oui, c'est normal, convint Josie.

La rue principale du centre historique de Denton, pittoresque à souhait, se profilait à l'horizon. Avisant le *Komorrah's Koffee* sur leur droite, Josie fut prise d'une terrible envie de café. Il faudrait attendre. Elle se gara sur le parking municipal derrière le commissariat.

— Pax, comment tu sais que ton père est aussi celui d'Emily ?

Il regarda ses genoux.

— Je vois des choses. J'entends des choses. Je ne suis pas idiot. Je sais qu'il pense que je suis bête. Il n'arrête pas de raconter aux gens que j'ai des « problèmes là-haut ».

Il avait pris une voix grave dans une imitation comique de Reed, que Josie trouva également triste. Puis il poursuivit :

— C'est vrai que j'ai arrêté l'école, mais je vais tout le temps à la bibliothèque. Je lis beaucoup. Mlle Lorelei a dit que j'étais brillant.

— Elle avait raison, approuva Josie. Il faut être assez brillant pour connaître le mot « biaiseur ».

Il s'esclaffa. Josie remarqua que son haussement d'épaules avait disparu pour le moment. Elle voulait qu'il se détende, surtout maintenant qu'elle allait lui demander de venir au poste de police pour y déclarer de manière officielle tout ce qu'il lui avait confié.

— Je les ai vus, Mlle Lorelei et lui, une fois, au bureau, dans les locaux du magasin. C'était juste après la mort de ma mère. Ils couchaient ensemble. Ils l'ont encore fait quelques fois au magasin, et puis ça s'est arrêté.

— Il est allé lui rendre visite ? demanda Josie.

— Non. À mon avis, ils ne voyaient pas ça comme un truc sérieux. Je ne pense pas qu'ils se soient vus plus que ces quelques fois. Elle continuait à venir au magasin pour acheter de la nourriture, mais elle l'évitait et lui de même. Puis, au fil des mois, son ventre est devenu de plus en plus gros. Ce qui se passait était assez évident. C'est ça, aussi, le truc avec mon père : il pense que je ne comprends rien, donc il a des conversations avec des gens pendant que je suis là, sans s'imaginer que je pige parfaitement ce qui se dit.

— Il l'a interrogée à propos de la grossesse, supposa Josie.

— Oui. Elle lui a annoncé que ce bébé était de lui... qu'elle n'avait pas couché avec qui que ce soit d'autre. Je ne suis pas sûr qu'il l'ait crue – ou peut-être qu'il refusait de la croire –, mais il s'est mis en colère contre elle. Il lui a dit qu'elle aurait dû « s'en débarrasser ». Elle lui a demandé comment il pouvait dire ça au sujet de son propre enfant. Alors il a répliqué...

Paxton s'interrompit. Son épaule se souleva et s'abaissa. Josie y posa légèrement la main, heureuse qu'il ne bronche pas. La pomme d'Adam de Pax se remit à monter et descendre dans sa gorge. Puis il reprit, d'une voix rauque :

— Il a répliqué : « J'ai déjà un enfant détraqué, pourquoi j'en voudrais un autre ? »

— Oh, Pax... souffla Josie. Je suis vraiment désolée.

Il agita une main en l'air, comme pour repousser les paroles de son interlocutrice. Josie sentit tressaillir son épaule sous sa paume.

— Tu sais que tu n'es pas détraqué, hein ?

Il acquiesça, sans conviction.

— Mlle Lorelei s'est intéressée à moi après ça. Chaque fois qu'elle venait, elle me parlait. Quand je suis devenu assez grand et que j'ai eu mon vélo, j'ai commencé à aller la voir et je rendais visite à Emily. Je la prenais dans mes bras. Je jouais avec elle. Puis j'ai eu l'âge de travailler au magasin, et il est devenu plus difficile de m'échapper. Je n'ai personne d'autre dans ma vie que mon père. Après le décès de ma mère, la sœur de mon père, ma tante, a cherché à me voir, mais il l'en a empêchée. Elle vit loin d'ici, en Géorgie. J'aimerais qu'elle habite plus près. J'aurais essayé de la voir aussi. Elle m'a toujours bien traité.

— Je suis désolée d'apprendre que tu n'as pas eu l'occasion de la revoir, dit Josie. Pax, serait-il possible que ton père ait... fréquenté Lorelei pendant de nombreuses années avant la naissance d'Emily ? Est-il possible que Rory et Holly soient aussi ses enfants ?

— Je ne pense pas. Ma mère était en vie à ce moment-là.

Josie le savait, mais elle savait aussi que cela ne prouvait rien. Comme Pax le lui avait dit lui-même, s'il y avait bien une chose que tous les adultes faisaient, c'était mentir.

23

Josie était assise sur sa chaise, son pied gauche reposant sur son bureau, sans chaussure. À côté d'elle, Noah lui pressait une poche de glace sur la cheville et secouait la tête par intermittence. Josie brûlait de se lever et de lisser les rides d'inquiétude de son front. Mettner avait emmené Pax dans leur salle de conférences pour tenter d'obtenir de lui une déclaration complète sur la famille Mitchell et la relation de son père avec eux. Gretchen était retournée chez Lorelei avec plusieurs unités de patrouille. Sandoval, l'adjointe du shérif, et Rini, sa compagne canine, allaient les y rejoindre pour essayer de retrouver Rory avant la tombée de la nuit. Amber était allée chercher des cafés chez *Komorrah's*.

— J'aurais dû venir avec toi, grommela Noah.

— Ne sois pas ridicule, protesta Josie. Je suis allée là-bas pour y récupérer un simple objet. Je ne m'attendais pas à me faire botter le cul par un gamin de quinze ans, à le poursuivre dans les bois et à me faire tirer dessus.

— Il me semble au contraire que si quelqu'un doit s'attendre à ce que quelque chose dans le genre lui arrive, c'est bien toi.

Josie tenta de lui flanquer une petite tape depuis son siège, mais il se mit hors de sa portée en riant.

— Au fait, reprit-il, Hummel a obtenu les empreintes de Buckley grâce à ta carte de visite. Elles ne figurent pas dans l'AFIS et ne correspondent à aucune des empreintes non identifiées dans la maison de Lorelei.

— Pourtant, Buckley a déclaré y être allé, souligna Josie.

— Il a dit que ça remontait à des années. Hummel affirme qu'il est tout à fait possible qu'aucune de ses empreintes n'ait été conservée s'il n'est pas venu depuis aussi longtemps. Il a également relevé les empreintes de Pax sur une bouteille d'eau qu'il a jetée au magasin. Il s'y est rendu juste après ton texto de ce matin. Comme prévu, les empreintes de Pax correspondent à l'une des séries non identifiées dans la maison.

— Ce qui veut dire qu'il ne nous reste plus que deux séries non identifiées, déduisit Josie. L'une d'entre elles doit appartenir à Rory, ce qui nous laisse qui ?

Noah secoua la tête.

— Je ne sais pas mais, parmi ces deux autres séries, l'une se retrouve partout dans la maison, quand l'autre figure uniquement sur la porte d'entrée et dans la cuisine.

— Les empreintes trouvées dans toute la maison doivent être celles de Rory, supposa Josie.

— Oui. Mais les autres... ne sont peut-être pas si importantes. Si ça se trouve, ce sont juste celles d'un livreur ou de quelqu'un qui n'est venu qu'une fois. Elles pourraient n'avoir aucun lien avec l'affaire.

— J'en doute, répliqua Josie. Je ne pense pas que Lorelei ait fait livrer quoi que ce soit chez elle.

— On pensait que Lorelei vivait de façon exceptionnellement recluse, qu'elle ne recevait jamais personne chez elle, et puis on a découvert que Pax s'y rendait régulièrement, et que Reed venait l'y chercher, lui fit remarquer Noah. On ignorait même l'existence de Rory jusqu'à il y a quelques heures. On ne sait vraiment pas ce que Lorelei fabriquait d'autre là-bas, ni de qui encore elle s'occupait. Par ailleurs, j'ai réussi à trouver le groupe sanguin de Rory à partir de son dossier médical. Devine quoi ?

— O+, comme le sang trouvé dans le pick-up de Lorelei ? devina Josie.

— Oui.

Voilà qui remettait Rory en haut de leur liste de suspects. Non pas que cette liste soit très longue, cela dit.

— Quand tu l'as vu, est-ce qu'il avait l'air amoché ? s'enquit Noah. Des égratignures ou des lacérations ?

Josie secoua la tête.

— Non, mais il portait des manches longues et un pantalon. Je n'avais aucun moyen de m'en assurer. Oh, est-ce que quelqu'un a eu des nouvelles d'Anya à propos des empreintes de pas ensanglantées qui vont de la cuisine à la porte arrière de la maison ? Les empreintes de pieds nus ?

Noah opina du chef.

— Elle a confirmé qu'elles avaient été laissées par Holly, avec du sang de Lorelei.

— Et Emily ? demanda Josie. Des nouvelles d'elle ?

— Adam et Celeste l'ont récupérée. Mme Riebe, qui les a rencontrés, a déclaré qu'elle ne voyait pas d'objection à leur laisser temporairement la petite.

— Super.

Une porte claqua et le chef apparut devant eux, bras croisés sur son torse étroit.

— Qu'est-ce que c'est que ce bordel, Quinn ?

À mesure qu'elle le mettait au courant, le visage de Chitwood s'empourprait un peu plus.

— Palmer va avoir besoin de renfort dans ces bois, dit-il. Si le gamin se balade avec un putain de flingue en tirant sur mes inspecteurs.

— Je voulais vous parler de ça, chef, dit Josie. Je ne pense pas que ce soit Rory qui m'ait visée.

— Tu as dit que tu avais tourné la tête et regardé derrière toi, qu'il n'était plus là, intervint Noah. Puis qu'il y avait eu le coup de feu.

— C'est vrai, concéda Josie, mais je ne suis pas sûre qu'il ait eu le temps de me contourner et de me tirer dessus. D'autant qu'il n'avait pas d'arme pendant tout le temps où je l'ai vu. Ni dans la maison, ni pendant que je le poursuivais.

— Et s'il l'avait cachée dans les bois ? suggéra le chef. C'est peut-être pour cela qu'il s'est arrêté pile à cet endroit. Vous pensiez qu'il reprenait son souffle mais, en réalité, il vous attirait là pour pouvoir saisir l'arme et tirer.

Josie se repassa mentalement la scène. Elle essaya de calculer le temps qui s'était écoulé entre le moment où elle s'était retournée vers l'arbre pour découvrir que Rory n'était plus là et celui où le coup de feu avait retenti. Ce bref instant aurait-il été suffisant ? Elle était déjà shootée à l'adrénaline à ce moment-là, et sa notion du temps en avait été brouillée. Les actions de quelques secondes avaient pu lui sembler interminables et d'autres, plus longues, instantanées. Le seul moyen de s'assurer que le scénario du chef était plausible serait de retourner à cet endroit, d'essayer de déterminer exactement l'endroit où elle se tenait, ainsi que la trajectoire et l'origine de la balle à l'aide des marques laissées par le projectile sur le tronc.

— Vous ne retournez pas là-bas, décréta Chitwood, comme s'il voyait les calculs de Josie flotter au-dessus de la tête de sa subordonnée. Pas ce soir, en tout cas. Écoutez, je vais appeler la police d'État et voir si on trouve d'autres corps dans ces bois. Peut-être que s'il a vingt flics en face de lui au lieu d'un seul, il sera moins enclin à tirer. Une fois que nous l'aurons pincé, nous verrons si nous réussissons à le faire parler.

Quelque chose, tapi au fond de son esprit, agaçait Josie.

— Pouvez-vous demander à quelqu'un de trouver Reed

Bryan ? S'il cherche Pax et qu'il découvre qu'il est ici, ça va être un sacré merdier, il vaut mieux anticiper et l'intercepter.

— Très bien, répondit le chef.

Le téléphone sonna sur le bureau de Josie. Noah souleva la poche de glace. Elle posa le pied par terre et se pencha pour attraper le combiné.

— Quinn.

La voix d'Adam Long retentit sur la ligne.

— Inspectrice Quinn ?

— Monsieur Long.

— Vous pensez pouvoir venir à *Harper's Peak* ? Nous avons un petit souci, là.

Josie se demanda si Emily était en train de faire une nouvelle crise. Elle ignorait si Marcie avait préparé Adam et Celeste à ses TOC.

— Quel est le problème, Adam ?

— C'est juste que, eh bien, Emily a disparu.

Josie se tenait de nouveau dans le salon de Celeste et Adam, les mains sur les hanches, tandis qu'elle et Noah regardaient la propriétaire marcher frénétiquement devant la grande baie vitrée. Ses escarpins noirs à très hauts talons s'enfonçaient dans l'épais tapis oriental au rythme de ses déambulations. Une robe portefeuille violette sans manches épousait sa silhouette anguleuse. Des mèches de cheveux s'étaient détachées de son chignon et flottaient autour de sa tête, en dépit de tous ses efforts pour les remettre en place. Josie observa son reflet dans la vitre. Dehors, l'obscurité n'était percée que par les lumières du complexe hôtelier en contrebas et par les gyrophares des voitures de police. Celeste suivit son regard et se figea. Elle agita un bras pâle vers la fenêtre.

— Pourriez-vous leur demander d'éteindre ces lumières ? Bon sang, je ne veux pas que des véhicules de police circulent dans cette propriété. Je demanderais bien à Tom de s'en charger, mais il est dans les bois à la recherche d'Emily, lui aussi.

— Avec tout le respect que je vous dois, madame Harper, répliqua Noah, une fillette de huit ans a disparu et elle a été vue pour la dernière fois dans votre domaine. Elle s'est volatilisée un

jour seulement après que sa sœur aînée a été retrouvée assassinée, toujours sur le domaine de *Harper's Peak*.

Celeste frémit.

— Je suis bien consciente de ce qui s'est passé au cours des
dernières vingt-quatre heures, mais j'ai un complexe hôtelier à
gérer. Des clients. Ils ont payé pour un certain niveau de luxe,
et les véhicules de police ne correspondent pas à ce standing.

— Notre priorité est de retrouver Emily Mitchell, répliqua
Josie. À vous de vous occuper des problèmes liés à votre
clientèle.

Celeste lui lança un regard noir.

— Ce n'était pas mon idée. C'était celle de mon mari. Maintenant, il est dehors avec Tom, la moitié de mon personnel et la
police à chercher cette gamine pendant que j'ai une entreprise à
faire tourner. Comment est-ce que je suis censée me
débrouiller ?

— Emily Mitchell pourrait être en danger, souligna Noah.

— Ce n'est ni mon problème ni ma faute, cracha Celeste.
Cette gamine est partie d'ici. Nous avons passé tout l'après-midi
à essayer de la mettre à l'aise et de l'installer. Et vous savez ce
qu'elle a fait ?

Aucun des deux policiers ne répondit.

Celeste passa devant eux et se dirigea vers la table basse
entourée de canapés. Josie remarqua que plusieurs feuilles de
papier étaient étalées sur la surface de bois poli. Certaines
avaient été découpées pour créer des formes et d'autres utilisées
pour dessiner des papillons et ce qui ressemblait au chien en
peluche d'Emily. Une paire de ciseaux était posée à l'une des
extrémités de la table, à côté d'une cinquantaine de crayons de
couleur alignés précisément, en fonction de leur nuance. Une
rangée de verts, une rangée de bleus, de rouges, de jaunes, et
ainsi de suite. Josie retint un sourire.

— Elle a colorié ? suggéra Noah.

Celeste leva les yeux au ciel.

— Non. Ça, c'était l'idée d'Adam. Nous ne connaissons rien aux enfants, vous savez. Il s'est procuré ces crayons de couleur grâce à un membre du personnel. Il pensait que dessiner l'occuperait pendant une heure, quelque chose comme ça. Il l'a laissée toute seule. Nous avons du travail. On avait besoin de lui dans le bâtiment principal, donc il s'y est rendu. Emily a coupé tous les boutons de nos canapés !

Josie parcourait maintenant du regard chacun des canapés Chesterfield, remarquant qu'ils avaient en effet l'air beaucoup plus rebondis que dans la matinée. Sans les boutons, ils paraissaient en quelque sorte nus et incomplets.

— Qui fait ce genre de choses ? s'insurgea Celeste.

Lorsque Noah prit la parole, Josie se rendit compte qu'il avait le plus grand mal à refouler un rire.

— Pour être tout à fait précis, il reste quelques boutons sur les accoudoirs des canapés.

— Vous savez ce qu'elle m'a répondu quand je lui ai demandé la raison de son geste ? continua Celeste, ignorant Noah. Elle m'a sorti qu'elle avait dû les couper parce qu'elle avait peur de s'étouffer avec.

Josie et Noah la regardèrent fixement.

— C'est vraiment ce qu'elle a dit ? demanda Noah, incrédule.

Celeste souffla.

— Vous croyez que j'ai mal compris ? Oui, c'est ce qu'elle a dit.

Josie savait que c'était une réponse d'une étrangeté aussi exceptionnelle que l'acte lui-même, mais elle soupçonnait un lien avec les TOC d'Emily. Elle devrait interroger Paige ou un spécialiste de ces troubles plus tard. À moins qu'elle pose la question directement à Emily quand ils la retrouveraient – s'ils la retrouvaient.

— Vous lui avez demandé ce qu'elle voulait dire par là ? s'enquit Josie.

— Pourquoi est-ce que j'aurais cherché à le savoir ? Ça n'a pas d'importance. Elle a abîmé quelque chose qui nous appartient !

Avant que Celeste ne puisse poursuivre, Josie changea de sujet.

— Comment savez-vous qu'elle est partie d'ici ?

— Quand Adam a quitté la résidence, j'étais ici avec elle. J'ai dû prendre un appel. Il a duré... assez longtemps, mais j'étais juste à côté, dans la cuisine. Cette gamine n'est pas un nourrisson. Je pensais qu'elle ne courait aucun danger seule ici pendant un petit moment, donc je ne me suis pas inquiétée. À mon retour, elle avait disparu. La porte d'entrée était ouverte. Elle avait emporté son vieux chien en peluche miteux et les boutons de mon canapé !

— En fait, vous ne savez pas si elle est partie de son plein gré, fit remarquer Josie. Vous n'avez pas de caméras devant chez vous ?

Celeste poussa un nouveau soupir.

— Pas ici. C'est notre résidence privée, nous n'avions pas besoin d'en mettre. Pendant toutes les années où j'ai vécu ici – c'est-à-dire toute ma vie –, nous n'avons jamais eu le moindre problème. Jusqu'à maintenant. Et il fallait que ce soit la gamine de Lorelei, en plus.

Choisissant de rester focalisée sur sa tâche, Josie demanda :

— L'avez-vous cherchée quand vous avez constaté qu'elle ne se trouvait plus dans la pièce et que la porte était restée ouverte ?

— Bien sûr que oui. Je ne suis pas un monstre. J'ai fait le tour du terrain. Je l'ai appelée. Comme je ne l'ai pas trouvée ici, je suis descendue dans la zone de l'hôtel et je l'ai cherchée. J'en ai touché deux mots à Tom et nous avons demandé à plusieurs membres du personnel de nous aider. Une fois que j'ai localisé Adam, je lui ai fait la même requête. Comme nous ne l'avons pas trouvée dans les locaux, mon mari vous a appelée.

— Donc vous ne l'avez pas vue partir, lui fit préciser Josie.

Celeste retourna vers la baie vitrée, prenant quelques secondes pour regarder à l'extérieur.

— Non, je suis désolée. Mon Dieu ! Qui aurait cru qu'avoir des enfants était si difficile ? Elle a huit ans. J'imaginais qu'ils étaient plus faciles à maîtriser, à cet âge. Lorelei est arrivée chez nous quand elle avait neuf ans et, même si je l'ai toujours méprisée, elle et tout ce qu'elle représentait, elle s'est plutôt bien comportée pour une enfant aussi jeune.

— Depuis combien de temps Emily a-t-elle disparu ? demanda Noah.

Celeste leva les yeux vers le plafond.

— Oh, je ne sais pas. Peut-être une demi-heure. Quarante-cinq minutes ? Je la cherchais depuis un certain temps déjà quand Adam vous a appelés.

— Vous avez toujours son sac ? s'enquit Josie.

Sans les regarder, Celeste désigna un point par-dessus son épaule.

— À l'étage, troisième porte à gauche. Elle ne l'a pas emporté.

Josie adressa un signe de tête à Noah qui disparut à l'étage et revint quelques instants plus tard avec un des t-shirts d'Emily.

— Je l'apporte à Sandoval, déclara-t-il.

— Demande-lui de donner la priorité à la recherche d'Emily, dit Josie. Je ne suis même pas certaine que Gretchen ait trouvé un objet appartenant à Rory pour le faire renfiler à Rini mais, même si c'est le cas, dis-lui de laisser tomber, là. Je veux qu'Emily soit retrouvée saine et sauve. On s'occupera de Rory plus tard. Appelle le bureau du shérif et vois s'ils peuvent nous envoyer une autre brigade canine. Le cas échéant, ils se lanceront à la recherche de Rory.

— C'est comme si c'était fait, promit Noah en franchissant la porte d'entrée.

Plantée derrière Celeste, Josie le regarda s'éloigner par la fenêtre.

Un rire amer lui parvint.

— C'est votre futur mari ?

— Oui, répondit Josie. Vous le savez.

— Vous l'avez bien dressé. Il suit les instructions à la lettre, non ?

Josie redressa légèrement la tête.

— Il n'est pas « bien dressé » et il ne suit pas mes instructions. Nous sommes collègues, et sur la même longueur d'onde, c'est tout.

— Sur la même longueur d'onde, marmonna Celeste. Si seulement mes parents avaient été sur la même longueur d'onde... Nous n'en serions pas là, n'est-ce pas ?

Josie ne répondit rien. Elle était trop occupée à regarder deux silhouettes remonter d'un pas lent le chemin qui menait de l'hôtel à la maison de Celeste et Adam. L'une d'elles, à la démarche familière, poussait un déambulateur devant elle. Qu'est-ce que sa grand-mère fichait donc ici ?

Josie laissa Celeste à la fenêtre et sortit. Indéniablement, Lisette se dirigeait vers la maison, suivie de Sawyer. Josie alla à leur rencontre, mais Lisette ne s'immobilisa pas pour autant. Au contraire, elle continua à avancer vers la porte de Celeste, même quand sa petite-fille l'interpella :

— Mamie, qu'est-ce que tu fabriques ici ?

Lisette sourit et la policière vint se planter à ses côtés.

— Certains d'entre nous ont réservé une chambre dans cet endroit magnifique pour toute la durée du week-end de ton mariage, ma chérie. Notamment moi.

— Elle a refusé de rentrer à Rockview, marmonna Sawyer.

— Pourquoi est-ce que je rentrerais ? s'insurgea Lisette. J'étais censée passer le week-end ici. Même si ma petite-fille ne se marie pas, j'ai bien l'intention de profiter au maximum de ce plaisir rare.

Dans la faible lumière de la maison de Celeste, Josie distingua le clin d'œil de sa grand-mère. La propriétaire des lieux les rejoignit à la porte, son téléphone portable à la main.

— Entrez donc. Faites ce que vous avez à faire. Je dois résoudre certains problèmes rencontrés par des clients. C'est une catastrophe que Tom soit parti à la recherche de cette enfant et qu'il ne remplisse pas ses fonctions habituelles. Faites-moi signe quand vous aurez terminé, d'accord ?

— J'ai besoin de m'asseoir un peu, déclara Lisette en entrant dans le salon.

Elle prit le temps d'examiner les canapés avant de s'asseoir.

— Intéressant, ce que cette petite a fait ici, hein ? lâcha-t-elle.

Josie attendit que Lisette soit bien assise sur l'un des canapés, Sawyer à ses côtés, avant de répéter :

— Mamie, qu'est-ce que tu fiches ici ?

— La nouvelle s'est répandue comme une traînée de poudre dans cet hôtel, répondit Lisette. Nous savons tous que vous cherchez une petite fille. Et moi, je l'ai vue.

Josie posa une fesse sur la table basse et se pencha vers sa grand-mère.

— Quand ? Où ?

— Il y a deux heures. J'étais à Griffin Hall avec tout le monde. J'ai réussi à m'éloigner de la foule pendant un petit moment.

Elle jeta un regard en coin à Sawyer, qui se contenta de secouer la tête.

— Je me promenais dans le jardin devant Griffin Hall quand j'ai vu une petite fille. Elle s'en approchait, en fait. Elle portait un t-shirt bleu et un pantalon de survêtement gris, avec les poches pleines. Elle tenait un petit chien en peluche. Je ne lui aurais peut-être pas prêté attention si elle ne m'avait pas fait penser à toi, ma chérie.

Josie plaqua une main sur sa poitrine.

— À moi ?

Lisette sourit.

— Oui, à toi et à ton petit chien en peluche, Wolfie. Tu ne t'en souviens sans doute pas. Tu l'as perdu quand tu avais six ans.

Lisette se pencha alors et effleura de ses doigts chauds la cicatrice du visage de Josie.

Celle-ci déglutit.

— Je ne l'ai pas perdu. Où la fillette se dirigeait-elle ? Elle était avec quelqu'un ?

— D'après ce que j'ai vu, elle était seule, répondit Lisette. Elle est allée tout droit dans les bois.

Josie se leva.

— Tu pourrais me montrer où ?

— Laisse-moi me reposer une minute, ma chérie, et nous rebrousserons chemin vers Griffin Hall. Si je me souviens bien, c'était à peu près à mi-distance entre ici et là-bas.

— Tu as dit que c'était il y a deux heures ? demanda Josie.

— Oui. J'en ai parlé au personnel de Griffin Hall, et on m'a dit qu'on appellerait la résidence privée. Si ton équipe est ici, c'est qu'elle n'a pas encore été retrouvée.

— Tu es vraiment sûre que c'était il y a deux heures ? Pas juste une heure ?

— Oui. Je suis vieille, mais je sais encore lire l'heure, ma chérie.

Pourquoi Celeste mentirait-elle ? se demanda Josie. Il était aussi possible que son appel ait duré bien plus longtemps qu'elle ne se l'était figuré et qu'elle avait simplement perdu la notion du temps. Il serait assez facile de déterminer si elle avait menti : il suffirait d'avoir une petite conversation avec le membre du personnel à qui s'était adressée Lisette pour découvrir l'heure à laquelle il avait appelé la résidence.

Josie envoya un message au reste de l'équipe pour les informer que l'heure de la disparition d'Emily venait d'être contestée. Noah répondit qu'il allait mettre la main sur le membre du personnel concerné et sur Celeste pour les questionner là-dessus.

Sawyer disparut dans la cuisine et revint avec une bouteille d'eau qu'il tendit à Lisette.

— Je suppose que, lorsque Celeste a dit « Faites ce que vous avez à faire », elle ne s'opposait pas à ce qu'on pille son frigo.

Lisette haussa les épaules et but une gorgée. Quelques minutes plus tard, elle était debout et se dirigeait vers la porte de son pas traînant.

Le chemin qui conduisait de la résidence aux bâtiments de l'hôtel n'était que partiellement éclairé par des lampes fonctionnant à l'énergie solaire, enfoncées dans le sol de part et d'autre de la bande asphaltée. Tous les quelques mètres, Lisette s'arrêtait et jetait un coup d'œil dans la nuit avant de dire : « Encore un peu. »

— Lisette, intervint Sawyer, je sais que tu essaies de te rendre utile, mais il y a déjà des gens qui cherchent dans les bois. Il vaudrait peut-être mieux que tu retournes à l'hôtel pour l'instant et, demain matin, à la lumière du jour, on pourra essayer de localiser l'endroit où tu as vu cette petite s'enfoncer dans la forêt.

— Il faut que je retourne à Griffin Hall quoi qu'il arrive, non ? Pourquoi je ne montrerais pas à Josie où j'ai vu cette enfant ?

— Les chiens aiment suivre une piste à partir du dernier endroit où la personne a été vue, renchérit Josie.

— Dans ce cas, les chiens pourront partir de la résidence, déclara-t-il. C'est le dernier endroit où elle se trouvait avant de s'enfoncer dans les bois.

Lisette leva une main.

— Arrêtez ça, vous deux. Il n'y a pas de mal à ce que je montre à Josie où j'ai aperçu la petite pour la dernière fois. Cela ne prendra qu'un instant. De toute façon, nous passerons devant en regagnant Griffin Hall.

Sawyer se racla la gorge. Josie vit ses yeux briller dans la faible lumière. Elle comprit alors qu'il était juste inquiet que Lisette fasse tout le chemin du retour à pied, et elle s'étonna d'ailleurs qu'elle ait réussi à gagner sans assistance la résidence privée. Elle en paierait les conséquences le lendemain.

— C'est une longue marche, quand même, commenta Josie. Pourquoi on ne resterait pas ici, toi et moi, pour essayer de trouver cet endroit pendant que Sawyer va voir s'il peut demander au personnel de faire venir une voiturette ?

— Oui, convint Lisette. Ça me paraît une bonne idée.

Josie savait que sa grand-mère devait être fatiguée puisqu'elle ne discutait pas. Lisette attendit que Sawyer soit hors de portée de voix pour dire :

— C'est un bon garçon, mais il me couve trop.

— Il y a pire, fit Josie.

— Je n'ai pas dit que ce n'était pas bien.

Lisette fit passer son déambulateur entre deux petites lanternes plantées le long du chemin et le poussa dans l'herbe.

— Une minute, mamie, dit Josie.

Elle sortit son téléphone portable et alluma son flash avant de rattraper sa grand-mère, projetant le faisceau lumineux devant elles. La ligne des arbres se trouvait à une dizaine de mètres.

— Comment tu sais où tu l'as vue ?

— Il y avait un tronc d'arbre qui semblait calciné, couvert de suie.

Josie éclaira les arbres.

— Ce n'est pas de la suie, constata-t-elle. C'est de la moisissure fuligineuse. Quand les fulgores tachetés mangent, ils produisent une substance sucrée – je crois que ça s'appelle du miellat – sur laquelle se développent des champignons noirs.

C'est pour ça que les arbres dont ils se nourrissent ont l'air d'avoir survécu à un incendie.

Lisette continuait à pousser son déambulateur par à-coups et, quand l'herbe était épaisse, elle le soulevait pour le projeter vers l'avant.

— À ta gauche.

Josie orienta son téléphone dans la direction indiquée.

Lisette s'arrêta de marcher lorsqu'elles arrivèrent à trois mètres de la ligne des arbres.

— Voilà !

Le faisceau lumineux se posa sur un jeune bouleau au tronc noirci.

— Tu es sûre que c'est celui-là ? s'enquit Josie.

— Je pense que oui.

Elles se rapprochèrent des arbres.

— Et elle était seule ?

— Oui. Je pense que oui.

Josie sonda le sol à la lumière de son flash. Pourquoi Emily était-elle partie ? Pourquoi s'était-elle aventurée dans les bois quelques heures avant la tombée de la nuit ? Est-ce qu'elle s'enfuyait ? Cherchait-elle Rory ?

— Une fois que Sawyer sera revenu, j'irai voir de plus près, mais elle pourrait se trouver n'importe où maintenant.

Un bruissement se fit entendre entre les arbres. Josie leva son téléphone, notant en même temps la présence d'un petit tas de boutons de canapé gris à la périphérie de son champ de vision, au pied du bouleau. Emily avait-elle fait exprès de les laisser là, ou les avait-elle simplement abandonnés ?

— Emily ? lança Josie en promenant le faisceau lumineux sur les arbres.

— Josie, intervint Lisette.

Elle s'éloigna de son déambulateur et posa une main sur le bras libre de sa petite-fille.

— Josie, il faut que nous...

D'autres bruissements, de l'autre côté du bouleau abîmé. Josie continuait à inspecter la zone devant elles à la lumière de son flash, sans rien découvrir d'autre que des branches basses et des troncs d'arbres.

La poigne de Lisette se resserra et Josie se souvint de la seule fois de sa vie où elle avait senti les doigts de sa grand-mère s'enfoncer dans sa peau de façon aussi brutale. Josie était enfant et elles étaient sur le point d'être séparées. Elle allait retourner dans une maison des horreurs et Lisette se savait incapable de l'empêcher.

Josie tourna la tête et croisa le regard de sa grand-mère.

— Mamie ?

Lisette inclina légèrement la tête vers les arbres et articula silencieusement le mot « pistolet ». Les battements de cœur de Josie s'accélérèrent. Elle voulait demander à Lisette ce qu'elle avait vu. Une personne ? Rory ? Il avait déjà attaqué Josie une fois, ce jour-là, sans qu'elle l'ait provoqué. La policière n'était pas sûre de pouvoir le raisonner, même dans les circonstances les plus favorables. Qu'est-ce qu'il fabriquait ici de toute façon ? Détenait-il Emily ? L'avait-il attirée dans les bois ? Josie sortit son arme, son téléphone toujours dans son autre main. Elle gardait le canon pointé vers le bas, pour ne pas risquer d'atteindre quelqu'un qui ne représentait pas une vraie menace, mais si un individu déambulait dans ces bois en pointant une arme sur eux, elle voulait qu'il la sache prête à se défendre.

Il n'y avait qu'un seul problème. Quel que soit l'individu en train d'arpenter ces bois, Josie ne pouvait pas le capturer avec son flash, dont le faisceau tremblotait car Lisette se cramponnait toujours à son bras.

— Police ! lança l'inspectrice. Qui que vous soyez, sortez de là, pour qu'on puisse vous voir.

Lisette tira sur son bras et le faisceau s'orienta vers le bas.

— Il faut que nous partions.

Devant elles, quelque chose bougea. Lisette tira de plus

belle sur le bras de Josie, avec une force surprenante, au point de la déséquilibrer et de la faire atterrir sur les fesses. Le téléphone tomba par terre, objectif vers le bas, si bien qu'elles se retrouvèrent plongées dans l'obscurité. Un coup de feu retentit. Josie sentit plutôt qu'elle ne vit le corps de Lisette s'effondrer. Plaçant ses deux mains sur la crosse de son Glock, elle le pointa vers les arbres. Mais elle ne pouvait pas tirer à l'aveuglette. Il y avait d'autres policiers et des gens qui cherchaient Emily dans les bois. Impossible de prendre ce risque. Soudain, elle entendit un son reconnaissable entre tous, qui lui glaça le sang. Le bruit d'un fusil de chasse que l'on rechargeait. Un autre coup de feu allait être tiré.

— Non ! cria-t-elle.

Elle s'agenouilla, ôtant une main de la poignée du pistolet pour se diriger à tâtons vers Lisette, consciente que tout se passerait en quelques secondes. Pourtant, le temps parut s'étirer en un goutte-à-goutte insoutenable, semblable à celui de la sève d'un arbre. Josie frôla Lisette au moment où celle-ci se redressait. Le deuxième coup de feu transperça l'air. Lisette tomba en arrière, renversant Josie en s'affalant sur elle.

— Mamie ! Mamie !

L'oreille tendue vers le fusil qu'on armait de nouveau, la policière se tortilla pour s'extirper de sous sa grand-mère. Elle savait instinctivement qu'elle devait choisir entre poursuivre la menace dans les bois – encore susceptible de la tuer – ou s'occuper de Lisette. Ses mains avaient déjà fait leur choix, jetant son pistolet et commençant à palper le corps de sa grand-mère, en quête d'éventuelles blessures.

— Mamie !

Lisette était allongée sur le dos. Un soulagement profond et viscéral inonda les veines de Josie lorsque la vieille dame tendit ses mains tremblantes pour lui toucher le visage.

— Jos...

Elle haletait. Josie fit glisser ses doigts le long des poignets de sa grand-mère jusqu'à ses épaules, pour lui caresser le visage, les cheveux. Rien de mouillé ou de collant. Aucune blessure à la tête ou au visage. La poitrine et le buste, c'était une autre histoire. Du sang chaud mouilla les doigts de la policière. Le tireur avait-il utilisé une balle ou de la chevrotine ? Plus elle explorait le corps, plus Josie était convaincue qu'il s'agissait de chevrotine, ce qui signifiait des blessures multiples.

— Eh merde ! s'écria-t-elle. Mamie, tiens bon.

Elle ne voyait rien. Ses mains griffaient l'herbe. Elle avait besoin de son téléphone, pour avoir de la lumière et appeler son équipe.

— Mamie !

Toutes les terminaisons nerveuses de son corps bourdonnaient. Pas de téléphone sous ses doigts. Lisette toussa. Josie se retourna vers elle et eut la sensation de quitter son enveloppe de chair. Soudain, elle flottait au-dessus de Lisette et d'elle, comme si elle regardait à travers des lunettes de vision nocturne les deux formes sombres sur une toile de fond d'un vert brillant. Josie se vit à genoux, explorant l'herbe à tâtons, sans rien trouver. Lisette était allongée sur le dos, les yeux vers le ciel, tendant un bras pour attraper Josie.

Il n'y avait pas de temps à perdre.

Regagnant son corps, la policière sentit la terreur comprimer ses poumons, le sang chaud sur ses mains, l'adrénaline transformait son corps en un fil électrique. Elle entendit du bruit au loin. Quelqu'un qui s'éloignait dans les bois. Un moteur vrombissant dans la direction opposée. Puis, aussi sûrement que s'il se tenait au-dessus d'elle pour lui chuchoter à l'oreille, Josie distingua la voix de Ray, son défunt mari. *Concentre-toi.*

— J'essaie, s'écria-t-elle, consciente pour la première fois des larmes qui ruisselaient sur son visage.

Avait-elle parlé à voix haute ? Elle l'ignorait, mais s'en fichait.

Jo, dit encore la voix. *Tu dois la porter et aller chercher de l'aide.*

De fait, lorsqu'une personne blessée – généralement au cours d'une fusillade – perdait trop de sang pour attendre les secours, les policiers la prenaient littéralement dans leurs bras et la transportaient jusqu'à leur véhicule, puis se dépêchaient de lui procurer de l'aide.

Josie rampa vers Lisette, trouva ses épaules et ses hanches, glissa ses bras sous elle et la souleva. Elle se redressa en trébuchant, vacillante, essayant de reprendre son équilibre sur l'herbe avec une cheville enflée et douloureuse. Puis elle se mit à courir.

25

Sawyer garait sa voiturette au bord du chemin lorsque Josie atteignit l'asphalte. Elle vit les émotions passer sur son visage en quelques secondes : confusion, alarme, peur, puis sa formation de secouriste prit le dessus. Il sortit du véhicule d'un bond pour se précipiter vers Josie. L'ayant rejointe dans l'herbe, il lui prit Lisette des bras.

— Qu'est-ce qui s'est passé ? C'est des coups de feu que j'ai entendus ?

Josie le suivit en courant vers la voiturette.

— Il y avait quelqu'un dans les bois. On nous a tiré dessus. Je ne voyais rien, je...

— Il va falloir que tu prennes le volant, la coupa Sawyer.

Il tenta d'asseoir Lisette sur la banquette arrière, puis il se glissa à côté d'elle.

— Ils n'avaient pas assez de personnel, donc ils m'ont passé les clés. Tu te sens capable de conduire ça ?

— Oui, dit Josie.

Dans la faible lumière des lanternes du chemin, Josie put voir que le sang de Lisette s'était déjà répandu sur le levier de vitesse et le volant. Josie remit la voiture en marche et fit demi-tour. Elle n'avait jamais conduit de voiturette auparavant, mais celle-ci ressemblait, en grand format, à celles que l'on utilisait sur les terrains de golf, et son fonctionnement s'apparentait suffisamment à celui d'une voiture pour que son corps passe en pilotage automatique.

— Lisette, dit Sawyer. Bon sang ! Elle saigne de partout. Partout, Josie. Combien de fois lui a-t-on tiré dessus ?

— Le tireur a utilisé de la chevrotine, expliqua Josie.

— Oh, mon Dieu. Lisette !

Josie appuya à fond sur l'accélérateur et reprit le chemin de Griffin Hall, se repérant grâce au gyrophare d'une des voitures de police de Denton. Un bref coup d'œil par-dessus son épaule lui indiqua que Sawyer avait remonté la chemise de Lisette pour essayer de repérer les blessures. D'une main, il exerçait une pression sur le côté gauche de sa poitrine tandis que, de l'autre, il tentait de prendre son pouls au niveau de la gorge. Josie n'avait pas entendu le moindre son émaner de Lisette depuis ce qui lui semblait être une éternité, mais n'avait probablement pas excédé une minute. Elle s'efforça de ne pas penser à ce que cela signifiait.

— Elle ne va pas s'en sortir si on attend une ambulance, déclara Sawyer.

— Je sais, répondit Josie. On va prendre un des véhicules de police.

Une foule de gens se tenait devant Griffin Hall, dont beaucoup de membres de la famille de Josie et de Noah, restés pour le week-end. Ils avaient tous l'air nerveux, scrutaient attentivement l'horizon. Josie comprit qu'ils avaient entendu les coups de feu. Elle distingua plusieurs cris lorsqu'elle arrêta la voiturette devant le bâtiment, mais les visages demeuraient flous. Josie se fraya un chemin à travers les corps qui se pressaient autour d'elle, précédant Sawyer, qui portait Lisette. L'agent devant la voiture de patrouille ne posa aucune question. Avisant le visage de Josie, il lui tendit aussitôt ses clés. L'inspectrice ouvrit la portière arrière et aida Sawyer à installer leur grand-mère sur la banquette. Pendant ce temps, l'agent en uniforme ouvrait le coffre où il fouilla jusqu'à trouver une trousse de secours. Il la tendit à Josie, qui la remit à Sawyer avant de s'installer derrière le volant.

Alors qu'elle branchait la sirène et reculait, elle entendit Lisette tousser. Il y eut comme une décharge électrique dans son corps.

— On y sera dans quelques minutes, mamie, promit-elle. Tiens bon.

Josie entendit le crissement d'une fermeture Éclair et le déchirement du Velcro à l'arrière : Sawyer fouillait dans la trousse de secours.

— Bon sang, grogna-t-il. Il n'y a rien, là-dedans. Je ne peux pas prendre ses constantes. Je ne peux pas…

— Fais tout ce que tu peux, lui lança Josie. Je vais aussi vite que possible.

— Tiens bon, Lisette, murmura-t-il. Ses voies respiratoires sont dégagées. Son pouls est faible. Plaies multiples à la poitrine et à l'abdomen. J'ai de la gaze. Pas beaucoup, mais je peux utiliser ce qu'il y a ici pour en panser quelques-unes. Pas de plaies aspirantes, Dieu merci.

— Des QuikClot, dit Josie. On en a tous dans nos voitures. Il devrait y en avoir dans la trousse.

Les QuikClot étaient des pansements hémostatiques. Ils ressemblaient à de la gaze, mais contenaient un agent qui permettait d'arrêter les saignements plus rapidement. Les soldats en emportaient souvent en opération. Lorsque ces pansements étaient devenus disponibles à l'achat pour les civils, le chef les avait ajoutés à la trousse de premiers secours de tous les agents de la police de Denton.

— J'ai, lança Sawyer. Ça va nous aider. Lisette ! Lisette ! Reste avec moi.

Josie écrasa l'accélérateur de la voiture de patrouille, roulant à près de cent trente à l'heure sur la longue route de montagne menant à la ville. Une fois dans la zone résidentielle, elle ralentit juste assez pour ne pas percuter quelqu'un ou quelque chose. Elle avait l'impression que l'hôpital était à des heures de route, alors qu'elle n'avait roulé que quelques minutes. Josie gravit la longue colline qui menait à l'établissement à cent kilomètres-heure et s'engouffra dans l'aire d'arrivée des ambulances aux urgences. L'agent dont elle avait emprunté le véhicule avait dû annoncer leur arrivée, car le docteur Nashat et plusieurs membres de son équipe attendaient déjà dehors avec un brancard. Le temps que Josie descende du siège conducteur et contourne la voiture en boitillant, Lisette y était déjà installée. Le docteur Nashat, l'un de ses internes et quatre infirmières trottinaient à côté de la blessée en la poussant à l'intérieur. Josie regarda à sa droite pour voir Sawyer, les bras ballants, couvert du sang de Lisette.

Il se tourna vers elle avec une expression où la peur le disputait à la colère.

— Qu'est-ce qui s'est passé, là-bas, Josie ?

Elle fit de son mieux pour maîtriser l'hystérie qui montait en elle.

— Il y avait quelqu'un dans les bois et il...

— Quelqu'un rôdait dans les bois et a décidé de tirer sur une femme de quatre-vingt-quatre ans ? la coupa Sawyer, en faisant un pas vers elle.

— Non, je ne sais pas. On était juste là, et elle a remarqué quelque chose, une arme.

— Je croyais que vous cherchiez une gamine de huit ans, Josie.

— C'était le cas. Mais ce n'est pas si simple...

Il pointa un doigt vers les portes du service des urgences. Josie remarqua que son bras tremblait.

— Quel genre de personne tirerait sur une vieille femme inoffensive, Josie ? Elle marche avec un putain de déambulateur. Elle ne constitue pas une menace. Toi, en revanche, tu es policière. Tu n'avais pas ton arme ? Qu'est-ce qui s'est passé, bordel ? Tu n'es pas blessée. On ne t'a pas tiré dessus ?

Josie n'arrivait pas à parler. Il faisait très sombre, tout s'était passé à la vitesse de l'éclair, sans qu'elle puisse rien voir. On lui avait déjà tiré dessus une fois ce jour-là. Et c'était elle que le tueur visait, pas Lisette. Sa grand-mère qui lui agrippait le bras d'une poigne de fer, la déséquilibrait comme si elle ne pesait rien, se dressait devant Josie avant le deuxième coup de feu... Tous ces instantanés se répétaient en boucle dans l'esprit de Josie. Des souvenirs sensoriels, des ombres sur son cerveau en état de choc.

— Elle s'est jetée devant moi, lâcha Josie d'une voix étranglée.

— Quoi ?

— Elle m'a protégée.

— N'importe quoi, cracha Sawyer.

Mais il n'avait pas été là. Il était le petit-fils de Lisette par le sang, mais il ne la connaissait pas vraiment, n'ayant pas passé son enfance à ses côtés. Il n'avait aucune idée de ce que Lisette était prête à faire pour protéger ceux qu'elle aimait, ni de ce qu'elle avait fait pour protéger Josie dès l'instant où cette dernière était entrée dans sa vie. S'il l'avait su, il n'aurait peut-être pas regardé Lisette de la même façon. Bien sûr que sa grand-mère allait protéger Josie, par instinct autant que par réflexe. Au mépris de sa propre sécurité. En cet horrible instant, Josie était redevenue une enfant chétive et Lisette avait été investie de la force d'une puissante lionne dont la férocité dépassait toutes ses limites physiques.

— Elle n'aurait pas dû se trouver là, insista Sawyer. Dans le noir, dans les bois. Qu'est-ce qui t'est passé par la tête ?

— Pardon ? s'écria Josie. Ma grand-mère est une adulte. Personne ne lui a jamais dicté sa conduite, et personne ne va commencer maintenant.

— Notre grand-mère, rectifia Sawyer.

Il se détourna d'elle et se frotta la joue avec sa manche. Lorsqu'il se retourna, Josie vit qu'il avait laissé une trace du sang de Lisette sous son œil.

— Je suis désolée, murmura-t-elle. Notre grand-mère.

Elle s'approcha pour lui toucher la main, mais il s'éloigna brusquement et se détourna de nouveau, les épaules tremblantes. Josie attendit un moment. Elle essaya encore une fois de le toucher, mais il se plaça hors de sa portée.

— Vas-y, lâcha-t-il. Va la voir. J'appelle Noah.

Josie se souvint alors qu'elle n'avait plus son téléphone. Il se trouvait quelque part à l'orée du bois, près de son arme.

— Dis-lui qu'il doit sécuriser la zone où on lui a tiré dessus. C'est une scène de crime.

Sans la regarder, il opina du chef. Josie franchit en courant les portes du service de traumatologie. Elle suivit les cris tendus et la voix du docteur Nashat qui aboyait des instructions. Ils avaient emmené Lisette dans l'une des enceintes vitrées, mais dont la porte restait ouverte. Les vêtements de la vieille dame avaient été découpés et jetés au sol. Ses bras, sa poitrine et son abdomen étaient parsemés de petites blessures rondes, là où la grenaille de plomb avait transpercé ses vêtements et sa peau. Le sang qui s'échappait de chaque plaie s'étalait sur sa chair. Certaines plaies saignaient plus abondamment que d'autres, et deux des infirmières s'efforçaient d'endiguer le flux. Une autre tentait de prendre ses constantes. Le docteur Nashat retirait les billes de plomb de ses bras et les jetait dans une bassine. Un masque à oxygène couvrait le visage de Lisette, dont la peau était aussi blanche que ses cheveux.

— Mamie, croassa Josie.

L'une des infirmières annonça ses constantes. Le docteur Nashat laissa tomber la bassine et les pinces sur un chariot voisin.

— Il va falloir faire un scanner afin de savoir ce qui se passe à l'intérieur.

Lisette tourna lentement la tête, fouillant la pièce des yeux jusqu'à ce qu'elle trouve Josie. Tout autour d'elles s'estompa pendant quelques précieuses secondes. Lisette remua les lèvres, mais Josie ne comprit pas ce que sa grand-mère essayait de dire sous le masque.

— Inspectrice.

Josie quitta Lisette des yeux suffisamment longtemps pour voir le docteur Nashat qui se tenait devant elle.

— Nous devons monter la patiente à l'étage. On doit lui faire passer un scanner et, vu l'emplacement de certaines de ses blessures, je dirais qu'une intervention chirurgicale sera vraisemblablement nécessaire.

Josie s'écarta.

— Pourriez-vous me tenir au courant, s'il vous plaît ? C'est ma grand-mère.

Le docteur Nashat se figea un instant, se départant brièvement de son attitude professionnelle. Puis il lui tapota l'épaule.

— Vous saurez tout ce que je sais.

Les infirmières transportèrent Lisette vers la sortie. Josie réussit à toucher son épaule nue au passage. La peau de sa grand-mère était froide.

26

Josie était comme paralysée. Les pensées s'échappaient de son esprit. Elle resta dans le couloir jusqu'à ce qu'un agent de sécurité apparaisse et la conduise dans une autre partie du service des urgences. Il s'agissait d'une petite salle d'attente privée. Il lui avait déconseillé de se rendre dans la zone principale, car elle risquait d'effrayer tout le monde, vu son apparence. L'homme l'installa sur une chaise et lui tendit une serviette. Elle la tint mollement sur ses genoux, les yeux fixés devant elle sans rien voir. Des infirmières, des médecins et d'autres patients passèrent. Certains lui demandèrent si elle allait bien, ce à quoi elle répondait simplement par un signe de tête. Son esprit repassait en boucle la scène de *Harper's Peak*, dans l'espoir de comprendre ce qu'elle aurait pu faire différemment.

Elles n'auraient pas dû se trouver là.

Il aurait fallu renvoyer Lisette à Griffin Hall avec Sawyer. Emily aurait de toute façon été loin de l'endroit où Lisette l'avait vue pour la dernière fois. Quelle importance de savoir à quel endroit la fillette s'était engagée dans les bois ?

Mais que fabriquait Rory dans ces parages ? Pourquoi se

trouvait-il à *Harper's Peak* ? Il ne pouvait pas savoir qu'Emily y était hébergée. Ou bien si ? Pourquoi leur avait-il tiré dessus ? Peut-être que le tireur n'était pas Rory. Mais alors qui d'autre se promenait dans les bois avec un fusil de chasse ? Mettner avait reconduit Pax à *Bryan's Farm Fresh Produce Market* après sa déposition. Josie avait-elle mal jugé ce garçon ? Il était dans les bois, plus tôt ce jour-là, la première fois qu'elle avait été prise pour cible.

— Josie !

Elle leva les yeux, luttant contre son brouillard mental, et vit Noah se précipiter vers elle. Derrière lui se trouvaient Trinity, Drake, Shannon, Christian, Patrick, le frère de Trinity et Josie, et Misty.

Celle-ci porta une main à sa bouche.

— Est-ce que c'est ton sang ? s'enquit Trinity.

Shannon se pencha et passa un bras autour de l'épaule de Josie.

— Où est Lisette ? lui demanda-t-elle à l'oreille.

— Maman, laisse-la, dit Trinity.

— Je vais aller chercher un médecin ou un autre membre du personnel pour voir ce qu'ils peuvent nous dire, annonça Christian.

Josie aurait voulu lui conseiller de demander le docteur Nashat, mais sa bouche refusait de lui obéir. Noah s'agenouilla devant elle. Il tenait le téléphone et l'arme de sa compagne, qui n'esquissa pas un geste pour s'en saisir. Il les empocha donc et lui toucha le visage.

— Josie, chuchota-t-il, tu peux parler ?

Elle ne répondit rien. Il lui prit les joues entre ses paumes.

— Sawyer nous a raconté ce qui s'est passé. Il est dehors.

Enfin, les mots sortirent.

— Quelqu'un devrait rester avec lui, dit-elle. Mamie ne voudrait pas qu'on le laisse seul.

Christian réapparut avec le docteur Nashat.

— Je n'ai pas eu à chercher bien loin, déclara-t-il.

Le docteur Nashat considéra Josie, le visage marqué par l'inquiétude.

— Inspectrice, est-ce que ça va ?

Josie regarda Noah.

— Sawyer ne devrait pas rester seul, insista-t-elle.

— Écoutons ce que le médecin a à dire, intervint Shannon, et ensuite Drake et ton père iront voir Sawyer.

— Mme Matson est au bloc opératoire, commença le docteur Nashat. Bien que la plupart des blessures causées par la chevrotine soient superficielles et que j'aie pu retirer les plombs moi-même, elle a subi de graves dommages au niveau du radius et du cubitus droits. Nous allons demander à un médecin orthopédiste de les examiner mais, pour l'instant, la priorité est d'essayer de réparer les dommages internes. Les scanners montrent de multiples perforations du foie et des intestins. Deux plombs sont logés dans la paroi antéro-inférieure du ventricule droit.

— Pour les personnes n'ayant pas fait médecine, s'il vous plaît, lança Trinity.

— Sa paroi cardiaque, explicita Shannon.

— Oh, mon Dieu ! couina Misty.

— La bonne nouvelle, c'est qu'il n'y a pas d'hémorragie artérielle active dans sa cavité thoracique, les rassura le docteur Nashat. Mais elle devra rester au bloc pendant un certain temps. Elle est assez âgée et, bien qu'elle ait eu beaucoup de chance – il ne s'agissait pas de tirs à bout portant –, le risque qu'elle ne résiste pas au stress des multiples opérations chirurgicales destinées à retirer les plombs et à réparer les dommages internes est, malheureusement, assez élevé. Si elle survit, les complications post-chirurgicales pourraient...

— Ça suffit, l'interrompit Trinity. On a compris. Est-ce qu'il y a un endroit où nous pouvons attendre d'avoir des nouvelles des chirurgiens ?

Le docteur Nashat acquiesça.

— La salle d'attente du service de chirurgie se trouve au troisième étage. Mme Matson y est seule pour l'instant. Le docteur Justofin est notre chirurgien traumatologue. Il enverra quelqu'un pour vous tenir au courant ou s'en occupera lui-même. Mais vous risquez d'attendre plusieurs heures.

Josie entendit des pas derrière le docteur Nashat. La docteure Feist le dépassa et se précipita vers la policière.

— Mon Dieu, je viens d'apprendre ce qui s'est passé. Josie...

Elle s'arrêta net et les regarda tous. Croisant le regard du docteur Nashat, elle reprit :

— J'ai parlé avec l'interne en chirurgie. Elle m'a expliqué ce qui se passait. Je vais leur montrer la salle d'attente à l'étage.

Le docteur Nashat acquiesça et se retira. Drake donna un coup de coude dans les côtes de Christian.

— Pourquoi on n'irait pas essayer de mettre la main sur Sawyer ? suggéra-t-il.

Alors qu'ils s'éloignaient, Patrick dans leur sillage, la docteure Feist posa une main sur l'épaule de Noah qui se leva et s'écarta.

— Je suppose que personne ne t'a examinée, Josie ? dit la légiste en posant deux doigts dans le cou de la policière.

— Je vais bien, rétorqua Josie.

— Tu es dans un sale état, la contredit Trinity. Il faut qu'on te débarrasse de ces vêtements.

La docteure glissa une main chaude sous l'une des aisselles de Josie et l'incita à se lever.

— Descends dans mon bureau. J'ai une tenue hospitalière supplémentaire qui t'ira et une salle de bains privée.

— Josie, intervint Noah comme celle-ci ne bougeait pas.

Elle s'efforçait de se concentrer.

— Je crois que c'était Rory, lui dit-elle. Peut-être. Je n'en sais rien. Je n'ai vu personne, mais c'était un fusil de chasse. Lorelei a été tuée avec son propre fusil. Rory est dans la nature.

— On s'occupe de ça, lui assura Noah. Cette montagne

grouille de policiers. Tous ceux qui se baladent là-bas seront retrouvés. Je vais appeler Mett et Gretchen. Ils voulaient absolument avoir de tes nouvelles.

— Et Emily ? demanda Josie avec espoir.

Il secoua la tête.

— Allons-y, insista la docteure Feist. Fraley, tu sais où nous trouver.

Noah se pencha et déposa un baiser sur le front de Josie.

— Je reviens te voir le plus vite possible.

Entourée de Shannon, Trinity, Misty et Anya Feist, Josie se retrouva dans un ascenseur. Quelques minutes plus tard, elles étaient dans le bureau de la légiste. Le regard de Josie se posa sur sa robe de mariée accrochée dans un coin. Elle aurait dû se marier, pensa-t-elle faiblement. Elle aurait dû laisser Mettner et Gretchen s'occuper de l'affaire, aller se planter devant l'autel et regarder Lisette rayonner de bonheur au moment de l'échange des vœux. Au lieu de cela, elle s'était plongée dans son propre cauchemar.

Misty plaça une main entre les omoplates de Josie et la poussa doucement vers la salle de bains privée de la docteure Feist.

— Ne regarde pas, lui conseilla-t-elle. Une chose à fois, d'accord ? On commence par te nettoyer.

Les femmes se pressèrent dans la salle de bains. Bien que la pièce soit identique à ses homologues stériles de l'hôpital, la docteure Feist y avait ajouté quelques touches personnelles, notamment un petit banc et une armoire. Misty fit asseoir Josie sur le banc. Shannon et Trinity entreprirent de lui enlever son polo, et Misty la débarrassa précautionneusement du sang de Lisette avec une serviette chaude et humide.

Shannon brandit le polo de Josie.

— Qu'est-ce qu'on fait de ça ?

— Jette, déclara Trinity, maintenant agenouillée devant Josie pour lui ôter ses baskets.

— Non ! s'écria Josie. Non !

Elle ne supportait pas l'idée de perdre le polo qu'elle portait la dernière fois qu'elle avait eu Lisette à ses côtés. Et si c'était la dernière fois qu'elle tenait sa grand-mère dans ses bras ? Misty, Trinity et Shannon la dévisagèrent. Le silence s'étira, emplissant la pièce d'un sentiment de gêne. Finalement, la docteure Feist déclara :

— Il y a des sacs pour les affaires des patients dans la salle d'examen. Je vais en chercher un.

En silence, les femmes frottèrent le sang. Quand elles eurent terminé, il y avait une pile de serviettes blanches tachées de rouge dans le coin de la petite pièce. La docteure Feist prit les vêtements de Josie et les rangea dans un sac, comme promis. La policière se plia à toutes les injonctions jusqu'à ce qu'elle soit propre et qu'elle ait passé l'une des blouses stériles de la docteure Feist. Misty lui brossa les cheveux pendant que Shannon et la légiste nettoyaient ses baskets avec des gants de toilette. Elles ne parlaient que pour réclamer tel ou tel objet ou se donner des instructions. Personne n'exigea quoi que ce soit de Josie, qui en fut soulagée.

Puis elles retournèrent dans l'ascenseur, où les quatre femmes encadrèrent Josie tels des gardes du corps. Noah patientait dans la salle d'attente du service de chirurgie au troisième étage.

— Pas de nouvelles pour l'instant, annonça-t-il.

Josie s'assit sur l'un des canapés, et il prit place à côté d'elle. Elle se recroquevilla aussitôt pour poser la tête sur ses genoux. Elle ne voulait pas qu'on lui parle. Elle ne voulait pas répondre aux questions. Elle ne voulait pas penser. Pourtant, une voix dans sa tête répétait en boucle : *Vous n'auriez pas dû vous trouver là.*

27

Josie se réveilla en sursaut. Dans ses rêves, le coup de feu avait retenti, encore et encore. Lisette tombait. Lisette se relevait. Elle tombait de nouveau. Peu importe le nombre de répétitions, Josie ne parvenait pas à changer l'issue de la scène. Noah lui caressait les cheveux.

— Coucou, lui dit-il.

Josie cligna des yeux et se redressa. Installés tout autour de la pièce, les membres de sa famille somnolaient. Anya Feist n'était plus là. Misty était partie, probablement pour s'occuper de Harris et de Trout, mais Christian, Patrick et Drake avaient ramené Sawyer. Il était le seul à être réveillé, affalé dans son fauteuil, le regard fixe, les yeux vitreux. Elle jeta un coup d'œil à la pendule. Il était 5 heures du matin passées. Huit heures s'étaient écoulées.

— Pas de nouvelles ? demanda-t-elle.

Noah secoua la tête.

Devait-elle le prendre comme un bon ou un mauvais signe ? Lisette était toujours au bloc, ce qui signifiait qu'elle était encore en vie, mais aucune nouvelle dans un sens ou dans l'autre depuis plus de huit heures, ça ne laissait rien présager de bon, si ?

Comme s'il lisait dans ses pensées, Noah déclara :

— Je vais voir si je peux avoir des infos.

Il revint vingt minutes plus tard avec une infirmière. Misty les suivait de près, chargée de gobelets de café fumant et de barres chocolatées du distributeur automatique qu'elle déposa sur l'une des tables. Alors que chacun commençait à se réveiller, à s'étirer et à boire son café, l'infirmière les informa que Lisette tenait toujours le coup. Les médecins avaient retiré la plupart des balles et réparé l'essentiel des dommages, mais ils avaient dû procéder à l'ablation d'une partie de son intestin. Il faudrait encore quelques heures avant qu'elle n'entre en salle de réveil.

Josie s'assit de nouveau sur le canapé, refusant café et nourriture jusqu'à ce que, telle une mère poule, Misty, qui insistait pour qu'elle mange, s'asseye à côté d'elle et la regarde mâcher chaque bouchée. Les gens entraient et sortaient, mais Josie restait sur le canapé, dormant quand elle le pouvait parce que sa réalité était si horrible qu'elle refusait de s'y attarder.

Enfin, quatre heures plus tard, un médecin à l'imposante stature, vêtu d'une blouse bleue et d'un bonnet de chirurgien orné de dauphins, entra dans la pièce.

— Josie Quinn ? lança-t-il.

Elle leva la main.

— C'est moi.

Il s'approcha et lui serra la main.

— D'après ce que j'ai compris, vous êtes la petite-fille de Mme Matson.

Josie acquiesça. Son regard trouva Sawyer de l'autre côté de la pièce et elle le désigna.

— Voici son petit-fils, Sawyer Hayes.

— Très bien. Je suis le docteur Justofin. Votre grand-mère est en salle de réveil, aux soins intensifs. Nous avons dû lui retirer une partie du foie et elle a eu besoin de deux résections intestinales. Ensuite, l'orthopédiste est venu et s'est occupé de son bras. Elle a des broches, maintenant. Mme Matson a eu beaucoup de chance de survivre, mais elle est dans un état critique.

— Est-ce qu'elle est tirée d'affaires ? demanda Noah.

Le docteur Justofin fronça les sourcils.

— Elle est en vie pour l'instant. Si vous me demandez un pronostic à long terme, je ne peux pas vous répondre de façon catégorique. Beaucoup de choses dépendront des deux prochains jours. Elle a plus de quatre-vingts ans et son corps a été soumis à un stress considérable. Le risque d'infection est extrêmement élevé et nous craignons toujours une hémorragie interne. J'ai vu quelques accidents au fusil de chasse dans ma vie. Des personnes plus jeunes et en meilleure santé sont mortes avec des blessures bien moins graves. Je déteste apporter de mauvaises nouvelles, mais je pense que vous devriez vous préparer à ce que les prochains jours soient les derniers de votre grand-mère.

Josie avait la gorge nouée. Elle était tellement déshydratée que sa langue restait collée à son palais.

— Quand est-ce que nous... Quand est-ce que nous pourrons la voir ?

— Dans quelques heures, répondit le docteur Justofin. Vous pouvez descendre au deuxième étage, où se trouve la salle d'attente de l'unité de soins intensifs, et on viendra vous chercher quand ce sera le moment.

Quelqu'un le remercia et Josie le regarda quitter la pièce.

Sawyer se leva. Fixant l'inspectrice d'un regard assassin, il lâcha :

— Elle va mourir. Si on a de la chance, il nous reste quelques jours avec elle. J'espère que cette affaire – quelle que soit la saloperie sur laquelle tu travailles – valait qu'elle perde la vie.

— Hé, intervint Noah, qui se plaça entre Sawyer et Josie. Je sais que tu souffres, mais tu dépasses les bornes, là.

La voix de Sawyer était si calme qu'elle fit à Josie l'effet d'un couteau planté en plein cœur.

— Elle aurait pu ne pas être là. Tu aurais pu te marier comme une personne normale, mais non, la grande Josie Quinn ne pouvait pas rester à l'écart des projecteurs.

Un concert de protestations s'éleva dans la salle. Drake tenta de s'interposer entre Noah et Sawyer, mais il était trop tard. Josie ne vit même pas le poing de son compagnon quitter son flanc avant de s'écraser sur le visage de Sawyer. Misty poussa un cri, puis se plaqua une main sur la bouche.

— Ça suffit, asséna Shannon.

Drake entraîna Sawyer vers la porte tandis que Christian et Patrick retenaient Noah.

Une paume se glissa dans celle de Josie. Trinity se tenait à côté d'elle.

L'une des mains de Sawyer passa par-dessus l'épaule de Drake, pointant un doigt accusateur vers Noah.

— Tu sais que j'ai raison. Elle n'apporte que des problèmes, mec. Tu as de la chance d'avoir échappé au mariage. Elle va probablement causer ta mort, à toi aussi.

Drake poussa Sawyer vers le couloir, tandis que le reste de l'assistance sombrait dans le silence. Haletant, les poings serrés, Noah se tenait derrière Christian et Patrick.

— Espérons qu'il ne porte pas plainte, marmonna Christian. Sans quoi ta carrière est fichue.

— Je m'en fiche, rétorqua Noah.

— Vous devez tous vous calmer, lança Shannon. Respirez un bon coup. Tout le monde a mangé ?

Misty proposa des barres chocolatées à Christian, Patrick et Noah. Ce dernier refusa et alla s'asseoir dans un coin de la pièce. Josie retira sa main de celle de Trinity et se leva.

— J'ai besoin de prendre l'air.

Tout le monde la dévisagea, mais personne ne discuta ni ne fit mine de la suivre, ce qui lui convenait parfaitement.

Elle traversa le service des urgences, franchissant les portes du couloir sans se faire remarquer. Dehors, elle s'en éloigna de quelques mètres, inspira l'air frais et se tourna vers le soleil. *C'est incroyable, la façon dont les choses fonctionnent,* pensa-t-elle. Sa vie entière était en train de se briser en mille morceaux et le soleil continuait à se lever, à briller avec indifférence sur le monde.

— Quinn.

Josie regarda le chef Chitwood qui se dirigeait vers elle. L'effroi s'installa au creux de son ventre. Pour la première fois depuis des heures, les sensations revenaient dans son corps et elle craignit de s'évanouir. Elle aurait dû manger davantage. Elle n'en avait pas envie mais, qu'elle le veuille ou non, son métabolisme l'exigeait.

— Monsieur, dit-elle.

Il fronça ses sourcils broussailleux tout en l'examinant.

— Je ne vais pas vous poser un tas de questions idiotes, dit-il. Je sors tout juste de la salle d'attente des soins intensifs et je vous cherchais. On m'a fait un rapport complet.

— Dans ce cas, vous savez que Noah a frappé Sawyer ?

Chitwood balaya la question du revers de la main et lui tendit un trousseau de clés de voiture. Les siennes.

— Je ne me soucie pas de ça pour l'instant. J'ai ramené votre voiture de *Harper's Peak*. Elle est restée là-bas toute la nuit. J'ai pensé que vous en auriez besoin. Au cas où vous auriez envie d'une pause. Je l'ai garée sur le parking des visiteurs.

Josie s'empara des clés.

— Merci, monsieur.

— Autre chose.

Il fouilla dans la poche de sa veste et en sortit ce qui ressemblait à un ensemble de grosses perles qu'il déposa dans sa main.

— Qu'est-ce que c'est ?

— Un chapelet, répondit-il.

— Je ne suis pas catholique, monsieur, objecta Josie.

— Moi non plus.

Elle considéra le bracelet. Il comportait une médaille sur laquelle figurait une femme vêtue d'un vêtement flottant. Autour d'elle figuraient les mots « Marie qui défait les nœuds ».

Josie était trop fatiguée pour démêler les intentions de Chitwood.

— Je ne comprends pas, monsieur.

Il tendit la main vers elle et enroula ses doigts autour du chapelet.

— Un jour, je vous raconterai comment j'ai obtenu cet objet. Tout ce que vous devez savoir pour l'instant, c'est que même si l'on n'a jamais prié de sa vie, on apprend très vite, lorsque quelqu'un qu'on aime est en train de mourir. Une personne qui croyait profondément au pouvoir de la prière m'a offert ce chapelet, et il m'a été d'un grand réconfort à un moment. Peut-être que ça ne fonctionnera pas sur vous. Je n'en sais rien. Quoi qu'il en soit, si est venue l'heure de Lisette, rien ne la retiendra ici, mais vous ? Vous allez avoir besoin de toute l'aide possible. Gardez-le jusqu'à ce que vous soyez prête à me le rendre, parce que je tiens à le récupérer, Quinn.

— Comment est-ce que je saurai que je suis prête à vous le rendre ? demanda Josie.

Chitwood, qui commençait à s'éloigner, lança par-dessus son épaule :

— Oh, vous le saurez. On se voit aux soins intensifs ?

— Entendu.

Lorsqu'il fut parti, Josie ouvrit la main et fixa le bracelet du regard. Les perles, vertes et polies, étaient chaudes contre sa paume. Ce bijou était très beau. Elle le fourra dans la poche de la blouse prêtée par la docteure Feist. Elle avait prié Dieu d'innombrables fois pendant son enfance, pour qu'il la sauve de tant de situations horribles. Cela n'avait presque jamais marché.

Même Lisette, malgré tous ses efforts, n'avait pas pu sauver Josie du pire. Elle avait appris à ne compter que sur elle-même. Pourtant, elle appréciait le geste de Chitwood. D'après ce qu'elle avait compris, il essayait de la réconforter à sa manière.

Jouant avec ses clés de voiture, elle se promena dans le parking jusqu'à ce qu'elle trouve la sienne. Elle gardait toujours des vêtements de rechange dans un sac à l'arrière. Tout en s'approchant du SUV, elle appuya sur le bouton de déverrouillage des portières, déclenchant un cliquetis familier. Levant les yeux, elle remarqua alors quelque chose à travers la vitre du côté conducteur. Pendant une seconde, elle ne fut pas sûre de ce qu'elle avait cru voir. Puis un petit cri lui échappa. Elle lâcha ses clés.

Là, sur le pare-brise, trônait une poupée en pomme de pin.

28

Une demi-heure plus tard, Josie, Noah, Chitwood et Gretchen s'étaient entassés dans la salle de vidéosurveillance de l'hôpital pour regarder les images en noir et blanc du parking que leur présentait le responsable de la sécurité. La caméra était fixée sur un lampadaire, en hauteur, à plusieurs mètres de l'endroit où Chitwood avait garé le véhicule de Josie. Ils avaient attendu que Hummel arrive pour emporter la poupée comme preuve avant de demander les images de vidéosurveillance. Josie doutait qu'ils obtiennent quoi que ce soit d'utile, de la poupée comme des images, mais Chitwood exigeait que tout soit documenté. Gretchen était arrivée aux soins intensifs lorsque Josie y était retournée pour prévenir Noah et Chitwood. Son pantalon kaki et son polo de la police de Denton étaient froissés et couverts de poussière, ce qui dénotait un manque de soin inhabituel chez Gretchen. Ses mèches brunes et grises hérissées ainsi que les cernes sous ses yeux indiquaient qu'elle n'avait pas dormi depuis au moins vingt-quatre heures. Elle quittait probablement tout juste le commissariat, mais avait fait un détour par l'hôpital pour prendre des nouvelles de Lisette. Josie se sentit soulagée par sa présence, même si elle risquait maintenant de se retrouver avec une autre garde apparemment interminable sur l'affaire Mitchell.

— On y est, déclara le responsable de la sécurité. Voilà le chef qui arrive et se gare.

Ils regardèrent l'écran : la voiture de Josie s'arrêtait, Chitwood en sortait, verrouillait les portières et s'éloignait. Le responsable de la sécurité fit avancer rapidement les images. Environ dix minutes plus tard, une silhouette apparut sur le bord de l'écran, le visage masqué par une capuche trop abaissée pour que l'on puisse distinguer ses traits et les mains enfoncées dans les poches de son sweat-shirt. Josie remarqua qu'il avait un jean et une paire de bottes, ce qui ne correspondait pas à ce que portait Rory la veille, lorsqu'elle l'avait rencontré. Il avait pu rentrer chez lui pour se changer, mais Josie ne se souvenait pas d'avoir aperçu dans la maison des vêtements qui semblaient lui appartenir.

— Le voilà, déclara le responsable de la sécurité.

La silhouette s'arrêta devant la voiture de Josie et la considéra quelques secondes. Peut-être pour déterminer s'il se tenait ou non devant le bon véhicule ? Puis il balaya la zone du regard, sortit rapidement la poupée en pomme de pin de la poche de son sweat-shirt et la déposa sur le pare-brise. Après avoir inspecté une fois de plus les alentours, il sortit du cadre en courant.

— Qu'est-ce que c'est que ce bordel ? s'insurgea Chitwood.

— Pourquoi ce gamin se donne-t-il autant de mal pour venir déposer cette poupée juste là ? s'étonna Noah.

— La poupée signifie qu'il est désolé, intervint Gretchen. C'est ce qu'Emily nous a dit. Rory lui en laisse quand il veut s'excuser.

— Essaie-t-il de dire qu'il est désolé d'avoir tiré sur Mme Matson ? s'enquit leur chef.

— Ce n'est pas une poupée à l'air dément qui va arranger les choses, objecta Noah. Ce gamin doit être placé en détention. Et vite.

— Ce n'est pas Rory, déclara Josie.

Ils se tournèrent tous vers elle.

— Rory n'a que quinze ans. Il ne conduit pas encore. Et même s'il pouvait, où trouverait-il un véhicule ? Il n'a même pas de vélo. Lorelei ne le laissait pas sortir. Il était son grand secret, vous vous souvenez ?

— Si ce n'est pas Rory, dit Gretchen, alors qui est-ce ?

— Paxton Bryan, déduisit Noah. C'est forcément lui. Il a le permis de conduire et peut emprunter les pick-up de son père.

— Que faisait Paxton Bryan dans les bois près de *Harper's Peak* la nuit dernière ? ajouta Chitwood. Comment est-ce qu'il a su où trouver Quinn aujourd'hui ?

— Et s'il la protège, pourquoi Emily a-t-elle laissé des boutons derrière elle ? renchérit Gretchen.

— Emily est allée dans les bois, résuma Josie. Ça, nous le savons. Nous savons aussi que Pax s'y rend souvent à vélo, et qu'il emprunte fréquemment en voiture la route qui va de *Bryan's Farm Fresh Produce Market* jusqu'à *Harper's Peak*. Il a dû voir tous les véhicules de police. Il lui aura suffi de demander à l'une des personnes déployées pour fouiller les bois ce qui se passait. Il est peut-être sorti pour la chercher.

— Ça me semble plausible, convint Chitwood. Mais pourquoi Pax laisse-t-il la poupée en pomme de pin ? Je pensais que c'était le truc de Rory.

Josie se passa les mains sur le visage, dans l'espoir de se débarrasser de son épuisement. Son esprit était embrumé.

— Emily n'a jamais prononcé le nom de Rory. Bon sang. On a traqué la mauvaise personne depuis le début.

— Merde, dit Gretchen. La patronne a raison. Emily a dit « il ». Elle n'a jamais prononcé de nom. On a juste supposé qu'il s'agissait de Rory parce qu'il avait des antécédents de violence.

— Et à cause de son groupe sanguin, précisa Josie.

— On ne connaît pas le groupe sanguin de Pax, reconnut Gretchen. Il pourrait aussi être O+. Et il chausse du 42.

— Emily a présenté Pax comme son ami, intervint Noah. Est-ce qu'elle dirait ça s'il avait tué sa mère et sa sœur ?

— C'est une bonne remarque, admit Josie. Elle savait qu'il fallait se cacher quand Rory devenait violent. Cela faisait partie du plan de sécurité.

— Mais elle n'a pas assisté aux meurtres, objecta Gretchen. On est partis du principe qu'elle s'est cachée quand la situation a dégénéré.

— N'empêche, le plan de sécurité s'appliquait à Rory, insista Josie.

— Peut-être que le jeune Pax était là ce fameux matin, dit Chitwood. Peut-être que les choses se sont envenimées et qu'Emily s'est réfugiée dans sa planque parce que c'est ce qu'elle a été conditionnée à faire.

— Dans ce cas, pourquoi nous a-t-elle caché que Paxton était là ? demanda Gretchen.

— Elle ne nous a même pas dit qu'elle avait un frère, souligna Chitwood. Cependant, elle a parlé de Paxton. Elle en a causé avec l'assistante sociale, non ?

Josie acquiesça.

— Paxton Bryan a un alibi pour l'heure de l'assassinat de Lorelei et Holly, intervint Noah.

— Fourni par son père, nuança Josie. Reed Bryan n'est pas le meilleur père qui soit, mais je crois qu'il mentirait pour protéger son fils. Cela étant dit, il y a quand même quelque chose qui ne colle pas dans cette histoire.

— Autrement dit, il nous manque des pièces du puzzle, conclut Chitwood. On va faire venir Reed Bryan pour l'interroger. Il faut aussi qu'on mette la main sur ces trois gosses, Pax, Rory et Emily, avant que quelqu'un d'autre ne soit blessé. J'envoie tout de suite une patrouille à la ferme de Reed Bryan et au magasin de produits fermiers.

— Si Pax n'est pas là et qu'il se promène dans l'un des pick-up de son père, on lance un avis de recherche sur le véhicule qu'il utilise, quel qu'il soit, ajouta Noah. Il faudra ensuite déterminer comment procéder pour retrouver Rory Mitchell, qui peut ou non être un meurtrier errant dans les bois.

Il se tourna vers Gretchen.

— Que s'est-il passé pendant les recherches ?

— Rien. Ça n'a rien donné. Tout ce qu'on a trouvé, c'est des douilles de fusil de chasse près de l'endroit où Lisette est tombée. Comme vous le savez, nous ne pouvons pas relever d'empreintes sur ces balles une fois qu'elles ont été tirées, donc elles ne nous servent à rien.

— Et les chiens ? insista Noah. Ils n'ont rien flairé ?

Gretchen secoua la tête.

— Une quarantaine de personnes et deux unités cynophiles ont travaillé toute la nuit. Sans succès. On avait des vêtements avec l'odeur d'Emily, et on a trouvé un manteau chez Lorelei dont on pense qu'il appartient à Rory et qu'on a utilisé pour son odeur. Les chiens ont couru sur des kilomètres dans les bois, à deux doigts de tomber d'épuisement. Ils ont perdu les deux odeurs.

— Les chiens ne perdent pas souvent les pistes, déclara Josie. Sauf en cas de conditions météorologiques particulières – ce qui n'était pas le cas – ou si la personne monte dans un véhicule.

— Dans quel véhicule seraient-ils montés ?

— Pour autant qu'on le sache, Paxton est la seule personne dans ce scénario à avoir accès à un véhicule, indiqua Josie.

— Une autre raison pour nous d'alpaguer ce gosse au plus vite, asséna Chitwood.

— Est-ce que quelqu'un a découvert si Celeste avait menti ou non sur l'heure de la disparition d'Emily ? demanda Josie.

— J'ai interrogé l'employé avec qui Lisette a parlé, répondit Noah. Il a appelé Celeste deux heures avant qu'Adam ne nous téléphone. Je l'ai interrogée à ce sujet, mais elle s'est bornée à déclarer qu'elle avait perdu la notion du temps.

— Des conneries, marmonna Josie.

— Les chiens ont détecté les odeurs de Rory et d'Emily à *Harper's Peak*, lança Gretchen.

— On sait pourquoi Emily s'y trouvait, lâcha Chitwood. Mais pourquoi Rory serait-il allé si loin dans la montagne ? Il n'avait aucun moyen de savoir que c'était là qu'était sa sœur.

— Pax non plus, ajouta Josie. Personne ne lui a dit à qui on confiait temporairement Emily. Même s'il était venu livrer quelque chose pour son père, Emily était installée dans la résidence privée. Il n'a pas pu la voir.

— À moins qu'il n'ait surpris une conversation entre les membres du personnel, suggéra Gretchen.

— Très bien, décréta Chitwood. Nous avons le scénario suivant : la fillette se trouvait hier dans la résidence privée de *Harper's Peak*. Rory Mitchell errait dans les bois. Nous le savons, puisqu'il a tabassé Quinn et qu'elle l'a poursuivi. Pax était au poste de police où il faisait une déposition pendant une partie de la journée d'hier, puis Mettner l'a ramené à *Bryan's Farm Fresh Produce Market*. Peu après, Emily est sortie de la résidence et s'est enfoncée dans les bois. Lisette l'a vue. Apparemment seule. Lorsque Lisette a voulu montrer à Quinn l'endroit où la petite avait pénétré dans la forêt, quelqu'un leur a tiré dessus. Des volontaires ont sillonné la montagne, depuis la maison des Mitchell jusqu'à *Harper's Peak*, à la recherche de Rory et d'Emily, sans rien trouver. La seule chose qu'on sait ensuite, c'est que Pax a débarqué ici et a laissé la poupée en pomme de pin sur la voiture de Quinn.

— Oui, admit Gretchen. On en est là.

Le téléphone de Josie vibra dans la poche de sa blouse stérile. Elle l'en sortit et découvrit un message de Trinity.

— On peut aller voir ma grand-mère.

29

Lisette dormait encore. Elle avait l'air minuscule et frêle dans son lit d'hôpital, éclipsée par tout l'équipement auquel elle était reliée. Pour la première fois, Josie se rendit compte que sa grand-mère était vieille. Malgré ses soixante-dix puis quatre-vingts ans, en dépit d'un déambulateur et d'une terrible arthrite, Lisette lui avait toujours semblé pleine de vigueur et de vitalité. Dans son esprit, elle n'avait jamais vieilli. Elle était toujours la femme qui l'avait initiée au patin à roulettes et emmenée à la plage pour la première fois. Débordante d'énergie. Une étincelle malicieuse dans les yeux. Josie aurait bien aimé qu'elle soulève les paupières, mais le personnel médical les avait avertis qu'il s'écoulerait des heures avant qu'elle ne se réveille.

Son bras droit, qui disparaissait sous un plâtre épais, reposait sur un oreiller. Au moins quelqu'un avait-il pris le temps de la nettoyer. Il n'y avait plus de sang, même si, parce que la blouse d'hôpital avait un peu glissé, Josie distinguait encore quelques plaies qui commençaient à se couvrir de croûtes sur son bras valide et sa poitrine, là où le docteur Nashat avait retiré la chevrotine. L'infirmière de l'unité de soins intensifs ne les laissait entrer que deux par deux, et seulement pour dix minutes. Noah se tenait derrière Josie qui gardait les yeux fixés sur sa grand-mère, incapable d'interrompre le flot de ses larmes qui ruisselaient sur ses joues. Josie avait appris à contrôler ses émotions mais, en regardant sa grand-mère – certainement la femme la plus formidable qu'elle ait jamais connue –, elle avait l'impression que son cœur se brisait en mille morceaux. Elle n'arriverait jamais à les recoller.

Elle tendit la main par-dessus un enchevêtrement de fils et de tubes pour trouver la main gauche de Lisette, qu'elle serra, puis se pencha pour lui chuchoter à l'oreille.

— Mamie, je suis là. Tout va bien se passer. Je veux juste que tu restes avec moi.

Lisette continuait à dormir. Les mouvements réguliers de sa poitrine n'apportaient que peu de réconfort à Josie. Comme le chirurgien l'avait précisé, c'étaient ses organes digestifs qui avaient été ravagés par le coup de feu. La question cruciale était de savoir si son corps guérirait complètement ou s'il serait victime d'infections et autres complications. Posté derrière elle, Noah enlaça Josie pour la soutenir et posa sa tête sur la sienne. La policière tint la main de sa grand-mère jusqu'à ce que l'infirmière vienne leur demander de sortir. Devant la chambre, Sawyer attendait son tour. Il leur lança un regard noir. Josie remarqua de légères ecchymoses sous son œil gauche, là où le poing de Noah l'avait atteint. Elle sentit son rythme cardiaque s'accélérer. Même si Lisette n'était pas réveillée, elle ne voudrait pas d'une scène juste devant sa chambre. Heureusement, ni Sawyer ni Noah n'ouvrirent la bouche, et Sawyer disparut dans la chambre.

La journée se passa dans l'attente. Toutes les heures, le personnel infirmier laissait entrer Josie, qui passait dix minutes avec sa grand-mère. Le reste du temps, elle patientait dans la salle des visiteurs de l'unité de soins intensifs. Noah avait rapporté les vêtements de rechange qu'elle gardait dans le coffre de sa voiture pour qu'elle puisse se changer. Les autres membres de sa famille, ses amis et ses collègues firent des allers-retours toute la journée, essayant de la nourrir, de l'hydrater et de la faire parler. Josie n'avait rien à dire, sauf à répéter qu'elles n'auraient pas dû se trouver là. Elle n'aurait pas dû laisser Lisette s'approcher des bois. Mais elle tint sa langue, car elle savait qu'ils auraient un millier de justifications pour la dédouaner.

Josie ne croyait à aucune.

Enfin, vers 15 heures, Lisette se réveilla. Comme c'était au tour de Sawyer d'entrer dans la chambre, il y alla en premier. Josie espérait qu'il ne dirait rien qui puisse contrarier leur grand-mère. Elle n'avait aucune idée de son état de lucidité ni de ce dont elle se souvenait. Lorsqu'il ressortit, le visage baigné de larmes, elle entra avec Noah. Lisette leva sa main valide et Josie se précipita à son chevet pour s'en saisir et fouiller son regard.

— Ce n'est pas ta faute, Josie, lâcha sa grand-mère.

— Je suis désolée, mamie, couina-t-elle.

— Non, ce n'est pas ta faute. Garde bien ça en tête.

L'espace d'un instant, le visage de Lisette pâlit et une grimace de douleur s'y dessina, accusant chacun de ses traits.

— C'est bon, mamie. On n'a pas besoin d'en parler. Il faut que tu te reposes.

Lisette resserra sa prise sur la main de Josie.

— Je n'ai pas vu son visage, dit-elle. Je n'ai vu que le canon de l'arme.

— Je sais. Ce n'est pas grave. On va le retrouver. Des dizaines de personnes sont en train de le chercher en ce moment. Mettner et Gretchen s'en occupent. Ne t'inquiète pas pour ça.

Lisette lui adressa un petit signe de tête. Constatant qu'elle avait du mal à parler, Josie n'insista pas. Elle était simplement heureuse de voir sa grand-mère les yeux ouverts, de sentir sa main chaude. Le regard de Lisette s'éloigna de Josie et Noah pour se poser sur le pied du lit, puis revint vers sa petite-fille.

— Je ne vais pas m'en sortir, ma chérie.

De nouvelles larmes coulèrent sur le visage de Josie, incapable de retenir le sanglot qui jaillit du plus profond d'elle-même.

— Quoi ? Non, mamie ! Ne dis pas ça. Tu vas survivre. Le pire est passé, l'opération...

Lisette exerça une petite pression sur sa main et Josie se tut.

— Deux choses : je ne veux pas que Sawyer et toi vous disputiez. Il t'en voudra, mais c'est à lui de porter ce fardeau, pas à toi. Ce n'était pas ta faute.

Elle fit une pause, le souffle plus court, ce qui l'obligea à tenter de le reprendre. Josie attendit.

— Deuxièmement, je veux que vous vous mariiez, tous les deux.

— On le fera, promit Josie.

— Absolument, renchérit Noah.

Lisette secoua la tête, brièvement.

— Non. Maintenant. Je veux que vous vous mariiez maintenant. Je veux avoir le temps d'y assister. Ça me ferait très mal de partir sans avoir été témoin de votre mariage. Josie, cet homme est le meilleur qui soit.

Josie ne put s'empêcher de rire.

— Je sais, mamie.

— Si tu ne le fais pas tout de suite, avant que je meure, tu ne le feras jamais.

— Ce n'est pas vrai, protesta Josie.

La main de Lisette exerça une nouvelle pression sur la sienne.

— Si.

Noah s'approcha et toucha l'épaule de Lisette.

— Nous nous marierons, Lisette. Je vous le promets.

— Je veux vous voir... dit-elle, les paupières battantes.

Ils attendirent qu'elle termine sa phrase, mais les yeux de la vieille dame se fermèrent et Josie sentit sa prise se relâcher. L'espace d'une seconde, elle redouta que ce soit la fin et son cœur s'emballa. Puis elle regarda l'écran qui affichait les constantes de sa grand-mère et se rassura devant la régularité des chiffres.

Peu de temps après, ils furent reconduits hors de la pièce. En approchant de la salle d'attente, Josie jeta un coup d'œil à travers la vitre et comprit que tout le monde voulait des nouvelles de Lisette : Trinity, Drake, Shannon, Christian, Misty, Chitwood et même Anya Feist. Elle s'arrêta net, pas encore prête à affronter qui que ce soit. Essuyant ses larmes, elle leva les yeux vers Noah.

— Je dois aller aux toilettes. Je reviens tout de suite.

Elle le laissa partir en éclaireur et trouva les toilettes les plus proches. S'étant aspergé le visage d'eau froide, elle prit quelques profondes inspirations. Une fois calmée, elle retourna dans le couloir et heurta Mettner de plein fouet. Celui-ci la rattrapa par le haut des bras avant qu'elle n'atterrisse sur les fesses.

Dès qu'elle eut retrouvé son équilibre, il baissa sur elle des yeux marron emplis d'une préoccupation sincère.

— Patronne, dit-il, je suis désolé. Je ne voulais pas te percuter. Mais je te cherchais. Je suis vraiment désolé pour ta grand-mère. Le chef dit qu'elle s'accroche toujours.

— Oui, confirma Josie. Pour l'instant. Merci.

— Je suis venu te dire ça, mais j'ai aussi pensé que Noah et toi voudriez être mis au courant : on a trouvé Reed Bryan dans sa ferme. Dans la grange. Quelqu'un l'a tabassé à mort.

30

Josie, Noah, Mettner et Chitwood se regroupèrent dans un coin du couloir, hors de portée de voix de la salle d'attente. À part eux, seule la docteure Feist était au courant de ce qu'ils venaient d'apprendre. Mettner tenait son téléphone d'une main et faisait défiler ses notes de l'autre tout en parlant.

— L'équipe de recherche continue à ratisser la montagne entre la maison des Mitchell et *Harper's Peak*. Nous n'avions aucune raison de garder les chiens plus longtemps, mais nous avons des agents qui fouillent les bois. Cela étant dit, je pense que si on avait dû trouver quoi que ce soit, ce serait déjà fait à l'heure qu'il est.

— Parlez-nous de Reed Bryan, le coupa Chitwood.

Mettner continua à lire ce qu'il avait écrit.

— Je reviens tout juste de la scène de crime. Hummel et son équipe sont en train de l'analyser. Une patrouille s'est rendue chez Reed Bryan tout à l'heure. Ils ont frappé à la porte. Pas de réponse, mais il y avait un pick-up garé sur les lieux. Ils ont vérifié les plaques. C'est son véhicule personnel. Donc les agents ont jeté un coup d'œil alentour, n'ont vu personne. La porte de la grange étant entrouverte, l'un d'eux est entré et a trouvé le cadavre de Reed sur le sol, avec de graves blessures à la tête. On dirait que quelqu'un s'est complètement déchaîné sur lui, et la plupart des coups ont été portés à l'arrière du crâne. Du moins, d'après ce que j'ai pu voir. Vu le grand gaillard que c'était, celui qui a fait le coup a dû l'attaquer par-derrière pour le mettre à terre et l'a frappé jusqu'à ce qu'il meure. La docteure Feist va l'examiner mais, toujours d'après ce que j'ai vu, il n'avait aucune chance.

— Une idée de l'arme que le tueur a utilisée ? demanda Noah.

— Il y avait une pelle à proximité, tachée de son sang et avec quelques cheveux accrochés dessus, il semble donc que le tueur ait abandonné l'arme derrière lui.

— Pax ? demanda Josie.

— Pas sur place. La maison a été fouillée, ainsi que le reste de la propriété. Aucun signe de lui.

— Et les pick-up ? s'enquit Noah. Il a deux pick-up pour son commerce de fruits et légumes.

Mettner acquiesça.

— On en a trouvé un. En fait, plusieurs personnes ont signalé l'avoir vu ici ou là dans la ville. À environ deux kilomètres de *Bryan's Farm Fresh Produce Market*, il a embouti un porche. Il a traversé une pelouse et s'est encastré dans la maison.

— Quelqu'un a été blessé ? demanda Josie.

— Heureusement, non. Les propriétaires ont signalé avoir vu un adolescent descendre du siège conducteur en titubant et s'enfuir en courant. Ils ont appelé la police, mais on n'avait pas beaucoup d'agents disponibles, avec tous ceux qui sont actuellement en train de fouiller la montagne, et, le temps que la patrouille arrive, l'ado s'était carapaté depuis longtemps.

— On a sa description ? demanda Chitwood.

Mettner reprit ses notes.

— Homme de type caucasien, entre un mètre quatre-vingts

et un mètre quatre-vingt-cinq, jean large et sweat-shirt bleu à capuche. C'est tout ce que j'ai.

— Donc impossible de déterminer si c'était Rory ou Pax, résuma Josie.

— Je parierais sur Rory, déclara Noah. Vu la conduite erratique. Il n'a que quinze ans. Peut-être que Lorelei lui a appris des rudiments de conduite mais, en théorie, il n'a pas vraiment une bonne maîtrise de l'engin.

— Ça peut aussi être Pax, contra Chitwood. Il est peut-être blessé. Quinn, vous avez dit que la relation entre son père et lui était tendue. Serait-il possible que Reed se soit mis en colère contre lui, l'ait frappé et que Pax se soit défendu ?

— Je suppose, concéda Josie, tout en réfléchissant à la méthode de mise à mort.

Tête et cou. Attaque éclair. Par-derrière. Quand la personne ne regardait pas et ne s'y attendait pas. Un peu comme le patient qui avait failli tuer Lorelei près de vingt ans plus tôt. Un peu aussi comme Rory avait attaqué Josie dans le couloir de sa maison. Elle repensa aux autopsies de Lorelei et de Holly. Lorelei avait été blessée à la tête avant d'être abattue. Holly semblait avoir subi différents traumatismes à la tête au fil des années, dont ils savaient maintenant que Rory était l'auteur, du moins d'après les dires du docteur Buckley.

— Tu as des photos ? demanda Josie. De la scène de crime ?

— Hummel en a pris, répondit Mettner.

— Mais tu fais toujours un croquis, insista Josie. Sur ton ordinateur. Je sais que tu prends tes propres photos avec ton téléphone pour t'y référer au cas où l'équipe d'identification criminelle mettrait trop de temps à télécharger le fichier.

Mettner fit glisser plusieurs fois son doigt sur l'écran de son téléphone et le tourna vers Josie. C'était exactement comme il l'avait décrit. Au centre de la grange, sur le sol de terre battue, Reed Bryan gisait face contre terre dans une mare de sang. L'arrière de sa tête n'était plus qu'un amas de chair, où l'on distinguait ce qui lui restait de cheveux blancs, noircis par le sang figé. Ses bras étaient tendus, comme s'il avait essayé de ramper pour échapper à son agresseur. La pelle était abandonnée à côté de lui.

— Je ne suis pas sûr de savoir ce que tu cherches, déclara Mettner.

Josie examina le reste de la photo, utilisant pouce et index pour zoomer et dézoomer sur les autres parties de la grange.

— Je pense que c'est Rory Mitchell qui a fait ça.

— En vous appuyant sur quoi ? s'enquit Chitwood.

Josie expliqua ce qu'elle avait déduit de la méthode d'attaque.

— C'est mince, comme lien, lui fit remarquer Mettner.

— Peut-être, convint Josie.

— Qu'est-ce que Rory Mitchell serait venu faire à la ferme de Reed Bryan ? objecta Chitwood. Maintenant, vous sous-entendez que Pax aurait récupéré Rory et Emily et les aurait ramenés chez lui ? Puis que Rory aurait tué le père de Pax ?

Une petite zone floue dans un coin de la photo attira l'attention de Josie. Elle l'agrandit au maximum.

— C'est la seule photo que tu as, Mett ? demanda-t-elle.

— Fais défiler vers la gauche, répliqua-t-il, l'air impatient.

Elle trouva une meilleure photo et zooma sur la même zone, où elle découvrit exactement ce à quoi elle s'était attendue. Elle tourna le téléphone pour que les autres puissent voir.

— Oui. Pax était avec Rory et Emily. Vous voyez ça ?

Chitwood sortit des lunettes de lecture de la poche de sa chemise et les chaussa. Plissant les yeux, il approcha son visage à quelques centimètres de l'écran.

— Qu'est-ce que c'est que ça ? Des boutons ?

— Les boutons gris des canapés du salon de Celeste Harper et Adam Long, oui. Emily est passée par là. Peut-être qu'elle a laissé ce petit tas exprès ou qu'ils sont tombés de ses poches, en tout cas elle s'est trouvée dans la grange. Il faut faire revenir les chiens. On a besoin d'eux près de *Harper's Peak*, au cas où Rory se serait rendu là, et aussi près de la ferme de Reed Bryan, si jamais Emily se trouve toujours dans la zone. Les gens ont vu un adolescent, qui pourrait être Rory, sortir du pick-up accidenté et reprendre la direction de *Harper's Peak*, mais aucune trace de la petite, donc elle pourrait toujours déambuler dans les environs de la ferme dans le Sud de Denton.

Mettner reprit son téléphone et regarda la photo.

— Je ne pense pas qu'on puisse faire revenir les chiens. La brigade canine a reçu d'autres appels, ailleurs dans le comté.

— Essayez toujours, répliqua Chitwood. Quinn a raison. Nous devons couvrir la zone autour de *Harper's Peak* et de la ferme de Reed Bryan. Déplacez une partie des volontaires : qu'ils quittent la montagne pour se réorienter vers la ferme.

— La question de Paxton demeure, fit remarquer Noah. Si c'est Rory qui a percuté une maison avec le pick-up et qui s'est ensuite enfui dans la montagne, cela signifie que Pax pourrait toujours être au volant de l'autre pick-up. On a des pistes concernant ce véhicule ?

— On est toujours à sa recherche, répondit Mettner. On a lancé un avis, la police municipale et la police d'État sont donc dans le coup.

— Est-ce que quelqu'un est allé à *Bryan's Farm Fresh Produce Market* ? demanda Josie.

— Tu plaisantes, n'est-ce pas ? fit Mettner en haussant un sourcil.

— Le monde de Paxton Bryan est étriqué, Mett. Chez lui, le magasin, la maison de Lorelei Mitchell. C'est tout. Voilà tout ce qu'il connaît.

— Il parcourt la ville avec son père pour livrer des produits, nuança Chitwood. Son monde n'est pas aussi étriqué que vous le dites.

— Mais il est en cavale, insista Josie. Réfléchissez. Depuis quarante-huit heures, tous ceux à qui il tient ont été tués ou sont portés disparus. Il n'a sans doute pas les idées claires. Même s'il a quelque chose à voir avec ces meurtres, c'est une période stressante pour lui. Il va se réfugier dans un endroit qu'il juge réconfortant. Mett, tu as dit que tu avais des hommes qui fouillaient les bois entre la maison des Mitchell et *Harper's Peak*. Ça fait une sacrée zone à couvrir. À quand remonte la dernière fois où quelqu'un a fouillé les bâtiments de la propriété de Lorelei ?

Il la dévisagea, apparemment sur le point de la contredire. Il contestait souvent ses opinions. Cela agaçait terriblement Noah, mais Josie appréciait qu'il le fasse. Cela signifiait qu'il pensait de manière critique, et elle avait aussi besoin d'être stimulée pour rester alerte.

— Crache le morceau, Mett, lança-t-elle.

— Je ne pense pas que Pax ferait ça. C'est... stupide.

— Mett, intervint Noah.

Josie leva la main pour le faire taire.

— C'est stupide, mais ce qui serait également stupide, ce serait de ne pas vérifier aux endroits les plus évidents. Combien de temps faudra-t-il pour que quelqu'un passe à *Bryan's Farm Fresh Produce Market* et dans la maison des Mitchell ? On a déjà des unités là-bas.

Mettner regarda Chitwood, qui haussa les épaules.

— On doit trouver ce gamin, Mett. Aujourd'hui. Maintenant. Faites ce que vous avez à faire.

Il soupira.

— OK. J'enverrai des unités. Et Emily ? Une idée de l'endroit où elle pourrait se trouver ?

— Elle est peut-être avec Pax, supposa Josie.

Elle ne formula pas tout haut ce qu'ils pensaient tous, à savoir que si personne ne l'avait encore trouvée, c'était potentiellement qu'elle était morte.

31

Deux heures plus tard, ce fut une Gretchen épuisée qui entra dans la salle d'attente de l'unité de soins intensifs. Les autres avaient fait des allers-retours au cours de la journée pour manger, dormir, se doucher et se changer. Seuls Josie et Noah étaient restés. Josie savait que Sawyer se trouvait dans les parages, car elle l'avait vu pénétrer dans la chambre de Lisette pendant les minutes qui lui étaient imparties.

Il ne restait plus que Trinity et Shannon avec Josie et Noah. Toutes deux dormaient sur des canapés séparés. Gretchen s'approcha d'un pas silencieux.

— Comment va Lisette ? demanda-t-elle.

— Ils ont dû drainer un peu de liquide d'une des blessures à son abdomen mais, à part ça, elle tient le coup, répondit Josie. Elle ne s'est pas beaucoup réveillée. On peut passer dix minutes avec elle toutes les heures environ, c'est tout.

— Tu as du nouveau ? s'enquit Noah.

Gretchen sortit des lunettes de lecture de sa poche, puis son bloc-notes dont elle tourna quelques pages avant de regarder la porte.

— Le chef devrait arriver sous peu. Je viens de le voir au distributeur automatique.

Ils attendirent quelques minutes, et Chitwood entra, l'air détendu, un sachet de chips et un Coca à la main. Il se planta à côté de Gretchen, comme si c'était lui qui l'avait attendue, et déclara :

— Nous vous écoutons.

Gretchen lui décocha un regard plein d'animosité, puis se tourna vers Josie.

— Mett m'a chargée de te dire que tu avais raison.

— Vraiment ? dit Noah avec un léger sourire.

— Pas toi, répliqua Gretchen. La patronne.

— J'avais compris, railla Noah. Vous avez trouvé Pax ?

Gretchen acquiesça.

— Le deuxième pick-up était garé derrière le magasin de produits fermiers. Il avait utilisé plusieurs palettes, des cageots vides et des mannes pour le dissimuler, mais pas assez bien.

— Emily était avec lui ? voulut savoir Josie.

— Non.

— Et où était-il, alors ? Dans le pick-up ?

— Non. Il était dans la serre de la propriété des Mitchell. Recroquevillé sous l'une des tables. Il ne s'est pas débattu quand la patrouille l'a appréhendé.

Chitwood coinça la canette de Coca sous son bras et ouvrit son paquet de chips, dont le plastique se froissa. Il en fourra quelques-unes dans sa bouche.

— Ma question va te paraître bizarre, reprit Josie, mais est-ce qu'on a trouvé des boutons ? Dans le pick-up ou dans la serre ?

Gretchen haussa un sourcil.

— Des boutons gris, comme ceux qui se trouvaient sur la scène de crime de Reed Bryan ? Non. Mett a dit à tout le monde d'ouvrir l'œil par rapport à ces boutons, après votre discussion de tout à l'heure.

— Pax a-t-il parlé ? demanda Noah.

— Non. On lui a lu ses droits. Il n'a pas demandé d'avocat. Le seul souhait qu'il a formulé, c'est de parler à Josie.

Le regard de l'intéressée remonta vers le visage de Gretchen.

— Quoi ?

— Il veut te parler à toi et seulement à toi.

Les doigts de Chitwood se figèrent à mi-chemin entre son paquet de chips et sa bouche.

— Pas possible, déclara Noah.

Comme toujours, Josie ressentait l'appel de la tâche à accomplir. Elle voulait avoir un but clair, agir. Pourtant, son cœur était dans l'autre pièce, avec Lisette. Elle n'avait aucune envie de s'éloigner. Et si l'état de sa grand-mère empirait, ou si elle mourait pendant que Josie n'était pas là ? D'un autre côté, cela faisait des heures qu'il n'y avait pas eu de changement notable. Lorsque le médecin était venu leur annoncer qu'ils allaient drainer le liquide accumulé dans son abdomen, il avait dit que la nuit serait très longue pour Lisette. Une fois l'intervention terminée, personne ne serait autorisé à la voir pendant deux heures au moins. Dans ce cas, pourquoi ne pas en profiter pour aller parler à Pax ? Le poste de police n'était qu'à quelques minutes en voiture.

— Et si Pax savait où se trouve Emily ? s'entendit-elle objecter.

Chitwood laissa retomber ses chips dans le sachet qu'il referma et rangea dans la poche de sa veste de costume. Josie s'attendait à ce qu'il sorte quelque chose comme : « Quinn, vous n'êtes pas en service, là ! » ou « Hors de question », mais il resta silencieux.

Noah se tourna vers elle.

— Tu n'es pas obligée de toujours t'occuper de tout personnellement.

— En l'occurrence, si, répliqua Josie. Si on savait où se

trouve Emily, je ne l'envisagerais même pas. Mais il y a peut-être une chance que Pax nous mène à elle... Je ne pourrai pas voir mamie avant deux heures de toute façon. Je serai de retour bien avant.

— Josie... fit Noah.

— Une petite fille effrayée vient de perdre toute sa famille et a probablement été témoin du meurtre de son père... même si elle ignore que Reed était son père. Ce que je veux dire, c'est que son univers a été anéanti. Elle est profondément traumatisée, et on n'a aucune idée de l'endroit où elle se trouve en ce moment. Elle n'a personne, Noah. Personne. Même moi, j'avais ma...

Josie s'interrompit, éprouvant soudain des difficultés à faire entrer de l'air dans ses poumons. Elle détourna le regard, le temps de se concentrer sur sa respiration pour tenter de garder son calme. Elle sentit la main de Noah se glisser dans la sienne.

— Ta grand-mère, acheva-t-il pour elle. Je comprends.

— Je n'aurais jamais autorisé ça si la vie d'une fillette n'avait pas été en jeu, intervint Chitwood. Mais je peux rester ici pendant que vous allez causer avec Paxton Bryan. En revanche, il faut que vous ayez les idées claires. Il est tout à fait possible que ce soit ce gamin qui se promenait dans les bois en tirant sur les gens. Si vous allez lui parler, vous devez vous focaliser sur Emily, pas sur votre grand-mère. C'est compris ? Si Paxton doit un jour être jugé pour ce qu'il a commis, il ne faut pas que ses éventuels aveux soient déclarés nuls parce que recueillis par vous, dans l'état actuel des choses.

Josie le regarda et hocha la tête.

Chitwood leva alors le menton vers Gretchen.

— Palmer, occupez-vous de ça. Conduisez Quinn au poste de police. Ramenez-la dès que possible. S'il se passe quoi que ce soit ici, s'il y a ne serait-ce qu'un infime changement dans l'état de Mme Matson, je vous appellerai dans la seconde. Et maintenant, foncez.

32

Ni Josie ni Gretchen ne parlèrent pendant le trajet jusqu'au poste de police. À la vue du grand bâtiment, Josie sentit se relâcher la tension qui montait en elle. C'était l'endroit où le monde avait un sens. L'endroit où elle savait quoi faire et quoi dire. Où elle avait un but. Son esprit y avait toujours des énigmes à résoudre. Toujours des distractions pour tout ce sur quoi son cœur refusait de s'appesantir. Aujourd'hui, plus que jamais, elle avait besoin de cette sensation, ne serait-ce que pour une heure.

Josie attendit à son bureau pendant que Gretchen faisait passer Pax des cellules de détention du sous-sol à l'une des salles d'interrogatoire du premier étage. Une fois qu'il fut installé, Josie attendit dans la pièce adjacente, où des écrans permettaient de contrôler ce qui se passait à côté, pendant que Gretchen apportait de l'eau et des biscuits secs au détenu, qu'il regarda sans les toucher. Elle lui relut ses droits et attendit qu'il demande un avocat. Mais il se contenta de : « Je veux parler à Josie Quinn. »

Gretchen le laissa à la table de la petite pièce et rejoignit l'intéressée dans le couloir.

— Il est tout à toi.

Tandis que Gretchen disparaissait dans la salle de vidéosurveillance pour suivre l'entretien, Josie se planta devant la porte, le temps de rassembler ses esprits. Emily. Elle devait retrouver Emily. S'il y avait une seule chose positive à tirer de cette horrible situation, ce serait de remettre la main sur la petite saine et sauve. Prenant une profonde inspiration, elle franchit la porte. Pax, qui s'était recroquevillé, les coudes appuyés sur la table, se redressa, les yeux écarquillés. Josie sentit qu'il se détendait. Il y avait une chaise en face de lui, que la policière traîna jusqu'à son côté de la table avant de s'y asseoir, le plus près possible de lui.

Voyant qu'il se tournait légèrement vers elle, Josie approcha son visage de celui de Pax et dit :

— Où est Emily ?

La lèvre inférieure du jeune homme frémit.

— Je ne sais pas.

— Pax, quelqu'un que j'aime est en train de mourir à l'hôpital, à un kilomètre d'ici. Rien ne m'obligeait à venir. Même si tu as demandé à me voir, je pouvais très bien rester où j'étais. Je suis ici parce que je veux retrouver ta sœur. Où est-elle ?

— Je sais pas, répondit-il d'une voix à peine audible. Je vous jure que je sais pas.

— Alors pourquoi est-ce que tu m'as fait venir ici, Pax ?

Une larme roula sur la joue de l'adolescent, qui ne prit pas la peine de l'essuyer. Il haussa son épaule gauche. C'était un tic, comprit Josie.

— Rory a tué mon père.

Josie se cala contre le dossier de sa chaise.

— Je suis désolée de l'apprendre, Pax. Tu peux m'en dire plus ?

— On était dans la grange. Rory, Emily, moi...

— Comment Rory et Emily se sont-ils retrouvés dans ta grange ?

— C'est moi qui les ai amenés là.

— La moitié du comté les cherche depuis deux jours, Pax. Comment tu t'y es pris pour les trouver ?

Il haussa l'épaule deux fois de suite.

— Quand l'agent m'a ramené l'autre jour, après que je suis venu ici, mon père était occupé, alors j'ai pris mon vélo et je suis retourné dans les bois. Écoutez, je savais que Rory y était, OK ? Je l'avais vu, le jour où vous m'avez trouvé.

— Tu lui as parlé à ce moment-là ?

— Non, il s'est enfui.

— Les bois sont très étendus, lui fit remarquer Josie. Comment est-ce que tu as réussi à le retrouver alors que personne d'autre n'y est arrivé ?

— Quand je venais voir Mlle Lorelei, on partait parfois en exploration, lui et moi. Il disait que ça l'aidait avec sa... créature.

— Tu veux parler de sa colère, précisa Josie.

Pax acquiesça.

— Je me disais que si on était amis, il ne serait peut-être pas obligé de faire autant d'efforts pour empêcher sa créature de sortir. Il y avait des endroits dans les bois où on allait toujours, et qu'on était les seuls à connaître. Des arbres bien particuliers, des petits ravins et des trucs du genre. Alors je l'ai cherché dans ces endroits.

Quelque chose tracassait Josie depuis le jour où on lui avait tiré dessus dans la forêt.

— Pax, pourquoi est-ce que tu cherchais Rory ?

Il détourna le regard, haussa trois fois l'épaule et ses doigts se mirent à pianoter sur la table.

— Pax ?

— Il m'avait promis, chuchota-t-il.

Josie se pencha encore.

— Promis quoi ?

— Qu'il empêcherait la créature de leur faire du mal. Il l'avait promis, et il n'a pas tenu sa promesse. Il a tué Mlle Lorelei et Holly.

— Qu'est-ce que tu t'apprêtais à lui faire quand tu l'aurais trouvé ? demanda Josie.

Il croisa alors son regard et, avec une expression de parfaite innocence, il répondit :

— J'allais lui demander pourquoi.

— C'est tout ?

— Ça ne vous est jamais arrivé que quelqu'un rompe une promesse qu'il vous a faite ? demanda-t-il. Une promesse vraiment importante ?

Elle faillit répondre que la différence entre elle et lui résidait dans le fait qu'elle voudrait tuer quiconque aurait brisé une promesse de l'ampleur de celle que Rory n'avait pas tenue, mais elle était là pour savoir ce qui était arrivé à Emily.

— Donc tu as trouvé Rory.

— Oui. J'étais assez haut sur la montagne, presque plus loin qu'on n'était jamais allés, et je l'ai vu. Il était avec Emily.

— Il était avec Emily, répéta Josie. Il t'a dit où il l'avait trouvée ?

— Il a dit qu'il était allé la chercher. Je sais pas où.

— Il ne te l'a pas indiqué ?

— On n'a pas eu le temps. Je leur ai dit à tous les deux de venir avec moi. Que j'avais pris un des pick-up de mon père et que je les cacherais parce que je savais qu'il avait de gros problèmes et je voulais qu'Emily soit en sécurité. Et à ce moment-là, on a entendu quelque chose dans les bois.

— Qu'est-ce que vous avez entendu ?

— Des bruits de pas, je crois. Comme si quelqu'un s'approchait de nous. Rory a poussé Emily vers moi et m'a dit de l'emmener, d'aller chercher le pick-up, et qu'il nous retrouverait à l'arrière du magasin plus tard. Il m'a forcé à l'emmener.

— Et tu l'as emmenée où ? demanda Josie.

— Je l'ai ramenée au magasin. Pour la cacher. Je l'ai planquée derrière. Quelques heures plus tard, quand je suis sorti, Rory était là. Il était descendu de la montagne. Mon père travaillait toujours dans son bureau. Il s'occupait de sa comptabilité. J'ai pris un des pick-up et on est partis.

— Pax, est-ce que Rory avait une arme sur lui ?

— Non.

— Vous êtes allés où ?

— On a d'abord fait un tour en voiture. Il était vraiment agité. Sa créature le dérangeait beaucoup. Je devais trouver un endroit où arrêter le pick-up pour qu'on puisse parler. Alors j'ai conduit jusqu'à la vieille usine textile. Celle qui est abandonnée.

— Je vois de laquelle tu parles, dit Josie.

— J'ai attendu qu'il arrête de paniquer, mais impossible. J'ai essayé de lui parler et il m'a dit qu'il s'était passé quelque chose de grave. Il avait vu une flic et une vieille dame et il s'était passé quelque chose de grave sans qu'il puisse intervenir, et il était désolé.

Le cœur de Josie tambourinait, mais elle garda son calme.

— Qu'est-ce qu'il a dit d'autre ?

— Que c'était sa faute, sa faute à lui, si la policière et la vieille dame avaient été blessées. Il n'arrêtait pas de pleurer.

Pourtant l'arme n'a pas été retrouvée dans les bois, pensa Josie.

— Mais il n'avait pas d'arme sur lui ? Tu en es bien sûr, Pax ?

— Je ne l'aurais pas laissé garder une arme. Et surtout pas avec Emily. Elle était déjà assez bouleversée comme ça. Elle n'arrêtait pas de demander qui était la policière, et il disait qu'il ne connaissait pas son nom, qu'il faisait nuit. Donc Emily a demandé si elle avait une cicatrice et il a répondu que oui, une grosse cicatrice, sur le côté du visage, et on a compris que c'était vous.

Il la regarda alors, comme s'il demandait l'absolution, seulement Josie ne pouvait pas la lui donner. Elle s'éclaircit la gorge.

— Il a expliqué ce qu'il avait fait ?

— Non. Juste que c'était très grave et que vous étiez probablement toutes les deux à l'hôpital. Emily était dans tous ses états. Elle a dit qu'il devait vous fabriquer une poupée pour vous dire qu'il était désolé. Je ne savais pas de quoi ils parlaient, mais il m'a dit que s'il en faisait une, je pourrais vous l'apporter puisque je savais qui vous étiez. Moi, je l'ai prévenu que, dans ce cas, vous m'obligeriez à le balancer. Alors il a suggéré que je l'apporte à l'hôpital pour la laisser sur votre voiture. Comme j'étais déjà monté dedans, je savais laquelle c'était. Je pensais que Rory disait des conneries, mais c'était important pour Emily qu'il le fasse. Alors j'ai répondu que je ferais tout ce qu'il voulait à condition qu'il m'explique pourquoi il avait rompu sa promesse. Il ne voulait pas qu'Emily l'entende, donc il lui a demandé d'aller dans les bois pour chercher de quoi fabriquer cette poupée dont ils n'arrêtaient pas de parler. Elle l'a fait, mais je lui ai demandé de rester à un endroit où je pouvais la voir.

— Et qu'est-ce qu'il t'a dit, Rory, quand Emily s'est éloignée ? s'enquit Josie.

— Il a dit qu'il n'avait pas rompu sa promesse.

— Comment ça ?

— Il a dit qu'il avait blessé Holly et Mlle Lorelei, mais qu'il ne les avait pas tuées. Il y avait quelqu'un d'autre dans leur maison.

33

Josie jeta un coup d'œil à la caméra de vidéosurveillance. Gretchen était de l'autre côté, écoutant et observant. Elle notait tout ce que disait Pax afin que l'équipe puisse retrouver Rory et l'autre personne qui, selon lui, avait tué sa mère et sa sœur. Josie allait ensuite retourner à l'hôpital, au chevet de Lisette.

— Qui était-ce ? demanda Josie.

Pax écarta les mains.

— Je n'en sais rien. Il a juste répété qu'il ne les avait pas tuées. La créature était sortie, et elle était atroce. Elle a hurlé tous les trucs horribles qu'elle allait leur faire, à toutes les trois, donc Mlle Lorelei et Holly ont eu peur. Elles ont dit à Emily d'aller se cacher, ce qui n'a fait qu'empirer les choses. Alors Mlle Lorelei a appelé quelqu'un sur son téléphone portable.

— Qui ? demanda Josie.

Il haussa les épaules.

— Je ne sais pas. Un homme. Rory n'a pas voulu me dire quoi que ce soit d'autre. Il a juste expliqué que l'homme est arrivé et, quand il a vu que Rory faisait du mal à Mlle Lorelei, il est allé prendre le fusil dans le pick-up et il est revenu pour essayer de les tuer tous.

Josie observa attentivement le visage de Pax, à la recherche du moindre signe qui aurait pu indiquer qu'il mentait. Était-ce une fable concoctée avec Rory ? Même s'il n'était pas impossible qu'une autre personne ait été présente le jour de l'assassinat de Lorelei et de Holly, Josie se serait attendue à plus de détails, le cas échéant.

— Il te l'a décrit, cet homme ? demanda-t-elle.

— Non, mais c'est pas ce que je lui ai demandé. Je voulais surtout savoir s'il le connaissait et il a répondu que oui, mais il n'a pas voulu me donner son nom.

— Pax, serait-il possible que ce soit ton père ?

— Non.

— Tu te souviens, quand tu nous as dit que tu te trouvais avec lui, le matin où Lorelei et Holly ont été tuées ? Tu as dit la vérité ? Ce n'est pas grave si tu as menti, on a juste besoin de le savoir.

— Il était avec moi. C'est la vérité. Ça peut pas être lui.

— Tu te souviens d'avoir vu des hommes chez les Mitchell quand tu leur rendais visite ? insista Josie.

— Non.

— Et Rory et Holly ? Ils t'ont déjà parlé de leur père ? Tu sais s'ils le voyaient, des fois ?

— Ils ne parlaient pas de lui. On aurait dit qu'ils n'avaient jamais eu de père. Quand j'ai commencé à venir chez eux, Rory m'a confié un secret. Pendant que Mlle Lorelei n'écoutait pas. Il a dit qu'il avait eu un père, avant la naissance de Holly. Parfois, il était là, mais pas souvent. Il était méchant, il détestait Rory, et puis quand Holly était bébé, il est parti et n'est jamais revenu. C'est tout ce que je sais.

— Est-ce que Rory a déjà parlé de *Harper's Peak* ? demanda Josie.

Elle obtint deux haussements d'épaule.

— Pax ?

— Il m'a demandé de le dire à personne.

— Tu peux me raconter de quoi il s'agissait ?

— Je vous ai dit que j'ai une tante qui vit en Géorgie, vous vous rappelez ? Eh bien, Rory m'a raconté que sa tante à lui vivait à *Harper's Peak*, qu'elle dirigeait l'endroit.

— Est-ce qu'il t'a précisé s'il l'avait déjà rencontrée ?

Pax secoua la tête.

— Non. Je savais même pas trop si je devais le croire ou s'il disait ça juste parce que je lui avais parlé d'une tante que je ne voyais jamais.

— Est-ce qu'il t'a dit autre chose à son sujet ? Quoi que ce soit ?

Voyant qu'il secouait la tête, Josie passa à autre chose.

— OK, donc vous êtes à l'usine. Rory nie avoir tué Lorelei et Holly. Emily rassemble des matériaux pour fabriquer une poupée. Qu'est-ce que vous avez fait ensuite ? Vous avez passé la nuit où ?

— Dans le pick-up, près de l'usine. On était tous fatigués et on savait pas quoi faire. Le lendemain, on s'est levés et Rory a fabriqué sa poupée. Je pensais pas que ce n'était pas une bonne idée de vous la laisser, mais ils y tenaient.

— Ils étaient avec toi quand tu l'as déposée ?

Il secoua la tête.

— Je les ai emmenés à la ferme pour qu'ils m'attendent dans la grange. J'ai déposé la poupée et je suis revenu directement après. C'est là que mon père a débarqué. Il était furax. J'ai essayé de lui expliquer ce qui se passait, mais il s'en fichait. Je lui ai raconté ce que Rory m'avait dit à propos de l'homme qui avait tué Lorelei et Holly, et il m'a répondu que c'étaient des conneries et qu'il n'hébergerait pas un assassin. Il a menacé d'appeler la police. Alors à ce moment-là, Rory...

Il s'interrompit, tandis que d'autres larmes s'échappaient de ses yeux.

— C'est arrivé très vite. Je n'ai pas pu l'arrêter. Il a été trop rapide.

Josie était bien placée pour connaître la vélocité de Rory. Elle pouvait s'estimer heureuse qu'il n'ait eu que ses poings pour l'attaquer, et pas d'armes.

— Emily criait. J'ai voulu arrêter Rory, malheureusement, il était trop tard. À ce moment-là, mon père était déjà mort. J'ai voulu appeler la police, il a refusé. Et on était en train de se disputer quand Emily s'est enfuie. Alors je me suis lancé à sa poursuite, mais elle m'a semé. Lorsque je suis revenu, Rory avait disparu et un des pick-up aussi.

— Pourquoi est-ce que tu ne t'es pas rendu au poste de police, Pax ? demanda Josie.

Il haussa les épaules.

— Je voulais y aller. J'allais le faire, mais j'étais trop bouleversé. Je ne savais pas comment réagir. J'avais juste besoin d'un peu de temps pour trouver la bonne solution. Je suis désolé de m'être caché. Je sais que c'était mal. Mais maintenant, vous le savez : Rory a tué mon père.

— Où est-il à présent ?

— Je ne sais pas.

— Et Emily ?

— Vous avez pas entendu ce que je viens de dire ? dit Pax. Je sais vraiment pas.

Il avait le souffle court. Josie lui laissa un moment pour réguler sa respiration. Il lui avait dit tout ce qu'il savait. Elle se retrouvait dans une impasse. Mais elle repensa aux boutons.

— Pax, Emily a été temporairement placée chez des gens censés s'occuper d'elle. Pendant qu'elle était chez eux, elle a coupé tous les boutons des canapés avant de raconter à leur propriétaire qu'elle avait peur de s'étrangler avec. Tu sais ce que ça signifie ?

— C'est à cause de la fusion pensée-action, répondit-il. Par rapport à ses TOC. Parfois, les pensées se mélangent tellement dans notre cerveau qu'on peut même pas déterminer si on a juste pensé une chose ou si elle s'est réellement produite. Là, elle a sans doute vu ces boutons et s'est demandé si elle pourrait pas s'étouffer avec. Et ensuite, elle était plus sûre d'en avoir mis un ou pas dans sa bouche.

— Donc elle les a tous coupés ?

— Pour s'en débarrasser, probablement, oui, répondit-il. Mlle Lorelei m'a expliqué tout ça quand j'ai commencé à aller là-bas. J'avais ce genre de pensées, aussi, quand j'étais petit. Une fois, je comptais des pièces de monnaie, et l'idée d'en avaler une m'a traversé l'esprit. Après, j'ai été incapable de déterminer si j'en avais vraiment gobé une ou si j'y avais seulement pensé. Ma mère m'a emmené à l'hôpital. En fait, j'en avais pas mangé, je l'avais seulement imaginé.

— Emily ne s'en serait-elle pas débarrassée d'un seul coup ? demanda Josie.

Il haussa les épaules.

— Je sais pas. Elle a son propre biaiseur, vous savez. Je sais pas ce qu'il lui dit de faire.

34

Gretchen reconduisit Josie à l'hôpital.

— Qu'est-ce que tu penses du gamin ?

Josie secoua la tête et regarda la ville défiler derrière la vitre. Le soleil était bas dans le ciel : d'ici à une heure, la nuit serait tombée.

— Je ne sais pas. La première fois que je l'ai rencontré, j'ai pensé qu'il vivait dans la peur de son père. Ensuite, je l'ai perçu comme une âme sensible, j'ai eu l'impression qu'il voulait nous aider. Puis j'ai cru que c'était lui qui m'avait tiré dessus. Puis que c'était un garçon triste et solitaire vivant avec un père peu enclin à le soutenir correctement. Et maintenant ? Je suis complètement perdue.

— Tu penses qu'il y avait vraiment un autre homme ce jour-là, comme l'a dit Rory ? demanda Gretchen.

— Je n'en ai vraiment aucune idée. On a une série d'empreintes digitales relevées dans la maison qu'on n'a toujours pas pu attribuer à qui que ce soit, ce qui donne du poids à son histoire. Et il y a aussi le fait que personne n'a vu Rory avec l'arme. Mais s'il dit la vérité, pourquoi ne livre-t-il pas plus de détails ?

— Tout ça est très vrai, admit Gretchen. Je vais rédiger une demande de mandat pour faire fouiller tous les locaux de Bryan, afin de voir si l'arme s'y trouve. Ce que je me demande, c'est : quel est le plan de Rory ? Il va juste errer dans les bois pour le restant de ses jours ?

— Il a quinze ans, souligna Josie. Son cerveau n'est pas complètement développé. On sait qu'il ne veut pas se faire prendre. L'isolement dans lequel Lorelei le fait vivre depuis tant d'années n'a pas dû contribuer à atténuer sa peur des gens ou des étrangers.

— C'est vrai. Et puis il y a Emily. Elle n'a pas pu aller bien loin à pied.

— Mett a dit qu'il envoyait des gars patrouiller dans cette direction et qu'il allait essayer de récupérer les chiens.

Josie avait l'impression qu'elle devait continuer à discuter de l'enquête, mais tout ce qu'elle voulait vraiment, c'était retourner auprès de Lisette. Gretchen la déposa devant l'hôpital et repartit travailler.

Josie remarqua quelque chose d'inhabituel dès qu'elle mit le pied dans la salle d'attente de l'unité de soins intensifs. Réunis en demi-cercle, Shannon, Christian, Patrick, Trinity, Drake, Misty, Noah et Chitwood parlaient à voix basse. Pendant un moment, Josie resta figée dans l'embrasure de la porte, craignant le pire. Lisette était décédée pendant l'intervention, et ils essayaient de déterminer comment le lui annoncer. Puis elle aperçut un bouquet de fleurs posé sur l'une des tables, les tiges nouées par un ruban de dentelle blanche.

— Qu'est-ce qui se passe ici ? demanda-t-elle.

— Lisette est toujours avec nous, la rassura Noah. Elle a bien supporté l'intervention et s'est réveillée. Elle te demande. Elle, euh… Elle ne veut pas lâcher l'idée du mariage.

Josie s'approcha des fleurs et toucha le ruban.

— Qu'est-ce que c'est que ça ?

Trinity vint lui prendre la main.

— Écoute-nous, d'accord ? Tu te souviens, Lisette a dit qu'elle voulait te voir mariée avant...

Trinity s'interrompit, prenant conscience de ce qu'elle s'apprêtait à dire.

Shannon vint à son secours.

— Vous pourrez toujours organiser une autre cérémonie, une autre réception ou ce que vous voulez... une autre fois.

Josie balaya la pièce du regard.

— Qu'est-ce que vous ne me dites pas ?

Tous la regardaient fixement. Le cœur de Josie se serra, d'autant que personne ne répondait. Puis une voix se fit entendre derrière elle, depuis la porte. Sawyer.

— Elle a une hémorragie dans l'intestin grêle que les toubibs ont du mal à contrôler. Ils peuvent la ramener en chirurgie, mais son corps a déjà tellement souffert qu'ils ne sont pas sûrs qu'elle puisse le tolérer.

— Elle va mourir, murmura Josie.

Sawyer acquiesça.

Shannon s'approcha de sa fille.

— Je suis vraiment désolée, Josie.

— Combien de temps ?

Encore une fois, tous se turent. La policière se tourna vers Sawyer.

— Combien de temps lui reste-t-il ?

Il secoua la tête, les yeux brillants de larmes.

— Quelques heures ? Peut-être un jour ? Ils vont attendre jusqu'à demain matin. Si elle est toujours avec nous, ils la ramèneront en salle d'opération et essaieront de trouver la source de l'hémorragie. L'écoulement est faible, mais elle ne peut pas continuer à perdre du sang ainsi. Elle n'y survivra pas.

Les genoux de Josie flanchèrent. Trinity et Shannon la rattrapèrent. Noah se précipita vers elle. Tous trois la guidèrent vers une chaise et l'y firent asseoir. Son fiancé s'agenouilla devant elle et s'empara de ses mains.

— On n'est pas obligés de faire ça. On était juste en train d'en discuter.

— J'ai apporté les fleurs, intervint Misty. C'était idiot, mais j'étais vraiment bouleversée. Je tenais à faire quelque chose. C'est la dernière volonté de Lisette. Je voulais être prête, au cas où tu serais d'accord. La docteure Feist a dit que ta robe était en bas, dans son bureau. On pourrait le faire... Oh, et le chef peut officier : il est assermenté, figure-toi.

Josie porta son regard sur Chitwood, qui haussa les épaules.

— Il suffit de suivre des modules en ligne pour obtenir un certificat qui permet de marier des gens. Je l'ai fait pour des amis, il y a quelques années.

Comme Josie continuait à le dévisager, il fronça les sourcils.

— Quoi ? Oui, j'ai des amis.

Josie se retourna vers Sawyer, dont la mâchoire était secouée d'un tic. Comme toujours, ses yeux bleus étaient pénétrants.

— J'ai dit certaines choses, lâcha-t-il. Mais il nous reste peu de temps avec elle, et on devrait lui permettre d'avoir ce qu'elle souhaite.

— Elle veut qu'on fasse la paix, toi et moi, répliqua Josie.

— Certes, mais pas autant qu'elle aspire à te voir mariée. Je ne la comprends pas vraiment, mais peu importe. Je l'ai rencontrée à la fin de sa vie. J'ai eu la chance de la retrouver, de la connaître et d'en apprendre plus sur mon père, mon grand-père, sa famille. Elle aurait pu m'envoyer sur les roses, or elle ne l'a pas fait. Si c'est ce qu'elle veut, Josie, alors donne-le-lui.

Josie se tourna vers Noah, toujours agenouillé devant elle.

— C'est aussi ton mariage, chuchota-t-elle. Ton premier et, je l'espère, ton unique mariage. On avait fait tous ces plans...

Noah sourit.

— Ça sert à rien, les plans, déclara-t-il. Contentons-nous de nous marier.

35

Quelqu'un avait légèrement surélevé le lit de Lisette et pris le temps de peigner ses boucles. À la façon dont ses yeux se plissaient et au léger retroussement de sa lèvre supérieure, Josie devinait qu'elle souffrait beaucoup. Pourtant, elle débordait de joie en regardant Christian s'avancer, tenant Josie par le bras, depuis l'entrée de sa chambre jusqu'au lit, où Noah et Chitwood les attendaient. Drake avait récupéré les bagues. Josie ne savait absolument pas où. Tout ce qui concernait leur mariage avait complètement disparu de son esprit à partir du moment où Holly Mitchell avait été retrouvée devant l'église de *Harper's Peak.*

Misty était retournée à l'hôtel pour rapporter le smoking de Noah. Shannon avait fait de son mieux pour lisser la robe de mariée et nettoyer la terre qui en souillait le bas. La tenue avait tout de même un peu souffert, mais elle ferait l'affaire. Josie devinait qu'en dépit de sa robe et des produits cosmétiques que Misty, Shannon et Trinity avaient vaporisés et appliqués sur sa peau et ses cheveux – réussissant assez bien à dissimuler les bleus laissés par l'attaque de Rory –, elle avait l'air aussi épuisée que Noah. Pourtant, ils souriaient tous les deux, et ni lui ni elle ne pleuraient. Les autres, même Sawyer, formèrent un cercle nerveux autour du lit. Josie savait que le personnel soignant attendait impatiemment à l'extérieur, prêt à les chasser dès que les vœux seraient prononcés.

Christian l'embrassa sur la joue, remit son bouquet à Trinity et la laissa face à Noah. Chitwood se positionna de façon que Lisette puisse les voir tous les deux. Josie plaça sa main dans celle de sa grand-mère.

— Tu es si belle, ma chérie, dit celle-ci d'une voix rauque, entrecoupée de halètements.

Chitwood se racla la gorge.

— Nous sommes ici aujourd'hui pour unir l'inspect… pour unir Josie et Noah par les liens du mariage. Le mariage est une promesse que vous vous faites l'un à l'autre de vous aimer, de vous honorer et de vous faire confiance pour le reste de votre vie. Aujourd'hui, vous vous engagez à vous soutenir, à vous encourager et à vous aimer tant que vous serez en vie. Vous vous consacrerez à cet engagement et vous y resterez fidèles ainsi que l'un à l'autre. Vous avancerez dans la vie en tant que deux individus uniques, mais ensemble, partenaires dans la force, la joie et les responsabilités.

Josie fut prise au dépourvu par le discours de Chitwood. S'agissait-il d'un texte qu'il avait appris ou d'une tirade improvisée ? Quoi qu'il en soit, c'était très beau. Elle sentit Lisette lui serrer la main lorsqu'il prononça les mots « vous avancerez dans la vie ».

— Maintenant, continua Chitwood en tournant son regard vers le futur époux, Noah, acceptez-vous de prendre Josie pour épouse, en présence de ces témoins, dans la maladie comme dans la santé, dans la joie comme dans la peine, dans la richesse comme dans la pauvreté, et promettez-vous de la chérir aussi longtemps que vous vivrez tous les deux ?

Josie plongea son regard dans les yeux noisette de Noah, remarquant les taches d'or de ses iris. Il sourit.

— Oui, répondit-il d'une voix enrouée.

Josie sentit les larmes monter mais réussit à les retenir, incapable de s'empêcher de lui rendre son sourire. Chitwood se tourna vers elle.

— Josie, acceptez-vous de prendre Noah pour époux, en présence de ces témoins, dans la maladie comme dans la santé, dans la joie comme dans la peine, dans la richesse comme dans la pauvreté, et promettez-vous de le chérir aussi longtemps que vous vivrez tous les deux ?

Josie sentit l'électricité crépiter entre eux, telle une espèce de créature vivante, et elle se rendit compte qu'elle n'avait jamais eu ce genre de connexion avec quelqu'un auparavant.

— Oui, répondit-elle.

— Bien, pour ce qui est des vœux, reprit Chitwood, on m'a dit que vous aviez préparé quelque chose.

Josie et Noah tournèrent la tête vers lui.

— Pardon ? fit Josie.

— Vous n'avez pas préparé vos vœux ?

— Oh, fit-elle en repensant aux semaines qu'ils avaient passées à concocter secrètement leurs vœux l'un pour l'autre, à les rédiger avec le plus grand soin.

Ils les avaient apportés à *Harper's Peak* pour leur mariage, mais elle n'avait aucune idée de l'endroit où les feuilles se trouvaient maintenant. Probablement encore dans leurs bagages à l'hôtel. Chitwood la regardait, attendant une réponse.

— Si, reprit-elle, mais...

Noah la fit taire en exerçant une petite pression sur sa main.

— Je t'aime, dit-il. Et je te promets de toujours courir vers le danger avec toi.

Josie ne put s'empêcher de sourire.

— Je t'aime aussi. Je te promets de toujours rentrer te retrouver à la maison et... de ne jamais trop cuisiner.

Des rires discrets fusèrent dans la pièce.

Josie sentit la poigne de Lisette se resserrer sur sa main.

— Ces vœux me paraissent très bien, déclara Chitwood avant de regarder autour de lui. Qui a les bagues ?

Drake s'avança et déposa les anneaux dans sa paume ouverte. Il prit la plus petite et la tendit à Noah.

— Passez cette bague au doigt de votre épouse et répétez après moi. « Josie, je te donne cet anneau comme symbole de mon amour et de ma fidélité envers toi. »

Josie lâcha la main de Lisette et laissa Noah glisser l'alliance à l'annulaire de sa main gauche. Les doigts légèrement tremblants, il répéta les mots de Chitwood.

Josie contempla la bague brillante et refoula de nouvelles larmes. Ses paumes étaient moites lorsqu'elle accepta l'autre des mains de Chitwood. La passant à l'annulaire de Noah, elle répéta elle aussi les mots consacrés.

— Noah, je te donne cet anneau comme symbole de mon amour et de ma fidélité envers toi.

Un silence profond s'installa dans la pièce. Josie jeta un coup d'œil à Lisette, qui rayonnait. Sur le petit signe de tête qu'elle lui adressa, Chitwood proclama :

— J'ai le plaisir et le privilège de vous déclarer mari et femme. Vous pouvez vous embrasser !

Noah prit les joues de Josie entre ses paumes et l'attira vers lui, déposant un long et doux baiser sur ses lèvres. De son côté, elle chercha à se saisir de la main de Lisette et, lorsqu'elle la trouva, fut gratifiée de l'étreinte ferme de sa grand-mère. Elle continua à tenir cette main pendant que Trinity prenait des photos d'eux deux à côté du lit de Lisette. Puis tout le monde se rangea en file indienne pour les féliciter. Josie sentait déjà s'éloigner le bonheur vertigineux que lui avait procuré son union avec Noah, sachant que son monde allait s'écrouler sous peu. Au bout de quelques minutes, une infirmière entra dans la pièce et les fit tous sortir. Sauf Josie. Lisette ne voulait pas la laisser partir.

— Vous avez une minute, les prévint l'infirmière. Ensuite, je dois examiner la patiente.

Josie acquiesça. Lorsque l'infirmière fut sortie, Lisette tira sur la main de sa petite-fille, qui se pencha pour mieux entendre ce qu'elle avait à dire.

— Il faut que tu apprennes à vivre avec les deux, ma chérie.

— Les deux ? répéta Josie, se demandant si Lisette n'était pas en train de délirer.

— La peine et le bonheur.

Elle marqua une pause, le temps de quelques respirations difficiles.

— Si tu ne peux pas vivre avec les deux, tu n'y arriveras jamais, reprit-elle.

— D'accord, dit Josie.

— Non, pas d'accord.

Lisette marqua une autre pause pour reprendre son souffle.

— Josie, tu n'as jamais appris qu'il faut parfois s'autoriser à ressentir certaines choses avant de pouvoir les surmonter.

Lisette se fatiguait, sa respiration devenait de plus en plus laborieuse. Josie pensa à Emily, à qui sa sœur aînée avait dit qu'il fallait parfois laisser les sentiments s'exprimer jusqu'à ce qu'ils s'épuisent. Josie avait passé sa vie entière à refouler les pensées mauvaises et terrifiantes aussi profondément qu'elle le pouvait. Elle ne réagissait pas bien lorsqu'elles s'échappaient de l'endroit ténébreux où elles étaient reléguées. Lisette l'avait vue s'autodétruire à plusieurs reprises.

Josie déposa un baiser sur la joue de sa grand-mère.

— Je comprends, mamie. Repose-toi, maintenant. Je reviendrai dès qu'on me le permettra.

La fête – si on pouvait l'appeler ainsi – dans la salle d'attente fut discrète. Josie voyait que Misty et Shannon s'efforçaient de ne pas pleurer. Trinity tendit son appareil photo à Drake et lui demanda de prendre d'autres clichés. De quoi auraient-ils l'air dans quelques mois, ou à l'occasion de leur premier anniversaire de mariage ? Leurs visages seraient-ils tendus et creusés ? Auraient-ils tous l'air aussi épuisés que maintenant ? Peut-être auraient-ils dû attendre pour se marier que Lisette soit morte, que ses funérailles aient eu lieu, qu'une période de deuil appropriée se soit écoulée. Mais dès que cette idée lui traversa l'esprit, Josie comprit qu'il n'y aurait jamais de durée de deuil suffisante. Organiser un autre mariage en l'absence de Lisette aurait été une torture, surtout en sachant que si elle était restée à Griffin Hall et s'était présentée à l'autel comme prévu, Lisette aurait pu y assister. Elle n'aurait pas pu épouser Noah dans ces conditions et il aurait fini par se lasser du chagrin qui les séparait et les maintenait dans cet entre-deux.

Lisette connaissait Josie mieux que n'importe qui au monde, et ce mariage, aussi doux-amer soit-il, était le cadeau qu'elle offrait à sa petite-fille.

Lorsqu'elles jugèrent qu'on avait pris assez de photos, Shannon et Trinity accompagnèrent Josie dans le bureau de la docteure Feist pour qu'elle renfile ses vêtements de ville. De retour à l'étage, ils se mirent à attendre. Josie et Sawyer attendaient de pouvoir retourner auprès de Lisette. Josie, Noah et Chitwood attendaient des nouvelles de l'affaire. Quelques heures après le mariage, Mettner se présenta, l'air hagard, une barbe naissante lui couvrant la mâchoire. Un coup d'œil à l'horloge de la salle d'attente indiqua à Josie qu'il était un peu plus de 23 heures.

— On n'a rien, annonça-t-il à Josie, Noah et Chitwood dans le couloir devant la salle d'attente. Gretchen se consacre à la recherche de Rory Mitchell. Pour ma part, je m'occupe d'Emily. Ils ont été localisés aux deux extrémités opposées de la ville, et notre personnel est déployé à son maximum. Même avec l'aide de la police d'État, on n'a pas trouvé le moindre signe d'eux. Je ne peux pas faire revenir les chiens avant demain.

— Vous avez trouvé des boutons ? s'enquit Josie. En cherchant Emily ?

— Deux, répondit-il.

Il sortit son téléphone et ouvrit Google Maps. Après avoir fait défiler quelques écrans, il tourna la carte vers elle et pointa l'index sur une forme.

— Ici. C'est la ferme des Bryan, non ? Là, à environ un kilomètre et demi dans ce sens...

Il déplaça son doigt, réorientant la carte pour qu'elle montre une plus grande partie du Sud de Denton.

— Il y a un petit ruisseau, reprit-il. Ce n'est même pas vraiment un ruisseau, juste un endroit où l'eau s'écoule à la limite des terres agricoles. L'une des patrouilles y a trouvé deux boutons gris.

— Elle a déjà parcouru un kilomètre et demi, constata Chitwood. Elle ne doit pas être loin, Mett. Prélevez des hommes sur les patrouilles qui cherchent Rory Mitchell et envoyez-les dans le Sud de Denton. On sait déjà que cet ado peut survivre dans les bois pendant des jours. Emily, en revanche, c'est une gamine de huit ans. Combien de temps va-t-elle tenir dans ces conditions ? Elle doit être affamée, déshydratée.

— Rory Mitchell est dangereux, chef, intervint Noah. On sait qu'il a tué au moins une personne.

— Qui est le chef de la police, ici, Fraley ? rétorqua Chitwood, retrouvant, pour la première fois depuis le début du week-end, une véhémence proche de celle dont il était coutumier. C'est moi qui donne les ordres et j'ordonne à Mett de prendre les trois quarts des hommes que vous avez sur la montagne de *Harper's Peak* pour les envoyer dans le Sud de Denton. Ils partiront de l'endroit où les derniers boutons ont été retrouvés et progresseront en éventail.

Josie fixait toujours l'écran.

— Je peux ? demanda-t-elle à Mettner.

Il lui tendit l'appareil avant de s'adresser au chef :

— On devrait peut-être impliquer la presse ? Demander l'aide des civils pour les recherches ? Amber pourrait accélérer le processus.

Josie dézooma la carte sur l'écran et la fit passer en vue satellite, observant les lignes et les formes asymétriques se transformer en champs et en arbres.

— Bonne idée, Mett, approuva Chitwood. Demandez-lui de contacter WYEP, histoire de voir ce qu'ils peuvent faire rapidement, d'accord ? Il est trop tard pour le journal de 23 heures, mais ils sont encore en mesure de lancer un appel sur les réseaux sociaux, et peut-être de mentionner l'affaire quand ils reprendront l'antenne, à 4 heures du matin, je crois. Plus il y aura de gens sur le coup, mieux ce sera.

Comme Josie s'en était doutée, une brèche s'ouvrait dans la forêt, non loin de l'endroit où les boutons avaient été trouvés. Un petit carré indistinct faisait tache au milieu de la verdure qui s'étendait à perte de vue.

— C'est l'ancienne propriété des Rowland, dit-elle en pointant l'emplacement du doigt.

Chitwood chaussa ses lunettes de lecture et examina l'écran.

— C'est quoi, cet endroit ?

— Avant que vous arriviez, on avait un milliardaire à Denton, expliqua Noah. Une célébrité locale, en quelque sorte. Il a gagné beaucoup d'argent en créant des systèmes de sécurité, mais il a toujours gardé une maison ici.

— Elle est inoccupée depuis des années, ajouta Josie. Mais c'est une maison presque entièrement vitrée.

— Comme une serre, précisa Mettner.

— Oui, confirma Josie. Vous et moi, nous ne confondrions jamais la bâtisse avec une serre...

— Mais une enfant de huit ans, peut-être, acheva Mettner. On va aller vérifier.

— Suivez les boutons, conclut Josie.

36

Il était un peu plus de minuit lorsque le docteur Justofin apparut à la porte de la salle d'attente. Il ne restait plus que Josie, Noah, Sawyer et Trinity. Tous les autres étaient partis se reposer et se sustenter. Josie réveilla Noah en voyant le médecin arriver. Sawyer bondit de sa chaise.

— Qu'est-ce qu'il y a ?

Le docteur Justofin leur adressa un sourire peiné.

— Je suis désolé, mais l'état de votre grand-mère est en train de se dégrader. Nous ne pensons pas qu'elle pourra supporter l'opération demain matin.

— Est-elle encore en vie ? demanda Trinity en posant une main sur le dos de Josie.

— Oui. Elle est toujours vivante et lucide – quand elle ne dort pas –, mais je ne suis pas sûr que nous puissions encore faire beaucoup pour elle. Elle a refusé tout acharnement thérapeutique.

— Elle peut faire ça ? demanda Noah.

Le docteur Justofin acquiesça.

— Tout à fait. Elle a déjà signé les papiers. Nous allons la transférer en chambre et faire de notre mieux pour qu'elle soit à l'aise. Il n'y aura pas de restrictions pour les visiteurs. Je veillerai à ce que chacun d'entre vous puisse rester auprès d'elle aussi longtemps qu'il le souhaite.

Josie eut du mal à le remercier tant sa voix était étranglée. Une fois le médecin parti, Trinity la serra dans ses bras. La policière se laissa aller à sangloter sur l'épaule de sa sœur pendant plusieurs minutes. Elle entendait Sawyer pleurer, lui aussi. Elle voulait le réconforter mais ne se résolvait pas à bouger. N'avait-il vraiment personne dans sa vie ?

Noah serra le genou de Josie.

— Je vais appeler tes parents.

— Et votre équipe, ajouta Sawyer. L'affaire est sur le point d'être requalifiée en homicide.

Une heure plus tard, Josie et Sawyer renvoyèrent les visiteurs, pour que chacun puisse prendre un peu de repos, même Noah, pendant qu'ils restaient au chevet de leur grand-mère. Ils étaient assis de part et d'autre du lit de Lisette, dans une nouvelle chambre. L'étage était beaucoup plus calme, il y avait moins de sonneries au poste des infirmières. Lisette avait meilleure mine, débarrassée de tous les appareils auxquels elle avait été reliée. Il ne restait plus qu'une seule intraveineuse dans son bras valide. Elle sourit, d'abord à Sawyer, puis à Josie.

— C'est mieux, dit-elle.

« Non, absolument pas », voulut crier Josie.

— Ils veillent à mon confort, poursuivit Lisette. J'ai droit aux meilleurs antidouleurs.

Elle ferma les yeux et poussa un soupir. Puis, sans les rouvrir, elle ajouta :

— Je n'ai pas pu dire au revoir à Eli, votre père. Je l'ai toujours regretté. Je n'ai pas pu faire mes adieux à ma fille, non plus. Elle est restée très peu de temps avec moi et, un jour, elle n'a plus été là.

Elle s'arrêta et prit plusieurs inspirations.

— Ces instants que nous pouvons partager, tous les trois, c'est une bénédiction.

— Comment cela peut-il être une bénédiction ? s'insurgea Sawyer, la voix brisée.

Lisette rouvrit les yeux et le regarda avec amour.

— Je ne pouvais pas rester de ce monde éternellement, mon chéri. Nous le savions tous. J'aurais aimé avoir plus de temps, je...

Elle s'assoupit, sous l'effet conjugué de la fatigue et des médicaments. Josie rapprocha sa chaise et lui prit la main. De l'autre côté, son bras était dans le plâtre. Sawyer abaissa donc la barrière de lit, s'approcha le plus possible et posa son front sur l'épaule de Lisette. Josie vit ses épaules trembler.

Elle perdit la notion du temps. Son majeur était posé sur l'intérieur du poignet de Lisette, comptant les faibles pulsations cardiaques. Un moment plus tard, sa grand-mère rouvrit les yeux. Elle fixa le pied du lit et sourit. Puis son visage se détendit. Josie crut qu'elle partait, mais son pouls battait toujours faiblement. Elle resta ainsi pendant plusieurs minutes.

— Sawyer, murmura-t-elle.

Il releva la tête et s'approcha encore, de sorte que son oreille se trouva tout près de la bouche de sa grand-mère. Lisette lui murmura quelque chose que Josie ne put entendre. Il reposa la tête près de son épaule, pleurant dans le drap. Lisette tourna ensuite la tête vers sa petite-fille.

Josie se leva et se pencha à son tour, le visage juste au-dessus de celui de Lisette. Celle-ci lui chuchota quelques mots à l'oreille, l'embrassa sur le front et serra sa main pour la dernière fois.

37

Josie et Sawyer restèrent avec Lisette jusqu'à ce que le personnel médical les oblige à quitter la chambre, jusqu'à ce que son corps soit froid. Après quoi ils patientèrent dans le couloir, sans trop savoir comment se comporter. La docteure Feist arriva et les étreignit.

— Je suis vraiment désolée, dit-elle. Je vous promets de bien m'occuper d'elle. Je remettrai mon rapport à l'inspecteur Mettner, ajouta-t-elle à l'intention de Josie.

Josie acquiesça. Elle n'avait jamais pensé que Lisette aurait besoin d'une autopsie après sa mort. Elle l'avait toujours imaginée s'éteignant tranquillement dans son fauteuil en jouant aux cartes à la cafétéria de sa maison de retraite. Ou s'endormant dans sa chambre une nuit et ne se réveillant tout simplement pas. Elle était censée mourir de vieillesse. D'une mort paisible. Mais elle avait été assassinée. Froidement, sauvagement, sous les yeux de Josie, et, lorsque l'inspectrice aurait attrapé le coupable, le système de la justice pénale exigerait que l'étendue des blessures ayant entraîné la mort soit documentée par une autopsie.

Ils regardèrent la docteure Feist faire rouler le lit de Lisette hors de la chambre – le visage de leur grand-mère était recouvert d'un drap – et le conduire dans l'un des ascenseurs réservés au personnel, au bout du couloir. Josie se sentait étrangement engourdie, mais elle savait que c'était simplement son corps qui passait en mode survie. C'était ainsi qu'elle avait réussi à traverser une enfance traumatisante, la perte de son père, puis de son premier mari. Son esprit absorbait l'horreur insondable de sa nouvelle réalité et l'occultait pour que son corps puisse continuer à faire tout ce qu'il avait besoin de faire pour fonctionner et survivre. Parfois, plus tard, venait l'heure du bilan, si elle n'était pas capable de garder tous ces mauvais sentiments sous contrôle. La plupart du temps, elle les enfouissait si profondément qu'elle pouvait passer de longues périodes sans qu'aucun traumatisme ne remonte à la surface de son esprit. Mais il devenait de plus en plus difficile, au fil des années, de ne pas les éprouver. Elle devinait qu'un jour viendrait où elle paierait pour ces années passées à tout refouler.

Ce soir, ce n'était pas le moment.

— Sawyer, je peux contacter quelqu'un pour toi ? demanda-t-elle.

— Non, répondit-il.

Sur ce, il traversa le couloir et entra dans un ascenseur.

Josie descendit les marches jusqu'au rez-de-chaussée et sortit par le hall du service des urgences. Elle devait appeler quelqu'un, elle le savait. Elle était entourée par une foule d'êtres chers qui attendaient des nouvelles, prêts à la réconforter et à faire toutes les choses qu'elle ne pouvait pas envisager pour l'instant. La logistique de la mort. Elle avait toujours détesté ça. Lors du décès de Ray, son premier mari, c'était la mère de ce dernier qui s'était occupée de l'organisation des funérailles.

Pour l'instant, elle se tenait dehors dans l'air frais de la nuit, respirant dans un monde sans Lisette. Comment était-ce possible ?

Elle sortit son téléphone et envoya un texto à Noah.

Elle nous a quittés.

Il répondit immédiatement.

J'arrive tout de suite.

Elle rempocha son téléphone et tourna son regard vers le hall d'entrée, devant lequel une voiture de police s'arrêta. Un officier en uniforme en sortit et ouvrit la portière arrière. Mettner s'extirpa de l'habitacle, puis se pencha pour attraper Emily Mitchell sur la banquette. Il la prit dans ses bras et l'emmena à l'intérieur de l'hôpital.

Josie les suivit.

38

Josie attendit que l'équipe médicale ait procédé à son évaluation initiale : de l'autre côté du rideau, elle les entendit constater qu'Emily était sévèrement déshydratée et avait besoin de quelques points de suture pour une coupure au bras mais, ces quelques détails mis à part, la fillette était en bonne santé. Une fois que le personnel soignant l'eut laissée seule avec Mettner, la policière entra dans le box.

— Josie ! s'écria Emily.

Elle brandit son chien en peluche, qui avait l'air beaucoup plus sale que la dernière fois qu'elle l'avait vu.

— Je suis très contente de te voir, lança la policière.

— Tu vas bien ? dit Emily.

— Oui.

La petite baissa la voix.

— Est-ce qu'on est mortes ?

— Non, répondit Josie en souriant.

Mettner écarquilla les yeux.

— Qu'est-ce que... Vous savez quoi ? Je ne veux pas savoir. Emily, reste ici pendant que je parle à l'inspectrice Quinn au bout du couloir quelques minutes.

— Tu veux dire que je n'ai pas le droit d'entendre, conclut-elle.

— En effet, confirma Josie avec un clin d'œil à l'intention de la fillette.

Mettner lui prit le bras et l'entraîna un peu plus loin.

— Qu'est-ce que tu fiches ici ? Comment va Lisette ?

— Elle est morte, répondit Josie.

Le visage de son collègue se décomposa.

— Oh, mon Dieu ! Patronne, je suis vraiment désolé. Tu as besoin que je... Est-ce que je dois...

— Noah est en route, dit-elle. Mais merci.

— D'accord, d'accord, fit-il, manifestement troublé. Je... euh... Tu avais raison. Emily était à l'ancienne maison de Rowland. Elle avait semé un petit chemin de boutons. Difficile à suivre dans le noir, mais on en a récupéré quelques-uns. Ça va aller, pour elle. Les services sociaux sont en route. J'ai déjà parlé à Marcie. Ils ne vont pas la replacer à *Harper's Peak*, ce qui vaut mieux, à mon avis. Gretchen a contacté la tante de Pax, celle qui vit en Géorgie, elle lui a expliqué la situation, et cette femme a exprimé le souhait de rencontrer Emily et de la prendre éventuellement en charge.

— Elle est de sa famille, nota Josie. Par Reed Bryan.

— C'est cela. Elle était assez bouleversée quand elle a appris ce qui se passait. Elle a confirmé ce que Pax nous a dit, à savoir que Reed s'opposait à ce qu'elle voie son fils. Quoi qu'il en soit, elle prend le prochain vol. Il ne nous reste plus qu'à mettre la main sur Rory. Mais qu'est-ce que je raconte ? Ta grand-mère vient de mourir. Tu n'as pas à être ici. Je peux veiller sur Emily.

— Ça te dérange si je parle un peu avec elle ? demanda Josie. Jusqu'à ce que Noah arrive ? Tu peux rester.

— Euh, oui, d'accord, bien sûr.

Josie retourna dans le box d'Emily. Mettner se tenait derrière le rideau. Josie tira une chaise au chevet du lit.

— Tu as eu ta poupée ? s'enquit la petite.

— Oui.

Emily jouait avec les oreilles du chien en peluche.

— Il a dit qu'il était désolé pour le malheur qui s'est produit.

— Qui donc, Emily ? demanda Josie.

La petite posa un doigt sur ses lèvres. Josie le retira de devant sa bouche.

— Je sais pour Rory, dit-elle. Et je sais pour Pax. Je sais aussi que Rory a parfois fait de mauvaises choses.

— Tu sais déjà ?

Josie acquiesça.

— Ce malheur qui s'est produit. Rory a dit que quelqu'un s'était fait tirer dessus. C'était ta mère ?

— Ma grand-mère, rectifia Josie.

— Est-ce qu'elle est morte ? chuchota Emily.

— Oui, répondit Josie, en sentant une vague d'émotion dans sa poitrine, qu'elle s'empressa de repousser.

— Je suis désolée que des malheurs soient arrivés. Tu étais prête ?

Josie sourit.

— Tu sais quoi ? Je pense que personne n'est jamais prêt pour les malheurs.

La fillette hocha la tête mais ne répondit pas.

— Emily, est-ce que Rory t'a dit qu'il avait tiré sur ma grand-mère ? Est-ce qu'il te l'a dit de cette façon ?

Elle se remit à jouer avec les oreilles du chien.

— Non. Il a dit que c'était sa faute.

— Ce n'est pas la même chose que de l'avoir vraiment fait. Tu comprends ?

— Je sais.

— Tu es restée seule avec Rory pendant un moment après que Pax vous a emmenés dans sa ferme. Est-ce qu'il t'a dit quelque chose ? À propos des mauvaises choses qu'il avait faites ?

Elle secoua la tête.

— Et Pax, il t'a dit quelque chose ? Comme quoi il aurait blessé quelqu'un ?

— Non, il n'a fait de mal à personne. Pax est gentil.

— Mais est-ce qu'il t'a déjà dit qu'il avait fait du mal à quelqu'un ?

— Non.

— Est-ce que tu as déjà vu Rory ou Pax avec une arme ?

— Non.

— Emily, est-ce que quelqu'un t'a dit pourquoi nous cherchons Rory ?

Elle serra le chien contre sa poitrine.

— Parce qu'il a tué le père de Pax.

— Oui, confirma Josie. Mais aussi parce que les gens pensent que Rory a tué ta mère et Holly. Tu te souviens du premier jour où nous avons parlé, où je t'ai posé un tas de questions et où tu m'as dit que tu ne pouvais pas me répondre, sinon des malheurs risquaient d'arriver ?

— Je m'en souviens. Mais tu connais le secret maintenant. Rory était méchant. Des fois, il nous faisait du mal. Maman ne voulait pas qu'il soit placé dans une famille d'accueil ou dans le « système », alors elle nous a dit de ne jamais parler de lui. Elle avait toujours peur qu'il s'en aille et qu'on ne le récupère plus. Elle pleurait tout le temps à cause de ça.

— Je suis vraiment désolée, compatit Josie. Rory a dit à Pax que quelqu'un d'autre était dans la maison, le jour où ta mère et Holly ont été tuées. Tu sais si c'est vrai ?

Emily s'immobilisa.

— Je ne peux pas le dire.

— C'était Pax ?

Elle secoua la tête avec véhémence.

— Tu as vu qui c'était ?

De nouveau, elle secoua vigoureusement la tête.

— Alors comment tu peux être sûre qu'il y avait quelqu'un d'autre ?

— Je ne peux pas te le dire. J'ai juré à Rory que je me tairai.

— Je croyais que ton frère ne t'avait rien raconté.

La petite commença à se balancer sur le lit. Elle compta jusqu'à six en retenant son souffle. Puis elle lâcha :

— Je ne peux pas le dire. J'ai promis de le dire à personne. Si je romps une promesse, quelqu'un d'autre risque de mourir. Et si c'était toi ?

Josie posa une main sur le bras d'Emily. Elle se souvint de ce que la docteure Rosetti avait dit à propos des TOC qui ne suivaient aucune logique, et du fait que faire appel à une argumentation rationnelle revenait à ordonner à un diabétique de produire plus d'insuline.

— Tu te souviens de la première nuit que nous avons passée à l'hôpital ? Tu étais bouleversée parce que quelqu'un avait jeté tes affaires.

— Un, deux, trois. Oui, je me rappelle. Un, deux, trois, quatre, cinq, six.

— Tu te souviens de ce que tu m'as dit à propos de ta mère ? Quand tu m'as raconté qu'elle t'avait appris que, lorsque la détresse arrive, il faut la « tolérer » ?

— Un, deux, trois, quatre, cinq, six. Oui. C'est ce qu'elle disait.

— Et tu m'as aussi raconté que Holly avait dit que tu devais par conséquent laisser tous tes sentiments s'exprimer jusqu'à ce qu'ils s'épuisent.

— ... cinq, six. Oui.

— Je crois qu'il s'agit d'un de ces moments-là, dit Josie. La détresse que tu ressens, elle finira par disparaître. Rien de mal n'arrivera si tu me confies ce que Rory a dit. Je ne vais pas mourir. Ton cerveau te joue des tours. Il te ment.

Emily s'arrêta de compter, mais continua à se balancer, tandis qu'elle pétrissait la fourrure du chien.

— Comme le biaiseur de Pax ?

Josie sourit.

— Exactement. Ta mère t'en a parlé ?

Elle acquiesça.

— Tu as un nom pour ton... biaiseur ?

— Pas encore. Je voulais l'appeler Pinocchio-qui-a-le-nez-qui-s'allonge-quand-il-ment, mais maman a dit que c'était trop long.

Josie éclata de rire.

— Qu'est-ce que tu dirais de Grand-nez-qui-ment, pour raccourcir ?

La petite relâcha un peu son chien.

— J'aime bien.

— Je pense que Grand-nez-qui-ment est dans ton cerveau et qu'il te raconte que si tu me répètes les paroles de Rory, quelqu'un va mourir, alors que ce n'est pas vrai. Grand-nez-qui-ment t'inflige cette détresse même quand tu ne fais que songer à me le répéter. Est-ce que ça a un sens ?

— Je ne sais pas.

— On peut essayer quelque chose ?

— Je ne veux pas.

Josie se rapprocha.

— Si tu veux tout savoir, je n'aime pas non plus ressentir tous mes sentiments, tu sais.

— Mais tu n'as pas de Grand-nez-qui-ment. Ni de biaiseur.

— En effet.

— Ça doit être dur.

— C'est vrai, admit Josie. Mais je suis prête à rester ici et à t'aider, comme l'autre fois, tu te rappelles ? Quand on s'est assises par terre ensemble ?

Emily se balançait de plus en plus et serrait le chien à s'en faire blanchir les articulations. Elle compta trois fois jusqu'à six en retenant son souffle. Josie jeta un coup d'œil à la porte pour voir Mettner, Noah et Marcie Riebe qui se tenaient là. Elle ramena ses yeux sur Emily qui s'assit en tailleur et tapota la couverture devant elle. Josie grimpa sur le lit et s'assit en face de la fillette, adoptant la même position qu'elle. Emily tendit un bras et le tourna de façon que Josie puisse voir la coupure qui s'y trouvait.

— Je vais aussi avoir une cicatrice.

— On dirait bien, confirma Josie.

— Tu penses que les cicatrices nous rappellent les malheurs ?

Josie toucha sa propre balafre, faisant courir ses doigts de son oreille jusqu'à la peau sous son menton. Elle l'avait toujours détestée. Jusqu'à aujourd'hui.

— Non, répondit-elle à Emily. Je pense qu'elles nous rappellent que nous sommes forts et capables de survivre... d'endurer. Ce sont... les marques des gens couillus.

Emily s'esclaffa.

— Tu as dit un gros mot !

— Eh oui. Mais tu sais quoi ? Je pense que, toi et moi, on a mérité le droit de dire « couillus ».

Emily regarda sa propre entaille.

— La marque d'une fille couillue.

— Tu es prête ? demanda Josie.

Emily soupira.

— Non, mais maman a toujours dit que parler était la meilleure chose à faire, et je me sens toujours mieux après.

Josie tendit les mains et Emily y plaça les siennes. Elle ferma les yeux.

— Un, deux, trois, quatre, cinq, six. J'ai entendu un homme. C'est comme ça que je sais. Qu'il y avait quelqu'un d'autre. Je peux pas... Je peux pas...

Josie s'accrocha à ses mains alors que la petite se balançait plus fort. Des larmes ruisselaient de ses yeux.

— Quelqu'un va mourir. Quelqu'un va mourir.

— C'est Grand-nez-qui-ment qui te raconte ça, Emily, lui

rappela Josie. Ne le laisse pas faire. Tu as entendu ce que l'homme a dit ?

Emily garda les yeux clos, mais sa tête se balança d'avant en arrière.

— J'ai entendu que des bouts. Il parlait très fort. Il était très en colère. Il disait « ça suffit, ça suffit » et « tu vis au pays des Bisounours ».

— Tu sais à qui il parlait ? demanda Josie.

La fillette frémit et laissa échapper un sanglot. Josie serra ses petites mains.

— Tu t'en sors très bien, Emily. Je suis là. La détresse va bientôt disparaître. Tu sais à qui l'homme parlait ?

— Je sais pas. Je sais pas. Il hurlait « je te déteste » et des gros mots. Beaucoup de très gros mots. Il n'arrêtait pas de dire « non » et « je m'en fiche ». Il a dit : « Ce n'était pas mon choix. » Après, j'ai cru qu'il était parti, mais il est revenu. Je ne sais pas tout ce qu'il a dit ensuite. Maman pleurait et Rory criait « je te déteste, je te déteste », puis l'homme a hurlé : « J'aurais préféré que tu ne sois jamais né ! » et il y a eu un grand *boum*.

Elle rouvrit enfin ses yeux, devenus rouges et vitreux. Des larmes coulaient sur ses joues.

— Je n'aime pas ça, confia-t-elle à Josie. J'aime pas ce que je ressens.

— Je sais. Mais on y est presque. Tu t'en sors très bien. Tu avais déjà vu un homme chez vous avant ce jour-là ?

— Non. Seulement le père de Pax, quand il venait le chercher. C'était le seul. Mais j'avais entendu un autre homme avant.

— Vraiment ?

— Un, deux, trois, quatre, cinq, six. Oui, quelques fois, quand Rory essayait de blesser maman et Holly. Holly m'a toujours dit de me cacher. Ça faisait partie du plan. Je me cachais jusqu'à ce que l'une ou l'autre me dise de sortir. Parfois, j'entendais la voix de l'homme. Je pouvais pas comprendre ce qu'il disait, mais je savais que c'était la voix d'un homme, parce qu'elle ne ressemblait pas à celle de maman, de Holly ou de Rory.

— Mais tu ne l'as jamais vu ? insista Josie.

— Un, deux, trois, quatre, cinq, six. Je l'ai jamais vu parce que je devais me cacher.

— C'est très bien, la félicita Josie en exerçant une petite pression sur les mains de la fillette. Emily, tu as demandé à Rory de te parler de cet homme quand tu l'as vu ensuite ?

— Je lui ai pas demandé, mais il m'a dit que ce n'était pas lui qui les avait tuées. Que c'était l'homme, et qu'il allait le faire payer. Voilà pourquoi il pouvait pas aller à la police. Je lui ai dit que s'il t'appelait, tu le croirais et tu irais chercher l'homme pour le mettre en prison. Mais il m'a répondu que personne ne le croirait jamais parce qu'il est rien qu'un gamin dérangé qui a des « problèmes de rage ».

— Il essayait de retrouver cet homme ?

Emily lâcha l'une des mains de Josie juste assez longtemps pour essuyer ses larmes.

— Oui. Je pense qu'il allait le tuer comme il a tué le père de Pax.

— Tu n'as aucune idée de l'identité de cet homme ?

Emily secoua la tête et prit une inspiration tremblotante.

— D'accord. Tu t'es très bien débrouillée, Emily.

— Je sens encore la détresse, dit-elle en se balançant.

— Je ne bouge pas, répondit Josie.

Un silence confortable s'installa. Josie n'était pas pressée de partir. Elle éprouvait un sentiment de paix lorsqu'elle était en compagnie d'Emily, et elle savait qu'une fois dehors, tout ce qui l'attendait, c'était un chagrin écrasant. Non, décidément, elle n'était pas pressée de sortir de cette chambre. Une fois qu'Emily lui eut lâché les mains et se fut détendue contre l'oreiller, Josie descendit du lit. Elle s'apprêtait à partir, mais une dernière question lui brûlait les lèvres.

— Emily, pourquoi tu as quitté la maison de *Harper's Peak* ?

— Au bout d'un moment, ils m'ont laissée toute seule pour discuter dans la cuisine et Grand-nez-qui-ment m'a dit que si je ne regardais pas dans toutes les pièces de la maison, je risquais de jamais revoir maman et Holly au paradis. Donc je suis allée dans toutes les pièces de la maison et j'ai regardé. Je pensais que la dame et son mari seraient pas contents, mais ils ont même pas remarqué. La dame était au téléphone dans la cuisine. Elle n'arrêtait pas de faire des allers-retours en disant « Tom, Tom, calme-toi » et « ce n'était pas mon choix ». Des choses comme ça. Elle n'est même pas venue me voir ! Mais bref, dans une des chambres à l'étage, j'ai vu une photo de Rory et elle ensemble.

Josie jeta un coup d'œil vers le rideau pour s'assurer que Mettner était toujours attentif.

— De quelle dame tu parles ?

— La dame, répondit Emily. J'ai oublié son nom. Elle s'est fâchée quand j'ai coupé les boutons de son canapé. Je sais que je n'aurais pas dû faire ça, mais j'ai cru que j'allais m'étouffer avec.

— Tu as vu une photo de Celeste et Rory ensemble ? voulut s'assurer Josie. Quel genre de photo ?

Emily haussa les épaules.

— Je sais pas. Ils étaient juste debout, tous les deux, ils avaient un grand sourire.

— Quel âge avait Rory sur la photo ? C'était un petit garçon ?

— Non. Il ressemblait à ce qu'il est maintenant. Quand j'ai vu la photo, j'ai eu peur parce que maman voulait que personne connaisse l'existence de Rory. Je suis devenue nerveuse. J'allais le dire au monsieur – à son mari – parce qu'il était plus gentil qu'elle, mais il devait aller travailler. Alors j'ai coupé les boutons des canapés. Elle était vraiment pas contente donc, quand elle est retournée téléphoner dans la cuisine, je suis partie.

— Tu avais l'intention d'aller où ?

— Je voulais juste trouver un endroit sûr. Puis j'ai vu Rory dans les bois. Je suis allée vers lui. On a marché dans la forêt, et on a vu Pax. C'est là que tout a mal tourné.

39

— Eh bien, merde, lâcha Mettner alors que Josie, Noah et lui se tenaient devant les urgences. Pax disait la vérité. Il y avait quelqu'un d'autre.

— Et Celeste Harper est une menteuse, ajouta Noah.

Il n'arrêtait pas de regarder Josie, dans l'espoir d'évaluer son état d'esprit, elle le savait. Elle aurait voulu le rassurer et lui dire qu'elle allait bien – du moins, pour l'instant –, mais elle ne voulait pas le faire devant Mettner.

— Je vais aller voir ce qu'elle sait, déclara ce dernier.

— Elle ne te dira rien, répliqua Josie.

— Qu'est-ce qu'elle peut bien cacher ? s'enquit Noah. Et qu'est-ce qu'elle fabrique sur une photo avec Rory ? Même si elle était au courant de son existence, même si, finalement, elle côtoyait bien Rory et Lorelei, pourquoi mentir à ce sujet ?

— Peut-être qu'elle ne voulait pas que son mari soit au courant ? suggéra Mettner.

— Il savait pour Lorelei, objecta Noah.

— Certes, mais il ne savait pas qu'elle avait des enfants, nuança Josie. C'est du moins ce qu'il a dit. Vous devriez les faire venir tous les deux. Séparément. Voyez ce que vous pouvez en tirer. Faites aussi venir Tom Booth. Celeste était manifestement en train d'avoir une discussion animée avec lui, quand Emily a pris la poudre d'escampette.

— Entendu, dit Noah. Il y a une dynamique étrange entre Celeste, Tom… et Adam. Je ne suis pas sûr que cela ait un rapport avec l'affaire, mais j'ai bien l'intention d'interroger aussi ce Tom. Il était au courant pour Lorelei.

— Est-ce que ça va nous conduire au tueur ? demanda Mettner.

— On ne sait pas, admit Josie. Mais quelqu'un doit au moins parler à Celeste. Elle a menti quand elle a affirmé n'avoir aucune relation avec Lorelei. Elle a menti quand elle a dit ne pas connaître ses enfants. Elle a menti à propos du moment où Emily s'est enfuie dans les bois. Qu'est-ce qu'elle cache ? Il y a encore les traces ADN de la scène de crime chez les Mitchell, qui prendront des semaines à être traitées. Les résultats pourraient débloquer la situation mais, en attendant, il faut continuer à remonter toutes les pistes. Est-ce que Chitwood a renvoyé les patrouilleurs sur la montagne de *Harper's Peak* ?

Mettner acquiesça.

— Les policiers seulement, puisque Rory est considéré comme potentiellement armé et dangereux.

Josie regarda Noah, puis Mettner.

— Tu nous tiens au courant ?

— Bien sûr, répondit Mettner.

Josie se pencha contre Noah, qui lui passa un bras autour de la taille.

— Ramène-moi à la maison, dit-elle.

Noah était passé récupérer Trout chez Misty, et le chien s'était déchaîné lorsque Josie avait franchi la porte d'entrée. Elle redoutait ce retour depuis que les mots « ramène-moi à la maison » avaient franchi ses lèvres. Lisette avait passé de nombreuses nuits dans leur chambre d'amis. Elle leur rendait régulièrement visite, et ils avaient vécu beaucoup de moments merveilleux avec elle dans cette demeure. Même si elle vivait en maison de retraite, elle avait séjourné assez souvent chez eux pour que la conscience de son absence définitive rende la maison vide et triste. Le remuement frénétique du postérieur de Trout et ses joyeux jappements pansèrent un peu les plaies de Josie. Elle s'agenouilla et se laissa lécher le visage. Puis elle lui grattouilla le dos, le cou, les oreilles et enfin, lorsqu'il s'écroula et se retourna, le ventre.

Il la suivit partout, jusque dans la salle de bains. Lorsqu'elle se rendit à la cuisine pour manger une portion du ragoût que Misty avait déposé, il se coucha à ses pieds. Noah et elle évoluaient l'un autour de l'autre en silence. Comme c'était agréable qu'il ne ressente pas le besoin de parler ou de la faire parler. Il était simplement là. Ils se mirent au lit et Trout se faufila entre eux, tapotant les couvertures de sa petite patte jusqu'à ce que Josie le laisse se glisser en dessous. Il se pressa contre son flanc. Noah roula vers elle et lui prit la main. Quand il s'endormit, elle remit le bras de son mari de son côté du lit. Attrapant son téléphone sur la table de nuit, elle l'alluma. Elle avait reçu des centaines de messages, mais elle ne s'intéressait qu'à ceux d'une seule personne.

Trinity lui avait envoyé toutes les photos du mariage prises à l'hôpital. Josie les fit défiler une à une, s'attardant sur celles où Noah et elle se tenaient au chevet de Lisette. Le visage de sa grand-mère affichait une expression de joie pure. L'un des clichés montrait l'instant de bonheur et de joie où Josie et Noah se dévoraient du regard après avoir énoncé leurs vœux improvisés, puisque ceux qu'ils avaient rédigés des mois auparavant se trouvaient quelque part dans une chambre à *Harper's Peak*. Derrière eux, Lisette souriait. Une photo montrant Sawyer fit sursauter Josie. Il ressemblait tant à son père biologique, Eli Matson, qu'elle en eut le souffle coupé. Elle avait déjà remarqué la ressemblance, mais celle-ci n'avait jamais été aussi frappante.

Pourquoi est-ce que je ne m'en rends compte que maintenant ? se demanda-t-elle. Elle avait vu Sawyer à maintes reprises, dont plusieurs avant de savoir qui il était, et il ne lui était alors jamais venu à l'esprit qu'il ressemblait de près ou de loin à Eli ou à Lisette. Bien sûr, leur grand-mère ne cessait de répéter qu'Eli et Sawyer ressemblaient davantage à son défunt mari qu'à elle.

Trout grogna lorsque Josie repoussa les couvertures et bondit hors du lit. Elle le borda de nouveau puis descendit. Noah et elle avaient placé plusieurs de leurs albums de famille sur une étagère du salon. Josie en trouva un vieux que Lisette lui avait offert, des années auparavant. Il était rempli de photos de Lisette jeune femme, jeune épouse et jeune mère. Il y avait aussi des photos d'Eli enfant, que Josie avait souvent regardées avec plaisir. Elle avait montré cet album à Sawyer, les premières fois qu'il était venu dîner. Il l'adorait. Elle devrait en faire une copie. Elle aurait d'ailleurs dû le faire depuis longtemps. Josie tourna les pages jusqu'à trouver la photo de mariage de Lisette. Déjà à l'époque, ses boucles étaient souples et rebondies, quoique encore brunes. Sa peau était lisse et sans rides, son sourire contagieux. Son mari, le grand-père de Josie et de Sawyer, mort bien avant la naissance de ses deux petits-enfants, se tenait à côté d'elle. Il avait un air très sérieux. Lisette l'avait toujours décrit comme stoïque. Sur la photo, cependant, ses lèvres étaient retroussées en un sourire éclatant. Son visage semblait dire : « Regardez la femme incroyable qui a accepté de m'épouser ! Vous y croyez, vous ? »

Il ressemblait au souvenir que Josie avait conservé d'Eli. Et à Sawyer.

— Merde, marmonna-t-elle.

Elle laissa l'album sorti afin de ne pas oublier d'en faire une copie pour Sawyer et se rendit dans la cuisine. Son ordinateur portable était sur la table. Elle l'alluma et attendit qu'il démarre. De l'étage lui parvenait le duo de ronflements de Trout et de Noah. Il arrivait souvent que ce dernier se réveille si elle se levait au milieu de la nuit, mais elle savait que les derniers jours l'avaient épuisé. Il dormirait probablement quelles que soient les circonstances, en ce moment.

Josie ouvrit son navigateur internet et tapa les termes de sa recherche. Il lui fallut plusieurs minutes et quatre sites différents avant de trouver ce qu'elle cherchait : un faire-part de mariage et une photo remontant à dix-huit ans.

— Putain de merde, marmonna-t-elle, avant de monter s'habiller.

40

Josie s'efforça de faire le moins de bruit possible, mais ce n'était pas vraiment nécessaire. Comme elle s'en était doutée, Noah dormait comme un sonneur. Après avoir enfilé un jean, un t-shirt et une veste, elle lui laissa un mot. Trout souleva la tête quand elle déposa le papier sur la table de nuit de Noah mais, dès qu'elle lui eut assuré qu'il était un bon chien et lui eut ordonné de se rendormir, il la replongea sous les couvertures. Du rez-de-chaussée, elle se rendit au garage et trouva un bac contenant du vieux matériel de chasse, de camping et de pêche, accumulé au fil des ans. La plupart des objets appartenaient à Noah mais, lorsque Wayland Harris, leur ancien chef, était mort près de six ans plus tôt, sa veuve avait donné à Josie un carton contenant notamment une partie de son équipement de chasse qu'il avait parfois trouvé utile dans le cadre de son travail. Josie dénicha l'une des lampes de poche de Noah et les lunettes de vision nocturne du chef Harris. Elle changea les piles des deux appareils et les fourra dans ses poches.

Dans la voiture, elle vérifia rapidement sur son téléphone portable si elle avait reçu des messages de Mettner. Il y en avait plusieurs. Ils avaient convoqué Celeste pour un interrogatoire, durant lequel elle avait admis avoir été au téléphone avec Tom pendant qu'Emily se trouvait chez elle. Ils se disputaient à propos de leur décision, à Adam et elle, d'accueillir la petite. Mettner soupçonnait Celeste et Tom d'avoir une liaison, mais ni l'un ni l'autre n'avaient voulu le confirmer. Celeste avait également déclaré n'avoir rien su de l'existence de Rory. Elle aurait été par conséquent infichue de le reconnaître, avait-elle affirmé. Et elle avait accusé Emily de mentir à propos d'une prétendue photo les montrant ensemble, Rory et elle, déclarant qu'une telle photo n'existait pas.

— Mais bien sûr, murmura Josie.

Adam Long avait raconté la même histoire, rapportait Mettner. Tom Booth avait admis avoir espionné Lorelei, des années plus tôt, après que Celeste lui avait parlé de sa demi-sœur, d'autant que ses terres les empêchaient d'agrandir le complexe hôtelier. Mais, avait-il ajouté, il ne l'avait jamais rencontrée officiellement et, comme il ne l'avait suivie qu'une seule fois jusqu'à *Bryan's Farm Fresh Produce Market*, il ignorait qu'elle avait des enfants. Tous les trois s'étaient mutuellement fourni un alibi : ils se trouvaient tous au complexe hôtelier le vendredi matin. À en croire Celeste, elle avait vu Adam et Tom ce matin-là. Ils avaient tous les trois été relâchés. Retour à la case départ.

À moins que Josie ne mette la main sur Rory.

Elle était encore dans son allée. Levant les yeux vers sa maison plongée dans l'obscurité, elle se dit qu'elle devrait retourner à l'intérieur et se remettre au lit avec son mari et son chien. Que quelqu'un d'autre résolve l'affaire, attrape le méchant. Les paroles de Sawyer la hantaient. *La grande Josie Quinn ne pouvait pas rester à l'écart des projecteurs.* Mais ce n'était pas ça. Ce n'était pas qu'elle recherchait ou avait besoin de ces saletés de projecteurs. Comme Emily, elle avait des compulsions quand il s'agissait de son travail. La pire affaire de sa vie avait été celle des jeunes filles disparues, six ans plus tôt, et ce n'était même pas elle qui avait été chargée de ce dossier. Elle avait été suspendue, et avait outrepassé la règle, enquêtant quand même. À présent, toutes ces années plus tard, elle était consternée par le comportement de la femme téméraire et effrontée qu'elle avait été. Josie savait combien il était important de respecter les règles et de ne pas faire de ses enquêtes une affaire personnelle.

Mais elle irait quand même chercher Rory.

Pas en tant que policière. Elle n'avait même pas son arme. Elle n'en avait pas besoin. Elle ne l'utiliserait jamais contre lui. Elle y allait, parce que c'était une nécessité pour elle. Parce que la mère du jeune homme l'avait un jour sauvée d'une tempête de neige et de grésil. Parce que la mère du jeune homme avait passé quinze ans à essayer de le protéger, et qu'il était à présent dehors, seul, vulnérable, traqué. *Un tueur chassant un tueur,* pensa-t-elle. C'était tout à fait approprié. Triste, mais approprié. Elle agissait en tant que civile concernée, en tant qu'amie de sa petite sœur. C'était ce qu'elle se répétait. Une fois qu'elle l'aurait trouvé, elle le remettrait sain et sauf à son équipe et les laisserait boucler l'affaire. Qu'ils arrêtent eux-mêmes l'assassin de Lorelei et de Holly.

Malgré toutes les justifications qu'elle trouvait, Josie savait qu'elle n'aurait pas dû faire ce qu'elle s'apprêtait à faire. Sinon, elle n'aurait pas agi ainsi, sans en référer à personne. Elle reprit son téléphone. Son doigt s'attarda au-dessus du nom de Mettner. Mais elle jeta finalement l'appareil sur le siège passager, desserra le frein à main et fit silencieusement sortir sa voiture de l'allée. Une fois sur la route, elle alluma le moteur et commença à rouler.

Il était 5 heures du matin lorsque Josie arriva à *Harper's Peak.* Le ciel était encore d'un noir d'encre. Elle savait qu'il lui restait environ une heure et demie avant le lever du soleil. Les pelouses et les parkings étaient aussi silencieux que déserts. Elle se gara devant le bâtiment principal, suffisamment loin de l'entrée pour que personne à la réception ne la remarque. Les mains dans les poches de sa veste, elle traversa les pelouses comme si de rien n'était. Aucune règle n'interdisait aux clients de sortir pendant la nuit, après tout. Il y avait plusieurs chemins asphaltés éclairés par de minuscules lanternes plantées au ras du sol. Elle ne les emprunta pas, mais resta assez près d'eux pour profiter de leur lumière. Lorsqu'elle arriva près de Griffin Hall, elle bifurqua dans l'herbe. Au-dessus d'elle, les nuages masquaient la lune. Quand elle n'y vit vraiment plus rien, elle s'arrêta et sortit ses lunettes de vision nocturne, qu'elle chaussa afin de scruter les environs. Certaine de ne pas buter par mégarde contre quoi que ce soit, elle poursuivit sa route. La marche fut plus longue que prévu, mais Josie voulait approcher la petite église par l'arrière. Lorsqu'elle atteignit la crête, la lune émergea des nuages, baignant tout de sa lumière argentée. Elle ôta ses lunettes et les rangea. Dès que ses yeux se furent adaptés à la pénombre, elle se rapprocha de l'église. Il y avait une porte derrière l'édifice. En s'approchant, elle vit que le loquet était cassé.

Josie poussa la porte aussi lentement que possible, afin d'éviter tout grincement. Quand elle fut à l'intérieur, elle dut attendre que ses yeux s'adaptent une fois de plus. L'autel et la chaire projetaient de longues ombres vacillantes. En quatre enjambées, elle arriva près de l'autel. Là, entre les deux rangées de bancs, elle découvrit Rory. Allongé à même le sol dans un sac de couchage, il reposait sur le flanc, à côté d'un grand sac de sport. Josie vit qu'un vêtement en dépassait. *Ses affaires personnelles*, pensa-t-elle. Il fixait une bougie sur le sol, dont la flamme dansait.

— Rory, chuchota Josie.

Il se leva d'un bond, les mains tendues devant lui, scrutant les ténèbres autour de lui.

— Qui est là ? siffla-t-il.

Josie s'approcha de la lumière. Elle tendit également les mains pour lui montrer qu'elle n'était pas armée.

— Josie Quinn, répondit-elle. J'ai parlé à ta sœur, Emily, ce soir.

Pivotant, il la regarda fixement. Son visage était maculé de terre. Des mèches d'épais cheveux bruns pointaient d'un côté de sa tête. L'unique mèche blanche au milieu de son front brillait à la lumière de la bougie. Il portait un sweat-shirt noir et un jean strié de sang séché. Josie devina que ce sang était celui de Reed Bryan. Un mélange d'odeurs fétides l'enveloppait : sueur, relent métallique du sang et quelque chose de terreux. Il se figea, mais Josie remarqua ses genoux pliés, ses talons légèrement décollés du sol. Il était prêt à bondir.

— Je ne vais pas te faire de mal, dit-elle. Je veux juste te parler. S'il te plaît.

— Est-ce qu'Emily va bien ?

— Oui. Elle va bien.

La posture de l'adolescent se détendit légèrement. Il laissa ses mains retomber contre ses flancs.

— Comment vous m'avez trouvé ?

— C'est toi qui as amené Holly ici.

— Oui, et alors ?

— Un cadavre devant une église ? Personne ne viendrait ici pendant au moins deux semaines.

Un sourire s'esquissa sur le visage du jeune homme.

— Se cacher au vu et au su de tout le monde.

— Rory, je suis venue te demander de venir avec moi.

— Où ça ?

— Au poste de police.

Il désigna l'autel derrière elle.

— Il y a des policiers dehors ?

Josie secoua la tête. Elle s'approcha d'un pas, même si son cœur battait à tout rompre. Rory n'avait que quinze ans, mais il était plus grand qu'elle. Bien qu'il soit mince et sec, Josie se souvenait parfaitement de la rapidité et de la brutalité avec lesquelles il avait pris le dessus sur elle lors de leur première rencontre.

— Non, répondit-elle. Il n'y a que moi, et je ne suis pas ici en tant qu'inspectrice. Je n'ai même pas mon arme. Je ne suis pas une menace pour toi… ni pour ta créature.

— C'est Pax qui vous en a parlé, c'est ça ?

— Oui.

— La créature n'a pas tué ma famille. Et ce n'était pas moi non plus.

— Je sais, déclara Josie.

— Comment vous le savez ?

— J'ai compris ce qui s'est passé.

— Personne ne va me croire, marmonna-t-il, d'une voix de plus en plus ténue.

Josie se rapprocha encore d'un pas, les bras toujours tendus, les épaules douloureuses.

— Je te crois.

— J'ai amené Holly ici pour qu'il voie ce qu'il avait fait et qu'il sache que je n'allais pas le laisser s'en tirer comme ça, mais je n'ai pas tué l'autre femme. Celle avec qui vous étiez, cette nuit-là. Je ne vous ai pas tiré dessus.

— Je sais.

— Je n'ai même pas d'arme. Je n'en ai jamais eu. C'était le fusil de ma mère. Elle le gardait dans le pick-up. Pour les cerfs, les ours et les coyotes. Je n'ai jamais eu le droit d'y toucher. Jamais. Une fois, je me suis mis en colère et j'ai essayé de le sortir du coffre-fort du pick-up, mais je n'ai pas réussi. Je n'en avais pas la force… même si j'étais très en colère.

— Je sais, répéta Josie.

— Mais ça ne change rien, insista-t-il. Même si vous, vous me croyez, personne d'autre ne le fera et, en plus, depuis, j'ai tué le père de Pax. Je ne l'ai pas fait exprès. Je ne voulais pas, mais la créature... J'étais tellement en colère. Je ne m'en souviens même pas...

— Je ne suis pas là pour parler de ça, le coupa Josie. Peu importe ce qui se passe maintenant, ce soir, tu devras aller au poste de police. Tu comprends ?

— Oui. C'est exactement ce que ma mère a toujours voulu éviter.

— Je suis désolée, Rory. Vraiment, mais maintenant j'aimerais bien que tu m'aides. Nous savons tous les deux qui a tué ta mère et ta sœur, et la première étape pour qu'il finisse en prison, c'est que tu viennes avec moi et que tu racontes à mon équipe tout ce que tu sais.

— Je ne veux pas qu'il aille en prison, répliqua brutalement Rory. Je veux qu'il meure. Je veux le tuer. Lui casser la gueule de mes mains.

Josie sentait que Rory était de plus en plus tendu, et elle tenait à éviter que la situation s'aggrave.

— Je comprends, dit-elle.

Il s'arrêta de parler. Ses yeux sombres brillaient à la lueur de la bougie.

— Vraiment ?

— Il a tué ma grand-mère, expliqua-t-elle. Ce que tu as ressenti pour ta mère, c'est ce que j'ai ressenti pour ma grand-mère. Elle m'a élevée, protégée, elle a tenté de m'éviter d'avoir des ennuis, elle a tout fait pour moi, même quand ce n'était pas la meilleure chose à faire.

— On dirait ma mère.

Josie opina du chef.

— J'ai rencontré ta mère. Tu n'étais pas dans la maison ce jour-là. Elle m'a aidée. Maintenant, laisse-moi t'aider à mon tour.

Avant qu'il ne puisse répondre, un craquement se fit entendre. Puis un souffle d'air traversa la petite église. La bougie s'éteignit. Rory percuta Josie et la poussa vers l'autel.

— Il faut qu'on dégage d'ici, dit-il.

Il la souleva pratiquement du sol et lui fit franchir d'une poussée la porte de derrière. Elle pivota sur elle-même, désorientée, puis sentit sa main dans la sienne, qui la tirait.

— Courez ! dit-il.

41

Rory l'entraîna alors que les yeux de Josie essayaient une fois de plus de s'adapter à la lumière de la lune. Le ciel s'était un peu éclairci, mais il faisait encore très sombre, surtout dans les bois. Très vite, elle sentit des branches lui fouetter le visage, puis elle se prit les pieds dans une racine noueuse et tomba. Rory la releva et continua à la tirer.

— Courez ! ordonna-t-il. Il va nous tuer tous les deux.

Tout en trébuchant derrière lui à travers la forêt, Josie se rendit compte que la paume de l'adolescent devenait moite. De temps en temps, un rayon de lune traversait les arbres. Rory regarda par-dessus son épaule, derrière elle, et elle vit à la lumière blafarde de l'astre la peur dans ses yeux écarquillés. Il ressemblait à un petit garçon. Oublié le monstre qui l'avait attaquée dans la maison des Mitchell. Oublié le monstre qui avait battu Reed Bryan à mort à coups de pelle. C'était redevenu le garçon que Lorelei voyait – toujours – quand elle regardait son fils.

Ils coururent jusqu'à ce que Josie soit pliée en deux par un point de côté. Hors d'haleine, Rory s'arrêta et se pencha, cherchant à reprendre son souffle. Josie fouilla ses poches à la recherche de ses lunettes de vision nocturne, mais elles avaient disparu, sans doute tombées au sol en cours de route. Par contre, elle avait toujours sa lampe torche. Lorsqu'elle l'eut en main, Rory s'en saisit.

— Non, dit-il. Vous allez le conduire jusqu'à nous.

— C'est déjà fait, petit con.

La voix, surgie de l'obscurité, les fit sursauter. Josie se rapprocha de Rory jusqu'à ce qu'ils soient dos contre dos, scrutant l'un comme l'autre les ténèbres.

— Vous avez couru en rond, espèces d'abrutis.

Cette fois, la voix leur parvint d'un autre point. Au-dessus de leurs têtes, les arbres occultaient une grande partie de la faible lumière de l'aube naissante, mais Josie distingua cependant quelques ombres. L'une d'elles prit la forme d'un homme à mesure qu'elle se rapprochait. Un rayon de lumière lui révéla le visage d'Adam Long, dont les lèvres étaient retroussées en un rictus sinistre. Ses cheveux blancs étaient hirsutes. Il portait un t-shirt et, lorsqu'il leva le fusil de chasse qu'il avait entre les mains, Josie vit ce qui ressemblait à une entaille profonde et suppurante à l'intérieur de son avant-bras.

Elle repensa immédiatement à l'empreinte de main ensanglantée sur le pick-up de Lorelei.

— Lorelei vous a appelé, lança Josie, sachant d'expérience que plus l'on parlait, moins l'on tirait.

De plus, si elle réussissait à le distraire, elle pourrait récupérer sa lampe torche, aveugler Adam et le désarmer.

Voyant que ce dernier restait muet, elle continua :

— Vous êtes le père de Rory et de Holly.

— C'est ce que cette petite merde vous a dit ? Je baise ma belle-sœur deux ou trois fois et il vous raconte qu'on a eu des gosses ? Ce gamin vit dans un monde imaginaire.

— Il ne m'a rien dit, rétorqua Josie. Vous avez une poliose. Holly aussi, et Rory aussi. C'est génétique, la mèche blanche.

Adam retira une main de l'arme pour ébouriffer ses cheveux.

— Tous mes cheveux sont blancs, ma poule. Ça ne veut rien dire.

— J'ai vu votre photo de mariage, rétorqua Josie. Elle n'a pas été facile à trouver en ligne, mais j'y suis parvenue. À l'époque, vous aviez les cheveux noirs. Mis à part une mèche blanche sur le devant. Quand Emily était chez vous, elle a vu votre photo de mariage, mais elle n'a pas compris que c'était vous. Elle a cru que c'était Rory, et donc que c'était une photo de Celeste et Rory.

— Et alors ? Cette gamine est aussi cinglée que celui-ci. Tout ce que Lorelei faisait, c'était baiser et pondre des gamins dérangés.

— C'est toi qui es dérangé ! hurla Rory.

Josie passa une main derrière elle et lui attrapa le bras. S'il se précipitait sur Adam, il allait se faire tirer dessus.

— Holly et Rory sont vos enfants, reprit Josie. Pas Emily. Lorelei a tenté de les élever seule mais, quand Rory est devenu adolescent, elle n'arrivait plus à le contrôler. Elle vous a écrit.

— Non, lâcha Adam.

— Si, répliqua Josie. J'ai en ma possession une partie de la lettre.

— Je l'ai brûlée, cette lettre. Je l'ai rapportée et la lui ai rendue. Et ensuite, bien plus tard, je l'ai brûlée. J'ai tout brûlé. Chaque photo. Chaque document. Son ordinateur portable et son téléphone. Chaque élément de preuve qu'elle aurait pu utiliser pour prétendre que cette progéniture était la mienne.

Josie poursuivit, toujours dans le but de détourner son attention :

— Elle voulait que vous disiez la vérité à Celeste et que vous l'aidiez avec Rory. Le jour des meurtres, Rory est devenu violent, très violent, et elle vous a appelé depuis son portable. Vous êtes venu. Je ne sais pas pourquoi.

— J'y suis allé pour lui dire une fois pour toutes que je n'allais pas être... ce qu'elle voulait que je sois. Un père ou je ne sais quoi. Je n'étais même pas au courant de qui elle était vraiment quand je l'ai rencontrée la première fois, figurez-vous. On s'est croisés au magasin de produits fermiers. Je regardais des trucs pour le menu. J'ai vu débarquer cette hippie avec un joli cul. Elle vivait dans les bois. Prête à sauter au pieu avec moi chaque fois que je me pointais. La situation parfaite, quoi. Je n'ai découvert son identité qu'après un an de mariage. J'ai trouvé les papiers dans les affaires de Celeste. Toute l'histoire est sortie. Mais ce n'était pas grave, parce que Lorelei s'en fichait. On a continué à s'envoyer en l'air. Jusqu'à ce qu'elle tombe enceinte. Même là, ce n'était pas si mal au début. Elle se fichait que je ne fasse pas partie de la vie de l'enfant. Puis elle est tombée de nouveau enceinte et ce taré s'est mis à essayer de tuer sa sœur.

— C'était parfait, dit Rory. Tu as tout gâché.

Adam partit d'un petit rire sec. Ses dents blanches étincelèrent. Plus ils s'attardaient là, plus les yeux de Josie s'adaptaient à la faible lumière qui montait dans le ciel. Le lever du soleil était proche.

— Petit, tu ne comprends rien à rien. Ta mère ? C'était une salope manipulatrice. Je lui ai dit qu'ADN ou pas, je n'étais pas ton père. Elle n'avait pas de problème avec ça jusqu'à ce que tu t'avères complètement détraqué. Tout à coup, elle a voulu jouer au papa et à la maman. Quand je lui ai dit que c'était hors de question, elle n'a pas protesté. Et brusquement, elle a exigé que je quitte ma femme.

— Vous auriez pu quitter votre femme, souligna Josie. Rien ne vous en empêchait.

Il secoua la tête. Le clair de lune projetait des ombres sur son visage.

— Je ne peux pas quitter ma foutue femme. Nous avons un contrat de mariage parce que, comme vous l'avez vu, Celeste est une sale égoïste sans cœur, amère et haineuse. Si elle découvre pour Lorelei et pour les enfants, je me retrouverai à la rue sans rien. Moins que rien, même. Et si vous pensez que j'allais passer du luxe de *Harper's Peak* à une baraque de merde au fond des bois, pleine de gosses débiles, sans un centime à mon nom, vous êtes folle. Lorelei était dingue de s'imaginer que je le ferais. J'y suis allé pour lui dire de ne plus m'appeler.

— Tu es venu à la maison pour la tuer ! hurla Rory.

Josie le sentit échapper un peu à sa prise. Elle enfonça les ongles dans sa peau et il s'immobilisa.

— Non, gamin, déclara Adam. Je n'ai jamais voulu la tuer. Ce n'est pas ma faute si tu es devenu cinglé. C'était toi qui allais la tuer si je n'intervenais pas. C'est sur toi que j'essayais de tirer, petite merde. Tu m'as poignardé ! Avec mon propre canif !

Josie crut entendre Rory sangloter.

— Et Holly ? s'écria-t-il.

— C'est aussi ta faute, ça. C'est toi qui as essayé de l'étrangler. En quoi est-ce que je serais responsable de sa mort ? C'est toi qui l'as déposée à l'église.

— Holly est morte d'un traumatisme crânien, pas étranglée, nuança Josie.

— Elle voulait m'aider, reprit Rory. Je l'ai étranglée. Je ne pouvais pas m'en empêcher. Je me suis énervé... La créature... J'ai juste... Mes mains sont venues sur sa gorge. C'est à ce moment-là que maman l'a appelé. Mais je ne l'ai pas tuée. Il est venu et, lui, il a essayé de me tuer...

— Tu as écrasé la tête de ta mère sur le coin du plan de travail. Tu t'attendais à quoi ? répliqua Adam.

— Il m'a couru après et il a cherché à me frapper, expliqua Rory. Holly a sauté sur son dos pour essayer de l'arrêter. Il l'a éjectée et elle s'est cogné la tête. Alors j'ai pris son canif à sa ceinture et je lui ai donné un coup de couteau. Il est sorti de la maison. Holly allait bien. Elle s'est relevée. Elle parlait. Puis il est revenu à l'intérieur avec le fusil. Il a tiré sur maman. Holly et moi, on s'est enfuis dans les bois.

— C'étaient tes empreintes de chaussures dans la cuisine et à l'arrière, comprit Josie. Pointure 42.

— Oui, confirma Rory. Je l'ai accompagnée pour l'éloigner de lui. Je pensais qu'elle allait bien, mais elle est tombée et... elle a arrêté de respirer.

— Elle avait une blessure à la tête, dit Josie. Je suis désolée.

— Pas moi, ironisa Adam. Un de moins, il n'en restait plus qu'un.

— Un seul ? s'étonna Josie. Vous n'étiez vraiment pas au courant pour Emily ?

Il éclata d'un rire brutal.

— Je n'en avais aucune idée. Je ne l'avais jamais vue. Lorelei était sacrément douée pour garder les secrets. Mais la gamine a huit ans, et j'avais cessé de voir Lorelei avant sa naissance. Je ne suis revenu que quelques fois, plus tard, quand ce monstre était hors de contrôle.

— Vous alliez aussi tuer Emily ! l'accusa Rory.

— Seulement si elle m'avait reconnu, nuança Adam. Or elle ne l'a pas fait.

— Est-ce que Celeste sait ce que vous avez fait ? demanda Josie. Est-ce qu'elle est au courant de votre crime ? Elle vous a fourni un alibi pour vendredi matin.

Il rit de nouveau. Le son fit courir un frisson dans le dos de Josie.

— Celeste m'a fourni un alibi parce qu'elle pensait que je dormais à la maison. Ce qui était bel et bien le cas, quand elle est partie rejoindre Tom. Ça fait des années qu'ils baisent ensemble. Ils pensent que je ne suis au courant de rien. Donc elle est partie, Lorelei a appelé et, comme je savais que Celeste serait occupée avec Tom pendant quelques heures, je suis allé régler les choses une fois pour toutes avec Lorelei. Celeste n'a jamais rien su – rien du tout – et je tiens à ce que ça reste le cas. Je n'avais plus que ce dernier petit ménage à faire, lâcha-t-il en levant le menton vers Rory. Ça fait des jours que je cherche ce merdeux dans les bois. J'ai failli vous plomber, l'autre jour, mais j'ai touché un arbre à la place. Vous êtes toujours dans mes pattes, bon sang.

— Vous cherchiez Rory quand ma grand-mère vous a vu, déduisit Josie en s'efforçant d'empêcher sa voix de trembler.

— Je ne pouvais pas vraiment sortir de la forêt à ce moment-là, surtout pas avec ça dans les mains. Je me suis dit que si je vous abattais toutes les deux, je pourrais faire porter le chapeau au gamin. Ensuite, je le trouvais, je lui brisais la nuque et je faisais passer ça pour un accident. Il y a des tas d'endroits où l'on peut faire une mauvaise chute, par ici.

Des larmes piquaient les yeux de Josie, mais elle les refoula. La main qui ne tenait pas le bras de Rory tapotait son flanc, pour tenter de trouver la lampe torche. Au début, l'adolescent ne parut pas comprendre. Josie ne voulait pas faire de mouvements trop amples qui auraient risqué d'alerter Adam, mais leur seule chance de s'en sortir vivants était cette lampe. Il était impossible de raisonner cet homme. Contrairement à son fils, il n'éprouvait aucun remords pour ses actes. Contrairement à son fils, il ne tuait pas sous l'emprise de la rage, seulement à la faveur d'une opportunité. Elle tapota de nouveau le bras de Rory, puis son poignet. Il se déplaça et Josie put refermer sa main sur la poignée de la lampe torche.

— Vous avez envie qu'on cause d'autre chose encore, pendant qu'on y est, les débiles ? demanda Adam. Dernière chance. Parce que j'ai hâte que ça se termine enfin.

Il leva le fusil et le pointa sur eux. Le doigt de Josie trouva le bouton sur le côté de la lampe torche. Sans trop bouger les lèvres, aussi doucement qu'elle le put, elle souffla à Rory :

— Cours.

— Qu'est-ce que vous fichez ? demanda Adam.

Le fusil trembla légèrement. Josie projeta son bras en avant et alluma la lampe torche pour la braquer droit sur le visage du meurtrier. L'une de ses mains lâcha l'arme et se porta en visière devant ses yeux.

— Salope, maugréa-t-il.

Rory détala. Josie courut vers Adam, bondit au dernier moment et abattit la lampe torche sur le crâne de l'homme. Celui-ci cria mais ne lâcha pas son arme. Josie lança un coup de pied à l'endroit où, espérait-elle, se trouvait son genou, mais rien ne se produisit. Elle refit une tentative. Cette fois, il vacilla. Tendant les mains dans l'obscurité, Josie finit par trouver le canon de l'arme. Elle s'y agrippa et fit pivoter son corps, faisant passer son bras par-dessus le canon pour qu'il se retrouve sous son aisselle. Adam se redressa et lui saisit le visage par-derrière. Alors, lâchant le fusil d'une main, elle attrapa les doigts de l'homme au moment où ils allaient s'enfoncer dans son menton. D'un coup sec, elle les tordit vers l'arrière. Les os craquèrent. Adam poussa un cri aigu et s'écroula au sol.

Josie lui arracha l'arme. Saisissant le canon comme une batte de base-ball, elle lui balança la crosse en pleine face. Faute de lumière, elle ne visait pas juste : l'arme passa trop haut. Comme elle avait mis toutes ses forces dans le coup, elle se retrouva déséquilibrée. Adam se releva, passa derrière elle et la plaqua au sol. Josie s'effondra violemment mais, le terrain étant légèrement en pente, elle utilisa l'élan pour le faire rouler sous elle, et entreprit de le marteler de coups de poing. Elle cognait à l'aveuglette : il faisait trop sombre pour qu'elle puisse choisir ses cibles.

Il grommela un autre juron, leva un bras et la gifla du revers de la main. Des étoiles fusèrent sous les paupières de Josie. Puis elle se retrouva sur le dos, brièvement, car ils roulaient, roulaient, puis ils tombèrent.

Les mots prononcés par son assaillant quelques instants plus tôt lui revinrent à l'esprit. *Il y a des tas d'endroits où l'on peut faire une mauvaise chute, par ici.*

Elle atterrit sur Adam, lui coupant le souffle. Battant des

bras, il tenta de s'agripper à elle, mais elle s'éloigna en rampant, se cramponnant aux feuilles, aux broussailles et aux racines des arbres. Le sol ne tarda pas à remonter abruptement devant elle.

Elle devait se lancer dans son ascension. Se mettant à genoux, elle se déplaça d'un côté à l'autre, dans l'espoir de trouver un endroit où s'agripper. La paroi n'était pas complètement verticale, mais c'était raide. À quelques mètres de là, la pâle lumière matinale perçait la canopée au-dessus de sa tête. Josie se précipita vers cette lumière, consciente des déplacements d'Adam derrière elle. Crissements, bruits sourds et jurons marmonnés se rapprochaient même si elle bougeait aussi vite que son corps meurtri le lui permettait. À la faible lueur du jour, elle se rendit compte qu'il y avait eu un glissement de terrain ici, si bien que la pente devant elle était, à cet endroit, presque verticale. Plusieurs grosses racines noueuses dépassaient de la terre. Si elle parvenait à s'accrocher à l'une d'elles, elle pourrait s'éloigner d'Adam. Elle dut sauter pour attraper la première racine et tirer de toutes ses forces, malgré les protestations de ses épaules et des muscles de sa poitrine. Elle pouvait courir des kilomètres mais, bon sang, elle était incapable de faire plus d'une traction.

Cela dit, une seule suffisait. Elle sentit la main d'Adam effleurer sa botte tandis qu'elle commençait à gravir la pente. Cherchant toujours à rejoindre la flaque de lumière qu'elle avait repérée, elle se servit de ses bras et de ses jambes pour se hisser jusqu'à la corniche d'où ils étaient tombés. À deux reprises, elle sentit Adam la rattraper, sa main lui frôler un pied. Un coup de botte rapide le fit redescendre de quelques mètres. Au sommet, la corniche faisait légèrement saillie, ce qui rendait le dernier obstacle particulièrement difficile à négocier. Josie se servit de ses coudes pour s'y accrocher et essayer de le franchir.

Puis elle se figea, la moitié de son corps au-dessus et l'autre moitié en dessous. Là, dans la lumière du matin naissant, il y avait une biche et deux petits faons, silencieux et immobiles.

Les oreilles de la mère se dressèrent et ses yeux rencontrèrent ceux de Josie, comme si elle était surprise de la voir là, pas tout à fait sûre de la menace qu'elle représentait. C'était le territoire de la biche, pas celui de Josie. Alors que la policière restait suspendue à la corniche, les jambes dans le vide, la queue de l'animal frétilla et elle s'en fut en gambadant, quittant la lumière pour s'enfoncer dans l'obscurité du sous-bois. Sa progéniture la suivit, accélérant l'allure pour la rattraper.

La main lourde d'Adam se referma sur le mollet de Josie.

— Tu crois que tu vas m'échapper ? grogna-t-il. Ce n'est pas fini, salope. Je vais te briser en deux. Tu m'entends ? Je vais te tuer.

Josie sentit qu'il tirait sur sa jambe et se raidit. Devant elle, une autre racine d'arbre sortait du sol. Elle s'y accrocha des deux mains et tourna la tête pour regarder par-dessus son épaule.

— On ne peut pas l'arrêter, lui lança-t-elle.

— Arrêter quoi ? La mort ? Vous avez raison. Personne ne m'arrêtera.

— Non, répliqua Josie. La vie. On ne peut pas arrêter la vie.

Elle utilisa sa jambe libre pour lui donner un coup de pied. Elle sentit le nez d'Adam s'écraser sous la semelle de sa botte, produisant un son aussi rassurant qu'écœurant. Puis il lâcha prise et tomba dans le gouffre.

42

Elle erra dans la forêt jusqu'à avoir du réseau sur son téléphone pour appeler les secours. Le soleil poignait à l'horizon et Noah, debout depuis un moment et ayant trouvé son message, avait rameuté des renforts. Dans les minutes qui suivirent l'appel de Josie, les patrouilleurs de la police d'État l'avaient localisée. Ils voulurent la transporter, mais elle était capable de marcher toute seule. Ils la conduisirent jusqu'à la route qui longeait *Harper's Peak*. Deux ambulances et cinq ou six véhicules de police étaient disséminés sur le bas-côté. Les policiers la guidèrent vers l'une des ambulances, mais, avant qu'ils ne l'atteignent, elle aperçut Noah sur la route, en train de parler avec Mettner, Chitwood et Gretchen. Dès qu'il l'aperçut, il se mit à courir. Et elle aussi.

Ils se retrouvèrent à mi-chemin, et leurs corps s'écrasèrent l'un contre l'autre. Josie se laissa aller dans ses bras, profitant de sa chaleur, de son odeur, de son poids rassurant dans sa vie.

— Je t'avais pourtant promis de courir au-devant du danger avec toi, lui chuchota-t-il à l'oreille.

— Je sais, dit Josie. Mais je ne savais pas que j'allais rencontrer le danger. Je voulais seulement retrouver Rory. Vous avez réussi à lui mettre la main dessus ?

— Il est à l'arrière d'une des ambulances, répondit Noah. Il est tombé en s'enfuyant, on dirait bien qu'il a une jambe cassée, mais il faudra lui faire passer des radios.

— Et Adam ?

Noah desserra légèrement son étreinte, assez pour pouvoir scruter son visage tout en gardant ses bras autour de la taille de sa femme. Il secoua lentement la tête.

Josie se demanda si c'était la chute qui l'avait tué. Elle ne semblait pas assez terrible pour achever quelqu'un. Ni lui ni elle n'y avait laissé la vie, la première fois, et pourtant elle avait atterri sur lui.

— On dirait qu'il s'est cogné la tête contre un rocher, précisa Noah.

À moins que quelqu'un ne l'ait frappé avec une pierre, pensa Josie. Rory était probablement tombé de la même corniche qu'eux, mais il n'avait pas bien atterri. Il devait être en bas quand ils avaient chuté à leur tour. Adam avait sans doute été désorienté après cette deuxième chute, peut-être même avait-il eu le souffle coupé. Il n'était pas exclu que Rory ait eu la force de trouver un rocher et de mettre Adam hors d'état de nuire de façon définitive.

Mais pourraient-ils prouver quoi que ce soit ? Cela valait-il seulement la peine d'essayer ? En l'état, Rory allait être arrêté et accusé du meurtre de Reed Bryan. Il ne constituerait pas une menace pour la population. Josie sut qu'elle n'aurait de toute façon pas à décider si elle devait ou non enquêter sur la manière dont Adam était mort dès qu'elle vit le chef s'approcher d'elle à grands pas.

— Ah, oui, murmura Noah à son oreille. Chitwood est furax.

— Plus que d'habitude ? marmonna Josie.

Noah la relâcha. Chitwood pointa un doigt en l'air en se rapprochant.

— Quinn, si votre grand-mère ne venait pas de mourir, j'aurais des choses désagréables à vous dire. Vous avez dépassé les bornes. C'est inacceptable. Vous êtes en congé. Non, suspendue. Vous pensez pouvoir faire ces conneries de justicière sous mon commandement ? Mais qu'est-ce que vous croyez ? Vous ne pouvez pas faire ce qui vous chante. Vous auriez pu compromettre toute l'affaire – voire toutes les affaires –, c'est vraiment un merdier sans nom. Qu'est-ce qui vous est passé par la tête ? Non, ne me dites rien. Vous savez pourquoi ? Parce que je ne veux plus entendre un seul mot de votre bouche. Je ne veux plus vous voir pendant au moins deux semaines, et ensuite, peut-être...

Josie l'interrompit.

— On dirait bien que vous avez des choses à dire, monsieur.

Chitwood s'immobilisa complètement. Lorsqu'il reprit la parole, sa voix vibrait encore de colère.

— Hors de ma vue, Quinn. Vous êtes suspendue.

Josie tourna les talons et regagna les ambulances. Étrangement, elle n'était pas contrariée. Ni déçue. Ou énervée. Ou quoi que ce soit d'autre, en fait. Elle essaierait de conserver son travail, et il y avait de fortes chances pour que, une fois qu'il lui aurait infligé la punition qu'il jugerait appropriée, Chitwood la laisse réintégrer les forces de l'ordre. Elle devrait accepter ce qui arriverait. Cela ne faisait aucun doute. Mais c'était sans aucune importance, pour le moment, car elle devait s'occuper des funérailles de sa grand-mère.

Elle trouva Rory sur un brancard à l'arrière d'une des ambulances. Il se redressa en la voyant, les traits soudain moins tendus. Il tenta de lever une main pour la saluer, mais il était menotté au brancard.

— Vous allez bien, constata-t-il. J'étais inquiet.

Josie acquiesça.

— Toi aussi, à ce que je vois. J'en suis ravie.

— J'ai juste un truc à la jambe, je devrais guérir rapidement, d'après les ambulanciers. Mais je vais probablement aller en prison. Pour un long moment.

— Tu as besoin d'un avocat, lui dit Josie. N'oublie pas d'en demander un. Tes troubles devraient être pris en compte. Je suis sûre que le docteur Buckley sera prêt à témoigner en ta faveur. De plus, tu es mineur. Il pourrait y avoir des conditions spéciales…

— Je ne suis pas quelqu'un de bien, la coupa-t-il. Je vais là où est ma place.

— Tu en es vraiment persuadé ? demanda Josie.

— Pas vous ? Vous ne pensez pas que je suis une mauvaise personne ? J'ai fait du mal à ma mère et à mes sœurs. Contre ma volonté, mais n'empêche. Je ne peux pas contrôler la colère que j'ai en moi. J'ai beau essayer, j'ai de mauvaises pensées et je fais de mauvaises choses. Cela fait de moi une mauvaise personne. Ma mère n'a pas compris ça. Mais vous, si. C'est pour ça que vous êtes venue me chercher. Vous avez compris mon cerveau.

Josie monta dans l'ambulance. Noah attendait dehors. Elle s'assit à côté du brancard.

— Rory… commença-t-elle.

Il ne la laissa pas achever.

— Mais vous m'avez aussi cru, à propos d'Adam. Je pense que vous avez essayé de m'aider même si vous étiez obligée de me coffrer. Pourquoi est-ce que vous m'avez aidé ? Si vous saviez ce que j'avais dans la tête, pourquoi m'aider ?

Josie posa les coudes sur ses genoux et se pencha vers lui, sentant enfin tout le poids de son épuisement. Noah allait devoir la porter jusqu'à la voiture.

— Ma grand-mère m'a dit quelque chose hier, juste avant de mourir. Elle m'a appelée, je me suis approchée et elle m'a murmuré quelque chose à l'oreille.

Rory souleva son torse vers elle.

— Qu'est-ce qu'elle vous a dit ?

— Elle a dit : « Tu en valais la peine. Tu en valais absolument la peine. »

Il la fixa, les yeux écarquillés, pendant de longues secondes. Puis il demanda :

— Qu'est-ce que ça veut dire ?

Josie s'esclaffa.

— Ça veut dire que je valais tous les efforts qu'elle a consenti à faire pour moi, pour m'élever, me protéger, m'aider, me garder en sécurité. Je valais tout cela, toutes les décisions qu'elle a prises, les bonnes comme les mauvaises. Rory, c'est ce que ta mère ressentait pour toi. Tu en valais la peine, à ses yeux. Tu méritais tous ses efforts.

Il laissa sa tête retomber sur le brancard et, poussant un long soupir, ferma les yeux.

— Merci.

43

UNE SEMAINE PLUS TARD

Plantée au milieu du hall de la piste de roller *Bob's Big Party*, Josie regardait autour d'elle. Pratiquement toutes les personnes qu'elle connaissait étaient là, il y en avait même qu'elle ne connaissait pas. Les résidents de Rockview étaient assis aux longues tables devant le présentoir de nourriture, certains en fauteuil roulant, d'autres dans les fauteuils du hall, avec leur déambulateur à côté d'eux. La plupart des autres visiteurs étaient installés sur les bancs, troquant leurs chaussures contre des patins à roulettes. La piste de roller était déserte, mais une grosse boule disco tournait paresseusement, projetant des éclats de lumière un peu partout. Josie regarda Bob, le propriétaire, et l'un de ses employés pousser une table au centre de la piste. Ils y déposèrent deux grands vases de fleurs, une photo de Lisette souriante et l'urne contenant ses cendres. Une fois que Bob eut tout arrangé, il revint vers Josie.

— Vous êtes prête ? demanda-t-il.

— Bob, répliqua Josie, ma grand-mère a tout prévu avec vous. Je n'en avais aucune idée. Alors, est-ce que je suis prête ? Pas du tout. Mais allez-y quand même.

Avec un petit rire, il se dirigea vers la cabine du DJ.

Instable sur sa paire de patins, Trinity se jeta sur Josie, qui la retint in extremis avant qu'elle ne tombe à quatre pattes. Son équilibre retrouvé, Trinity regarda les pieds de Josie.

— Depuis quand est-ce que tu es si douée en patins à roulettes ?

Josie haussa les épaules.

— On y allait tout le temps quand j'étais au lycée. Mamie s'est toujours sentie mal parce que la première fois que j'ai été invitée à une fête à la piste de roller, je n'ai pas pu y aller. Parce que...

Trinity mima des guillemets en l'air.

— À cause de « problèmes de garde ». C'est comme ça que les ravisseurs d'enfants appellent ça. Je dois t'avouer que c'est le service funéraire le plus bizarre auquel j'aie assisté. De toute ma vie. Et je suis pratiquement une célébrité.

— Tu es une célébrité, asséna Josie.

— Eh bien, oui, d'accord, et n'empêche, c'est l'enterrement le plus bizarre de ma vie. Cela dit, même si je ne connaissais Lisette que depuis peu, je ne peux pas dire que je sois surprise.

Les premières notes d'une chanson disco retentirent dans le bâtiment.

— Je ne pense pas qu'elle aurait voulu qu'on appelle ça un enterrement, dit Josie, en parlant un peu plus fort pour se faire entendre.

— Oui, convint Trinity. C'est plutôt une célébration de sa vie. Mais sérieusement, ça ne te dérange pas ?

Josie sourit.

— Est-ce que ça me dérange que ma grand-mère ne soit plus là ? Oui. Est-ce que tout ce qui se passe ici me dérange ?

Elle désignait la salle où l'assistance commençait à se répandre sur la piste.

— Je suis presque sûre que c'est mieux que tous les enterrements et toutes les célébrations de vie auxquels j'ai assisté, et j'en ai vu beaucoup.

Trinity la serra dans ses bras.

— Je vais rejoindre Drake.

Josie la regarda patiner jusqu'à Drake sur la piste et lui prendre la main. Il lui sourit. La musique disco était en train de s'emballer et les gens virevoltaient dans le vaste espace, soulevant une brise qui caressait le visage de Josie. Il était difficile de ne pas sourire. Et c'était exactement le but recherché, devina-t-elle.

Bien joué, Lisette.

Deux jours après avoir amené Rory au commissariat, Josie avait rencontré le notaire de Lisette. Le testament de sa grand-mère était banal. Elle vivait à Rockview depuis des années et n'avait plus de biens, seulement une poignée d'objets personnels qu'elle partageait entre Josie et Sawyer. Les instructions concernant ses funérailles, en revanche, c'était une autre affaire. Sawyer avait regardé Josie ouvrir l'enveloppe, en sortir une feuille et la déplier. Elle était datée de l'année où Lisette avait emménagé à Rockview.

« Elle a modifié son testament l'année dernière, avait expliqué le notaire. Mais elle n'a pas touché à cette enveloppe. »

La feuille contenait deux instructions : l'incinérer et appeler un certain Bob au numéro figurant en dessous.

Il s'était avéré qu'il s'agissait de Bob McCallum, propriétaire de la plus ancienne piste de roller de Denton. Josie n'avait même pas remarqué que cet établissement avait survécu au passage au xxie siècle, mais *Bob's Big Party* fonctionnait toujours aussi bien qu'autrefois, lorsque Lisette avait conçu ce projet fou pour son « enterrement » et avait embarqué Bob dedans.

« Votre grand-mère a travaillé à la bijouterie de Campbell Street, avait dit Bob à Josie et Sawyer quand ils étaient allés le voir. Vous vous souvenez ?

— Oui, avait répondu Josie.

— Elle m'a vendu la bague de fiançailles avec laquelle j'ai

demandé ma femme en mariage. Cela fait maintenant quarante-sept ans que je suis marié. La meilleure chose de ma vie. Je ferais n'importe quoi pour votre grand-mère.

— Comme le prouvent ces funérailles », avait lâché Sawyer.

Mais Bob n'avait absolument pas perçu le sarcasme dans sa voix. Il leur avait tendu une autre enveloppe, qui contenait des instructions détaillées, rédigées de la main de Lisette, sur la fête qu'elle voulait organiser pour célébrer sa vie.

Quelques jours plus tard, *Bob's Big Party* grouillait d'invités venus rendre hommage à Lisette. Josie s'était attendue à des résistances. Shannon avait proposé un compromis : une petite cérémonie au funérarium le matin puis, l'après-midi, la fête à la piste de roller. L'idée avait été bien accueillie, et presque toutes les personnes venues au funérarium étaient maintenant réunies ici, en train de patiner, de manger ou de danser au son de la musique.

Josie observa la foule et repéra Misty et Harris qui glissaient sur la piste, main dans la main. Shannon était très habile, patinant même à l'envers et se faufilant entre les gens, tandis que Christian s'accrochait au mur qui entourait la piste. Patrick, le jeune frère de Josie, était là avec sa petite amie. Mettner et Amber se tenaient par la main et se déplaçaient en parfaite harmonie, se balançant au rythme de la musique. Il s'avérait que Gretchen était aussi du genre à se cramponner au mur, mais elle avait cependant l'air de s'amuser comme une folle. Paula, sa grande fille, avait emménagé chez elle la semaine qui précédait, et était donc là aussi. Celle-ci se débrouillait bien mieux que sa mère, et rigolait en observant Gretchen s'accoutumer à ses patins. Même Chitwood était venu, bien qu'il n'ait pas encore reparlé à Josie et ne patine pas. Il restait dans la zone de restauration avec les gens de Rockview. La docteure Feist et plusieurs membres de l'équipe d'identification criminelle étaient, eux, sur la piste. Seul Sawyer demeurait isolé. Il ne s'était toujours pas excusé pour ce qu'il avait dit, la nuit où Adam avait tiré sur

Lisette, mais ils maintenaient une entente cordiale et cela suffisait à Josie.

La policière ne pouvait s'empêcher de penser à Emily. La petite aurait probablement aimé cette cérémonie, mais elle était avec Pax et sa tante Karin. Ils allaient vendre la ferme de Reed et déménager en Géorgie pour prendre un nouveau départ. Au cours de la semaine qui avait suivi la mort d'Adam Long, d'innombrables preuves étaient venues corroborer ses aveux. Ses empreintes étaient les dernières à n'avoir pas été identifiées dans la maison. Son groupe sanguin était O+, ce qui correspondait au sang trouvé dans le pick-up. Les relevés téléphoniques de Lorelei montraient qu'elle l'avait appelé le matin des meurtres. L'affaire était donc close. Josie espérait seulement que Pax et Emily allaient trouver la paix dans les mois et les années à venir. Tout comme la policière, ils avaient de longs mois de deuil en perspective.

Des bras s'enroulèrent autour de la taille de Josie. Elle baissa les yeux et vit Noah entrelacer ses doigts sur son ventre. Son alliance scintillait sous les lumières de la boule à facettes. Il l'embrassa dans le cou.

— Ça va ?

C'était une blague entre eux. Quel que soit son état intérieur, Josie répondait toujours à sa question par : « Ça va. » Ce qui ne dissuadait jamais Noah de la poser.

— Je ne sais pas, admit Josie.

Il inspira l'odeur de ses cheveux.

— Je ne me souviens pas que tu aies promis l'honnêteté dans tes vœux. C'est une sorte de bonus, ou quoi ?

Elle rit. *Il faut que j'apprenne à laisser s'exprimer tous mes sentiments*, pensa-t-elle, mais elle se tut parce que le volume de la musique diminua et que la voix de Bob retentit dans les haut-parleurs.

— Où sont les jeunes mariés ? lança-t-il. Quelqu'un m'a dit

qu'il y avait des jeunes mariés dans la salle ! Est-ce que je peux avoir Josie et Noah sur la piste, s'il vous plaît ? Josie et Noah ?

Josie se retourna vers Noah.

— Ma grand-mère n'aurait pas pu prévoir ça.

— Non, répondit-il. C'est une initiative de ma part.

Ils s'élancèrent sur la piste, sous les applaudissements.

— Que tout le monde se mette sur le côté, s'il vous plaît, lança Bob. Dégagez la piste pour les nouveaux époux. C'est leur premier patinage en tant que couple marié.

Noah prit la main de Josie, qui lui sourit.

— C'est...

Elle entendit les premières notes de leur chanson de mariage, « Bless the Broken Road » de Rascal Flatts.

— Exactement comme Lisette l'aurait voulu ? fit Noah, achevant la phrase à sa place.

Josie acquiesça et laissa son mari l'embrasser.

UNE LETTRE DE LISA

Merci beaucoup d'avoir choisi de lire *Chut, ma puce*. Si vous avez aimé le livre et souhaitez être tenu au courant de mes dernières parutions, inscrivez-vous via le lien ci-dessous. Votre adresse mail ne sera jamais partagée et vous pourrez vous désinscrire à tout moment.

france.bookouture.com/subscribe/

Comme toujours, c'est un plaisir immense de vous présenter une nouvelle aventure de Josie Quinn. Si vous lisez ces mots, c'est que vous n'avez pas lâché ce livre après ce qui est arrivé à Lisette. Ce tome des *Enquêtes de l'inspectrice Josie Quinn* est l'un de ceux que j'ai eu le plus de mal à écrire, mais j'espère que vous savez maintenant que si Lisette devait partir, c'est de cette façon qu'elle aurait voulu le faire. De plus, cela va obliger Josie à grandir encore, en tant que personne comme en tant qu'enquêtrice, et j'espère que vous resterez avec elle pour la suite de son voyage.

Dans ce livre, l'accent est mis sur les troubles obsessionnels compulsifs (TOC) et leur manifestation chez les enfants. Je m'appuie non seulement sur la recherche médicale, mais aussi sur une expérience profondément personnelle. Je l'ai vécue moi-même. Les TOC sont des troubles que je connais intimement, et l'une des choses que j'espère vous avoir montrées à travers ce livre, c'est que les TOC ne se réduisent pas à un amour excessif de l'ordre et de la propreté. C'est une bataille de tous les jours, mais les spécialistes qui les traitent sont des héros. Cela dit, toute erreur dans mes explications ou dans la représentation que j'en fais est entièrement de mon fait.

J'adore recevoir des nouvelles de mes lecteurs. Vous pouvez me contacter par le biais de mes réseaux sociaux, y compris mon site web et ma page Goodreads.

Je serais ravie que vous laissiez un commentaire et/ou une critique et recommandiez *Chut, ma puce* à d'autres lecteurs. Les critiques et le bouche à oreille amènent beaucoup de nouveaux lecteurs à découvrir mes livres. Comme toujours, merci infiniment de votre soutien et de votre enthousiasme pour cette série. Cela me touche énormément. J'ai hâte d'avoir de vos nouvelles et j'espère vous revoir la prochaine fois !

Merci,

Lisa Regan

www.lisaregan.com

 facebook.com/LisaReganCrimeAuthor

REMERCIEMENTS

Merveilleux lecteurs, je n'arrive pas à croire que nous en soyons au onzième tome ! J'espère que vous continuerez ce voyage avec moi. L'année dernière, l'état du monde a rendu ma tâche d'écrivaine particulièrement difficile, mais votre passion inébranlable pour cette série m'a permis de continuer chaque jour. Je vous suis immensément reconnaissante ! Merci, merci, merci !

Merci, comme toujours, à Fred, mon mari, et à Morgan, ma fille, pour leur patience et leur soutien. Merci à mes premières lectrices : Dana Mason, Katie Mettner, Nancy S. Thompson, Maureen Downey et Torese Hummel. Merci à Cindy Doty. Merci à Matty Dalrymple et à Jane Kelly, les sauveteuses de mon intrigue ! Vous êtes un don du ciel. Merci à mes grands-mères : Helen Conlen et Marilyn House ; à mes parents : William Regan, Donna House, Joyce Regan, Rusty House et Julie House ; à mes frères et à mes belles-sœurs : Sean et Cassie House, Kevin et Christine Brock et Andy Brock ; ainsi qu'à mes adorables sœurs : Ava McKittrick et Melissia McKittrick. Merci également à mes complices de toujours pour avoir toujours fait la promotion de mes livres : Debbie Tralies, Jean et Dennis Regan, Tracy Dauphin, Claire Pacell, Jeanne Cassidy, Susan Sole, les Regan, les Conlen, les House, les McDowell, les Kay, les Funk, les Bowman et les Bottinger ! J'aimerais également remercier tous les fabuleux blogueurs et chroniqueurs qui ont lu les dix premiers tomes des *Enquêtes de Josie Quinn* ou qui ont pris la série quelque part en route. J'apprécie vraiment votre gentillesse !

Merci beaucoup au sergent Jason Jay pour avoir répondu à mes questions à toute heure du jour et de la nuit. Merci à Lee Lofland pour ses éclaircissements quant à certaines procédures. Merci à Ken Fritz pour sa contribution à l'élaboration de mon scénario de départ. Merci à Marcie Riebe et à Erin O'Brien Garcia pour leurs informations sur tout ce qui concerne les travailleurs sociaux.

Merci à Jenny Geras, Kathryn Taussig, Noelle Holten, Kim Nash et à toute l'équipe de Bookouture, y compris mes adorables relectrices, pour avoir rendu cette entreprise si fluide, si excitante et si amusante. Enfin, merci beaucoup à l'une de mes personnes préférées au monde, Jessie Botterill, pour m'avoir toujours aidée à résoudre les moindres problèmes et pratiquement tenu la main pendant ce chapitre très difficile de la vie de la pauvre Josie. Je ne cesse de le répéter, mais ça n'en est pas moins vrai : je ne pourrais jamais écrire un livre sans toi maintenant, et je ne le voudrais surtout pas ! Tu es la plus adorable, la plus incroyable, la plus intelligente et la plus avisée des éditrices et je suis bénie des dieux d'effectuer ce voyage avec toi !

www.ingramcontent.com/pod-product-compliance
Lightning Source LLC
Chambersburg PA
CBHW030527190726
48283CB00006B/1800